HEYNE
BÜCHER

Das Buch

Anne Perrys wunderbar fesselnde Kriminalromane aus der Viktorianischen Zeit gehören zu den Highlights der Spannungsliteratur. Im Fall der roten Stiefeletten gerät Inspektor Thomas Pitt vom Scotland Yard, der unvergleichliche Held vieler Perry-Romane, in einen Strudel mysteriöser Verbrechen, die sein erstaunliches Kombinationsgenie vor eine schier unlösbare Aufgabe stellen. Im London des ausgehenden 19. Jahrhunderts sorgt ein rätselhafter Fall für erhebliches Aufsehen: Auf einer Droschke wird die Leiche eines Mannes entdeckt, der bereits vor vier Wochen starb. Nach Aussage seiner jungen Frau Alicia soll es sich dabei um Lord Augustus Fitzroy-Hammond handeln. Bald darauf findet man eine zweite Leiche, und es stellt sich heraus, daß dieser Tote der richtige Lord Fitzroy-Hammond ist. Aber wer war dann die erste Leiche? Und warum gräbt überhaupt jemand einen Toten aus? Inspektor Pitt bleibt nicht verborgen, daß Lady Alicia einen Geliebten hat. Ein Verbrechen also? Die Autopsie ergibt, daß der Lord an einem Schlaganfall gestorben ist. Dann tauchen eine dritte und sogar eine vierte Leiche auf. Bei letzterer handelt es sich um die sterblichen Überreste eines dubiosen Malers, der sich nebenbei auf pikante Erotikfotos spezialisiert hatte. Die unentbehrliche Assistentin und Ehefrau von Inspektor Pitt, Charlotte, begibt sich ebenfalls auf Spurensuche und hilft ihm, das Dunkel zu lichten. Nach einem Verhör aller Nachbarn der Fitzroy-Hammonds führen die Ermittlungen Inspektor Pitt in ein Luxusbordell, das einem angesehenen Politiker gehört.

Die Autorin

Anne Perry gelingt es auf einzigartige Weise, das Viktorianische Zeitalter Englands am Ende des 19. Jahrhunderts zum Leben zu erwecken.
Ihre bislang als Taschenbuch im Wilhelm Heyne Verlag erschienenen Romane *Frühstück nach Mitternacht* (01/8618), *Die Frau in Kirschrot* (01/8743) und *Die dunkelgraue Pelerine* (01/8864) haben den Weg zu einer immer größer werdenden Leserschaft gefunden. Anne Perry lebt und arbeitet in Schottland.

ANNE PERRY

DIE ROTEN STIEFELETTEN

Ein Thomas-Pitt-Krimi
aus der viktorianischen Zeit

Aus dem Englischen
von Herbert Präbst

WILHELM HEYNE VERLAG
MÜNCHEN

HEYNE ALLGEMEINE REIHE
Nr. 01/9081

Titel der Originalausgabe
RESURRECTION ROW

Der Band erschien bereits in der Reihe
»Romane für Sie« unter dem Titel
»Der letzte Akt« (04/51)

2. Auflage

Printed in Germany 1994
Umschlagillustration: Walter Wyles/Agentur Luserke, Stuttgart
Umschlaggestaltung: Atelier Ingrid Schütz, München
Gesamtherstellung: Ebner Ulm

ISBN 3-453-07532-3

Für MEG
für ihre Hilfe

1. Kapitel

Der Nebel wallte dicht und naßkalt durch die Straße, verschleierte ihre Konturen und ließ die Gaslaternen über ihr nur gedämpft leuchten. Die Luft war klamm und feucht und legte sich auf die Atemwege, vermochte aber die Begeisterung des Publikums, das aus dem Theater strömte, nicht abzukühlen. Einige der Besucher ließen sich sogar dazu hinreißen, ganz spontan ein paar Ohrwürmer aus Gilbert und Sullivans neuer Operette *Der Mikado* zu singen. Ein Mädchen bewegte sich wie die kleine japanische Heldin graziös hin und her, bis es von seiner Mutter scharf zurechtgewiesen und aufgefordert wurde, den Anstand walten zu lassen, den ihre Familie von ihr erwarten konnte.

Ein kurzes Stück davon entfernt gingen Sir Desmond und Lady Cantlay langsam auf den Leicester Square zu, um eine Droschke anzuhalten. Sie waren nicht in ihrer eigenen Kutsche gekommen, weil es schwierig war, eine passende Stelle zu finden, wo man sie stehen lassen konnte. In solch einer Januarnacht wollte man die Pferde nicht unnötig herumstehen oder in der Gegend herumtraben lassen, bis man zum Einsteigen bereit war. Es war zu schwierig, wieder zwei wirklich gut zusammenpassende zu bekommen, als daß man ihre Gesundheit auf eine so unnötige Weise gefährdet hätte. Es gab ja reichlich Droschken, und die kamen natürlich in die Nähe der Theaterausgänge.

»Die Aufführung hat mir wirklich gut gefallen«, sagte Lady Gwendoline mit einem Seufzer der Freude, der zu einem Erschaudern wurde, als eine feuchtkalte Nebelschwade sich auf ihr Gesicht legte. »Ich muß mir die Noten besorgen, um sie selber spielen zu können; die Melodien sind einfach entzückend. Besonders das Lied, das der Held singt.« Sie holte tief Atem, hustete erstmal und sang dann mit lieblicher Stimme: »Ein wandernder Musikant bin ich, ein Wesen aus Flicken und Flecken – ah – wie ging es weiter, Desmond? Ich kann mich gut an die Melodie erinnern, aber die Worte sind mir entfallen.«

Er ergriff ihren Arm, um sie vom Bordstein wegzuziehen, weil gerade eine Droschke vorbeiratterte und mitten durch den Pferdemist fuhr, den der Straßenkehrer, der offenbar vorzeitig nach Hause gegangen war, nicht weggeräumt hatte.

»Ich habe den Text auch vergessen, meine Liebe. Aber ich bin sicher, er wird bei den Noten stehen. Es ist wirklich eine lausige Nacht und das Gehen kein Vergnügen. Wir müssen sehen, daß wir sofort eine Droschke bekommen. Da kommt eine. Warte hier, ich rufe sie heran.« Er trat auf die Straße hinaus, als die zweiräderige Droschke aus dem Nebel auftauchte. Das Geklapper der Hufe wurde durch die alles erstickende Feuchtigkeit gedämpft, und das Pferd zog mit hängendem Kopf, doch wie es schien, in keine bestimmte Richtung.

»Nun kommen Sie schon!« rief Sir Desmond irritiert. »Was ist los mit Ihnen? Wollen Sie sich kein Fahrgeld verdienen?«

Das Pferd kam bis auf seine Höhe heran, hob den Kopf und stellte die Ohren nach vorne, als es seine Stimme hörte.

»Kutscher!« rief Desmond scharf.

Es kam keine Antwort. Der Kutscher saß bewegungslos, mit hochgeschlagenem Mantelkragen, der den größten Teil seines Gesichts verdeckte, auf seinem Sitz; die Zügel hingen schlaff in seinen Händen.

»Kutscher!« Desmond wurde zusehends ärgerlicher. »Ich nehme an, Sie sind nicht besetzt. Meine Frau und ich wollen zum Gadstone Park fahren.«

Der Mann machte immer noch keine Anstalten, das

Pferd, das sich langsam vorwärts bewegte und von einem Fuß auf den anderen trat, zu lenken oder anzuhalten, so daß es für Gwendoline gefährlich gewesen wäre, in die Droschke einzusteigen.

»Um Himmels willen, Mann! Was ist denn los mit Ihnen?« Desmond streckte den Arm aus, ergriff den Mantel des Kutschers und zog heftig daran. »Bringen Sie endlich Ihren Gaul zum Stehen!«

Zu seinem Entsetzen neigte sich der Mann ihm entgegen, bekam das Übergewicht, kippte von seinem Sitz und fiel über ein Rad vor seine Füße auf das Pflaster.

Desmonds erster Gedanke war, der Mann müsse sinnlos betrunken sein. Er wäre ja bestimmt nicht der einzige Kutscher gewesen, der sich gegen die endlosen Stunden in dem kalten Nebel mit mehr Alkohol gewappnet hatte, als er vertragen konnte. Verdammt ärgerlich war das, aber er war nicht ganz ohne Verständnis für so etwas. Wäre er nicht in Gwendolines Hörweite gewesen, hätte er laut geflucht, aber so war er genötigt, sich zu beherrschen.

»Besoffen«, sagte er verbittert.

Gwendoline kam hinzu und schaute ihn an.

»Können wir denn gar nichts tun?« Sie hatte keine Vorstellung davon, was es hätte sein können.

Desmond beugte sich über den Mann und rollte ihn auf den Rücken. Im selben Moment blies der Wind den Nebel ein wenig auseinander, so daß das Gaslicht auf sein Gesicht fiel.

Es war auf schockierende Weise offensichtlich, daß der Mann tot war – und zwar schon seit einiger Zeit. Noch schrecklicher als das fahle, aufgedunsene Fleisch waren der süßliche Geruch der Verwesung und ein kleiner Klumpen Erde in seinem Haar.

Einen Moment lang herrschte völlige Stille; lange genug, um Atem zu holen, lange genug für die Welle des Aufbäumens. Dann schrie Gwendoline auf, doch ihre hohe, schwache Stimme wurde sofort von der Nacht verschluckt.

Desmond stand langsam auf, und obwohl sich ihm sein Magen umdrehte, versuchte er, seinen Körper zwischen sie und die Leiche auf dem Pflaster zu bringen. Er hatte damit gerechnet, daß sie ohnmächtig werden würde, und wußte nun doch nicht, was er tun sollte. Sie war schwerer als erwartet, als sie gegen ihn sank, und er konnte ihr Gewicht auf Dauer nicht halten.

»Hilfe!« rief er verzweifelt. »Helfen Sie mir!«

Das Pferd war an den unbeschreiblichen Lärm der Londoner Straßen gewöhnt, und Gwendolines Kreischen berührte es kaum. Desmonds Rufe bewirkten bei ihm überhaupt keine Regung.

Er schrie wieder mit erhobener Stimme und versuchte zu verhindern, daß sie seinem Griff entglitt und auf das schmutzige Pflaster rutschte. Zugleich versuchte er, sich vorzustellen, was er mit dem Toten, der hinter ihm lag, anfangen sollte, ehe sie wieder zu Sinnen kam und vollkommen hysterisch wurde.

Mehrere Minuten schienen schon vergangen zu sein, in denen er fröstelnd vor den undeutlichen Umrissen der Droschke stand und in denen alles still war, bis auf das Schnauben des Pferdes. Dann, endlich, waren da auch Schritte, eine Stimme, eine Gestalt.

»Was ist denn los? Was fehlt denn?« Ein riesiger Mann, mit flatterndem Mantel und in einen Wollschal gewickelt, tauchte aus dem Nebel auf. »Was ist passiert? Sind Sie überfallen worden?«

Desmond hielt immer noch Gwendoline, die sich jetzt wieder zu regen begann. Er schaute den Mann an und sah ein intelligentes, humorvolles Gesicht von unbezweifelbarer Offenheit. Im Schein der Gaslaterne war er jetzt auch nicht mehr so riesig. Groß, aber nicht riesig. Seine bunt zusammengewürfelte Kleidung sah nicht unbedingt korrekt aus.

»Hat man Sie überfallen?« wiederholte der Mann ein klein wenig schärfer.

Desmond zwang sich zu klaren Gedanken.

»Nein.« Er zog Gwendoline enger an sich heran und kniff sie dabei, ohne es zu wollen. »Nein – aber der Kutscher ist tot.« Er räusperte sich und hustete, als ihn der Nebel wieder packte. »Ich fürchte, er ist schon seit einiger Zeit tot. Meine Frau ist von dem Anblick ohnmächtig geworden. Wenn Sie so freundlich sein und mir helfen wollten, Sir! Ich will versuchen, sie wieder zu Bewußtsein zu bringen, und dann, glaube ich, sollten wir die Polizei holen. Ich nehme an, die interessiert sich für solche Dinge. Der arme Mann ist grauenhaft anzusehen. Man kann ihn nicht einfach hier liegenlassen.«

»Ich bin Polizist«, antwortete der Mann und schaute dabei an ihm vorbei auf die Gestalt am Boden. »Inspektor Pitt.« Er fischte geistesabwesend nach einer Karte und brachte ein Taschenmesser und ein Knäuel Schnur zum Vorschein. Resignierend gab er den Versuch auf und bückte sich hinunter zu der Leiche, berührte mit seinen Fingern einen Moment lang das Gesicht, dann die Erde im Haar.

»Er ist tot«, begann Desmond. »Eigentlich – eigentlich sieht er fast so aus, als ob er schon beerdigt gewesen wäre – und dann wieder ausgegraben wurde.«

Pitt richtete sich auf und fuhr sich mit den Händen über die Seiten seines Mantels, wie um etwas abzuwischen.

»Ja, ich glaube, Sie haben recht. Eklig. Sehr eklig.«

Gwendoline erlangte jetzt ihr volles Bewußtsein wieder und richtete sich auf. Wenigstens wurde so ihr Gewicht von Desmonds Arm genommen, obgleich sie sich immer noch an ihn lehnte.

»Es ist gut, meine Liebe«, sagte er schnell und versuchte dabei, sie von Pitt und der Leiche fernzuhalten. »Die Polizei wird sich darum kümmern.« Während er dies sagte, schaute er grimmig zu Pitt hin und versuchte, aus seinen

Worten so etwas wie eine Aufforderung zu machen. Es war an der Zeit, daß der Mann etwas Zweckdienlicheres unternahm, als nur mit ihm über das Offensichtliche übereinzustimmen.

Ehe Pitt antworten konnte, tauchte eine Frau aus der Dunkelheit auf, hübsch anzusehen und mit einer Ausstrahlung, der sogar die feuchtkalte Januarstraße nichts anhaben konnte.

»Was ist denn los?« Sie sah Pitt geradeheraus an.

»Charlotte«, er zögerte und überlegte einen Moment lang, wieviel er ihr sagen sollte, »der Kutscher ist tot. Es sieht so aus, als ob er schon etwas länger tot wäre. Ich werde sehen müssen, daß etwas unternommen wird.« Er wandte sich Desmond zu. »Meine Frau«, erklärte er und ließ die Worte in der Luft hängen.

»Desmond Cantlay.« Desmond ärgerte sich, daß er sich der Frau eines Polizisten vorstellen mußte, aber die Höflichkeit ließ ihm keine andere Wahl. »Lady Cantlay.« Er drehte seinen Kopf ruckartig zu Gwendoline hin.

»Sehr erfreut, Sir Desmond«, antwortete Charlotte bemerkenswert gefaßt. »Lady Cantlay.«

»Sehr erfreut«, sagte Gwendoline schwach.

»Wären Sie bitte so freundlich und würden mir Ihre Adresse geben?« fragte Pitt. »Für den Fall, daß es etwas nachzufragen gibt. Ich bin sicher, Sie wollen eine andere Droschke nehmen und nach Hause fahren.«

»Ja«, stimmte Desmond hastig zu. »Ja – wir wohnen in Gadstone Park, Nummer dreiundzwanzig.« Er wollte noch deutlich machen, daß er unmöglich irgendwelche Auskünfte geben konnte, da er den Mann ja vorher nicht gekannt oder auch nur die winzigste Idee hatte, wer er war oder was mit ihm geschehen war, aber er erkannte im letzten Augenblick, daß es wohl besser wäre, diesen Gedanken jetzt nicht weiter zu verfolgen. Er war nur zu froh, den Ort einfach verlassen zu können und kam gar nicht eher auf den Gedanken, bis er in einer anderen Droschke saß und den halben Weg nach Hause bereits zurückgelegt hatte, daß die Frau des Polizisten ihren Weg alleine machen oder zusammen mit ihrem Mann warten mußte, bis der Leichenwagen kam, um ihn und die Leiche schließlich zu begleiten. Vielleicht hätte er ihr seine Hilfe anbieten sollen. Wie auch immer – jetzt war es zu spät. Das beste war wohl, die ganze Angelegenheit so bald wie möglich zu vergessen.

Charlotte und Pitt standen auf dem Pflaster neben der Leiche. Pitt konnte Charlotte nicht alleine im Nebel auf der Straße stehenlassen; er konnte aber auch die Leiche nicht unbeaufsichtigt zurücklassen. Er durchsuchte wieder seine Taschen und fand auch bald seine Trillerpfeife. Er pfiff, so laut er konnte, wartete eine Weile und pfiff noch mal.

»Wie ist es denn bloß möglich, daß ein Kutscher länger als eine Stunde oder zwei tot herumfährt?« fragte Charlotte ruhig. »Würde ihn das Pferd denn nicht zurück nach Hause bringen?«

Pitt verzog sein Gesicht, so daß sich Falten um seine lange, gebogene Nase bildeten. »Das würde ich auch meinen.«

»Wie ist er denn gestorben?« fragte sie weiter. »Vor Kälte?« Mitleid war aus ihrer Stimme zu hören.

Er streckte seine Hand aus und berührte sie sanft; eine Geste, die mehr besagte, als er ihr mit Worten in einer Stunde hätte mitteilen können.

»Ich weiß es nicht«, antwortete er sehr leise. »Aber er ist schon lange Zeit tot, vielleicht eine Woche oder noch länger. Und es ist Erde in seinem Haar.«

Charlotte starrte ihn mit erblassendem Gesicht an. »Erde?« wiederholte sie. »In London?« Sie sah die Leiche nicht an. »Wie ist er denn gestorben?«

»Ich weiß es nicht. Der Polizeichirurg...«

Aber noch ehe er Zeit hatte, seinen Gedanken zu vollenden, tauchte ein Constable aus der Dunkelheit auf und einen Moment später folgte ihm ein zweiter nach. Pitt erklärte kurz, was geschehen war, und übertrug ihnen die Verantwortung für die ganze Angelegenheit. Es dauerte zehn Minuten, bis er eine andere Droschke bekam, aber um viertel nach elf waren er und Charlotte zurück in ihrem eigenen Heim. Im Haus war es ruhig und warm nach der bitteren Kälte der Straße. Jemima, ihre zwei Jahre alte Tochter, verbrachte die Nacht bei Mrs. Smith gegenüber. Charlotte hatte es vorgezogen, sie dort zu lassen, anstatt sie zu dieser späten Stunde noch zu stören.

Pitt zog die Tür zu und sperrte die Welt hinaus; die Cantlays, tote Kutscher, den Nebel, alles außer der nachklingenden Musik, der Fröhlichkeit und den Farben der Operette. Als er Charlotte geheiratet hatte, hatte sie ohne ein Wort den Komfort und den Status ihres Vaterhauses aufgegeben. Dies war erst das zweite Mal, daß es ihm möglich war, sie in ein Theater in der City zu führen, und es war ein Anlaß zum Feiern. Den ganzen Abend über hatte er auf die Bühne und dann wieder auf ihr Gesicht geschaut, und die Freude, die er darin sah, war die ganze Sparsamkeit, jeden Penny, der dafür zur Seite gelegt worden war, wert. Er lehnte sich rückwärts gegen die Tür, lächelte und zog sie zärtlich zu sich heran.

Aus dem Nebel wurde Regen und aus dem Regen Graupelschauer. Zwei Tage später saß Pitt an seinem Schreibtisch im Polizeirevier, als ein Sergeant mit Sorgenfalten im Gesicht zu ihm hereinkam. Pitt schaute auf.

»Was gibt es, Gilthorpe?«

»Sie erinnern sich an den toten Kutscher, den Sie vorletzte Nacht fanden, Sir?«

»Was ist mit ihm?« Pitt hätte vorgezogen, diese Sache zu vergessen; eine Tragödie, aber eine der üblichen, abgesehen von der langen Zeit, die er schon tot war.

»Nun«, Gilthorpe trat von einem Fuß auf den anderen,

»nun, es scheint, er war gar kein Kutscher. Wir haben ein offenes Grab gefunden...«

Pitt erstarrte. Irgendwo im Hintergrund seines Bewußtseins hatte er so etwas befürchtet, als er das aufgedunsene Gesicht und die feuchte Erde im Haar gesehen hatte; etwas Häßliches und Obszönes, aber er hatte es ignoriert.

»Wessen?« sagte er ruhig.

Gilthorpes Gesicht glättete sich. »Ein Lord Augustus Fitzroy-Hammond, Sir.«

Pitt schloß seine Augen, als ob auch dies verschwinden würde, wenn er Gilthorpe nicht sah.

»Er starb erst kürzlich, vor drei Wochen, Sir«, fuhr Gilthorpes Stimme unerbittlich fort. »War zwei Wochen lang begraben. Große Beerdigung, sagt man.«

»Wo?« Pitt fragte ganz mechanisch weiter, während sein Gehirn immer noch nach einem Ausweg suchte.

»In St. Margaret, Sir. Wir haben natürlich eine Wache hingestellt.«

»Wozu denn das?« Pitt öffnete seine Augen. »Was kann denn jemand einem leeren Grab antun?«

»Gaffer, Sir«, sagte Gilthorpe, ohne eine Miene zu verziehen. »Es könnte jemand hineinfallen. Ziemlich schwer, wieder herauszukommen aus so einem Grab. Die Seiten sind steil und zu dieser Jahreszeit auch noch glitschig. Und der Sarg ist natürlich auch noch da.« Er richtete sich ein wenig auf, um damit anzudeuten, daß er fertig war und auf Pitts Anweisungen wartete.

Pitt schaute zu ihm auf.

»Ich glaube, es ist am besten, wenn ich die Witwe aufsuche und sie die Leiche von der Droschke identifizieren lasse.« Er erhob sich seufzend auf seine Füße. »Sagen Sie den Leuten vom Leichenhaus, sie sollen sie so annehmbar wie möglich herrichten! Es wird ohnehin eine ziemlich üble Sache für die Dame werden. Wo wohnt sie denn?«

»Gadstone Park, Sir, Nummer zwölf. Alles sehr große Häuser dort; ziemlich reich, würde ich sagen.«

»Bestimmt«, stimmte Pitt trocken zu. Eigenartig, ging ihm durch den Kopf, das Paar, das die Leiche fand, wohnt auch dort. So ein Zufall! »Also gut, Gilthorpe. Gehen Sie und sagen Sie den Leuten vom Leichenhaus, Seine Lordschaft zur Besichtigung fertig zu machen!« Er nahm seinen Hut, drückte ihn sich fest auf den Kopf, schlang seinen Schal um den Hals und ging hinaus in den Regen.

Gadstone Park war, wie Gilthorpe gesagt hatte, eine sehr wohlhabende Gegend mit großen Villen, die von der Straße zurückgesetzt waren, und einem sehr gepflegten Park in der Mitte, in dem Lorbeer- und Rhododendronbüsche standen und eine sehr schöne Magnolie – soweit sich das ohne Blätter sagen ließ. Der Regen war wieder zu einem Graupelschauer geworden, und der dunkle Tag kündete von kommendem Schnee.

Er erschauderte, als das Wasser seinen Nacken hinunterlief und kalt über seine Haut rieselte. Egal, wie viele Schals er sich umwickelte, es war immer dasselbe.

Nummer zwölf war ein klassisches georgianisches Haus mit einer geschwungenen Auffahrt, die sich bis zu einem säulenbestandenen Eingang erstreckte. Seine Proportionen taten seinem Auge wohl. Wenn er auch nie wieder – seit seiner Kindheit als Sohn eines Wildhüters – in so einem Haus wohnen würde, so erfreute es ihn doch, es zu sehen. Solche Häuser waren eine Zierde für die ganze Stadt und lieferten jedermann den Stoff für Träume.

Als ein Windstoß einen riesigen Lorbeerbusch vor dem Eingang rüttelte und ihn mit Wassertropfen überschüttete, drückte er seinen Hut tiefer ins Gesicht. Er zog an der Klingel und wartete.

Ein Diener, ganz in Schwarz, erschien. Durch Pitts Kopf flackerte der Gedanke: verfehlter Beruf – die Natur hatte ihn wohl als Leichenbestatter vorgesehen.

»Ja, Sir?« Die Worte kamen ausgesprochen zögernd,

denn der Mann hatte ihn als einer niedrigeren Klasse zugehörig erkannt, der eigentlich hätte wissen müssen, daß der hintere Eingang für ihn da war.

Pitt kannte diesen Gesichtsausdruck seit langem und war darauf vorbereitet. Er hatte keine Lust, seine Zeit mit mehrfach übermittelten Botschaften zu verschwenden, und außerdem war es weniger grausig, die Sache einmal und in aller Klarheit vorzubringen, als sie nach und nach durch die Hierarchie der Dienerschaft sickern zu lassen.

»Ich bin Inspektor Pitt von der Polizei. Das Grab von Lord Augustus Fitzroy-Hammond wurde geschändet«, sagte er mit sachlicher Stimme. »Ich würde gerne mit Lady Fitzroy-Hammond darüber sprechen, damit die Angelegenheit so bald wie möglich und so diskret wie möglich erledigt werden kann.«

Der Diener verlor vor Überraschung seine Begräbnismiene. »Es – es wäre angebracht, Sie kämen herein.«

Er machte einen seitlichen Schritt nach hinten, und Pitt folgte ihm nach. Er war noch zu bedrückt von dem vorher Gehörten, als daß er über die Wärme im Innern des Hauses hätte froh sein können. Der Diener geleitete ihn in das Zimmer, das für die vormittäglichen Besuche vorgesehen war, und ließ ihn dort alleine zurück; wahrscheinlich, um die erschütternde Neuigkeit dem Butler mitzuteilen und ihm die Last der nächsten Entscheidung aufzubürden.

Pitt mußte nicht lange warten. Lady Fitzroy-Hammond kam bleich herein und blieb stehen, als sie noch kaum durch die Tür war. Pitt hatte jemand beträchtlich Älteren erwartet. Der tote Mann auf der Droschke mußte wenigstens sechzig gewesen sein, vielleicht noch älter, aber diese Frau konnte unmöglich über die Zwanziger hinaus sein. Nicht einmal das Schwarz der Trauer konnte die Farbe und Feinheit ihrer Haut und die Geschmeidigkeit ihrer Bewegungen verbergen.

»Sie sagen, es gab eine – Schändung, Mr. . . . ?« sagte sie ruhig.

»Inspektor Pitt, Madam. Ja, es tut mir sehr leid. Jemand hat das Grab geöffnet.« Der Sachverhalt ließ sich nicht auf angenehme Weise darstellen, keine Höflichkeit konnte die Häßlichkeit zudecken. »Aber wir haben einen Leichnam gefunden, und wir würden sie bitten, uns zu sagen, ob es sich dabei um Ihren verstorbenen Gatten handelt.«

Einen Moment lang dachte er, sie würde gleich ohnmächtig werden. Es war dumm von ihm; er hätte warten sollen, bis sie sich gesetzt hatte, vielleicht sogar nach einem Mädchen schicken sollen, das ihr zur Seite stehen würde. Er tat ein paar Schritte nach vorne, um sie auffangen zu können, falls sie zusammensank.

Sie sah ihn ängstlich verstört an, verstand ihn nicht. Er war sich ihrer Angst bewußt und blieb stehen.

»Kann ich ein Mädchen für Sie rufen?« sagte er ruhig und ließ die Arme wieder sinken.

»Nein.« Sie schüttelte ihren Kopf und nahm sich so weit zusammen, daß sie langsam an ihm vorbei zum Sofa gehen konnte. »Danke. Es geht mir schon besser.« Sie holte tief Luft. »Ist es wirklich unbedingt erforderlich, daß ich...?«

»Wenn nicht noch jemand anderer aus der engeren Familie da ist«, antwortete er und wünschte, er hätte etwas anderes sagen können. »Gibt es vielleicht einen Bruder oder...« Beinahe hätte er ›Sohn‹ gesagt, aber er erfaßte noch rechtzeitig, wie taktlos das gewesen wäre. Er wußte nicht, ob sie die erste oder zweite Frau war. Genaugenommen hatte er versäumt, Gilthorpe nach dem Alter Seiner Lordschaft zu fragen. Es war aber anzunehmen, daß Gilthorpe mit der Sache überhaupt nicht zu ihm gekommen wäre, wenn nicht die Wahrscheinlichkeit bestand, daß er der Mann auf der Droschke war.

»Nein.« Sie schüttelte den Kopf. »Da sind nur Verity, die Tochter von Lord Augustus, und seine Mutter, aber die ist schon sehr alt und auch behindert. Es bleibt schon an mir hängen. Kann ich vielleicht ein Mädchen mitnehmen?«

»Ja, natürlich; es wäre sogar sehr gut, wenn sie es täten.«

Sie stand auf und zog an der Klingelschnur. Als ein Mädchen kam, schickte sie es zu ihrer Kammerzofe. Sie solle ihr ihren Mantel bringen und sich selbst zum Weggehen fertigmachen. Die Kutsche wurde angefordert. Sie wandte sich wieder Pitt zu.

»Wo – wo haben Sie ihn gefunden?«

Es hatte keinen Sinn, ihr die Einzelheiten zu erzählen, egal ob sie ihn nun geliebt hatte oder ob es eine reine Zweckheirat war.

»In einer Droschke, Madam.«

Falten traten auf ihr Gesicht. »In einer Droschke? Aber – was soll das bedeuten?«

»Ich weiß es nicht.« Als er Stimmen in der Halle hörte, öffnete er die Tür für sie, führte sie hinaus und half ihr in die Kutsche. Sie fragte nicht mehr weiter, und sie fuhren schweigend zum Leichenhaus. Das Mädchen nestelte an ihren Handschuhen, und ihre Augen vermieden es geflissentlich, auch nur einen zufälligen Blick auf Pitt zu werfen.

Die Kutsche hielt an, und der Diener half Lady Fitzroy-Hammond beim Aussteigen. Das Mädchen und Pitt folgten ohne Assistenz nach. Ein kurzer Weg führte von der Straße zum Leichenhaus; er war überdacht von kahlen Bäumen, die jedesmal, wenn der Wind in sie fuhr, erschreckend eisiges Wasser versprühten.

Pitt zog an der Glocke, und gleich darauf öffnete ein junger Mann mit rosigem Gesicht die Tür.

»Inspektor Pitt mit Lady Fitzroy-Hammond.« Pitt trat zur Seite, damit sie hineingehen konnte.

»Ah, ja. Guten Tag, guten Tag.« Der junge Mann führte sie gutgelaunt hinein und durch einen Gang in einen Raum voller Tische, die alle diskret mit Tüchern zugedeckt waren. »Sie kommen wegen Nummer vierzehn.« Er glühte vor Reinlichkeit und professionellem Stolz. Ein Korbstuhl stand in der Nähe des Tisches, vermutlich für den Fall, daß der Anblick die Verwandten überwältigen würde, und eine Kanne mit Wasser und drei Gläser standen auf einem kleinen Tisch am Ende des Raumes bereit.

Das Mädchen nahm vorsichtshalber ein Taschentuch heraus.

Pitt stand bereit, seine Unterstützung zukommen zu lassen, wenn es nötig werden sollte.

»Gut.« Der junge Mann drückte seine Brille fester auf die Nase und zog das Tuch zurück, um das Gesicht sichtbar zu machen. Der Kutscher war jetzt ohne Bekleidung, und seine spärlichen Haare waren ordentlich gekämmt, aber er war immer noch ein abstoßender Anblick. Die Haut war fleckig und löste sich an einigen Stellen vom Fleisch, der Geruch war ekelerregend.

Lady Fitzroy-Hammond schaute kaum hin, bedeckte dann ihr Gesicht mit den Händen, machte einen Schritt nach rückwärts und stieß dabei den Stuhl um. Pitt stellte ihn mit einer einzigen Bewegung wieder auf, und das Mädchen half ihr, sich darauf zu setzen. Niemand sprach ein Wort.

Der junge Mann zog das Tuch wieder hoch und trabte durch den Raum, um ein Glas Wasser zu holen. Er tat das so unerschütterlich, als ob es eine tägliche Gepflogenheit für ihn wäre – was es ja wahrscheinlich auch war. Er kam zurück und reichte es dem Mädchen, das es für seine Herrin bereithielt.

Sie nahm einen Schluck und umklammerte es dann krampfhaft, so daß die Knöchel ihrer Finger weiß hervortraten.

»Ja«, sagte sie atemlos. »Das ist mein Mann.«

»Ich danke Ihnen, Madam«, antwortete Pitt nüchtern. Das war zwar nicht das Ende des Falles, aber wahrscheinlich alles, was er je darüber wissen würde. Grabräuberei war natürlich ein Verbrechen, aber er machte sich keine wirkliche Hoffnung, daß er herausbekommen würde, wer diese obszöne Tat vollbracht hatte und warum.

»Fühlen Sie sich gut genug, daß wir gehen können?« fragte er. »Ich bin sicher, es geht Ihnen besser zu Hause.«

»Ja, danke.« Sie stand auf, schwankte einen Moment lang und ging dann, dicht gefolgt von ihrem Mädchen, ziemlich unsicher auf den Ausgang zu.

»War das dann alles?« wollte der junge Mann wissen. Seine Stimme war ein wenig leiser geworden, hörte sich aber immer noch heiter an. »Kann ich ihn dann als identifiziert kennzeichnen und für die Beerdigung freigeben?«

»Ja, das können Sie. Lord Augustus Fitzroy-Hammond. Die Familie wird Ihnen sicher sagen, welche Vorkehrungen sie wünscht«, antwortete Pitt. »Nichts Außergewöhnliches an dem Leichnam, wie?«

»Nein, überhaupt nicht«, sagte der junge Mann übereifrig, nun, da die Frauen jenseits der Tür und außer Hörweite waren. »Außer daß er schon vor mindestens drei Wochen gestorben ist und schon einmal beerdigt war. Aber ich nehme an, das wissen Sie.« Er schüttelte seinen Kopf und mußte danach seine Brille wieder zurechtrükken. »Ich verstehe nicht, warum jemand so etwas tut – einen Toten ausgraben, meine ich. Nicht daß ihn jemand seziert hätte oder so etwas, wie es Medizinstudenten schon getan haben – oder Leute, die irgendeiner schwarzen Magie anhängen. Er war völlig unberührt.«

»Kein besonderes Mal an ihm?« Pitt wußte nicht, warum er das fragte; er hatte nichts Derartiges erwartet. Es handelte sich hier um einen eindeutigen Fall von Pietätlosigkeit, weiter nichts. Die Tat irgendeines Irren mit bizarrer Gemütsverfassung.

»Nein, überhaupt nicht«, sagte der junge Mann bestätigend. »Ein älterer Herr, gut gepflegt, gut genährt, ein wenig korpulent, aber nicht ungewöhnlich für sein Alter. Weiche Hände, sehr sauber. Soviel ich weiß, habe ich vorher noch nie einen toten Lord gesehen, aber dieser hier sieht genauso aus, wie ich es erwartet hätte.«

»Vielen Dank«, sagte Pitt langsam. »In diesem Fall gibt es nicht mehr viel für mich zu tun.«

Pitt nahm selbstverständlich an der Wiederbestattung teil. Es war ja möglich, daß, wer auch immer diese Schändung begangen hatte, ebenfalls anwesend war, um die Auswirkung seiner Tat auf die Familie zu sehen. Vielleicht war das auch das Motiv: ein schwärender Haß, der immer noch nicht zur Ruhe gekommen war, auch nach dem Tode nicht.

Es war natürlich eine sehr stille Angelegenheit; man macht kein großes Aufsehen, wenn ein Mensch zum zweitenmal beerdigt wird. Trotzdem war eine beachtliche Zahl von Leuten da, die gekommen waren, um ihre Ehre zu erweisen – mehr wohl aus Sympathie für die Witwe. Sie trugen alle Schwarz, hatten schwarze Bänder an ihren Kutschen, zogen schweigend zum Grab und standen dort mit gesenkten Köpfen im Regen. Nur ein Mann war verwegen genug, als Zugeständnis an sein Wohlergehen seinen Kragen hochzuschlagen. Was bedeutete schon die kleine Unpäßlichkeit eisiger Tropfen, die den Nacken hinunterrieselten, wenn man hier dem ewigen Schweigen des Todes gegenüberstand?

Der Mann mit dem Kragen war schlank, ein wenig größer als der Durchschnitt, und sein feiner Mund wurde durch tiefe, spöttische Linien betont. Er hatte ein schiefes Gesicht mit geschwungenen braunen Augenbrauen, und es war beim besten Willen nichts Joviales darin zu entdekken.

Der Revierpolizist stand neben Pitt, um ihn auf eventuell anwesende Fremde aufmerksam zu machen.

»Wer ist das?« flüsterte Pitt.

»Mr. Somerset Carlisle, Sir«, antwortete der Mann. »Wohnt im Park, Nummer zwei.«

»Was macht er?«

»Absoluter Gentleman, Sir.«

Pitt ließ die Sache auf sich beruhen. Sogar Gentlemen übten gelegentlich Tätigkeiten aus, die jenseits ihrer gesellschaftlichen Stellung lagen, aber das war jetzt nicht wichtig.

»Das ist Lady Alicia Fitzroy-Hammond«, fuhr der Constable völlig unnötig fort. »Schon sehr traurig. Sie waren erst ein paar Jahre verheiratet, wie man sagt.«

Pitt knurrte; der Mann hatte die Mittel, sich seine Wünsche zu erfüllen. Alicia wirkte blaß, aber ziemlich gefaßt und war wahrscheinlich froh, daß sie die ganze Sache fast hinter sich hatte. Neben ihr stand, auch völlig in Schwarz, ein jüngeres Mädchen, vielleicht um die zwanzig, mit zurückgekämmtem honigbraunem Haar und sittsam niedergeschlagenen Augen.

»Miß Verity Fitzroy-Hammond«, kam ihm der Constable zuvor. »Eine ausgesprochen nette junge Dame.«

Pitt hatte das Gefühl, daß darauf keine Antwort nötig war. Seine Augen wanderten zu dem Mann und der Frau hinter dem Mädchen. Er war gut gebaut – wahrscheinlich Sportler in seiner Jugend – und stand immer noch sehr locker da. Seine Brauen waren breit, die Nase lang und gerade, und nur ein gewisser Zug um seinen Mund trübte den Eindruck völliger Harmonie. Aber er war trotz allem ein gutaussehender Mann. Die Frau neben ihm hatte schöne dunkle Augen und schwarzes Haar mit einem sehr attraktiven Silberstreifen, der von ihrer rechten Schläfe ausging.

»Wer sind die?« fragte Pitt.

»Lord und Lady St. Jermyn«, sagte der Constable etwas lauter, als Pitt es gewünscht hätte. In der Stille des Friedhofs war sogar das stetige Tropfen des Regens zu hören.

Das Begräbnis war vorüber, und einer nach dem anderen wandte sich zum Gehen. Pitt erkannte Sir Desmond und Lady Cantlay von der Straße vor dem Theater wieder und hoffte, sie seien taktvoll genug gewesen, ihre Rolle in der Angelegenheit nicht zu erwähnen. Vielleicht waren sie es; Sir Desmond hatte nicht den Eindruck eines unbesonnenen Mannes gemacht.

Die letzte Person, die – in Begleitung eines ziemlich stattlichen Mannes mit einem offenen, liebenswerten Gesicht – wegging, war eine große, sehr schlanke alte Dame mit großartiger Haltung und fast gebieterischer Würde. Sogar die Totengräber zögerten, tippten an ihre Hüte und warteten, bis sie vorbei war, ehe sie mit ihrer Arbeit begannen. Pitt sah sie nur einen Moment lang deutlich, aber dieser Moment genügte ihm. Er kannte diese lange Nase und diese strahlenden Augen hinter schweren Lidern. Mit achtzig hatte sie immer noch mehr von ihrer Schönheit behalten, als die meisten Frauen je haben.

»Tante Vespasia!« Vor Überraschung sprach er diese Worte laut vor sich hin.

»Verzeihung, Sir?« Der Constable stutzte.

»Ist das nicht Lady Cumming-Gould?« Pitt drehte sich zu ihm um. »Die letzte Dame, die jetzt gerade weggeht.«

»Ja, Sir. Wohnt in Nummer achtzehn. Ist erst im Herbst hierher gezogen. Der alte Mr. Staines ist im Februar 1885 gestorben, also vor knapp einem Jahr. Lady Cumming-Gould hat das Haus Ende des Sommers zurückgekauft.«

Pitt erinnerte sich sehr gut an den letzten Sommer. Damals hatte er während der Paragon-Walk-Auseinandersetzungen die Großtante Vespasia von Charlottes Schwester Emily kennengelernt. Genaugenommen war sie die Tante von Emilys Mann, Lord George Ashworth. Er hatte nicht damit gerechnet, sie wiederzusehen, aber es war ihm noch gegenwärtig, wie sehr ihm ihre Geradheit und ihre geradezu erschreckende Offenheit imponiert hatten. Kein Zweifel, wenn Charlotte in eine höhere Gesellschaftsschicht geheiratet hätte, anstatt in eine niedrigere, wäre aus ihr mit der Zeit vielleicht eine genauso unbequeme alte Dame geworden.

Der Constable starrte ihn mit skeptischen Augen an. »Sie kennen sie also schon, Sir?«

»Tut nichts zur Sache.« Pitt wollte keine Erklärung abgeben. »Haben Sie jemanden hier gesehen, der nicht im Park wohnt oder mit der Witwe oder der Familie bekannt ist?«

»Nein, niemand hier, den man nicht erwarten konnte. Vielleicht kommen Grabräuber nicht zum Ort der Tat zurück. Oder vielleicht kommen sie in der Nacht.«

Pitt war nicht nach Sarkasmus zumute, schon gar nicht von seiten eines Constables.

»Vielleicht soll ich Sie dann hier postieren«, sagte er bissig. »Für alle Fälle.«

Das Gesicht des Constables wurde lang, erhellte sich aber wieder, als ihm der Verdacht kam, daß Pitt bloß seine Schlagfertigkeit auf die Probe stellen wollte.

»Wenn Sie glauben, daß das etwas bringt, Sir«, sagte er steif.

»Nur eine Erkältung«, antwortete Pitt. »Ich will gehen und Lady Cumming-Gould meine Aufwartung machen. Sie bleiben den Rest des Nachmittags hier und beobachten weiter«, setzte er mit Genugtuung hinzu. »Nur für den Fall, daß jemand Neugieriger kommt.«

Der Constable schniefte und machte dann ein ziemlich unterdrücktes Niesen daraus.

Pitt ging hinweg und verlängerte seine Schritte, so daß er schon bald Tante Vespasia einholte. Sie ignorierte ihn. Auf Beerdigungen spricht man nicht mit jedermann.

»Lady Cumming-Gould«, sagte er mit gebührender Achtung.

Sie blieb stehen, drehte sich ihm langsam zu und schickte sich an, ihn mit einem einzigen Blick einfrieren zu lassen. Dann kam ihr etwas an seiner Größe und an der Art, wie sein Mantel hing und flatterte, bekannt vor. Sie fingerte nach ihrer Lorgnette und hielt sie vor ihre Augen.

»Liebe Güte! Thomas, was um Himmels willen tun Sie

denn hier? Ah, ja, natürlich; ich vermute, Sie suchen denjenigen, der den armen Gussie ausgegraben hat. Ich kann mir einfach nicht vorstellen, warum jemand so etwas tut. Einfach widerwärtig. Das ist eine Menge Arbeit für alle Betroffenen – und so unnötig.« Sie sah an ihm hinauf und hinunter. »Sie scheinen sich nicht verändert zu haben, abgesehen davon, daß Sie jetzt mehr anhaben. Können Sie denn keine Sachen bekommen, die zueinander passen? Wo haben Sie denn diesen Schal her? Der ist ja gräßlich. Emily hat einen Jungen, wissen Sie das? Doch, natürlich wissen Sie das. Sie werden ihn Edward nennen; nach ihrem Vater. Das ist auch besser als George. Es ist immer so irritierend, wenn ein Junge so heißt wie sein Vater. Man weiß dann nie, von wem eigentlich die Rede ist. Wie geht es Charlotte? Sagen Sie ihr, sie soll mich doch besuchen; die Leute hier im Park langweilen mich zu Tode, außer dem Amerikaner, der ein Gesicht wie ein Pfannkuchen hat. Der häßlichste Mann, den ich je gesehen habe, aber ganz charmant. Er hat nicht die leiseste Ahnung davon, wie man sich benimmt, aber er ist reich wie Krösus.« Ihre Augen tanzten belustigt. »Sie können sich hier nicht entscheiden, wie sie mit ihm umgehen sollen; ob sie höflich zu ihm sein sollen wegen seines Geldes oder ihn schneiden sollen wegen seiner Manieren. Ich hoffe sehr, daß er bleibt.«

Pitt ertappte sich dabei, daß er trotz des Regens, der ihm in den Nacken lief, und der nassen Hosenaufschläge, die an seinen Knöcheln klebten, lächelte.

»Also dann«, schnaubte Vespasia. »Sagen Sie ihr, sie soll frühzeitig kommen, vor zwei, dann trifft sie nicht auf die Höflichkeitsbesucher, die nichts anderes zu tun haben, als sich mit ihrer Garderobe zu übertreffen.« Sie verstaute ihre Lorgnette wieder, rauschte den Weg entlang und ignorierte dabei völlig, daß ihre Röcke den nassen Lehm streiften.

2. Kapitel

Am Sonntag stand Alicia Fitzroy-Hammond wie gewöhnlich kurz nach neun Uhr auf und nahm ein leichtes Frühstück mit Toast und Aprikosenmarmelade zu sich. Verity hatte schon gefrühstückt und schrieb nun Briefe im Damenzimmer. Die Mutter von Augustus, die Witwe Fitzroy-Hammond, würde sich ihr Frühstück wie immer hinaufbringen lassen. An manchen Tagen stand sie auf; weit öfter tat sie es nicht. Dann lag sie in ihrem Bett mit einem gestickten indischen Schal um ihre Schultern und las ihre alten Briefe wieder, die über fünfundsechzig Jahre bis zu ihrem neunzehnten Geburtstag am 12. Juli, genau fünf Jahre nach der Schlacht von Waterloo, zurückreichten. Ihr Bruder war Fähnrich in Wellingtons Armee gewesen. Ihr zweiter Sohn war im Krimkrieg gefallen. Und da waren auch noch Liebesbriefe von Männern, die längst nicht mehr lebten.

Des öfteren schickte sie ihr Mädchen, Nisbett, nach unten, damit sie nachsah, was im Hause geschah. Sie verlangte eine Liste, die über sämtliche Besucher Auskunft gab: Wann sie kamen und wie lange sie blieben, ob sie ihre Karte hinterließen und – das war ihr besonders wichtig – wie sie gekleidet waren. Alicia hatte gelernt, damit zu leben; sie fand es jedoch immer noch unerträglich, daß Nisbett andauernd ihre Nase in die Haushaltsführung steckte und mit ihrem Finger über die Möbel fuhr, um zu sehen, ob sie auch jeden Tag abgestaubt wurden, und den Wäscheschrank öffnete, wenn sie dachte, es sehe sie niemand, und die Laken und Tischtücher zählte und überprüfte, ob auch alle Ecken gebügelt und in Ordnung waren.

Dieser Sonntag war einer von den Tagen, an denen die alte Dame aufstand. Sie genoß es, in die Kirche zu gehen. Sie saß dann in der Gebetsbank der Familie und beobachtete alle, die da kamen und gingen. Sie täuschte auch vor, taub zu sein, obwohl sie in Wirklichkeit ausgezeichnet hörte. Es gefiel ihr, nicht sprechen zu müssen, es sei denn, sie verlangte nach etwas. Von bestimmten Dingen nichts wissen zu müssen, kam ihr manchmal gar nicht ungelegen.

Sie war jetzt ganz in Schwarz gekleidet und stützte sich schwer auf ihren Stock, als sie in das Speisezimmer kam, wobei sie den Stock heftig auf den Boden aufstieß, um Alicias Aufmerksamkeit auf sich zu lenken.

»Guten Morgen, Schwiegermama«, sagte Alicia mit einiger Anstrengung. »Es freut mich, daß du dich gut genug fühlst, um aufzustehen.«

Die alte Dame schritt auf den Tisch zu, und die allgegenwärtige Nisbett rückte den Stuhl für sie zurecht. Sie starrte mit Mißfallen auf die Anrichte.

»Ist das alles, was es zum Frühstück gibt?« fragte sie.

»Was hättest du denn gerne?« Alicia war ihr ganzes Leben lang zur Höflichkeit erzogen worden.

»Dafür ist es jetzt schon zu spät«, sagte die alte Dame. »Ich werde mich mit dem begnügen müssen, was da ist. Nisbett, bringen Sie mir ein paar Eier und etwas von dem Schinken und den Nieren und reichen Sie mir den Toast! Du gehst doch zur Kirche heute morgen, Alicia?«

»Ja, Mama. Möchtest du auch gerne mitkommen?«

»Ich schwänze nie die Kirche, es sei denn, ich bin zu krank, um auf meinen Füßen stehen zu können.«

Alicia ließ dies unkommentiert. Sie hatte nie genau gewußt, was der alten Dame eigentlich fehlte, wenn ihr überhaupt etwas fehlte. Der Arzt kam regelmäßig und sagte ihr, sie hätte ein schwaches Herz, wofür er Digitalis verschrieb. Augustus war immer besorgt um sie gewesen; vielleicht aus lebenslanger Gewohnheit und weil er Unannehmlichkeiten haßte.

»Ich nehme an, daß du mitkommst«, sagte die alte Dame mit hochgezogenen Augenbrauen und schob eine Gabel mit einer enormen Portion Ei in den Mund.

»Ja, Mama.«

Die alte Dame nickte; ihr Mund war zu voll zum Sprechen.

Dit Kutsche wurde um halb elf gerufen, und Alicia, Verity und der alten Dame wurde nacheinander hineingeholfen und danach wieder heraus, als sie bei der St.-Margaret-Kirche angekommen waren, in der die Familie schon seit mehr als hundert Jahren ihre eigene Gebetsbank hatte. Noch nie hatte jemand, der kein Fitzroy-Hammond war, darin gesessen.

Sie waren frühzeitig angekommen. Die alte Dame liebte es, ganz hinten zu sitzen und zu beobachten, wie alle anderen hereinkamen, und dann eine Minute vor elf nach vorne zur Familienbank zu gehen. Heute war es nicht anders. Sie hatte alle Blutsverwandten – mit Ausnahme von Verity – überlebt; mit der überlegenen Fassung, die einer Aristokratin ansteht. Die Wiederbestattung von Augustus bildete keine Ausnahme.

Zwei Minuten vor elf stand sie auf und ging als erste nach vorne zur Familienbank. Am Ende des Ganges blieb sie plötzlich stehen. Das Unausdenkbare war geschehen. Es war bereits jemand anderer in ihrer Bank: ein Mann mit hochgeschlagenem Kragen, in Gebetshaltung, leicht nach vorne gebeugt.

»Wer sind Sie?« zischte die alte Dame. »Entfernen Sie sich, Sir! Dies ist eine Familienbank.«

Der Mann rührte sich nicht.

Die alte Dame stieß energisch den Stock auf, um ihn auf sich aufmerksam zu machen. »So tu doch etwas, Alicia! Sprich mit ihm!«

Alicia drückte sich an ihr vorbei und berührte den Mann leicht an der Schulter. »Verzeihen Sie ...« Sie kam nicht weiter. Der Mann schwankte, fiel seitwärts auf den Sitz der Bank, mit dem Gesicht nach oben.

Alicia schrie, obwohl sie wußte, was die alte Dame und die Kirchengemeinde dazu sagen würden – aber sie konnte sich nicht anders helfen. Es war wieder Augustus mit seinem toten, fahlen, blutleeren Gesicht, der sie da von dem hölzernen Sitz aus anglotzte. Die grauen Steinsäulen rings um sie begannen zu schwanken, und sie hörte ihre eigene Stimme kreischen, als ob sie nicht zu ihr gehörte. Sie wünschte, daß sie aufhörte, aber sie schien keine Kontrolle darüber zu haben. Schwärze kam über sie, die Arme wurden an ihren Körper gedrückt, und etwas Hartes traf sie im Rücken.

Das nächste, was ihr bewußt wurde, war, daß man sie in die Sakristei gelegt hatte. Der Vikar – teiggesichtig und schwitzend – war vor ihr in die Hocke gegangen und hielt ihre Hand. Die Tür stand offen, und der Wind blies eiskalt herein. Die alte Dame saß ihr gegenüber; ihre schwarzen Röcke waren um sie herum aufgebläht wie ein an die Erde gefesselter Ballon. Ihr Gesicht war scharlachrot.

»Ist ja gut, ist ja gut«, sagte der Vikar hilflos. »Sie haben einen ganz schlimmen Schock erlitten, meine liebe Dame. Wirklich schlimm. Ich weiß nicht, was aus der Welt noch werden soll, wenn man den Irren gestattet, frei zwischen uns herumzulaufen. Ich werde an die Zeitungen schreiben und an meinen Abgeordneten im Parlament. Es muß wirklich etwas geschehen. Es ist einfach unerträglich.« Er hustete und tätschelte wieder ihre Hand. »Und wir werden natürlich alle beten.« Die eingenommene Stellung wurde ihm zu unbequem. Er verspürte einen Krampf in seinen Beinen und stand auf. »Ich habe nach einem Arzt für Ihre arme Mama geschickt. Es ist doch Dr. McDuff? Er wird jeden Moment eintreffen. Schade, daß er nicht in der Kirche war.« Ein leicht feindseliger Ton lag in seiner Stimme. Er wußte, daß der Arzt Schotte und Presbyterianer war, und das mißfiel ihm aufs äußerste. Ein Arzt hatte als Nonkonformist in einer Gegend wie dieser nichts zu suchen.

Alicia setzte sich mühsam auf. Ihre ersten Gedanken hatten nicht die alte Dame zum Gegenstand, sondern Verity. Sie hatte vorher noch nie einen Toten gesehen, und Augustus war doch ihr Vater, wenn sie auch kein sehr enges Verhältnis zueinander hatten.

»Verity«, sagte sie mit trockenem Mund, »was ist mit Verity?«

»Quälen Sie sich bitte jetzt nicht damit!« Die Stimme des Vikars wurde erregt bei dem Gedanken an eine drohende Hysterie. Er hatte keine Ahnung, wie er damit fertig werden sollte; noch dazu in einer Kirche. Der Gottesdienst war sowieso schon in eine Katastrophe ausgeartet: Die Mitglieder der Gemeinde waren entweder nach Hause gegangen oder standen draußen im Regen, gehalten von der Neugier, auch das neueste grausige Ereignis in dieser Affäre mitzubekommen. Die Polizei war direkt zur Kirche gerufen worden, und die ganze Angelegenheit artete in einen nicht wieder gutzumachenden Skandal aus. Er wünschte sich von Herzen, daß er nach Hause gehen und zu Mittag essen könnte; an einem wärmenden Feuer und zusammen mit einer vernünftigen Haushälterin, bei der sich nicht alles um ›Gemütsbewegungen‹ drehte.

»Meine liebe Dame«, begann er wieder, »seien Sie bitte versichert, daß man sich um Miß Verity mit der größtmöglichen Sorgfalt gekümmert hat. Lady Cumming-Gould hat sie in ihrer Kutsche nach Hause gebracht. Sie war natürlich sehr unglücklich und bestürzt, aber wer wäre das nicht – es ist alles so schrecklich. Aber wir müssen diese Last tragen, und die Gnade Gottes wird uns dabei helfen. Oh!« Sein Gesicht erhellte sich, als er sah, wie die dicke Gestalt von Dr. McDuff hereinkam und die Sakristeitür ins Schloß fallen ließ. Die Verantwortung konnte jetzt zumindest geteilt oder vielleicht sogar ganz übertragen werden. Schließlich mußte der Doktor sich um die Lebenden kümmern, und er selbst war für die Toten da, denn sonst war ja niemand dazu befähigt.

McDuff ging direkt auf die alte Dame zu und ignorierte die beiden anderen Anwesenden. Er nahm sie beim

Handgelenk, fühlte mehrere Sekunden lang ihren Puls und schaute ihr dann ins Gesicht.

»Schock«, sagte er knapp. »Ernstlicher Schock. Ich rate Ihnen, nach Hause zu fahren und soviel Ruhe zu halten, wie Sie glauben, daß Sie brauchen. Lassen Sie sich alle Ihre Mahlzeiten hinaufbringen, und empfangen Sie keine Besucher außer den nächsten Familienangehörigen – und nicht einmal die, wenn Ihnen nicht danach zumute ist. Verrichten Sie nichts Anstrengendes, und lassen Sie sich unter keinen Umständen durch irgend etwas aus der Fassung bringen.«

Das Gesicht der alten Dame entspannte sich vor Zufriedenheit und nahm wieder eine normale Farbe an.

»Gut«, sagte sie und stand mit seiner Hilfe auf. »Ich wußte ja, daß Sie das Richtige wüßten. Ich kann so etwas nicht mehr länger ertragen. Ich weiß nicht, was aus der Welt noch werden soll, wenn das so weitergeht. In meiner Jugend hat es so etwas nicht gegeben. Die Leute wußten damals, wo sie hingehörten, und sind auch dort geblieben. Sie waren auch zu sehr mit ihrer Arbeit beschäftigt, um sich herumzutreiben und die Gräber von über ihnen Stehenden zu entweihen. Heutzutage wird viel zu viel Bildung an die falschen Leute verschwendet; das ist die Ursache, verstehen Sie? Wenn erst ihre Neugierde geweckt ist, bekommen sie Appetit auf etwas, das nicht gut für sie ist. Es ist einfach nicht natürlich. Schauen Sie nur, was hier geschehen ist! Nicht einmal die Kirche ist noch sicher. Es ist fast noch schlimmer, als wenn die Franzosen eingefallen wären.« Mit diesen Worten stakste sie hinaus und stieß dabei ihren Stock wütend gegen die Tür.

»Die arme gute Dame«, murmelte der Vikar. »Was für ein entsetzlicher Schock für sie – und noch dazu in ihrem hohen Alter. Man sollte meinen, sie hätte es verdient, von den Sünden dieser Welt verschont zu werden.«

Alicia saß immer noch in der Kälte auf der Sakristeibank. Es wurde ihr plötzlich deutlich bewußt, wie groß ihre Abneigung gegen die alte Dame war. Sie konnte sich an keinen einzigen Augenblick erinnern – seit ihrer Verlobung mit Augustus –, an dem sie sich in ihrer Gegenwart wohlgefühlt hätte. Bis jetzt hatte sie dies immer verdrängt, Augustus zuliebe. Aber das war jetzt nicht mehr länger nötig. Augustus war tot.

Mit Schaudern erinnerte sie sich an seinen Leichnam auf der Gebetsbank und auf dem Tisch in dem kalten Leichenhaus, in dem der kleine Mann im weißen Mantel auf eine so erschreckende Weise glücklich war zwischen all seinen Leichen. Gott sei Dank war wenigstens der Mann von der Polizei ein wenig sachlicher gewesen; genaugenommen sogar ganz angenehm, auf seine Art.

Die Tür flog auf, und als ob sie ihn durch ihre Gedanken herbeigerufen hätte, stand Pitt vor ihr und schüttelte sich wie ein nasser Hund, so daß die Wassertropfen von seinem Mantel sprühten. Sie hatte nicht mehr damit gerechnet, daß jemand von der Polizei kommen würde, und jetzt drängten sich alle Arten von düsteren Ängsten in ihrem Kopf. Warum das alles? Warum war Augustus wiederum aus seinem Grabe auferstanden wie eine beharrliche, obszöne Erinnerung an die Vergangenheit, die sie davon abhielt, diese hinter sich zu lassen und der Zukunft entgegenzugehen? Die Zukunft hatte so verheißungsvoll geschienen. Sie hatte neue Leute kennengelernt, insbesondere eine Person, schlank und elegant, voll Fröhlichkeit und Charme – Eigenschaften, die Augustus längst verloren hatte. Vielleicht war er in seiner Jugend auch so gewesen, aber damals hatte sie ihn ja noch nicht gekannt. Sie wollte gerne tanzen, Witze über harmlose Dinge machen, am Spinett etwas anderes singen als Hymnen und ernste Balladen. Sie wollte gerne jemanden lieben und aufregende Dinge flüstern und eine Vergangenheit haben, die es wert war, sich an sie zu erinnern; wie die alte Dame, die sich ihre Jugend aus Hunderten von Briefen nochmals erlas. Zweifellos lag Traurigkeit in ihnen, aber auch Leidenschaft, wenn etwas Wahres an dem war, was sie daraus erzählte.

Der Mann von der Polizei starrte sie mit hellen, grauen Augen an. Er war die unordentlichste Kreatur, die sie je gesehen hatte, und paßte einfach nicht in eine Kirche.

»Das tut mir leid«, sagte er leise. »Ich dachte, schlimmer könnte es nicht mehr kommen.«

Ihr fiel keine Antwort darauf ein.

»Ist Ihnen jemand bekannt, dem so etwas zuzutrauen wäre, Madam?« fuhr er fort.

Sie schaute auf in sein Gesicht, und ein Abgrund von neuem Entsetzen tat sich vor ihr auf. Sie hatte angenommen, daß es sich um ein anonymes Verbrechen handelte, um das Werk irgendwelcher irrsinniger Vandalen. Sie hatte schon von Grabräuberei und Leichenschändung gehört, aber jetzt erkannte sie, daß dieser seltsame Mann dachte, es könnte etwas Persönliches sein, etwas, das gezielt auf Augustus gerichtet war – oder sogar auf sie selbst.

»Nein!« stieß sie hervor, und die Atemluft verfing sich in ihrem Hals. Sie schluckte heftig. »Nein, natürlich nicht!« Aber sie konnte die Hitze spüren, die ihr Gesicht überzog. Was würden die anderen Leute denken? Zweimal war Augustus schon aus seinem Grab geholt worden; beinahe so, als ob jemand nicht gewillt war, ihn zur Ruhe kommen zu lassen – oder, schärfer betrachtet, nicht gewillt war, sie ihn vergessen zu lassen.

Wer könnte das sein? Die einzige, die ihr dabei einfiel, war die alte Dame. Sie wäre sicherlich empört bei dem Gedanken, daß sie – Alicia – wieder heiraten könnte, und noch dazu so bald – und diesmal aus Liebe.

»Ich habe keine Ahnung«, sagte sie so ruhig, wie es ihr möglich war. »Wenn Augustus irgendwelche Feinde hatte, dann hat er nie von ihnen gesprochen, und ich kann mir auch kaum vorstellen, daß jemand, mit dem er bekannt war, so etwas tun könnte.«

»Ja.« Pitt nickte. »Es scheint jenseits von gewöhnlicher

Rachgier zu liegen; sogar für uns. Es ist erbärmlich kalt hier drinnen. Sie sollten besser nach Hause gehen und sich aufwärmen und auch etwas essen. Hier können Sie jetzt nichts weiter tun. Wir werden uns darum kümmern, daß ihm eine anständige Behandlung zuteil wird. Ich denke, Ihr Vikar hat bereits das Nötige veranlaßt.« Er ging auf die Tür zu, drehte sich aber dann noch einmal um. »Ich gehe davon aus, daß Sie ganz sicher sind, daß es Ihr verstorbener Gatte war, Madam. Sie haben doch sein Gesicht deutlich gesehen, nicht wahr? Es hätte doch niemand anderer sein können?«

Alicia schüttelte ihren Kopf. Sie konnte den Leichnam mit der grauweißen Haut deutlich vor sich sehen, deutlicher noch als die kalten Wände der Sakristei.

»Es war Augustus, Mr. Pitt. Da gibt es gar keinen Zweifel.«

»Ich danke Ihnen, Madam. Es tut mir wirklich sehr leid.« Er ging hinaus und zog die Tür hinter sich zu.

Draußen blieb Pitt einen Moment stehen, um einen Blick auf den verbliebenen Rest der Kirchengemeinde zu werfen. Sie zeigten alle ein großes Mitgefühl oder taten, als ob sie nur zufällig noch da wären und im Begriffe wegzugehen. Dann schritt er den Gehweg entlang hinaus auf die Straße. Diese Sache hatte ihm weit mehr zugesetzt, als es der tatsächliche Tatbestand eigentlich rechtfertigte. Viel schlimmere Dinge geschahen jeden Tag – Körperverletzungen, Erpressungen, Morde – und doch handelte es sich hier um eine unbarmherzige Obszönität, die etwas in ihm in Aufruhr versetzte – die Vorstellung, daß wenigstens der Tod unantastbar war.

Warum um alles in der Welt sollte jemand beharrlich die Leiche eines älteren Aristokraten ausgraben, der auf eine ganz natürliche Weise gestorben war?

Oder war dies eine bizarre, aber unübersehbare Art zu sagen, daß es eben nicht so war? War es denkbar, daß Lord Augustus ermordet worden war und jemand dies wußte?

Nach dieser zweiten Ausgrabung konnte er diese Frage nicht verdrängen. Man konnte ihn nicht einfach noch einmal beerdigen – und dann abwarten.

Zwar konnte er heute noch nichts unternehmen; es wäre zu indiskret gewesen. Er mußte sich an die Anstandsregeln halten, wenn er überhaupt eine Unterstützung von jenen erhalten wollte, zu denen er Verbindung hatte und die am ehesten etwas wissen oder einen Verdacht haben konnten. Nicht, daß er sich eine große Hilfe erwartete. Niemand wollte etwas mit Mord zu tun haben. Niemand wollte die Polizei mit ihren Untersuchungen und Fragen im Hause haben.

Und dazu kam noch, daß der Sonntag sein freier Tag war. Er wollte ihn zu Hause verbringen. Er hatte eine Lokomotive für Jemima gebastelt, die sie an einer Schnur ziehen konnte. Es war schwieriger gewesen, als er gedacht hatte, die Räder wirklich rund zu bekommen. Aber sie war entzückt davon und redete unaufhörlich in einem Durcheinander von Lauten, die für niemand anderen zu verstehen, für sie aber offensichtlich von großer Bedeutung waren, auf die Lokomotive ein. Es machte ihn unbeschreiblich glücklich.

Spät am Montag morgen machte er sich durch einen feinen, aber dichten Nebel auf den Weg nach Gadstone Park, um seine ersten Fragen zu stellen. Es war ein nicht ganz trübseliges Unterfangen, da er vorhatte, zuerst die Großtante Vespasia aufzusuchen. Die Erinnerung an sie erheiterte ihn ein wenig, und er ertappte sich dabei, wie er in seiner Droschke vor sich hin lächelte.

Er hatte diesen Zeitpunkt mit aller Sorgfalt gewählt: spät genug, daß sie bereits gefrühstückt hätte, und früh genug, daß sie noch nicht außer Haus gegangen wäre, um etwas zu erledigen.

Zu seiner Überraschung teilte ihm der Diener mit, daß

sie bereits Besuch hätte; er würde aber die gnädige Frau von Pitts Ankunft unterrichten, falls er dies wünschte.

Pitt fühlte eine Woge der Enttäuschung über sich hinwegspülen, und sein zustimmendes Ja hörte sich ziemlich derb an. Dann ließ er sich in das Besuchszimmer führen, um dort zu warten.

Der Diener kam unerwartet schnell zurück und geleitete ihn in das private Wohnzimmer. Vespasia saß in einem großen Sessel. Ihr Haar war peinlich genau nach oben gekämmt, und eine kinnhohe Spitzenbluse verlieh ihr ein täuschend echt wirkendes zerbrechliches Aussehen. Dabei war sie ungefähr von der gleichen Zartheit wie ein Stahlschwert, wie Pitt aus Erfahrung wußte.

Die anderen Anwesenden waren Sir Desmond Cantlay, Lady St. Jermyn und Somerset Carlisle. Pitt betrachtete – nun aus größerer Nähe – mit Interesse ihre Gesichter. Hester St. Jermyn war eine sehr beeindruckende Frau. Der Silberstreifen in ihrem Haar wirkte völlig natürlich und bildete einen äußerst attraktiven Kontrast zu dessen Schwarz. Somerset Carlisle war gar nicht so dünn und eckig, wie er in Trauerkleidung am Grabe gewirkt hatte, und doch hatte er immer noch dieses leicht Spöttische an sich – die unübersehbare Habichtsnase und die ausgeprägten Augenbrauen.

»Guten Morgen, Thomas«, sagte Vespasia trocken. »Ich habe Ihren Besuch erwartet, wenn auch nicht ganz so bald, wie ich gestehen muß. Ich kann mir denken, daß Sie sich bereits mit den anderen anwesenden Damen und Herren bekannt gemacht haben – oder umgekehrt.« Sie schaute in die Runde. »Ich kenne Inspektor Pitt bereits.« In ihrer knisternden Stimme lag etwas rätselhaft Bedeutungsvolles. Hester St. Jermyn und Sir Desmond sahen sie beide erstaunt an, aber Carlisle behielt seinen teilnahmslosen Gesichtsausdruck, abgesehen von einem feinen Lächeln. Er zog Pitts Augen auf sich.

Vespasia hatte anscheinend nicht vor, eine Erklärung

abzugeben. »Wir diskutieren über Politik«, sagte sie zu Pitt. »Eine ziemlich ausgefallene Beschäftigung für die Morgenstunden, finden Sie nicht auch? Kennen Sie die Arbeitshäuser?«

Pitts Gedanken flogen zu den trübseligen, stickigen Hallen voller Männer, Frauen und Kinder, die er gesehen hatte. Für den Lohn des Bleibendürfens zertrennten sie alte Hemden und nähten wieder neue aus den noch verwendbaren Teilen. Ihre Augen brannten, und ihre Glieder schmerzten. Im Sommer kamen sie vor Hitze fast um, und im Winter wurden sie von Bronchitis gequält. Aber es war die einzige Zuflucht für Familien oder für alleinstehende Frauen, die entweder zu alt oder zu häßlich oder zu ehrbar waren, um auf die Straße zu gehen. Er schaute auf Vespasias Spitze und auf Hesters haarfeine Ziernähte.

»Ja«, sagte er schroff, »die kenne ich.«

Vespasias Augen leuchteten auf. Sie hatte seine Gedanken sofort erfaßt. »Und Sie heißen sie nicht gut«, sagte sie langsam. »Abscheuliche Orte, besonders wenn man an die Kinder denkt.«

»Ja«, stimmte Pitt zu.

»Und trotzdem sind sie notwendig und alles, was das Armengesetz ermöglicht«, fuhr sie fort.

»Ja.« Das Wort klang sehr hart.

»Politik ist doch für manches gut.« Sie bewegte kaum den Kopf in Richtung der anderen. »Dadurch lassen sich die Verhältnisse ändern.«

Er revidierte seine Haltung und entschuldigte sich im Geiste bei ihr. »Wollen Sie etwas zu ihrer Änderung unternehmen?«

»Es ist den Versuch wert. Aber Sie sind doch bestimmt wegen dieser widerwärtigen Sache gestern in der Kirche gekommen. Ein Schurkenstück abscheulichster Geschmacklosigkeit.«

»Wenn es Ihnen recht ist, würde ich mich gerne mit Ihnen darüber unterhalten; bestimmte Untersuchungen könnten so auf eine diskretere Weise durchgeführt werden.«

Sie schnaubte. Sie wußte ganz genau, daß er damit meinte, sie könnten so mit viel weniger Ärger und wahrscheinlich mit größerer Effektivität durchgeführt werden. Doch die Anwesenheit der anderen hielt sie davon ab, dies zu sagen. Er sah es in ihrem Gesicht und lächelte.

Sie verstand, und ihre Augen funkelten, aber sie lächelte nicht zurück.

Carlisle stand langsam auf. Er war stattlicher und wahrscheinlich auch kräftiger, als er auf der Beerdigung gewirkt hatte.

»Vielleicht gibt es im Moment nicht mehr allzuviel, das wir noch tun könnten«, sagte er zu Vespasia. »Ich lasse unsere Notizen niederschreiben, und dann können wir noch mal darüber beraten. Ich denke, wir haben noch nicht alle notwendigen Informationen. Wir müssen St. Jermyn mit allem nur möglichen ausstatten, sonst wird er nicht in der Lage sein, die Argumente vorzubringen, mit denen er gegen diejenigen, die etwas dagegen einzuwenden haben – wie übel dies auch immer sein mag –, angehen kann.«

Hester stand ebenfalls auf, und Desmond folgte ihr.

»Ja«, sagte er zustimmend. »Ich bin sicher, Sie haben recht. Guten Morgen, Lady Cumming-Gould ...« Er sah Pitt unentschlossen an. Einerseits war es ihm nicht möglich, einen Polizisten als gesellschaftlich gleichstehend anzusprechen, andererseits war er doch verunsichert, weil dieser doch offensichtlich ein voll akzeptierter Gast im Wohnzimmer seiner Gastgeberin war.

Carlisle kam ihm zu Hilfe. »Guten Morgen, Inspektor. Ich wünsche Ihnen einen schnellen Erfolg bei Ihren Ermittlungen.«

»Guten Morgen, Sir.« Pitt neigte seinen Kopf nur ganz wenig. »Guten Morgen, Madam.«

Als sie gegangen waren und die Türe zu war, schaute

Vespasia ihn an. »So setzen Sie sich doch um Himmels willen«, befahl sie ihm. »Sie machen mich nervös, wenn Sie wie ein Diener herumstehen.«

Pitt gehorchte ihr. Er fand das üppig gepolsterte Sofa bequemer, als es aussah; es war weich und ausladend genug, daß er es sich darauf bequem machen konnte.

»Was wissen Sie über Lord Augustus Fitzroy-Hammond?« fragte er. Alle Verbindlichkeit war plötzlich verflogen, und es blieb nur noch der Tod – und vielleicht sogar Mord.

»Augustus?« Sie sah ihn lange und fest an. »Meinen Sie damit, ob ich jemanden kenne, der Wahnsinnige anheuert, damit sie den erbarmungswürdigen Mann wieder ausgraben? Nein, ich kenne niemanden. Er war nicht gerade jemand, der mich interessiert hätte; er hatte keine Fantasie und deswegen natürlich auch keinen Sinn für Humor. Aber das ist wohl kaum ein Grund, ihn auszugraben – eher das Gegenteil, würde ich meinen.«

»Ganz meiner Meinung«, stimmte er ihr sehr leise zu. »In der Tat Grund genug, ihn in sein Grab zu wünschen.«

Vespasias Gesicht veränderte sich. Es war das erste Mal, soweit er sich erinnern konnte, daß sie ihre so hervorragende Gemütsruhe verlor.

»Du lieber Himmel!« Sie stieß einen tiefen Seufzer aus. »Sie werden doch nicht etwa glauben, daß er ermordet wurde.«

»Ich muß es in Betracht ziehen«, antwortete er. »Zumindest die Möglichkeit. Er ist jetzt schon zweimal ausgegraben worden; das ist mehr als nur ein Zufall. Es kann sich dabei um Wahnsinn handeln, aber dann ist es kein zielloser Wahnsinn. Wer es auch immer ist, er will, daß Lord Augustus unbestattet bleibt – aus welchem Grund auch immer.«

»Aber er war doch so schrecklich gewöhnlich«, sagte sie geringschätzig und mit einem Anflug von Mitleid. »Er war zwar vermögend, aber doch nicht so sehr, daß es außergewöhnlich gewesen wäre. Der Titel ist überhaupt nichts wert, und zudem ist ja keiner da, der ihn erben könnte. Er war einigermaßen ansehnlich, aber keinesfalls gutaussehend und viel zu hochtrabend für eine romantische *affaire*. Ich kann mir wirklich denken...« Sie hielt mit einer müden kleinen Handbewegung inne.

Er wartete. Sie verstanden sich gut, und eine weitere Erörterung durch ihn wäre ein wenig beleidigend gewesen. Sie konnte die Schattierungen des Argwohns und der Sorge genausogut sehen wie er selbst.

»Ich glaube, es ist besser, daß ich es Ihnen sage, bevor Sie es durch Hintertreppengeschwätz erfahren«, sagte sie gereizt. Ihr Ärger bezog sich nicht auf ihn, sondern auf die Umstände.

Er verstand. »Und sicherlich auch genauer«, sagte er zustimmend.

»Alicia«, sagte sie ohne Umschweife. »Das war eine Vernunftehe. Was hätte es auch sonst sein sollen zwischen einem behüteten zwanzigjährigen Mädchen und einem bequemen, fantasielosen Mann in den Fünfzigern?«

»Sie hat einen Liebhaber.« Er sprach das Naheliegende aus.

»Einen Verehrer«, korrigierte sie ihn, »zunächst nur eine Bekanntschaft. Ich weiß nicht, ob Sie eine Ahnung davon haben, wie klein London in Wirklichkeit ist. Nach einiger Zeit ist es unvermeidlich, daß man sozusagen jeden kennenlernt, wenn man nicht gerade ein Einsiedler ist.«

»Und jetzt ist es mehr als eine bloße Bekanntschaft?«

»Natürlich. Sie ist jung, und die Träume der Jugend waren ihr versagt. Sie sieht sie in den Londoner Ballsälen paradieren – was sollte man denn sonst von ihr erwarten?«

»Wird sie ihn heiraten?«

Sie zog die silbernen Brauen über ihren klaren Augen kaum merklich nach oben. Ein nüchternes Registrieren des sozialen Unterschieds kam so zum Ausdruck; er war sich aber nicht sicher, ob auch Belustigung damit verbunden war.

»Thomas, man heiratet nicht wieder innerhalb eines Jahres nach dem Tod des Ehemannes oder erlaubt sich, es auch nur in Betracht zu ziehen, welche Gefühle man auch immer hat oder was man in der Heimlichkeit des Schlafzimmers auch immer tut. Vorausgesetzt natürlich, daß dieses Schlafzimmer im Haus von jemand anderem ist; an einem Wochenende zum Beispiel. Aber um Ihre Frage zu beantworten: Ich glaube, es ist gut möglich, wenn die vorgeschriebene Wartezeit vorbei ist.«

»Wie ist er denn?«

»Er hat dunkles Haar und sieht ausgesprochen gut aus. Kein Aristokrat, aber Gentleman. Er hat gute Manieren und ganz bestimmt auch Charme.«

»Auch Geld?«

»Wie praktisch gedacht von Ihnen. Keine große Menge, glaube ich; aber er sieht nicht so aus, als ob er welches nötig hätte – wenigstens nicht dringend.«

»Erbt Lady Alicia?«

»Zusammen mit der Tochter, Verity. Die alte Dame hat ihr eigenes Geld.«

»Sie wissen allerhand über die Familie.« Pitt lächelte entschuldigend.

Sie lächelte zurück. »Natürlich. Mit wem sollte man sich denn sonst den Winter über beschäftigen? Ich bin zu alt, um selber *affaires* zu haben, die einigermaßen interessant sind.«

Sein Lächeln wurde zu einem Grinsen, aber er machte keine Bemerkung. Schmeichelei war viel zu plump für sie.

»Wie ist sein Name, und wo wohnt er?«

»Ich habe keine Ahnung, wo er wohnt; aber ich bin sicher, Sie können das ganz leicht herausfinden. Sein Name ist Dominic Corde.«

Pitt erstarrte. Es konnte doch keine zwei Dominic Cordes geben: beide gutaussehend, beide charmant, beide jung und dunkelhaarig. Er erinnerte sich sehr deutlich an ihn; an sein ungezwungenes Lächeln, seine Höflichkeit, seine arrogante Haltung gegenüber Charlotte, seiner jungen Schwägerin, die ihn so schmerzlich liebte. Das war vor vier Jahren gewesen, noch bevor er – Pitt – sie kennenlernte. Die Cater-Street-Morde hatten damals ihren Anfang genommen. Aber konnte das Echo der ersten Liebe jemals ganz ersterben? Bleibt nicht etwas davon zurück, etwas, das eher mit Träumen als mit Tatsachen zu tun hat – Träume, die nie in Erfüllung gehen? Aber schmerzlich...

»Thomas?« Vespasias Stimme drang in seine Wirklichkeit und zog ihn zurück in die Gegenwart: Gadstone Park und die immerwährende Leiche von Lord Augustus Fitzroy-Hammond. Dominic liebte also Lady Alicia oder begehrte sie zumindest. Pitt hatte sie nur zweimal gesehen und doch dabei den Eindruck gewonnen, daß sie Charlotte ganz und gar unähnlich war und weit eher an Dominics erste Frau, Charlottes Schwester Sarah, erinnerte, die im Nebel ermordet worden war. Sie war hübsch und liebevoll und hatte das gleiche helle Haar wie Alicia und das gleiche sanfte Gesicht. Seine Gedanken kamen von Charlotte und Dominic nicht los.

»Thomas!« Vespasias Gesicht tauchte vor ihm auf, als er seinen Kopf hob. Sie hatte sich nach vorne gebeugt und wirkte ein wenig besorgt. »Geht es Ihnen gut?«

»Ja«, sagte er gedehnt. »Sagten Sie Dominic Corde?«

»Sie kennen ihn.« Es war eher eine Feststellung denn eine Frage. Sie hatte eine lange Zeit gelebt und vieles an Liebe und Schmerz kennengelernt. Es gab nicht viel, das sie nicht verstanden hätte.

Er wußte, daß sie eine Lüge sofort durchschaut hätte. »Ja, er war mit der inzwischen verstorbenen Schwester von Charlotte verheiratet.«

»Du liebe Güte.« Wenn sie noch mehr damit zum Ausdruck bringen wollte, so war sie viel zu taktvoll, es auch in

Worte zu fassen. »Er ist also Witwer. Ich kann mich nicht erinnern, daß er es erwähnt hätte.«

Pitt wollte nicht über Dominic sprechen. Er wußte, daß es einmal kommen mußte, aber er war noch nicht darauf vorbereitet. »Sagen Sie mir doch noch etwas über die anderen Bewohner von Gadstone Park!« bat er sie.

Sie sah ihn ein wenig überrascht an.

Er verzog das Gesicht auf leicht ironische Weise. »Ich kann mir nicht vorstellen, daß Alicia ihn ausgegraben hat«, sagte er und sah ihr dabei in die Augen, »oder Dominic?«

Ihr spitzenumhüllter Nacken entspannte sich. »Nein«, sagte sie etwas verdrossen. »Sicher nicht. Sie wären wohl die Letzten, die ihn zurückhaben wollten. Es sieht so aus – falls sich die ganze Sache nicht doch noch als rein zufällig herausstellt –, als ob einer von beiden Augustus ermordet hat oder jemand glaubt, daß es so ist.«

»Sagen Sie mir doch noch etwas über die anderen Bewohner des Parks!« wiederholte er.

»Die alte Dame ist eine unausstehliche Kreatur.« Vespasia nahm selten ein Blatt vor den Mund. »Sitzt den ganzen Tag oben in ihrem Schlafzimmer und verschlingt alte Liebesbriefe und Briefe voll Krieg und Blut und Ehre von Waterloo bis zur Krim. Sie sieht sich selbst als die letzte einer großen Generation. Sie kostet immer und immer wieder jeden Sieg ihres Lebens aus, sei er nun echt oder nur eingebildet, und wringt ihn bis zum letzten Tropfen aus, ehe er ihr entrissen wird. Sie mag Alicia nicht und denkt, sie hätte keinen Mut und keinen Stil.« Ein kurzes Mienenspiel erhellte ihr Gesicht. »Ich weiß wirklich nicht, ob sie Alicia mehr oder weniger schätzen würde, wenn sie ihr einen Mord an Augustus zutraute.«

Pitt bog sein Lächeln zu einer Grimasse um. »Was läßt sich über die Tochter sagen, über Verity?«

»Nettes Mädchen. Ich weiß gar nicht, wo sie das her hat; es muß von ihrer Mutter sein. Sie ist nicht außergewöhnlich hübsch, aber unter ihrem gut eingedrillten Betragen ist sie ganz schön lebendig. Ich hoffe nur, sie verheiraten sie nicht, ehe sie ein wenig Spaß hatte.«

»Wie kommt sie mit Alicia aus?«

»Ziemlich gut, soviel ich weiß. Aber Sie können sie außer acht lassen; sie wüßte ja gar nicht, wie sie einen Grabräuber finden sollte, und selber könnte sie so etwas wohl kaum tun.«

»Aber sie könnte diesen Gedanken vielleicht jemand anderem nahelegen«, sagte Pitt, »jemandem, der sie liebt – falls sie denkt, ihre Stiefmutter hätte ihren Vater ermordet.«

Vespasia holte tief Luft. »Glauben Sie das nicht. Das ist viel zu abwegig. Sie ist ein gutes Kind. Wenn sie einen solchen Verdacht hätte, würde sie ihn direkt vorbringen und Alicia anklagen, aber nicht herumgehen und jemanden dazu überreden, das Grab ihres Vaters zu schänden. Und sie mag Alicia ja auch wirklich, wenn sie nicht eine viel bessere Schauspielerin ist, als ich ihr zutraue.«

Pitt mußte dem zustimmen. Die ganze Angelegenheit war widersinnig. Vielleicht war es doch das Werk eines Wahnsinnigen, und die Tatsache, daß es zweimal dieselbe Leiche war, nur ein grotesker Zufall. Er sagte dies auch zu Vespasia.

»Ich mag eigentlich nicht an Zufälle glauben«, antwortete sie widerstrebend, »aber ich vermute, daß es sie trotzdem gibt. Die restlichen Bewohner des Parks sind ziemlich unauffällig. An Lord St. Jermyn habe ich nichts auszusetzen; ich kann ihn aber auch nicht besonders mögen, obwohl er es ist, der unsere Gesetzesinitiative in das Parlament einbringt. Hester ist eine gute Frau, die das Beste aus ihrer mittelmäßigen Situation macht. Sie haben vier Kinder, an deren Namen ich mich nicht erinnere.

Major Rodney ist Witwer. Er war nicht auf der Beerdigung, also haben Sie ihn auch nicht gesehen. Er kämpfte im Krimkrieg, glaube ich. Niemand kann sich an seine

Frau erinnern, die wohl vor fünfunddreißig Jahren gestorben ist. Er wohnt mit seinen unverheirateten Schwestern zusammen: Miß Priscilla und Miß Mary Ann. Sie reden zuviel und machen andauernd Marmelade und Lavendelkissen, sind aber sonst wirklich ganz angenehm. Über die Cantlays gibt es nicht viel zu sagen. Ich glaube, sie sind genau das, was sie zu sein scheinen: zivilisiert, großzügig und ein wenig gelangweilt.

Carlisle ist ein Dilettant. Er spielt ganz gut auf dem Klavier und hat versucht, ins Parlament zu kommen, aber es ist ihm nicht gelungen; er ist ein klein wenig zu radikal. Er möchte manches reformieren. Gute Familie, altes Geld.

Der einzige, der überhaupt ein wenig interessant ist, ist dieser schreckliche Amerikaner, der Nummer sieben gekauft hat; Virgil Smith heißt er. Ich frage Sie«, sie zog ihre Augenbrauen so hoch, wie es ihr nur möglich war, »wer in der Welt, außer einem Amerikaner, würde ein Kind Virgil nennen? Und dann noch zusammen mit dem Namen Smith! Er ist von einer Geradheit wie ein Graben – und hat auch die entsprechenden Manieren. Er hat nicht die leiseste Ahnung, wie er sich benehmen soll: mit welcher Gabel er essen oder wie er eine Herzogin anreden soll. Er spricht auch zu Hunden und Katzen auf den Straßen.«

Pitt hatte selber auch schon zu Hunden und Katzen gesprochen und fand daher den Mann auf Anhieb sympathisch. »Hat er Lord Augustus gekannt?« fragte er.

»Natürlich nicht! Glauben Sie denn, Lord Augustus hätte sich mit solchen Leuten abgegeben? Dazu war er zu fantasielos.« Ihre Stimme wurde sanfter. »Glücklicherweise bin ich alt genug, daß es nicht mehr darauf ankommt, in welcher Gesellschaft ich gesehen werde, und irgendwie mag ich ihn. Wenigstens ist er kein Langweiler.« Sie sah Pitt geradeheraus an. Er wußte, daß er selber zur Kategorie der gesellschaftlich unmöglichen Leute zählte, die diesen Mangel aber wieder ausglichen, indem sie keine Langweiler waren.

Er konnte momentan nichts weiteres von ihr erfahren, deshalb bedankte er sich für ihre Offenheit und verabschiedete sich. An diesem Abend würde er Charlotte sagen müssen, daß Dominic Corde irgendwie in die Sache verwickelt war, und darauf wollte er sich vorbereiten.

Charlottes Interesse an der Grabschändung war bisher nicht über ein gewisses Maß an Neugierde hinausgegangen. Es betraf ja niemanden, den sie kannte, wie das bei den Paragon-Walk-Morden im vergangenen Jahr der Fall war. Es gab genug zu tun im Haus, und Jemima beschäftigte sie mit ihrer Neugierde jede Minute, die sie wach war. Charlotte verbrachte die eine Hälfte des Tages mit Hausarbeit und die andere mit dem Enträtseln von Jemimas Fragen und ihrer Beantwortung. Immer häufiger konnte sie, unter Zuhilfenahme ihres Instinkts, verstehen, was Jemima meinte. Sie wiederholte die Worte langsam und deutlich, und Jemima ahmte sie ernst und beharrlich nach.

Um sechs Uhr, als Pitt kalt und naß nach Hause kam, war auch sie müde und genauso froh wie er, sich niedersetzen zu können. Es war die gemütliche Stunde nach dem Abendessen, als er es ihr sagte. Er hatte lange hin und her überlegt, welche Worte er wählen sollte; ob er langsam dazu überleiten oder einfach von Anfang an ganz deutlich sein sollte. Schließlich übermannte ihn seine Ungeduld.

»Ich war heute bei Tante Vespasia.« Er schaute auf sie, dann von ihr weg in das Kaminfeuer. »Wegen der Grabschändung. Sie kennt doch jeden in Gadstone Park.«

Charlotte wartete darauf, daß er fortfuhr.

Normalerweise konnte er sich gut zurückhalten und die richtigen Worte wählen, aber dies hier war zu stark; es drängte darauf, gesagt zu werden.

»Dominic ist darin verwickelt!«

»Dominic?« Sie schaute überrascht auf. Es war so unglaublich und kam so unerwartet, daß es keinen Sinn zu haben schien. »Was meinst du denn damit?«

»Dominic Corde hat mit den Fitzroy-Hammonds zu tun. Lord Augustus ist vor einigen Wochen gestorben, und sein Leichnam ist zweimal wieder ausgegraben worden. Er ist einmal auf den Sitz einer Droschke und ein andermal in seine eigene Gebetsbank in der Kirche gesetzt worden. Alicia, seine Ehefrau und nun seine Witwe, hat einen Verehrer und zwar schon seit einiger Zeit – Dominic Corde.«

Sie saß ganz ruhig und wiederholte im Geiste seine Worte, versuchte, sie zu begreifen. Sie hatte an Dominic monatelang nicht einmal gedacht, und jetzt fluteten alle ihre Jugendträume zurück und verwirrten sie durch ihre Präsenz und Intensität. Sie fühlte, wie die Röte in ihrem Gesicht brannte, und wünschte, daß Pitt niemals davon erfahren hätte und daß sie weniger offen gewesen wäre, als er ihr zum ersten Male in der Cater Street begegnet war.

Allmählich begann sie, die Ungeheuerlichkeit des Gesagten zu erfassen. Er hatte gesagt, Dominic sei darin verwickelt. Konnte er sich wirklich vorstellen, daß Dominic etwas mit dem Ausgraben der Leiche zu tun haben könnte? Sie konnte es nicht – nicht wegen der Grausamkeit und Pietätlosigkeit, die damit verbunden waren, sondern weil sie Dominic den Haß und die Aggressivität nicht zutraute, die nötig waren, um so etwas Unglaubliches zu tun.

»Inwiefern ist er in die Sache verwickelt?« fragte sie.

»Ich weiß es nicht.« Seine Stimme klang ungewöhnlich scharf. »Ich könnte mir vorstellen, daß er sie heiraten will.«

Zum ersten Male hatte er sie mißverstanden. »Ich meine, was hat er mit dem Ausgraben der Leiche zu tun?« berichtigte sie. »Du denkst doch wohl nicht, daß er es gewesen sein könnte? Wieso auch?«

Er zögerte, suchte ihre Augen und versuchte zu ergründen, was sie dachte und wie sehr es sie berührte. Er hatte die Röte in ihrem Gesicht bei der Erwähnung von Dominics Namen bemerkt, und dies hatte in ihm ein Frösteln ausgelöst und eine Unsicherheit, die er jahrelang nicht mehr gekannt hatte; nicht mehr, seit sein Vater seine Arbeit verloren und die Familie das große Haus verlassen hatte, in dem er geboren worden und aufgewachsen war.

»Ich denke nicht, daß er es getan hat«, antwortete er. »Aber ich muß die Möglichkeit in Betracht ziehen, daß Lord Augustus nicht auf die natürliche Weise gestorben ist, wie man bisher angenommen hat.«

Das Blut wich aus ihrem Gesicht. »Du meinst Mord?« Ihre Zunge war trocken. »Du meinst, Dominic könnte ihn ermordet haben? O nein, das glaube ich nicht! Ich kenne ihn – er ist nicht...«

»Nicht was?« fragte er, und in seiner Stimme lag wieder diese Schärfe. »Nicht fähig zu einem Mord?«

»Nein«, sagte sie knapp. »Ich glaube es einfach nicht, es sei denn, er wäre durch einen unglücklichen Umstand in großer Bedrängnis oder in einem Zustand großer Erregung gewesen. Aber wenn das der Fall war, hätte er sich hinterher gestellt. Er könnte nicht damit leben.«

»Hat er so ein zartes Gewissen?« entgegnete Pitt sarkastisch.

Sie war durch seine Härte verletzt. Sie konnte sich nicht vorstellen, warum er so war. Hatte er sich an ihre jugendliche Torheit erinnert und empfand er ihre Albernheit nach all der Zeit, die inzwischen vergangen war, noch immer als ärgerlich? Er konnte doch einfach nicht so nachtragend sein; es hatte sich doch um nichts weiter als um die romantische Schwärmerei eines Mädchens gehandelt. Sie hatte niemandem damit weh getan, außer sich selbst. Sie erinnerte sich noch deutlich an alles, was in der Cater Street geschehen war. Nicht einmal Sarah hatte etwas von ihren Gefühlen gemerkt, und Dominic schon gar nicht.

»Wir haben alle etwas an uns, das wir uns am liebsten nicht eingestehen würden«, sagte sie ruhig. »Etwas, für das wir alle möglichen Argumente finden, wieso es bei anderen unmöglich, in unserem eigenen Falle jedoch gerechtfertigt ist. Dominic ist in dieser Beziehung so, wie die meisten anderen auch. Aber der Fehler liegt in seiner Erziehung. Er hat seine Wertmaßstäbe von anderen Leuten übernommen, wie wir alle. Er hätte sich leicht eine Entschuldigung zurechtlegen können für eine Affaire mit einem Hausmädchen, weil das von den meisten Herren akzeptiert wird, aber niemand akzeptiert einen Mord an jemandem, nur damit man dessen Witwe heiraten kann. Dafür hätte Dominic keine Entschuldigung finden können, weder sich selbst noch einem anderen gegenüber. Nach der Tat hätte ihn das Entsetzen übermannt. Das habe ich gemeint.«

»Oh.« Er saß völlig bewegungslos da.

Einige Minuten lang war außer dem Knistern des Feuers nichts zu hören.

»Wie geht es Tante Vespasia?« fragte sie schließlich.

»So wie immer«, antwortete er höflich. Und dann wollte er noch mehr sagen, wollte den Kontakt wieder herstellen, ohne sich entschuldigen zu müssen, denn das hätte bedeutet, daß er sich zu den Gedanken, die er gehegt hatte, hätte bekennen müssen. »Sie sagte, du sollst sie doch einmal besuchen. Sie hat das schon bei der Beerdigung gesagt, aber ich habe vergessen, es dir zu sagen.«

»Wird es noch eine Beerdigung geben?« fragte sie. »Es ist wohl ein wenig – lächerlich.«

»Ich glaube schon. Aber ich lasse es nicht zu, daß es sofort wieder geschieht. Der Leichnam ist jetzt in Polizeigewahrsam. Ich möchte eine Obduktion.«

»Eine Obduktion! Du meinst, ihn aufschneiden?«

»Wenn du es so direkt sagen mußt.« Langsam begann er zu lächeln, und sie lächelte zurück. Plötzlich strömte die Wärme wieder in ihn, und er saß idiotisch grinsend da, wie ein kleiner Junge.

»Die Familie wird darüber nicht sehr erfreut sein«, sagte sie.

»Sie werden wütend sein«, stimmte er ihr zu. »Aber ich bin entschlossen, es zu tun – ich habe keine andere Wahl mehr.«

3. Kapitel

Es war unvermeidlich, daß Pitt am nächsten Tag Alicia aufsuchte. Wie widerwärtig es auch war, er mußte ihr verfängliche Fragen zu ihrer Beziehung zu Lord Augustus und Dominic Corde stellen. Und dann würde er natürlich auch wieder mit Dominic Corde zusammentreffen müssen.

Sie hatten sich seit seiner eigenen Hochzeit vor vier Jahren nicht mehr gesehen. Damals war Dominic seit kurzem verwitwet und wegen der Sorgen im Zusammenhang mit den Cater-Street-Morden ziemlich verschlossen gewesen. Er selbst war über den Erfolg, Charlotte für sich gewonnen zu haben, noch so verblüfft gewesen, daß er kaum jemand anderen wahrgenommen hatte.

Jetzt würde das anders sein. Dominic würde seinen Schock überwunden haben und ein neues Leben ohne die Ellisons und ohne Sarah führen. Er würde sicherlich früher oder später wieder heiraten. Er konnte nicht älter als zweiunddreißig oder dreiunddreißig sein, und er war in hohem Maße dazu prädestiniert. Auch wenn er es selber nicht vorhatte, so würde ihn doch manch anspruchsvolle Mutter für ihre Tochter haben wollen. Es würde wohl auf einen Wettbewerb zwischen verschiedenen Müttern hinauslaufen.

Er hatte nichts gegen Dominic persönlich; nur etwas gegen seine Beziehung zu Charlotte und ihre Träumereien, die sie um ihn gewebt hatte. Und er fühlte sich schuldig, weil er derjenige war, der ihn wiederum in die Schatten eines Mordes zerren mußte – falls es ihm nicht möglich war, die Angelegenheit aufzuklären, ehe von Mord gesprochen werden mußte.

Es war ein grauer, düsterer Morgen mit einem schneeschweren Himmel, als Pitt an der Klingel von Nummer zwölf, Gadstone Park, zog und der begräbnismäßig aussehende Diener ihn mit einem Seufzer der Resignation einließ.

»Lady Fitzroy-Hammond frühstückt gerade«, sagte er verdrossen. »Wenn Sie vielleicht im Salon warten wollen; ich werde sie informieren, daß Sie hier sind.«

»Vielen Dank.« Pitt folgte ihm gelassen und mußte dabei an einer kleinen, schon etwas älteren Bediensteten in einem ordentlichen, mit weißer Spitze besetzten Dienstkleid vorbei. Ihr spitzes Gesicht wurde noch spitzer, als sie ihn sah, und in ihren Augen blitzte es auf. Sie drehte sich um, eilte die Treppe hinauf und verschwand oben, als er in den stillen, eiskalten Salon ging.

Alicia kam ungefähr fünf Minuten später. Sie sah blaß und ein wenig gehetzt aus, als ob sie den Tisch verlassen hätte, ohne mit dem Frühstück fertig zu sein.

»Guten Morgen, Madam.« Er blieb stehen. Der Raum war zu kalt, um ein Gespräch zu führen, und schon gar für eine gelöste, eher weitschweifende Erklärung, um die er jetzt nicht herumkam.

Sie fröstelte. »Worüber müssen wir denn noch sprechen? Der Vikar hat mir versichert, er würde alles – erledigen.« Sie zögerte. »Ich – ich bin mir nicht sicher, wie es geschehen soll – schließlich hat die Beerdigung doch schon stattgefunden – und ...« Sie blickte finster und schüttelte ihren Kopf ein wenig. »Ich weiß wirklich nicht, was ich Ihnen noch sagen soll.«

»Könnten wir uns vielleicht irgendwo unterhalten, wo

es ein wenig gemütlicher ist?« schlug er vor. Er wollte nicht allzu deutlich sagen: wo es ein wenig wärmer ist.

Sie war irritiert. »Uns über was unterhalten? Ich weiß sonst nichts mehr.«

Er sprach, so sanft er konnte. »Grabschändung ist ein Verbrechen, Madam. Und wenn derselbe Leichnam zweimal ausgegraben wird, dann läßt sich das nicht als bloßer sinnloser Zufall abtun.«

Das Blut verschwand aus ihrem Gesicht. Sie starrte ihn sprachlos an.

»Könnten wir nicht in ein Zimmer gehen, in dem wir auf eine etwas angenehmere Weise darüber sprechen können?« Diesmal machte er aus seinem Vorschlag so etwas wie eine Anleitung – eine Anleitung für ein Kind.

Immer noch, ohne etwas zu sagen, drehte sie sich um und ging ihm voraus in ein kleines, sehr feminines Zimmer. Ein Feuer brannte bereits kraftvoll im Kamin, und seine Wärme verbreitete sich in dem Raum. Gleich nachdem sie das Zimmer betreten hatten, drehte sie sich um. Sie hatte ihre Fassung wiedergewonnen.

»Was würden Sie denn sagen, Inspektor, worum es sich handelt? Um mehr als Wahnsinn? Um etwas Geplantes?«

»Ich fürchte, ja«, sagte er nüchtern. »Eine Wahnsinnstat ist normalerweise nicht so – zielgerichtet.«

»Zielgerichtet auf was?« Sie machte die Türe zu und setzte sich auf ein kleines Sofa. Er saß ihr gegenüber und spürte, wie die Wärme seine vor Kälte starren Muskeln lockerte.

»Das ist es eben, was ich herausfinden muß«, antwortete er, »wenn ich sichergehen will, daß es nicht noch einmal geschieht. Sie sagten, Sie wüßten niemanden, der Ihrem Gatten so feindlich gesonnen gewesen wäre, daß er ihm so etwas antun hätte können.«

»Nein, niemanden.«

»Dann bleibt mir nichts anderes übrig, als zu überlegen, welche anderen Motive noch in Betracht kommen könnten«, sagte er sachlich. Sie war intelligenter, ruhiger, als er erwartet hatte. Er begann zu verstehen, daß sich Dominic wirklich zu ihr hingezogen fühlen konnte und daß dabei weder Geld noch gesellschaftliche Stellung eine Rolle spielen mußten. Er dachte daran, was Vespasia über die Fröhlichkeit und die Träume der Jugend gesagt hatte, und er ärgerte sich über die Einschränkungen und die Rücksichtslosigkeit gesellschaftlicher Konventionen, die sie dazu gebracht hatten, einen Mann wie Augustus Fitzroy-Hammond zu heiraten. »Oder wer das eigentliche Opfer sein könnte«, fügte er noch hinzu.

»Opfer?« wiederholte sie und wägte das Wort in Gedanken. »Ja, ich glaube, Sie haben recht. In einem gewissen Sinne sind wir alle Opfer – die ganze Familie.«

Er war noch nicht so weit, ihr Fragen zu Dominic zu stellen. »Sagen Sie mir doch bitte etwas über seine Mutter!« sagte er statt dessen. »Sie war doch in der Kirche, nicht wahr? Wohnt sie hier?«

»Ja. Aber ich weiß nicht, was ich Ihnen sagen könnte.«

»Könnte sie diejenige sein, die darunter leiden sollte; was meinen Sie?«

Ein kaum merkliches Zucken ging über ihr Gesicht; wie eine plötzliche Erkenntnis oder sogar wie ein momentan aufflackernder herber Galgenhumor. Oder hatte er es nur so gesehen, weil es seinem Gefühl entsprach?

»Wollen Sie mich damit fragen, ob sie Feinde hat?« Sie schaute ihn sehr direkt an.

»Hat sie welche?« Es gab jetzt keine Geheimniskrämerei mehr zwischen ihnen. Er hatte verstanden, und sie hatte ihm dies angesehen.

»Sicherlich. Niemand kann so alt werden wie sie, ohne sich Feinde zu machen«, sagte sie. »Aber die meisten davon sind schon gestorben. Alle Rivalinnen aus ihrer Jugendzeit oder alle Gegenspieler aus den Tagen ihrer gesellschaftlichen Macht sind bereits tot oder zu alt, um sich noch für sie zu interessieren. Ich könnte mir vorstellen, daß die meisten Konten schon vor langer Zeit beglichen wurden.«

Es lag zuviel Wahrheit in diesen Worten, als daß noch etwas zu erörtern geblieben wäre. »Und die Tochter, Miß Verity?« fuhr er fort.

»O nein.« Sie schüttelte sofort ihren Kopf. »Sie verkehrt ja erst seit kurzer Zeit in der Gesellschaft. Es ist keine Bosheit in ihr, und sie hat niemandem etwas zuleide getan, nicht einmal unbeabsichtigt.«

Er hatte keine Ahnung, wie er das Unvermeidliche zur Sprache bringen sollte. Es war noch nie einfach gewesen, die Worte, die auf eine Anschuldigung hinausliefen, richtig zu wählen, besonders wenn die Person, an die sie gerichtet wurden, sie nicht erwartete, aber er hatte sich mit der Zeit an solche Situationen gewöhnt; so wie man mit Rheumatismus lebt und weiß, daß es ab und zu schmerzhaft werden wird, und sich darauf einstellt. Aber diesmal war es schwieriger als gewöhnlich. Er wollte es wieder mit verstecktem Fragen versuchen.

»Könnte nicht so etwas wie Neid im Spiel sein?« fragte er. »Sie ist ein reizendes Mädchen.«

Alicia lächelte und demonstrierte Geduld gegenüber seiner Unwissenheit. »Die einzigen Menschen, die junge Mädchen aus der Gesellschaft beneiden, sind andere junge Mädchen aus der Gesellschaft. Können Sie sich wirklich vorstellen, Inspektor, daß eines davon Männer engagiert hat, um ihren toten Vater auszugraben?«

Er kam sich albern vor. »Nein, sicher nicht.« Er gab es auf, besonders taktvoll sein zu wollen; es machte ihn nur noch unbeholfener. »Wenn es also nicht die Witwe Lady Fitzroy-Hammond ist und auch nicht Miß Verity, könnte es dann sein, daß Sie es sind?«

Sie schluckte und ließ ein paar Sekunden vergehen, ehe sie antwortete. Ihre Finger umklammerten die hölzerne Armstütze des Sofas.

»Ich hatte nicht gedacht, daß mich jemand so sehr hassen könnte«, sagte sie leise.

Er ließ nun nicht mehr locker. Mitleid war jetzt nicht angebracht. Sie wäre nicht die erste Mörderin, die in der Schauspielkunst Großes leistete.

»Es hat schon mehr als ein Verbrechen aus Eifersucht gegeben.«

Sie saß völlig unbewegt. Eine Zeitlang dachte er, sie würde keine Antwort darauf geben.

»Meinen Sie damit Mord, Inspektor Pitt?« sagte sie schließlich. »Es ist entsetzlich, ekelhaft und ein Alptraum, aber wieso Mord? Augustus starb an Herzversagen. Er war mehr als eine Woche lang krank. Fragen Sie Dr. McDuff!«

»Vielleicht möchte jemand, daß wir denken sollen, es sei Mord.« Pitt sprach mit verhaltener Stimme, emotionslos, als ob es sich um ein wissenschaftliches Problem handelte.

Sie erfaßte plötzlich, was er dachte. »Sie glauben, daß jemand Augustus – ausgrub, damit die Polizei Notiz nimmt? Glauben Sie, daß jemand eine von uns so sehr hassen könnte?«

»Ist das denn völlig ausgeschlossen?«

Sie wandte sich ein wenig ab und schaute in das Feuer. »Ich nehme an, es wäre möglich; es wäre töricht zu sagen, daß es absolut ausgeschlossen ist. Aber es ist ein schrecklicher Gedanke. Ich wüßte nicht wer – oder warum.«

»Mir wurde gesagt, daß Sie mit einem gewissen Mr. Dominic Corde bekannt sind.« Jetzt war es heraus. Er beobachtete, wie sich ihre Wangen färbten. Er hatte gedacht, er würde deshalb eine Abneigung gegen sie entwickeln, schließlich war sie erst seit kurzem verwitwet. Aber dem war nicht so. Sie tat ihm leid, wegen ihrer Verlegenheit und auch wegen des Umstandes, daß sie sich wahrscheinlich in einem Schwebezustand befand, in dem sich die eigenen Gefühle nicht mehr leugnen ließen und man sich der Gefühle des anderen noch nicht sicher sein konnte.

Sie schaute immer noch von ihm weg. »Ja, das stimmt.« Sie griff wieder nach der Armstütze. Ihre Hände waren sehr weich und daran gewöhnt, zu sticken und Blumen zu arrangieren. Sie sah sich veranlaßt, noch mehr zu diesem Thema zu sagen: »Warum fragen Sie?«

Er war jetzt feinfühliger. »Könnte es sein, daß jemand auf Ihre Freundschaft eifersüchtig ist? Ich kenne Mr. Corde; er ist sehr charmant und ein Mann zum Heiraten.«

Die Farbe in ihrem Gesicht vertiefte sich, und ihre Verlegenheit wurde – da sie dies wahrscheinlich spürte – noch peinlicher für sie.

»Das mag schon sein, Mr. Pitt.« Ihre Augen blickten ihn scharf an. Es fiel ihm erst jetzt auf, daß sie haselnußbraun waren. »Aber ich bin erst seit kurzem verwitwet...« Sie hielt inne. Vielleicht erkannte sie, wie aufgesetzt sich ihre Worte anhörten. Sie begann von neuem: »Ich kann mir nicht vorstellen, daß jemand so verdorben sein könnte, so etwas aus gesellschaftlichem Neid zu tun; auch nicht, wenn es dabei um Mr. Corde geht.«

Er saß ihr immer noch gegenüber, nur ein kurzes Stück von ihr entfernt. »Können Sie sich irgendeinen vernünftigen Grund vorstellen, den irgendeine vernünftige Person haben könnte, um so etwas zu tun?«

Es herrschte wieder Stille. Das Feuer knisterte und zerstob in Funken. Er streckte den Arm aus, griff nach der Zange und legte noch ein großes Stück Kohle nach. Es war ein Luxus, Brennmaterial ohne einen Gedanken an die Kosten zu verheizen. Er legte ein zweites Stück nach und ein drittes. Das Feuer loderte in gelber Hitze.

»Nein«, sagte sie sanft. »Da haben Sie wohl recht.«

Noch ehe er wieder etwas sagen konnte, ging die Tür auf, und eine energische alte Dame in Schwarz kam herein. Bei jedem Schritt stieß sie mit dem Stock auf den Boden. Sie musterte Pitt geringschätzig, als dieser ganz automatisch aufstand.

Alicia stand ebenfalls auf. »Mama, das ist Inspektor Pitt von der Polizei.« Sie wandte sich Pitt zu. »Meine Schwiegermutter, Lady Fitzroy-Hammond.«

Die alte Dame machte keine Bewegung. Sie hatte nicht beabsichtigt, mit einem Polizisten bekannt gemacht zu werden, als ob dieser gesellschaftsfähig wäre – und ganz bestimmt nicht in ihrem eigenen Haus, als das sie es immer noch ansah.

»Das hatte ich mir schon gedacht«, sagte sie säuerlich. »Du hast doch sicher einige Dinge zu erledigen, Alicia? Der Haushalt kommt ja nicht zum Stillstand, wenn jemand gestorben ist. Du kannst nicht erwarten, daß sich das Personal selbst beaufsichtigt. Schau nach dem Essen und sieh zu, daß die Mädchen richtig beschäftigt werden! Gestern war Staub auf dem Fenstersims im oberen Treppenhaus. Ich habe meinen Ärmelaufschlag damit beschmutzt.« Sie holte tief Luft. »Also, Mädchen, steh hier nicht rum! Wenn dich der Polizist sehen will, kann er ja noch mal kommen.«

Alicia schaute Pitt kurz an, und dieser schüttelte seinen Kopf. Sie akzeptierte ihre Entlassung durch ihn mit der ihr anerzogenen Höflichkeit und ihrem Respekt vor dem Alter. Als sie gegangen war, watschelte die alte Dame auf das Sofa zu und setzte sich; den Stock behielt sie in der Hand.

»Warum sind Sie hier?« wollte sie wissen. Sie trug eine weiße Spitzenhaube, und Pitt bemerkte, daß ihr Haar darunter noch ungekämmt war. Er vermutete, daß ihr seine Ankunft von einer Bediensteten gemeldet worden war und sie übereilt das Bett verlassen hatte, um ihn nicht zu verpassen.

»Um zu sehen, ob ich herausbringen kann, wer Ihren Sohn wieder ausgegraben hat«, antwortete er ohne Umschweife.

»Wie bitte? Glauben Sie denn, es sei eine von uns gewesen?« Sie war angewidert von seiner Dummheit, und sie sorgte dafür, daß er dies auch merkte.

»Wohl kaum, Madam«, antwortete er ihr im gleichen Tonfall. »Das ist eine Arbeit für einen Mann. Aber ich kann mir gut vorstellen, daß es jemand von Ihnen treffen sollte. Und da es zweimal geschehen ist, können wir nicht davon ausgehen, daß es einfach nur ein Zufall ist.«

Sie stieß ihren Stock auf den Boden. »Das sollten Sie auf alle Fälle untersuchen!« sagte sie mit Befriedigung, und ihre Gesichtshaut spannte sich über ihre dicken Backen. »Versuchen Sie soviel wie möglich herauszubekommen! Es gibt eine Menge Leute, die etwas darstellen, das sie gar nicht sind. Ich würde an Ihrer Stelle mit Mr. Dominic Corde anfangen.« Ihre Augen wichen keinen Moment von seinem Gesicht. »Er ist mir viel zu glatt. Und es würde mich nicht wundern, wenn er hinter Alicias Geld her wäre. Schauen Sie ihn sich gut an! Er hat hier schon herumgeschnüffelt, bevor der arme Augustus tot war – lange davor. Hat ihr den Kopf verdreht mit seinem schönen Gesicht und seinen guten Manieren – törichtes Mädchen! Als ob ein Gesicht etwas wert wäre. Als ich so alt war wie sie jetzt, habe ich zwanzig solche gekannt.« Sie schnippte laut mit den Fingern. »Die europäischen Höfe sind voll davon. Jeden Sommer wächst eine neue Brut heran. Sie taugen für eine Saison, dann sind sie wieder weg. Abfall! Es sei denn, sie heiraten eine reiche Frau, die auf sie hereinfällt. Erkundigen Sie sich nach seinem Vermögen, und stellen Sie fest, ob er Schulden hat!«

Pitt zog die Brauen hoch. Er hätte den Verdienst einer ganzen Woche dafür gegeben, ihr gehörig die Meinung sagen zu können; aber leider wäre es der eines ganzen Lebens gewesen.

»Glauben Sie, daß er Lord Augustus ausgegraben haben könnte?« fragte er unschuldig. »Ich kann keinen Grund dafür sehen.«

»Seien Sie doch nicht so ein Narr!« fauchte sie. »Eher hat er ihn ermordet. Oder das törichte Mädchen dazu angestiftet. Ich wage zu sagen, jemand weiß es und hat Augustus ausgegraben, um darauf hinzuweisen.«

Er schaute ihr geradewegs ins Gesicht. »Wußten Sie davon, Madam?«

Sie starrte ihn mit einem vor Zorn versteinerten Gesicht an, während sie überlegte, welche Gefühlsregung sie zeigen sollte.

»Meinen eigenen Sohn ausgraben!« sagte sie schließlich. »Sie sind ein Barbar! Ein Irrer!«

»Nein, Madam.« Pitt weigerte sich, ihren Köder anzunehmen. »Sie mißverstehen mich. Ich meinte damit, ob Sie den Verdacht hatten, daß Ihr Sohn ermordet wurde.«

Sie erkannte plötzlich die Falle, und ihr Zorn verflüchtigte sich. Sie schaute ihn mit müden, kleinen Augen an. »Nein, den hatte ich nicht. Damals nicht. Allerdings fange ich jetzt an, diese Möglichkeit in Betracht zu ziehen.«

»Ich glaube, das wäre alles, gnädige Frau.« Pitt stand auf. Er mußte alles nur Mögliche in Erfahrung bringen, aber das giftige Geschwätz dieser alten Frau würde in diesem frühen Stadium die Tatsachen nur verschleiern. Mord war noch nichts weiter als eine Möglichkeit, und es gab noch andere Möglichkeiten: Haß oder einfach Vandalismus.

Sie schnaubte und streckte ihre Hand aus, damit ihr aufgeholfen werde. Dann fiel ihr ein, daß er ja nur ein Polizist war, und sie zog die Hand wieder zurück und stand alleine auf. Dabei stieß sie den Stock auf den Boden.

»Nisbett!«

Die allgegenwärtige Bedienstete erschien so schnell, als ob sie an der Tür gelehnt hätte.

»Bringen Sie diesen Herrn hinaus!« befahl die alte Dame und deutete mit dem Stock die Richtung an. »Und dann bringen Sie mir eine Tasse Schokolade hinauf in mein Zimmer. Ich weiß nicht, was los ist mit der Welt; es wird jeden Winter noch kälter. Früher war das nicht so. Wir wußten unsere Häuser anständig zu heizen.« Sie stapfte hinaus, ohne Pitt noch mal anzusehen.

Pitt folgte Nisbett in die Halle und wollte gerade gehen, als er Stimmen aus einem Zimmer zu seiner Linken hörte. Eine davon gehörte einem Mann. Sie war nicht laut, aber sehr klar und deutlich. Sie löste eine Flut von Erinnerungen in ihm aus; es konnte nur die von Dominic Corde sein.

Er lächelte Nisbett entwaffnend an, was sie nicht wenig verwirrte, ging dann abrupt auf die Tür zu, deutete mit seinen Knöcheln ein Klopfen an, öffnete sie und trat in das Zimmer.

Dominic stand mit Alicia am Kamin. Sie schauten beide überrascht zur Tür, als er so hereinplatzte. Alicia errötete, und Dominics Haltung forderte eine sofortige Erklärung. Dann erkannte er Pitt.

»Thomas!« Seine Stimme wurde vor Überraschung ein wenig höher. »Thomas Pitt!« Dann gewann er seine Fassung wieder zurück, lächelte und hielt ihm seine Hand hin. Es war aufrichtig gemeint, und Pitts Abneigung gegen ihn verschwand. Aber er durfte nicht vergessen, warum er eigentlich hier war. Es ging um Mord, und einer von den beiden – oder alle zwei – konnte damit zu tun haben. Und auch wenn es sich nur um Grabschändung handelte – dann waren sie sicherlich die Zielscheibe der ganzen Aktion.

Er ergriff Dominics ausgestreckte Hand. »Guten Morgen, Mr. Corde.«

Dominic war ganz arglos, wie er es immer gewesen war. »Guten Morgen. Wie geht es Charlotte?«

Pitt verspürte eine sonderbare Mischung aus stolzer Freude, weil Charlotte nun seine Frau war, und Verstimmung, weil Dominic so unbefangen, so ganz natürlich nach ihr gefragt hatte. Aber schließlich hatte er in all den Jahren, in denen er mit Sarah verheiratet gewesen war, in demselben Haus wie sie gewohnt und hatte es miterlebt, wie aus einem Mädchen eine junge Frau wurde. Und während dieser ganzen Zeit war es ihm nicht in den Sinn gekommen, daß Charlotte in ihn vernarrt gewesen sein könnte.

Aber nun war es etwas anderes; er war jetzt dreißig und erwachsener und sich sicherlich auch seiner Wirkung auf Frauen bewußter. Und neben ihm stand Alicia und nicht seine junge Schwägerin.

»Danke, es geht ihr sehr gut«, antwortete Pitt. Er konnte es sich nicht verkneifen, noch hinzuzufügen: »Und Jemima ist jetzt zwei Jahre alt und schon sehr gesprächig.«

Dominic war ein wenig überrascht. Vielleicht hatte er an Charlotte nicht im Zusammenhang mit Kindern gedacht. Er und Sarah hatten ja keine. Pitt bedauerte noch im selben Moment seine Prahlerei. Mit diesen wenigen gefühlsbetonten Worten hatte er bereits das Abstandhalten unmöglich und die Professionalität, die er beibehalten wollte, zunichte gemacht.

»Ich hoffe, Ihnen geht es auch gut«, sagte er ein wenig mühsam. »Das ist ja eine sehr schlimme Sache mit Lord Fitzroy-Hammond.«

Dominics Gesicht nahm an Farbe zu, dann verschwand das Blut wieder daraus. »Entsetzlich«, sagte er zustimmend. »Ich hoffe, Sie können denjenigen, der es getan hat, ausfindig und unschädlich machen. Er muß doch sicherlich verrückt und nicht allzu schwer zu enttarnen sein.«

»Leider ist Wahnsinn nicht so leicht zu erkennen wie Pocken«, antwortete Pitt. »Er verursacht keine Pusteln, die sofort zu sehen wären.«

Alicia stand schweigend da und wurde immer noch von der Tatsache in Anspruch genommen, daß sich die beiden Männer offensichtlich kannten und daß dies nicht nur ein Zufall oder eine beiläufige Bekanntschaft war.

»Nicht für ein ungeübtes Auge«, pflichtete Dominic bei.

»Aber Sie sind ja nicht ungeübt. Und gibt es denn keine Ärzte oder so etwas bei Ihnen?«

»Ehe man etwas einer Krankheit zuschreibt, muß man darüber Bescheid wissen«, stellte Pitt richtig. »Und Grabschändung ist keine Angelegenheit, mit der ein Polizist mehr als einmal in seinem Berufsleben konfrontiert wird.«

»Wie steht es denn mit dem Verkauf von Leichen für medizinische Untersuchungen? Hat es da nicht einen regen Handel gegeben? Es tut mir leid, Alicia...« entschuldigte er sich.

»Leichenräuber? Das liegt schon lange zurück«, antwortete Pitt. »Und Institute bekommen jetzt ihre Leichen auf ganz legale Weise.«

»Dann kann es das auch nicht sein.« Dominics Schultern sanken herab. »Es ist einfach gräßlich. Oder glauben Sie – nein, das kann es auch nicht sein. Sie haben dem Leichnam ja nichts angetan. Es kann sich also nicht um Nekrophilie handeln, oder um schwarze Magie oder so etwas...«

Nun sprach auch Alicia: »Mr. Pitt muß die Möglichkeit in Betracht ziehen, daß man Augustus nicht rein zufällig ausgegraben hat, sondern absichtlich; entweder aus Haß auf ihn oder auf einen von uns.«

Dominic war nicht so überrascht, wie Pitt erwartet hätte. Es kam ihm der Gedanke, daß sie ihn bereits informiert hatte, ehe er in das Zimmer kam. Vielleicht war das sogar Thema ihres Gesprächs gewesen.

»Ich kann mir nicht vorstellen, daß jemand so gehässig ist«, sagte Dominic geradeheraus.

Das war Pitts Chance, und er nahm sie wahr. »Für Haß gibt es viele Gründe«, sagte er und gab sich dabei Mühe, seine Stimme so unpersönlich wie möglich klingen zu lassen. »Angst ist einer der ältesten. Obwohl ich bis jetzt noch keinen Grund erkennen konnte, warum jemand vor Lord Augustus Angst haben mußte. Es könnte sich herausstellen, daß er eine Macht hatte, von der ich nichts weiß; finanzielle Macht oder die Macht des Wissens von einer Sache, die jemand anderer unter allen Umständen geheimgehalten haben möchte. Er könnte etwas in Erfahrung gebracht haben, vielleicht sogar unabsichtlich.«

»Dann hätte er es auch geheimgehalten«, sagte Alicia überzeugt. »Augustus war sehr loyal und hat niemals geschwätzt.«

»Er hätte es als seine Pflicht erachten können, wenn es sich dabei um ein Verbrechen handelte«, gab Pitt zu bedenken.

Weder Alicia noch Dominic antworteten darauf. Sie standen beide nur schweigend da, Dominic so nahe am Feuer, daß es seine Beine versengen mußte.

»Oder Rache«, fuhr Pitt fort. »Menschen können ihr Verlangen nach Rache so lange hegen und nähren, bis es mit den Jahren so ungeheuerlich wird, daß es nicht mehr zu bändigen ist. Die eigentliche Kränkung muß gar nicht so gewichtig gewesen sein, vielleicht gar keine wirkliche Kränkung, sondern lediglich ein Erfolg, der dem anderen versagt blieb.«

Er zog die Luft ein und spürte, daß er dem, was er zu sagen beabsichtigte, ein wenig näher kam.

»Und dann gibt es auch noch die Habgier, eines der verbreitetsten Motive auf der Welt. Es könnte sein, daß jemand von seinem Tod profitieren konnte; auf eine Art und Weise, die jetzt noch nicht ohne weiteres augenfällig ist.«

Das Blut verschwand aus Alicias Gesicht und strömte scharlachrot wieder zurück. Pitt hatte nicht eine so einfache Sache wie eine Erbschaft gemeint, aber er wußte, daß sie dies dachte. Dominic blieb ebenfalls still und trat von einem Fuß auf den anderen. Es hätte aus Unbehagen sein können, oder auch nur deswegen, weil er zu nahe am Feuer stand und nicht davon abrücken konnte, ohne Pitt zu bitten, sich ebenfalls ein Stück wegzubewegen.

»Oder Eifersucht«, sagte Pitt. »Oder ein Verlangen nach

Freiheit. Vielleicht stand er einer Sache im Wege, die jemand anderer verzweifelt ersehnte.« Er konnte ihnen jetzt nicht direkt ins Gesicht sehen, und er war sich bewußt, daß sie sich auch nicht ansahen.

»Eine Menge Gründe.« Er trat einen Schritt zurück, um es Dominic zu ermöglichen, sich ein wenig von der Hitze zu entfernen. »Und jeder davon ist so lange eine Möglichkeit, bis wir das Gegenteil herausfinden.«

Alicia schluckte. »Und – und die wollen Sie alle untersuchen?«

»Vielleicht ist es nicht nötig«, antwortete er. Er fühlte sich hart und grausam dabei und haßte seinen Beruf, denn der Verdacht nahm in ihm bereits Gestalt an; wie ein Bild, das aus dem Nebel auftaucht. »Vielleicht finden wir die Wahrheit schon sehr bald heraus.«

Es war kein Trost für sie, und das lag auch nicht in seiner Absicht. Sie kam ein wenig nach vorne und stellte sich zwischen Pitt und Dominic. Es war eine Gebärde, die er schon Hunderte Male gesehen hatte: bei einer Mutter, die ein unbändiges Kind verteidigte; bei einer Ehefrau, die um ihres Mannes willen log; bei einer Tochter, die ihren betrunkenen Vater entschuldigte.

»Ich hoffe, daß Sie dabei diskret vorgehen, Inspektor«, sagte sie leise. »Sie könnten sonst eine Menge unnötiger Beunruhigungen auslösen und dem Andenken meines verstorbenen Mannes unrecht tun; ganz zu schweigen von denjenigen, denen Sie vielleicht solche Motive unterstellen.«

»Selbstverständlich«, sagte er zustimmend. »Wir werden nur den Tatsachen nachgehen; Unterstellungen wird es nicht geben.«

Sie wirkte nicht so, als ob sie ihm Glauben schenken könnte, aber sie sagte nichts mehr darauf.

Pitt verabschiedete sich, und der Diener sorgte dafür, daß es diesmal auch wirklich dabei blieb.

Draußen packte ihn wieder die Kälte und bemächtigte

sich seiner sogar durch Jacke und Mantel hindurch. Der Nebel war verschwunden, und ein schneidender Wind trieb Graupelschauer vor sich her. Seufzend wehte er durch die Lorbeerbüsche und den Magnolienbaum. Er mußte jetzt auf einer Obduktion von Augustus Fitzroy-Hammond bestehen; es gab keine Alternative. Die Möglichkeit eines Mordes durfte nicht ignoriert oder auf diskrete Weise überspielt werden, weil sie vielleicht zu viele Menschen verletzen konnte.

Er hatte die Adresse von Dr. McDuff schon vorher herausgesucht und ging nun auf dem kürzesten Weg dorthin. Je weniger Zeit er hatte, darüber nachzudenken, um so besser war es. Mit Charlotte würde er zu gegebener Zeit darüber sprechen.

Dr. McDuffs Haus war geräumig und sah solide aus, wie sein Besitzer. Nichts daran gab Anlaß zu irgendwelchen fantasievollen Spekulationen, die seine Selbstzufriedenheit hätten gefährden können. Pitt wurde wieder einmal in einen kalten Salon geführt und mußte dort warten. Nach einer Viertelstunde wurde er in das Studierzimmer geleitet. Es war voller Bücher, in Leder gebunden und ein wenig abgegriffen. Dort stand er nun vor einem riesigen Schreibtisch wie ein Schuljunge, der seinem Lehrer Fragen zu beantworten hat. Aber wenigstens brannte hier ein Feuer.

»Guten Morgen«, sagte Dr. McDuff mit unbewegter Miene. Er mag in seiner Jugend ganz nett anzusehen gewesen sein, aber jetzt hatten Zeit und Unduldsamkeit Falten in sein Gesicht gekerbt, und seine Selbstzufriedenheit hatte unvorteilhafte Linien um seinen Mund und seine Nase gezogen. »Was kann ich für Sie tun?«

Pitt zog den einzigen Stuhl, der noch im Zimmer stand, zu sich heran und setzte sich. Er weigerte sich, sich von diesem Mann wie ein Dienstbote behandeln zu lassen. Schließlich war er auch nur jemand, der, wie er selbst, seinen Beruf ausübte und für den Umgang mit den weniger erfreulichen Dingen des menschlichen Daseins ausgebildet worden war und dafür bezahlt wurde.

»Sie waren der behandelnde Arzt von dem verstorbenen Lord Augustus Fitzroy-Hammond«, begann er.

»Ja, so ist es«, antwortete McDuff. »Aber das ist wohl kaum etwas, womit sich die Polizei befassen müßte. Der Mann starb an Herzversagen. Ich habe den Totenschein unterschrieben. Über diese entsetzliche Schändung weiß ich nichts. Das ist Ihre Sache, und je eher Sie deswegen etwas unternehmen, um so besser.«

Pitt konnte seine Feindseligkeit förmlich in der Luft spüren. Für McDuff war er ein Vertreter der gemeinen Welt jenseits seines eigenen Kreises von Kultiviertheit und blasierter Lebensart; eine Flutwelle, die ein für allemal mit Sandsäcken der Diskriminierung und des gesellschaftlichen Dünkels zurückgehalten werden mußte. Wenn er überhaupt etwas bei ihm erreichen konnte, dann nicht durch ungestümes Vorpreschen, sondern auf Umwegen, die seiner Eitelkeit entgegenkamen.

»Ja, es ist eine entsetzliche Geschichte«, stimmte er ihm zu. »Ich habe mich mit so etwas noch nie befassen müssen. Mir wäre sehr daran gelegen, Ihre fachliche Meinung über die Gattung von Menschen zu hören, die von einem solch krankhaften Verlangen befallen sind.«

McDuff hatte schon seinen Mund geöffnet, um zum Ausdruck zu bringen, daß er absolut nichts damit zu tun habe und auch nichts damit zu tun haben wolle, aber nun war seine fachliche Qualifikation angesprochen. Er hatte dies von Pitt nicht erwartet und war einen Moment lang nicht auf der Hut.

»Ah!« Er versuchte rasch, seine Gedanken zu ordnen. »Ah! Also, das ist eine sehr komplizierte Materie.« Er war schon drauf und dran zu sagen, daß er darüber auch nichts wüßte, aber es lag ihm fern, seine Unwissenheit geradeheraus einzugestehen; schließlich hatte er in den Jahren seiner beruflichen Tätigkeit eine große Menge an Wissen sammeln können, was das menschliche Verhalten in all seinen Komödien und Tragödien betraf. »Sie haben völlig recht, es ist irrsinnig, die Leiche eines Mannes aus seinem Grab zu holen. Da besteht überhaupt kein Zweifel.«

»Wissen Sie – medizinisch gesehen – von einer Verfassung, die zu so etwas führen könnte?« fragte Pitt mit absolut sachlicher Miene. »Vielleicht irgendeine Besessenheit?«

»Besessenheit gegenüber den Toten?« McDuff überlegte, was er Sinnvolles darauf antworten konnte. »Nekrophilie ist das Wort, das Sie suchen.«

»Ja, richtig«, sagte Pitt zustimmend. »Vielleicht auch Haß oder Neid auf Lord Augustus – schließlich hat ihn diese elende Kreatur schon zweimal ausgegraben. Das sieht eigentlich nicht nach Zufall aus.«

In McDuffs Gesicht vertieften sich die Linien des Widerwillens. Es war seine eigene Welt, die jetzt in Gefahr geriet, seine gesellschaftliche Umgebung.

Pitt bemerkte dies und stieß weiter in diese Richtung vor. »Selbstverständlich würde es Ihnen Ihre berufliche Ethik nicht erlauben, Namen zu nennen, Dr. McDuff«, sagte er schnell. »Nicht einmal andeutungsweise. Aber als ein Mann mit großer medizinischer Erfahrung können Sie mir sicher sagen, ob es aus medizinischer Sicht eine solche Veranlagung gibt – dann muß ich selbst zusehen, ob ich denjenigen ausfindig machen kann, der unter diesem Zustand zu leiden hat. Es ist die Pflicht von uns beiden, Sorge dafür zu tragen, daß Lord Augustus anständig bestattet wird und seine letzte Ruhe findet. Dabei denke ich natürlich auch an seine unglückliche Familie. An seine Witwe – und an seine Mutter.«

Dr. McDuff dachte an seine Einkünfte.

»Aber sicher«, sagte er sofort. »Ich werde tun, was ich kann – solange es nicht über die Grenzen der Diskretion hinausgeht«, fügte er hinzu. »Aber ich bin mir momentan keiner Krankheit bewußt, die eine so abstoßende Form von Irrsinn hervorrufen würde. Ich werde mir die Sache eingehend durch den Kopf gehen lassen und dann eine fundierte Stellungnahme abgeben können, wenn Sie noch mal kommen wollen.«

»Ich danke Ihnen.« Pitt stand auf und ging zur Tür. Als er sie erreicht hatte, machte er jedoch wieder kehrt. »Übrigens, es gibt da ein paar sehr unangenehme Andeutungen, daß Lord Augustus ermordet worden sein könnte und daß jemand dies weiß und seine Leiche ausgräbt, um unsere Aufmerksamkeit in diese Richtung zu lenken und uns zu entsprechenden Untersuchungen zu veranlassen. Ich nehme an, sein Tod ist ganz natürlich eingetreten – und nicht unerwartet?«

McDuffs Gesicht verfinsterte sich. »Selbstverständlich war es ein ganz natürlicher Tod. Glauben Sie denn, ich hätte den Totenschein unterschrieben, wenn es nicht so wäre?«

»Nicht unerwartet?« drängte Pitt weiter. »Er war schon eine Zeitlang krank, wie?«

»Ungefähr eine Woche. Aber für einen Mann in den Sechzigern ist das nichts Ungewöhnliches. Seine Mutter hat auch ein schwaches Herz.«

»Aber sie ist immer noch am Leben«, gab Pitt zu bedenken. »Und schon mehr als achtzig Jahre, würde ich sagen.«

»Das hat nichts damit zu tun«, schnauzte McDuff und ballte auf der Tischplatte eine Hand zur Faust. »Der Tod von Lord Augustus war ganz natürlich und für einen Mann seines Alters und seines Gesundheitszustandes auch nicht ungewöhnlich.«

»Haben Sie eine Obduktion durchgeführt?« Pitt wußte ganz genau, daß das nicht der Fall war.

McDuff war zu zornig, als daß ihm das aufgefallen wäre. »Nein, habe ich nicht!« Sein Gesicht lief dunkelrot an. »Sie haben zu lange in den Arbeitervierteln gearbeitet,

Inspektor. Ich muß Sie daran erinnern, daß meine Klienten mit den Ihrigen absolut nichts gemein haben. Hier gibt es keinen Mord und kein Verbrechen, abgesehen von dieser Grabschändung; und es ist zweifellos jemand aus Ihrer Welt, nicht aus meiner, der dafür in Betracht kommt. Guten Tag, Sir!«

»Dann werde ich jetzt eine Obduktion veranlassen«, sagte Pitt ruhig. »Ich muß Ihnen mitteilen, daß ich sie heute nachmittag bei der Magistratur beantragen werde.«

»Und ich werde mich gegen Sie stellen, Sir!« McDuff schlug mit der Faust auf den Tisch. »Und Sie können mit Sicherheit davon ausgehen, daß seine Familie es auch tun wird. Sie ist nicht ohne Einfluß. Und jetzt verlassen Sie mein Haus!«

Pitt ging mit seinem Ansuchen um eine Obduktion von Lord Augustus zu seinen Vorgesetzten. Er wurde mit Besorgnis empfangen. Man müsse Verschiedenes bedenken und könne den Antrag nicht so ohne weiteres an die Magistratur weiterleiten. Erst müßten alle Aspekte eingehend geprüft werden. Man könne so etwas nicht leichtfertig oder auf unverantwortliche Weise tun, und sie müßten sicherstellen, daß sie auch im Recht wären, ehe sie sich festlegten.

Pitt war verärgert und enttäuscht, aber es war ihm auch klar, daß er damit hätte rechnen müssen. Man konnte nicht ohne zwingenden Grund die Leiber der Aristokratie ausweiden und ihre Todesursache in Frage stellen. Und sogar wenn dieser Grund gegeben war, brauchte man eine Rechtfertigung, die durch nichts zu erschüttern war.

Am darauffolgenden Tag hatt McDuff bereits ganze Arbeit geleistet. Pitt erhielt die Antwort in sein Büro zugestellt. Es gäbe keinen Grund für sein Ansuchen, und es würde deshalb auch nicht weitergeleitet. Er ging in sein kleines Zimmer und war sich nicht sicher, ob er verärgert oder erleichtert war. Wenn es keine Autopsie gab, dann war es auch unwahrscheinlich, daß jemals ein Mord nachgewiesen werden konnte. Die Sterbeurkunde war für einen natürlichen Tod durch Herzversagen ausgestellt worden. Und er hatte von Dr. McDuff bereits genug gesehen, um zu wissen, daß es soviel wie ausgeschlossen wäre, ihn zu veranlassen, seine professionelle Ansicht umzustoßen; und wenn, dann keinesfalls offiziell. Und wenn es kein Mord war, dann würde Pitt immer noch verpflichtet sein, weitere Untersuchungen durchzuführen, um herauszubekommen, wer die Leiche ausgegraben und auf eine so bizarre Weise zur Schau gestellt hatte; aber er machte sich keinerlei Hoffnung, die Wahrheit jemals aufdecken zu können. Mit der Zeit würde der Vorfall durch wichtigere Verbrechen in den Hintergrund gedrängt werden, und Dominic und die Fitzroy-Hammonds würden sich selbst überlassen bleiben.

Es sei denn, derjenige, der Augustus schon zweimal ausgegraben hat, würde nicht so schnell aufgeben. Wenn jemand glaubte oder sogar wußte, daß es sich um Mord handelte, dann könnte er – oder sie – auf neue Ideen kommen, die darauf aufmerksam machten. Gott allein wußte, was als nächstes passieren konnte.

Und Pitt haßte nichtabgeschlossene Fälle. Er mochte Alicia, und soweit sich seine Vorstellungskraft auf eine ihm total fremde Lebensweise erstrecken konnte, fühlte er sogar mit ihr. Er wollte nicht in Erfahrung bringen müssen, daß sie entweder ihren Mann umgebracht hatte oder daran beteiligt gewesen war. Und um Charlottes willen wollte er nicht, daß Dominic es war.

Er konnte jetzt nichts weiter tun. Er wandte sich wieder einer Fälschungssache zu, mit der er sich befaßt hatte, bevor Lord Augustus von der Droschke gefallen war und ihm zu Füßen gelegen hatte.

Es war halb sechs und draußen schon so dunkel wie in einem unbeleuchteten Keller, als ein junger Constable die Tür öffnete, um ihm zu sagen, daß ein Mr. Corde ihn sprechen wolle.

Pitt war überrascht. Sein erster Gedanke war, daß wieder eine neue Gewalttat geschehen war, daß sein geheimnisvoller Gegenspieler ungeduldig geworden war und ihn aufs neue herausgefordert hatte. Es war ein ungutes Gefühl.

Dominic kam herein mit einem bis zu den Ohren hochgeschlagenen Kragen. Sein Hut saß viel tiefer als gewöhnlich. Seine Nase war rot und seine Schultern gekrümmt. »Meine Güte, ist das ein entsetzlicher Abend.« Er saß unbehaglich auf einem hölzernen Stuhl und schaute mit besorgter Miene zu Pitt hin. »Mir tut jeder arme Teufel leid, der kein Feuer und kein Bett hat.«

Anstatt Dominic zu fragen, warum er gekommen sei, gab Pitt die instinktive Antwort, die ihm auf der Zunge lag: »Es gibt Tausende davon.« Er schaute Dominic in die Augen. »Und auch ohne Abendessen, nur einen Steinwurf von hier entfernt.«

Dominic zuckte zusammen. Er hatte zu der Zeit, als Charlotte ihn kannte, keine besondere Sensibilität an den Tag gelegt, aber möglicherweise hatten ihn die Jahre verändert. Oder vielleicht war es auch nur der Widerwille gegen Pitts allzu deutliche Antwort auf das, was nur als beiläufige Bemerkung gedacht war.

»Stimmt es, daß Sie eine Obduktion an Lord Augustus vornehmen lassen wollen?« fragte er, während er seine Handschuhe auszog und ein weißes Leinentaschentuch herausholte.

Pitt konnte keine Gelegenheit, der Wahrheit näherzukommen, verstreichen lassen. »Ja.«

Dominic schneuzte sich, und als er wieder aufsah, war sein Gesicht sehr ernst. »Warum? Er starb doch an Herzversagen; es liegt in der Familie. McDuff wird Ihnen sagen, daß es ein ganz normaler Tod war, nicht einmal ganz unerwartet. Er aß zuviel und verschaffte sich nur selten genügend Bewegung. Männer wie er sterben häufig, wenn sie die Sechzig erreicht haben.« Dominic faltete das Taschentuch zusammen und schob es in seine Hosentasche. »Können Sie nicht einsehen, was Sie damit der Familie antun, vor allem Alicia? Mit dieser alten Frau zusammenleben zu müssen ist sowieso schon die reinste Hölle. Stellen Sie sich vor, wie dies erst sein wird, wenn es eine Obduktion gibt! Sie wird Alicia die Schuld an allem geben und sagen, daß so etwas mit Augustus niemals geschehen wäre, wenn er sie nicht geheiratet hätte. Wenn Alicia nicht mehr als dreißig Jahre jünger wäre als er, würde sich kein Mensch Gedanken machen.«

»Es hat nichts mit dem Alter zu tun«, sagte Pitt müde. Er wünschte, daß er die Angelegenheit hinter sich lassen und aus seinen Gedanken und auch aus seinen Pflichten hätte verbannen können. »Es ist deswegen, weil die Leiche schon zweimal ausgegraben und an einen Ort gebracht wurde, wo wir sie einfach finden mußten. Abgesehen davon, daß das ein Verbrechen ist, müssen wir verhindern, daß es noch einmal geschieht. Das werden Sie doch sicher einsehen?«

»Dann soll er doch begraben und ein Constable zu seiner Bewachung aufgestellt werden!« sagte Dominic erbittert. »Niemand wird ihn ausgraben, wenn ein Polizist dabei ist. Es kann ja keine leichte oder schnelle Arbeit sein, die ganze Erde wegzuschaufeln und den Sarg herauszuholen. Sie müssen es in der Nacht tun und auch allerhand Gerät mitnehmen. Spaten, Seile und solche Dinge. Und einer allein könnte es sicher auch nicht machen, das sagt einem der Verstand.«

Pitt sah ihn nicht an. »Ein starker Mann könnte es mit einiger Anstrengung fertigbringen«, wandte er ein. »Und er bräuchte auch keine Seile; der Sarg wurde an Ort und Stelle gelassen, nur die Leiche wurde herausgeholt. Wir könnten einen Constable eine Nacht lang dort postieren, sogar eine Woche lang, aber irgendwann müßten wir ihn wieder abziehen – und dann könnte er es wieder tun, wenn es das ist, worum es ihm geht.«

»O Gott!« Dominic schloß die Augen und legte seine Hände darüber.

»Oder er wird etwas anderes unternehmen«, fuhr Pitt fort. »Wenn er entschlossen ist, jemanden zum Handeln zu bewegen.«

Dominic schaute auf. »Etwas anderes? Was denn, um Himmels willen?«

»Ich weiß es auch nicht«, gab Pitt zu. »Wenn ich es wüßte, könnte ich es vielleicht verhindern.«

Dominic stand auf; das Blut war ihm ins Gesicht gestiegen. »Nun, ich werde eine Obduktion verhindern! Es gibt viele Leute im Park, die sich mit ihrem Einfluß dagegen stellen werden. Lord St. Jermyn, um nur einen zu nennen. Und falls nötig, können wir jemanden anstellen, der das Grab bewacht und sicherstellt, daß der Leichnam in Frieden und Würde dort ruht. Niemand, außer einem Geisteskranken, stört die Toten.«

»Niemand, außer Geisteskranken, tut vielerlei Dinge«, sagte Pitt. »Es tut mir leid, aber ich weiß nicht, wie ich es verhindern könnte.«

Dominic schüttelte seinen Kopf und ging langsam zur Tür. »Es ist nicht Ihre Schuld und auch nicht Ihre Verantwortung. Wir müssen etwas unternehmen, schon wegen Alicia. Grüßen Sie Charlotte von mir – und Emily, falls Sie sie sehen. Guten Abend.«

Die Tür fiel hinter ihm ins Schloß, und Pitt starrte sie an. Er fühlte sich irgendwie schuldig. Er hatte ihm nicht gesagt, daß es gar keine Obduktion geben würde, weil er Dominics Reaktion kennenlernen wollte. Und jetzt wurde ihm klar, daß er sich noch schlechter fühlte als vorher. Eine Obduktion hätte vielleicht ein für allemal jeglichen Mordverdacht ausgeräumt. Vielleicht hätte er das sagen sollen. Aber warum hat es Dominic nicht selbst so gesehen?

Oder war er in Sorge, daß sich genau das Gegenteil herausstellen könnte; daß es wirklich ein Mord war? War Dominic selbst der Täter – oder war er in Sorge wegen Alicia? Oder hatte er nur Angst vor dem Skandal und all den dunklen, ätzenden Verdächtigungen und dem Wiederaufreißen alter Wunden? Er konnte die Cater Street nicht vergessen haben.

Aber wenn Dominic die Angelegenheit auf sich beruhen lassen wollte, dann war da mindestens eine andere Person, die das nicht wollte. Am Morgen erhielt Pitt einen ziemlich förmlich gehaltenen Brief von der alten Dame, in dem sie ihn daran erinnerte, daß es seine Pflicht sei zu ergründen, wer Lord Augustus in seinem Grab gestört hatte – und warum. Falls es sich um Mord handelte, dann würde er vom Staat dafür bezahlt, mehr in Erfahrung zu bringen und ihn zu ahnden.

Er bedachte sie mit einem außerordentlich unhöflichen Ausdruck und legte das Blatt zur Seite. Es handelte sich um ganz gewöhnliches Schreibpapier; vielleicht hob sie das Büttenpapier für ihre Bekannten aus der besseren Gesellschaft auf. Ein Gedanke ging ihm durch den Kopf. Vielleicht sollte er den Brief seinen Vorgesetzten geben und sie darüber streiten lassen, was wichtiger für ihre Karriere und ihr Pflichtbewußtsein war – das Verbot der etablierten Gesellschaft oder die Bedeutung der alten Dame, eines Teiles dieser Gesellschaft.

Er dachte am nächsten Tag immer noch darüber nach – der Brief lag in der obersten Schublade seines Schreibtisches –, als Alicia, bis zum Hals in Pelz gehüllt, zu ihm kam. Sie löste im Vorraum ein paar erstaunte Bemerkungen aus, und der Constable, der sie zu Pitt brachte, hatte Augen, so groß und rund wie Murmeln.

»Guten Morgen, Madam.« Pitt bot ihr einen Stuhl an und gab dem Constable durch ein Zeichen zu verstehen, sich zurückzuziehen. »Ich fürchte, ich habe Ihnen keinerlei Neuigkeiten mitzuteilen, sonst hätte ich Sie damit aufgesucht.«

»Nein.« Sie schaute überall hin, nur nicht zu Pitt. Er fragte sich, ob sie es einfach vermied, ihn anzusehen, oder ob sie wirklich an den bräunlichen Wänden mit den einfachen Drucken und an den überquellenden Ablagefächern interessiert war. Er wartete und gab ihr Zeit, ihren Mut zu sammeln.

Schließlich sah sie ihn doch an. »Mr. Pitt, ich bin gekommen, Sie zu bitten, die Angelegenheit der Öffnung des Grabes meines Mannes nicht mehr weiter zu verfolgen.« Das war eine etwas lächerlich beschönigende Ausdrucksweise. Sie erkannte dies auch sofort und stotterte ein wenig unbeholfen: »Ich – ich meine – das Ausgraben seiner Leiche. Ich bin zu der Überzeugung gekommen, daß es irgendwelche geistig gestörten Vandalen waren. Sie werden ihrer wohl nie habhaft werden, und die weitere Verfolgung des Falles würde niemandem etwas nützen.«

Er hatte eine plötzliche Eingebung. »Nein, ich werde ihn vielleicht nicht kriegen«, stimmte er ihr bedächtig zu. »Aber wenn ich die Angelegenheit nicht weiter verfolge, dann könnte daraus eine große Bedrohung werden, nicht zuletzt für Sie selbst.« Er sah ihr direkt in die Augen, und sie konnte ihren Blick nicht abwenden, ohne den Eindruck zu erwecken, daß sie dem seinen auswich.

»Ich verstehe Sie nicht.« Sie schüttelte ihren Kopf ein wenig. »Wir werden ihn wieder begraben und falls notwendig einen Bediensteten so lange wie nötig als Wache aufstellen. Ich sehe keinen Grund zu der Annahme, daß daraus eine Bedrohung entstehen könnte.«

»Es kann gut sein, daß es lediglich ein Geistesgestörter war.« Er beugte sich ein wenig nach vorne. »Aber ich fürchte, das wird nicht jeder glauben.«

Ihr Gesicht wurde schmal. Es war nicht nötig, daß er das Wort ›Mord‹ benutzte.

»Sie werden denken müssen, was sie wollen.« Sie rückte ihren Hut zurecht und zog ihren Pelz enger.

»Das werden sie«, sagte Pitt. »Und einige von ihnen werden denken, Sie hätten sich genau aus dem Grund geweigert, einer Obduktion zuzustimmen, weil es etwas zu verheimlichen gibt.«

Ihr Gesicht wurde blaß, und ihre Finger griffen unbewußt in den dichten Pelz.

»Das Übelwollen ist von einer überraschend ausgeprägten Wahrnehmungsfähigkeit begleitet«, fuhr er fort. »Es gibt Leute, die Mr. Cordes Bewunderung für Sie bemerkt haben, und auch solche, die dies nicht ohne Neid taten.« Er wartete eine Weile, damit sie den Gedanken mit all seinen Folgerungen verarbeiten konnte. Er bereitete sich darauf vor, noch hinzuzufügen, daß es auch entsprechende Verdächtigungen geben würde, aber das war nicht nötig.

»Sie meinen, sie werden sich fragen, ob er nicht ermordet wurde?« sagte sie sehr leise mit trockener Stimme. »Und sie werden sagen, es war Dominic oder ich selbst?«

»Das könnte möglich sein.« Nun, da er wieder auf dem Grund angelangt war, war es schwer für ihn zu sprechen. Er wünschte, er könnte selber nicht daran glauben, aber die Erinnerung an Dominic und ihre heißen, unglücklichen Augen und ihre nestelnden Finger ließen ihn erkennen, daß sie nicht ganz ohne Verdacht war, nicht einmal in ihrem eigenen Herzen.

»Dann sind sie im Unrecht!« sagte sie grimmig. »Ich habe Augustus nichts zuleide getan, niemals, und ich bin sicher, Dominic – Mr. Corde – auch nicht.«

Es war ein Protest der Angst, mit dem sie sich selbst überzeugen wollte, und er bemerkte es. Er hatte genau diesen Ton schon so oft gehört, wenn sich der erste Zweifel aufdrängte.

»Wäre es dann nicht besser, eine Obduktion zuzulassen?« sagte er ruhig. »Und den Beweis zu bekommen, daß der Tod eine natürliche Ursache hatte? Dann würde niemand die Angelegenheit als etwas anderes als eine Tragödie betrachten.«

Er beobachtete, wie auf ihrem Gesicht eine Furcht die andere jagte: zuerst ein Greifen nach der Hoffnung, die er ihr angeboten hatte, dann Zweifel und dann die Qual der Möglichkeit, daß sich dabei das genaue Gegenteil herausstellen und damit einen Mord unbestreitbar und zu einer Tatsache machen könnte.

»Können Sie sich vorstellen, daß Mr. Corde Ihren Gatten ermordet haben könnte?« sagte er nun ganz brutal.

Sie starrte ihn mit vor Zorn funkelnden Augen an. »Nein, natürlich nicht.«

»Dann lassen Sie uns durch eine Obduktion beweisen, daß es ein natürlicher Tod war, und dadurch alle Zweifel ausräumen.«

Sie zögerte und wägte immer noch den öffentlichen Skandal gegen ihre privaten Befürchtungen ab. Sie machte einen letzten Versuch. »Seine Mutter würde dies nicht zulassen.«

»Im Gegenteil.« Er konnte es sich jetzt leisten, weniger hart zu sein. »Sie hat in einem Schreiben darum ersucht. Vielleicht möchte sie diese Stimmen ebenso zum Verstummen bringen, wie alle anderen Betroffenen es auch wollen.«

Alicia machte ein höhnisches Gesicht. Sie wußte genausogut wie Pitt, der ihr den Brief vorgelesen hatte, was die alte Dame wollte. Und sie wußte auch, was die alte Dame sagen würde und bis zu ihrem Sterbetag immer wieder sagen würde, wenn keine Obduktion stattfände. Das war der entscheidende Faktor; so wie Pitt es sich ausgerechnet hatte.

»Also gut«, sagte sie. »Sie können meinen Namen dem Ansuchen hinzufügen.«

»Ich danke Ihnen, Madam«, sagte er nüchtern. Der

Sieg ließ keine rechte Freude aufkommen. Er hatte selten so hart um etwas gekämpft, das so bitter schmeckte.

Die Obduktion war eine grausige Verrichtung. Obduktionen waren niemals angenehm, aber diese hier, ausgeführt an einem Körper, der nun schon fast einen Monat lang tot war, war schlimmer als die meisten anderen.

Pitt nahm daran teil, weil es unter den gegebenen Umständen erwartet wurde, daß jemand von der Polizei anwesend war, und weil er selbst das Ergebnis sofort hören wollte. Es war ein Tag, an dem die Kälte alles zu verdüstern schien, und der Autopsieraum war so öde und trostlos wie ein Massengrab. Gott allein wußte, wie viele Tote schon den gescheuerten Tisch passiert hatten.

Der Pathologe trug eine Maske, und Pitt war froh, ebenfalls eine zur Verfügung zu haben. Der Geruch schlug sich auf seinen Magen. Die Arbeit dauerte mehrere Stunden und verlief ruhig und fast wortlos. Nur ab und zu waren kurze Anweisungen zu hören, wenn ein Organ entnommen und übergeben wurde, damit es nach Spuren von Gift untersucht werden konnte. Das Herz wurde besonders aufmerksam geprüft.

Als es vorüber war, ging Pitt hinaus. Er war starr vor Kälte, und sein Magen hatte sich vor Übelkeit zusammengezogen. Er zog seine Jacke enger um sich und seinen Schal bis über die Ohren. »Nun?« fragte er den Pathologen.

»Nichts«, antwortete dieser unbewegt. »Er starb an Herzversagen.«

Pitt stand regungslos da. Der einen Hälfte von ihm war diese Antwort willkommen, doch die andere konnte es nicht glauben, sah keinen Sinn darin.

»Ich weiß auch nicht, wie es dazu kam«, fuhr der Pathologe fort. »Das Herz ist in keinem schlechten Zustand für einen Mann seines Alters. Ein klein wenig verfettet und die Arterien ein wenig verengt, aber nicht so, daß er daran hätte sterben müssen.«

Pitt sah sich genötigt zu fragen: »Könnte dabei Gift im Spiel gewesen sein?«

»Es könnte schon«, antwortete der Pathologe. »Es ist ziemlich viel Digitalis festgestellt worden, aber sein Arzt sagt, daß es die alte Dame für ihr Herz gebraucht hat. Er könnte es aber selber eingenommen haben. Es sieht nicht so aus, als ob es ausreichend gewesen wäre, ihm zu schaden – aber das kann ich nicht mit absoluter Sicherheit sagen. Menschen reagieren nicht alle auf dieselbe Weise, und außerdem ist er jetzt schon einige Zeit tot.«

»Er könnte also an Digitalis-Vergiftung gestorben sein?«

»Nicht ausgeschlossen«, sagte der Pathologe zustimmend. »Aber nicht wahrscheinlich. Tut mir leid, daß ich Ihnen nicht weiterhelfen kann, aber es gibt einfach nichts Definitives festzustellen.«

Pitt mußte sich damit zufriedengeben. Der Mann war fachlich qualifiziert und hatte seine Aufgabe erledigt. Die Obduktion hatte weiter nichts erbracht, als der Öffentlichkeit zu bestätigen, daß die Polizei einen Verdacht hegte.

Pitt dachte mit Schaudern daran, daß er nun das Ergebnis seinen Vorgesetzten überbringen mußte. Er leistete sich eine Droschke vom Krankenhaus zurück zum Polizeirevier und stieg dort aus in den Regen. Er rannte die Treppe hinauf, nahm dabei zwei Stufen auf einmal und tauchte ein in den Schutz des Eingangs. Er schüttelte sich und versprengte dabei die Wassertropfen ringsherum auf den Boden. Dann ging er hinein.

Noch ehe er die Treppe an der anderen Seite der Eingangshalle erreicht hatte, um die Neuigkeiten zu überbringen, sah er sich dem roten Gesicht eines jungen Sergeanten gegenüber.

»Mr. Pitt, Sir!«

Pitt blieb irritiert stehen. Er wollte dies so schnell wie möglich hinter sich bringen. »Was gibt es denn?« fragte er fordernd.

Der Sergeant holte tief Luft. »Da ist noch ein anderes Grab, Sir – ich meine noch ein anderes offenes –, Sir.«

Pitt stand wie erstarrt da. »Ein anderes Grab?« sagte er ungläubig.

»Ja, Sir – ausgeraubt wie das vorherige. Der Sarg ist da, aber keine Leiche.«

»Und wessen Grab ist es?«

»Das eines Mr. W. W. Porteous, Sir. William Wilberforce Porteous, um genau zu sein.«

4. Kapitel

Pitt sagte Charlotte nichts von dem zweiten Grab und auch nichts über die Obduktion. Von letzterer hörte sie zwei Tage später am frühen Nachmittag. Sie war gerade mit ihrer Hausarbeit fertig und hatte Jemima zum Mittagsschlaf ins Bett gelegt, als die Türglocke läutete. Die Frau, die ihr an drei Vormittagen in der Woche bei der Arbeit half, war schon gegangen, und Charlotte öffnete deswegen selbst die Tür.

Sie war überrascht, Dominic auf den Türstufen stehen zu sehen. Zuerst fand sie überhaupt keine Worte, sondern stand nur dümmlich da, ohne ihn hereinzubitten. Er sah so wenig verändert aus, als ob die Erinnerung lebendig geworden wäre. Sein Gesicht war genau so, wie sie es in Erinnerung hatte; dieselben dunklen Augen, die leicht geblähten Nasenflügel, derselbe Mund. Und er stand so elegant da wie immer. Der einzige Unterschied bestand darin, daß sein Anblick nicht mehr ihren Hals zuschnürte. Hinter ihm sah sie die Straße mit den weißen, steinernen Stufen und der Reihe von Sprossenfenstern.

»Darf ich hereinkommen?« fragte er unbeweglich. Nun schien er es zu sein, der die Fassung verloren hatte.

Sie war verlegen wegen ihrer Unbeholfenheit, gab sich aber schließlich einen Ruck.

»Aber natürlich.« Sie trat einen Schritt zurück, hatte dabei das Gefühl, lächerlich zu wirken. Sie waren doch alte Freunde, die jahrelang in demselben Haus gewohnt hatten, als er ihr Schwager war. Eigentlich war er, da er ja offenbar nicht wieder geheiratet hatte, obwohl Sarah schon fast fünf Jahre tot war, immer noch ein Mitglied der Familie.

»Wie geht es dir?« fragte sie.

Er lächelte flüchtig und versuchte dabei gelöst auszusehen, um die immense Kluft zwischen ihnen zu überbrücken.

»Danke, gut«, antwortete er. »Und dir bestimmt auch. Das kann ich dir ansehen, und Thomas sagte es mir auch, als ich neulich mit ihm zusammentraf. Er sagte, ihr habt eine Tochter.«

»Ja, Jemima. Sie schläft gerade oben.« Es fiel ihr ein, daß das einzige Feuer in der Küche brannte. Es wäre zu teuer gewesen, auch das Wohnzimmer noch zu heizen, und sie verbrachte sowieso nicht viel Zeit darin. Sie geleitete ihn durch den Flur und war sich des Unterschieds zwischen diesem Haus mit seinen abgewohnten Möbeln und den gescheuerten Holzböden und dem Haus in der Cater Street mit fünf Dienstboten sehr wohl bewußt. Wenigstens war die Küche sauber und warm. Gott sei Dank hatte sie erst gestern den Ofen neu geschwärzt, und der Tisch war fast weiß. Sie wollte sich nicht entschuldigen müssen; nicht so sehr wegen ihrer selbst als wegen Pitt.

Sie nahm seinen Mantel und hängte ihn hinter die Tür; dann bot sie ihm Pitts Stuhl an. Er setzte sich. Sie wußte, daß er aus einem ganz bestimmten Grund gekommen war und daß er mit ihr darüber sprechen würde, sobald er die Worte gefunden hatte. Es war eigentlich noch zu früh, um Tee zu trinken, aber es war ihm wahrscheinlich kalt, und sie wußte auch nicht, was sie ihm sonst hätte anbieten können.

»Ja, danke.« Er nahm das Angebot sofort an. Sie bemerkte nicht, wie seine Augen in dem Raum umhergingen und registrierten, wie dürftig er eingerichtet und wie alt jeder Gegenstand darin war – von Besitzer zu Besitzer weitergegeben und sorgsam gepflegt und – falls nötig – immer wieder repariert.

Er kannte sie zu gut, als daß er ihr höfliche Komplimente gemacht hätte. Schließlich konnte er sich daran erinnern, wie sie die Zeitung aus dem Zimmer des Butlers stibitzte, wenn ihr Vater ihr verboten hatte, sie zu lesen. Er hatte sie – zu ihrem Kummer – immer mehr als Freund betrachtet, als guten Freund, denn als eine Frau.

»Hat dir Thomas von dem Grabraub erzählt?« fragte er ganz plötzlich und unverblümt.

Sie füllte gerade den Wasserkessel und ließ ihre Stimme ganz normal klingen: »Ja.«

»Hat er dir viel davon erzählt?« fuhr er fort. »Daß es ein Mann namens Augustus Fitzroy-Hammond war und daß sie ihn zweimal ausgegraben und an einen Ort gebracht haben, wo er bald gefunden werden mußte – das zweitemal in seine eigene Gebetsbank in der Kirche, wo ihn dann seine Familie sah?«

»Ja, das hat er mir gesagt.« Sie drehte den Wasserhahn zu und setzte den Kessel auf den Ofen. Sie wußte nicht, was sie ihm zu dieser Tageszeit zu essen hätte anbieten können. Er hatte sicher schon zu Mittag gegessen, und es war viel zu früh für einen kompletten Nachmittagstee. Sie hatte auch nichts besonderes da, außer selbstgebackenen Ingwerplätzchen.

Seine Augen folgten ihr gespannt durch den Raum. »Sie haben eine Obduktion durchgeführt. Thomas hat darauf bestanden, obwohl ich ihn darum bat, es nicht zu tun...«

»Warum?« Ihr Blick traf sich mit dem seinen, und sie versuchte so arglos wie möglich auszusehen. Sie wußte, daß er gekommen war, weil er irgendwelche Hilfe brauchte. Aber sie konnte ihm nicht helfen, wenn sie nicht die volle Wahrheit kannte, oder wenigstens das, was er davon wußte.

»Warum?« Er wiederholte ihre Frage, als ob sie ihm seltsam vorkäme.

»Ja.« Sie setzte sich ihm gegenüber an den gescheuerten Tisch. »Was hast du gegen eine Obduktion einzuwenden?«

Er wurde sich bewußt, daß er ihr noch nichts über seine Verbindung zu der Familie gesagt hatte, und nahm an, daß sie deswegen nicht wußte, worum es ging. Sie konnte förmlich sehen, wie die Gedanken durch seinen Kopf gingen, und war überrascht, wie einfach sie zu lesen waren. In der Cater Street schien er geheimnisvoll, zurückgezogen und unerreichbar zu sein.

Sie ließ den Irrtum auf sich beruhen.

»Oh«, gestand er seine Unterlassung ein, »ich vergaß zu erklären – ich kenne Lady Alicia Fitzroy-Hammond, die Witwe. Ich habe sie vor einiger Zeit auf einem Ball kennengelernt; wir sind ...« Er zögerte, und sie wußte, daß er überlegte, ob er ihr die Wahrheit sagen sollte oder nicht. Nicht aus einer Empfindlichkeit gegenüber alten Gefühlen – derer war er sich nie bewußt gewesen –, sondern wegen der gewohnten Zurückhaltung, was die Erörterung solcher Themen betraf. Man sprach nicht freiweg über eine Beziehung zu einer Frau, die erst vor kurzem Witwe geworden war; noch weniger als über eine zur Frau eines anderen Mannes. Persönliche Dinge wurden höchstens angedeutet.

Sie lächelte ein wenig und ließ ihn sich abstrampeln.

Er sah ihr in die Augen, und die Erinnerung war zu stark für ihn.

»... Freunde«, schloß er. »Offen gestanden, ich hoffe, sie heiraten zu können – wenn genügend Zeit vergangen ist.«

Sie war froh, daß sie darauf vorbereitet war; irgendwie wäre es ein Schock für sie gewesen, wenn es ohne Vorwarnung gekommen wäre. Bestand ihre Empfindlichkeit wegen Sarahs Andenken oder wegen ihrer selbst? War sie eine Art letzter Mädchentraum?

Sie konzentrierte sich auf die Leichenausgrabung. »Was hast du denn gegen eine Obduktion einzuwenden?« fragte sie frei heraus. »Hast du Angst, daß dadurch etwas Unrechtes zutage kommt?«

Sein Gesicht färbte sich, aber er sah sie weiterhin fest an. »Nein, natürlich nicht. Es geht dabei um den Verdacht. Wenn die Polizei eine Obduktion verlangt, dann bedeutet das, daß sie der festen Überzeugung ist, es würde etwas zu entdecken geben. Wie auch immer, sie haben sich getäuscht.«

Sie war überrascht. Pitt hatte ihr nicht gesagt, daß die Obduktion bereits durchgeführt worden war. »Du meinst, es ist schon geschehen?« fragte sie.

Seine Augenbrauen hoben sich. »Wußtest du das nicht?«

»Nein. Was haben sie herausgefunden?«

Er sah verärgert und unglücklich aus. »Sie haben alles nur noch schlimmer gemacht. Der Verdacht ist dadurch offensichtlich geworden, und bewiesen wurde überhaupt nichts. Alicia hat einer Obduktion nur zugestimmt, weil ihr Thomas gesagt hatte, dies würde allen Spekulationen ein Ende setzen. Aber das Ergebnis ist zweifelhaft. Es kann ein natürliches Herzversagen gewesen sein oder eine Überdosis Digitalis. Und eine Überdosis könnte unabsichtlich eingenommen worden sein – seine Mutter nimmt es für ihr Herz –, oder es könnte sich um Mord handeln.«

Sie wußte natürlich, daß er dies sagen würde, aber nun, da er es getan hatte, wußte sie darauf keine Antwort. Sie stellte die naheliegende Frage:

»Gibt es denn einen Grund anzunehmen, daß es Mord war?«

»Die verdammte Leiche ist schon zweimal ausgegraben worden!« sagte er wütend, und seine Hilflosigkeit verwandelte sich in Zorn. »Das ist nicht gerade üblich, weißt du! Und besonders nicht in dieser Gesellschaft. Großer Gott, Charlotte, hast du vergessen, wie uns der Mordverdacht in der Cater Street zugesetzt hat?«

»Er hat die Fassade zum Einsturz gebracht, so daß wir all die schwachen und häßlichen Dinge sehen konnten, die wir so gut vor uns selbst und vor den anderen versteckt hatten«, sagte sie in aller Ruhe. »Wovor hast du denn in diesem Falle Angst?«

Er starrte sie an, und sein Gesicht verriet etwas, das nahe an Abneigung herankam. Sie hätte erwartet, daß ihr dies weh täte, und doch war es nicht so; nicht in ihrem Innersten, da, wo das wirkliche Schmerzgefühl saß. Es war eher ein zurückhaltender Kummer, wie man ihn gegenüber jemandem fühlt, dessen Mißgeschick man bereits gesehen und deshalb auch wieder erwartet hat.

»Es tut mir leid.« Sie meinte es wörtlich so; nicht als Entschuldigung, sondern als Ausdruck des Bedauerns und sogar des Mitgefühls. »Es tut mir wirklich leid, aber ich weiß nichts, das ich tun oder sagen könnte, um dir zu helfen.«

Sein Zorn verschwand. Er war sich seiner Lage bewußt und kannte all die Enttäuschungen, den Groll und die Angst, die fast unvermeidlich folgen würden; und davor fürchtete er sich.

Er suchte nach einem Ausweg. »Können sie es denn jetzt nicht auf sich beruhen lassen?« sagte er leise. Seine Stimme war belegt, und seine Hände lagen weiß auf der hölzernen Tischplatte. »Alicia hat ihn nicht umgebracht; ich habe es auch nicht getan und die alte Dame bestimmt auch nicht, wenn sie ihm nicht aus Versehen eine Dosis verabreicht hat, die zuviel für ihn war.« Er schaute Charlotte an. »Aber niemand kann das beweisen. Es werden nur eine Menge Zweifel entstehen, und schließlich werden alle einander verdächtigen. Kann Thomas jetzt nicht davon ablassen? Dann bestünde wenigstens die Hoffnung, daß derjenige, der diese scheußliche Tat vollbracht hat, aufgibt und endlich davon überzeugt ist, daß weiter nichts dahintersteckt.«

Sie wußte nicht, was sie darauf antworten sollte. Sie hätte ihm gerne geglaubt und akzeptiert, daß es einfach ein gewöhnlicher Tod oder ein Unglücksfall war. Aber warum dann das Ausgraben – zweimal? Und warum machte er sich solche Sorgen? War es nichts weiter als der Schatten von der Cater Street, der sich nicht aus dem Gedächtnis tilgen ließ, oder war da eine wachsende Angst in ihm, daß Alicias Liebe zu ihm so stark und ihre Abneigung gegenüber ihrem Mann so unüberwindbar geworden war, daß sie die nächstbeste Gelegenheit wahrgenommen und ihm eine tödliche Dosis der Medizin seiner Mutter gegeben hatte? Sie sah in Dominics gutgeschnittenes Gesicht und verspürte etwas, das sie sonst nur Jemima gegenüber fühlte.

»Vielleicht.« Sie wollte ihn trösten; sie kannte ihn schon lange, und er war ein Teil ihres Lebens, Teil der tiefsten ihrer Emotionen in jenen Jahren der fehlenden Erfahrung und der Verletzlichkeit, bevor sie Pitt kennenlernte. Und doch wäre es sowohl sinnlos als auch dumm gewesen zu lügen. »Aber Grabschändung ist nun mal ein Verbrechen«, sagte sie ganz deutlich. »Und wenn es eine Chance gibt, den Schuldigen zu finden, wird er weitermachen müssen.«

»Den wird er nicht finden!« Er sprach mit einer solchen Überzeugung, daß sie erkannte, es war mehr wegen ihm selbst als wegen ihr, daß er es so betonte.

»Wahrscheinlich nicht«, stimmte sie ihm zu. »Es sei denn, er tut es wieder. Oder etwas anderes.«

Es war ein Gedanke, den er zu verbannen suchte. Jetzt hatte sie ihn ausgesprochen, so daß er nicht mehr zu leugnen war.

»Das ist doch Wahnsinn!« sagte er erregt. Es war die einfachste Art, es zu sagen; die einzig akzeptable Art. Wahnsinn braucht keinen Anlaß; schon durch seine Beschaffenheit konnte jegliche Ungereimtheit erklärt und weggewischt werden.

»Vielleicht.«

Er hatte seinen Tee ausgetrunken, und sie nahm seine Tasse, um sie wegzustellen.

»Kannst du denn Thomas nicht darum bitten?« Er beugte sich ein wenig nach vorne, um seinem Anliegen Nachdruck zu verleihen. Auf seinem Gesicht zeigten sich Falten der Verlegenheit. »Ihm das Leid verdeutlichen, das damit unschuldigen Menschen zugefügt wird? Bitte, Charlotte. Es wird eine solche Ungerechtigkeit geschehen. Wir werden nicht einmal eine Chance haben, das, was nur geflüstert und niemals deutlich gesagt wird, zu entkräften. Wenn die Leute flüstern, dann werden die Lügen jedesmal größer und größer, je öfter sie herumerzählt werden.«

Die Ungerechtigkeit überzeugte sie. Einen Moment lang versetzte sie sich in Alicias Lage. Sie konnte sich noch gut daran erinnern, wie schwer es war, Dominic zu lieben – voller Freude und Schmerz, voller wild aufkeimender Hoffnung und schneidender Ernüchterung. Und an einen Ehemann ohne Fantasie und Fröhlichkeit gebunden zu sein! Und als er starb, schien die Freiheit nahe zu sein. Nun streckt die Verdächtigung ihre häßlichen Finger aus und beschmutzt alles damit. Niemand sagt dir mehr, was er wirklich denkt; nur noch höfliches Lächeln und Anzeichen der Sympathie werden dir im Wohnzimmer entgegengebracht. Wenn du gegangen bist, läuft die Säure über, kriecht überall hin und frißt die Substanz von allem Guten. Das Geschwätz kreist dich ein, alte Freunde kommen nicht mehr. Sie hatte genug an Neid und Opportunismus gesehen.

»Ich werde ihn bitten«, sagte sie. »Ich weiß nicht, was er tun wird, aber ich werde ihn bitten.«

Sein Gesicht erhellte sich, und das gab ihr ein Gefühl der Schuld, etwas versprochen zu haben, wo sie doch Pitt nur sehr wenig beeinflussen konnte, wenn es um seine Arbeit ging.

»Ich danke dir.« Dominic stand auf, elegant wie immer, jetzt, da seine Befürchtungen verschwunden waren. »Ich danke dir herzlich.« Er lächelte, und die letzten Jahre waren plötzlich entschwunden; sie hätten wieder Verschwörer bei etwas Unwichtigem sein können – wie beim Stehlen von Papas Zeitung.

Als Pitt nach Hause kam, sagte sie zunächst nichts davon, sondern ließ ihn sich zuerst aufwärmen, mit Jemima sprechen und sie zu Bett bringen, dann sein Abendessen zu sich nehmen und sich vor dem Feuer entspannen. Die Küche war angenehm warm. Der Ofen hatte den ganzen Tag über seine Wärme von sich gegeben. Das geschrubbte Holz war bleich, beinahe weiß, und die Pfannen schimmerten auf ihren Ablagebrettern. Das blumengemusterte Porzellan auf der Anrichte reflektierte das Gaslicht.

»Dominic ist heute hier gewesen«, sagte sie in ganz beiläufigem Ton.

Sie nähte an dem Saum eines Kleidchens von Jemima. Das Mädchen war darauf getreten und dabei gestolpert. Sie bemerkte nicht, wie Pitt erstarrte.

»Hier?« fragte er erstaunt.

»Ja, heute nachmittag.«

»Was wollte er denn?« Seine Stimme war kühl und beherrscht.

Sie war ein wenig überrascht. Sie hörte auf zu nähen und sah ihn an. »Er sagte, ihr hättet eine Obduktion an Lord – wie auch immer er heißt – durchgeführt, an dem Mann, der nach dem Theater von der Droschke gefallen ist.«

»Ja, das haben wir.«

»Und ihr habt dabei nichts Schlüssiges herausgefunden. Er starb an Herzversagen.«

»Das stimmt. Ist er gekommen, um dir das zu sagen?« Seine Stimme war ein wunderbares Instrument, präzise und beschwörend. Jetzt war sie voller Sarkasmus.

»Nein, natürlich nicht«, sagte sie knapp. »Es interessiert mich nicht, woran der bedauernswerte Mann gestorben ist. Er war in Sorge, daß die Andeutung eines Mordes allerhand Geschwätz und Geflüster auslösen könnte, was viele Leute sehr verletzen würde. Es sei sehr schwer, etwas zu bestreiten, das niemand direkt gesagt hat.«

»Wie zum Beispiel, daß Alicia Fitzroy-Hammond ihren Mann umgebracht hat?« fragte er. »Oder daß Dominic selbst es getan hat?«

Sie schaute ihn ein wenig kühl an. »Ich hatte nicht den Eindruck, daß er sich um seiner selbst willen Sorgen machte, falls du das damit sagen willst.« Sobald die Worte heraus waren, dachte sie genauer darüber nach. Sie liebte Pitt, und sie spürte eine Verletzbarkeit in ihm, wenn sie auch nicht genau wußte, was es war. Aber ihr Gefühl für Gerechtigkeit war auch stark, und die alte Loyalität gegenüber Dominic erstarb nicht so schnell, vielleicht weil sie seine Schwächen kannte. Pitt war stärker; ihn mußte sie nicht verteidigen. Er war zwar verletzbar, aber er würde daran nicht zerbrechen.

»Das sollte er aber«, sagte Pitt trocken. »Wenn Lord Augustus ermordet wurde, dann ist Dominic ein Verdächtiger. Alicia erbt eine beträchtliche Menge, gar nicht zu reden von einer ausgezeichneten gesellschaftlichen Stellung; sie liebt Dominic – und sie ist eine sehr schöne Frau.«

»Du magst Dominic nicht, stimmt's?« Sie hatte weniger auf seine Worte gehört als auf das, was sie aus ihnen herausgehört hatte.

Er stand auf, ging ein paar Schritte von ihr weg und zupfte an den Vorhängen herum. »Mögen und nicht mögen hat damit nichts zu tun«, antwortete er. »Ich spreche von seiner Lage; er steht natürlicherweise unter Verdacht, falls Lord Augustus ermordet wurde. Es wäre naiv, es anders zu sehen. Wir können die Welt nicht immer so haben, wie wir sie gerne hätten, und manchmal sind sogar die reizendsten Menschen, Menschen, die wir jahrelang kannten und die uns etwas bedeuteten, fähig zu einer Gewalttat, zu Betrug und zu Dummheit.« Er ließ die Vorhänge sein und wandte sich wieder ihr zu, weil er wissen wollte, was sie fühlte und wie sie darauf reagierte. Er würde sie nicht fragen, was Dominic zwischen seinen Worten wirklich gemeint und ungesagt gelassen hatte.

Ihr Gesicht war ruhig, aber unter der Oberfläche konnte er ihren Ärger bemerken. Er war sich nicht im klaren, woher er kam. Er mußte sie so lange bedrängen, bis er dies herausbekam, auch wenn es ihn am Ende schmerzen würde, denn es nicht zu wissen, war noch schlimmer.

»Sprich nicht mit mir, als ob ich ein Kind wäre, Thomas!« sagte sie ruhig. »Ich weiß das auch so. Ich glaube nicht, daß Dominic ihn ermordet hat, weil ich nicht glaube, daß er den starken Willen, der dazu nötig gewesen wäre, hat. Aber ich kann mir vorstellen, daß er befürchtet, sie hätte es getan. Deswegen ist er hierhergekommen.«

Seine Augen verengten sich ein wenig. »Was hat er denn erwartet, das du für ihn tust?«

»Dir die Ungerechtigkeit vor Augen zu führen, die entstehen könnte, wenn du mit deiner Untersuchung fortfährst; wo du dir doch nicht einmal sicher bist, daß es sich dabei überhaupt um ein Verbrechen handelt.«

»Du denkst also, dann soll besser ich meine Pflicht verletzen?« Er suchte jetzt die Auseinandersetzung. Es war wohl am besten, sich ihr zu stellen.

Sie verweigerte ihm die Antwort und biß sich lieber auf die Zunge, statt ihm zu sagen, er solle doch nicht so idiotisch sein. Sie hätte es ihm gerne gesagt, aber sie wagte es nicht.

»Charlotte!« sagte er fordernd. »Denkst du, weil es um Dominic geht, soll ich meine Pflicht vergessen?«

Sie sah von Jemimas Kleidchen auf und behielt dabei die Nadel zwischen ihren Fingern. »Es ist nicht nötig, daß jemand seine Pflicht vergißt, um Ungerechtigkeit nicht geschehen zu lassen«, sagte sie etwas schroff. Er stellte sich wirklich absichtlich dumm! »Wir wissen doch, was Verdächtigungen anrichten können. Und für den Fall, daß du etwas anderes denkst: Ich habe Dominic gesagt, daß du tun würdest, was du für notwendig hieltest, und daß ich dich nicht beeinflussen könnte.«

»Oh.« Er kam zurück und setzte sich wieder auf seinen Stuhl ihr gegenüber.

»Aber dennoch magst du Dominic nicht«, fügte sie noch hinzu.

Er antwortete nicht. Statt dessen holte er die Schachtel mit den Teilen hervor, aus denen er einen Zug für Jemima bastelte, und begann geschickt mit einem Messer an ihnen zu arbeiten. Er hatte genug gehört. Für den Rest des Abends wollte er es lieber dabei belassen. Sie war immer noch verärgert, aber er wußte, es war nicht wegen Dominic selbst, und das war alles, was ihm wichtig war.

Er schnitzte zufrieden an dem Holz und begann zu lächeln, als es die gewünschte Form annahm.

Am nächsten Tag entschloß sich Charlotte, selbst in der Sache etwas zu unternehmen. Sie hatte kein wirklich gutes Winterkleid, aber eines, das ihr sehr gut stand, wenn es auch die Mode des letzten Jahres war. Es war sehr gut geschnitten und paßte ihr – besonders jetzt, da sie wieder die gleiche Figur wie vor Jemima hatte – ausgezeichnet. Das angenehme Burgunderrot paßte wiederum sehr gut zu ihrem Haar und zu ihrem Teint.

Sie erinnerte sich, was Tante Vespasia über eine günstige Besuchszeit gesagt hatte, und gab das Haushaltsgeld des nächsten Tages für eine Droschke zum Gadstone Park aus. Man durfte sie auf keinen Fall in einem Omnibus ankommen sehen, auch wenn ein solcher dort in der Nähe verkehrte.

Das Stubenmädchen war überrascht, sie zu sehen, aber doch wohlerzogen genug, dies nur ganz unauffällig zu zeigen. Charlotte hatte keine Karte, die sie hätte übergeben können wie die Besucher aus der besseren Gesellschaft, aber sie behielt ihren Kopf hoch und bat das Mädchen, ihrer Herrin mitzuteilen, daß Mrs. Pitt aufgrund ihrer Einladung da sei.

Sie war erleichterter, als es ihr zunächst erschien, als das Mädchen diese etwas ungewöhnliche Vorstellung akzeptierte und sie in ein leeres Wohnzimmer führte, in dem sie warten konnte, während Lady Cumming-Gould von ihrer Ankunft in Kenntnis gesetzt wurde. Wahrscheinlich war es das Wort ›Einladung‹, das ausschlaggebend gewesen war; schließlich war es gut möglich, daß Lady Cumming-Gould sie eingeladen hatte – leicht exzentrisch, wie die alte Dame war.

Charlotte war zu angespannt, um sich zu setzen. Sie stand da mit Hut und Handschuhen und versuchte gleichgültig zu wirken für den Fall, daß das Mädchen zurückkam und sie es nicht kommen hörte. Außerdem war es eine gute Übung.

Als die Tür aufging, war es Vespasia selbst. Sie war in Taubengrau gekleidet und wirkte wie eine Gestalt aus dem Traum eines Silberschmieds. In ihren Siebzigern sah sie noch besser aus als die meisten Frauen jemals in ihrem Leben.

»Charlotte! Wie schön, dich zu sehen. Leg doch um Himmels willen deinen Hut und deinen Mantel ab! Mein Haus kann doch nicht soo kalt sein. Eliza, kommen Sie!« Ihre Stimme klang nach gebieterischem Unmut, und das Mädchen erschien sofort. »Nehmen Sie den Mantel von Mrs. Pitt, und bringen Sie uns etwas Heißes zu trinken!«

»Was hätten Sie gerne, Mylady?« Das Mädchen nahm sich gehorsam der Sachen an.

»Ich weiß es nicht«, sagte Vespasia schnippisch. »Lassen Sie sich etwas einfallen!« Sie setzte sich sofort, als das Mädchen die Tür hinter sich geschlossen hatte, und unterzog Charlotte einer eingehenden Inspektion. Dann schnaufte sie und lehnte sich zurück. »Du siehst sehr gesund aus. Es wird Zeit, daß du noch ein Baby bekommst.« Sie kümmerte sich nicht um Charlottes Erröten. »Ich vermute, du bist wegen dieser entsetzlichen Sache mit der Leiche gekommen? Der alte Augustus Fitzroy-Hammond. Er war immer schon eine Plage und wußte nie, wann es Zeit ist, sich zu verabschieden; auch nicht, als er noch lebte.«

Charlotte war nach Lachen zumute. Vielleicht war es die Überwindung der Nervosität, besonders nach dem unglücklichen, dummen Gespräch mit Pitt gestern abend.

»Ja«, sagte sie vertrauensvoll. »Dominic hat mich gestern besucht. Er macht sich große Sorgen, daß die fortgesetzten Untersuchungen eine Menge bösartiger Spekulationen auslösen könnten.«

»Daran zweifle ich nicht«, sagte Vespasia trocken. »Und die meisten davon werden wohl darauf hindeuten, daß entweder er oder Alicia ihn umgebracht hat – oder beide zusammen.«

Sie hatte das so unvermittelt gesagt, daß Charlottes Gedanken auf das Naheliegende flogen. »Heiße das denn, daß sie schon damit angefangen haben?«

»Zwangsläufig«, antwortete Vespasia. »Es gibt sonst wenig genug zu dieser Jahreszeit, worüber zu sprechen wäre. Wenigstens die Hälfte der Leute aus der Gesellschaft ist auf dem Lande, und diejenigen von uns, die hiergeblieben sind, verblöden fast vor Langeweile. Was könnte da aufregender sein als ein Gerücht um eine Affaire oder einen Mord?«

»Das ist aber bösartig!« Charlotte ärgerte sich über die

Gefühlsroheit, sich über das Unglück anderer Leute zu amüsieren; fast so, als ob die Schwätzer wünschten, daß es wahr wäre.

»Sicherlich.« Vespasia sah sie unter ihren schweren Augenlidern amüsiert und bedauernd zugleich an. »Es hat sich nicht viel geändert; es geht immer noch um Brot und Spiele. Warum glaubst du, daß man Jagd auf Bären macht und gegen Stiere kämpft?«

»Ich hatte gehofft, wir hätten etwas dazugelernt«, antwortete Charlotte. »Wir sind doch jetzt zivilisiert. Wir werfen keine Christen mehr den Löwen vor.«

Vespasia hob ihre Brauen und sah sie geradeheraus an. »Du bist hinter der Zeit zurück, meine Liebe, weit zurück: Christen sind passé; es sind die Juden, die jetzt in Mode sind. Sie sind das Material für die Spiele.«

Erinnerungen an subtile gesellschaftliche Grausamkeiten kehrten zu Charlotte zurück. »Ja, ich weiß. Und ich vermute, wenn kein Jude oder kein gesellschaftlicher Aufsteiger zur Hand ist, dann tut es auch Dominic.«

Das Mädchen kam mit einem Tablett zurück, auf dem sich heiße Schokolade in einer Silberkanne und winzige Kuchen befanden. Sie setzte es vor Vespasia ab und wartete auf deren Billigung.

»Danke.« Vespasia sah es sich über ihre Nase hinweg an. »Sehr gut. Ich rufe Sie, wenn ich Sie noch mal brauche. Für die nächste Zeit bin ich nicht zu Hause.«

»Ja, Mylady.« Das Mädchen ging weg. Die Verwunderung stand ihr immer noch im Gesicht. Warum um Gottes willen behandelte ihre Herrin diese Mrs. Pitt, von der noch niemand je etwas gehört hatte, mit solch ungewöhnlicher Aufmerksamkeit? Sie konnte es kaum erwarten, den anderen Dienstboten diese Neuigkeit mitzuteilen und zu sehen, ob jemand darauf eine Antwort wußte.

Charlotte nippte an ihrer Schokolade; sie hatte eine Schwäche dafür, aber das war etwas, das sie sich nicht oft leisten konnte.

»Ich nehme an, daß jemand denkt, daß er ermordet wurde«, sagte sie jetzt. »Sonst würde man ihn doch nicht immer wieder ausgraben!«

»Das scheint eine naheliegende Erklärung zu sein«, sagte Vespasia zustimmend und runzelte die Stirn. »Obwohl ich mir bei meinem Leben nicht vorstellen kann, wer so etwas tun könnte. Es sei denn, es ist die alte Frau.«

»Welche alte Frau?« Charlotte wußte momentan nicht, wer gemeint war.

»Seine Mutter, die alte Witwe Lady Fitzroy-Hammond. Eine schreckliche alte Kreatur, die meistens in ihrem Schlafzimmer lebt. Nur am Sonntag geht sie in die Kirche und beobachtet die anderen Leute ganz genau. Sie hat Ohren wie ein Frettchen, aber sie tut so, als ob sie taub wäre, damit die Leute unvorsichtig sind, wenn sie etwas sagen. Sie vermeidet es, in meine Nähe zu kommen, und ist sogar eine Woche lang in ihrem Bett geblieben, als sie hörte, daß ich hier im Park wohnen werde; ich bin nämlich fast so alt wie sie, und ich kann mich noch genau erinnern, wie sie vor fünfzig Jahren war. Sie ruft sich immer und immer wieder ihre Jugendzeit ins Gedächtnis zurück; und was für eine herrliche Zeit sie damals hatte – die Bälle und die Kutschfahrten, die gutaussehenden Männer und die Affairen. Nur erinnert sie sich an so vieles mehr, als ich es im Zusammenhang mit ihr tue, und es ist bei ihr auch alles viel interessanter. In meiner Erinnerung ist sie eine graue Maus mit viel zu kurzen Beinen, die sich hinaufgeheiratet hat, und das später als die meisten anderen. Und die Winter waren damals genauso kalt und die Orchester genauso schlecht und die gutaussehenden Männer genauso eitel und albern wie heute.«

Charlotte lächelte in ihre Schokoladentasse. »Ich bin sicher, sie haßt dich aus ganzem Herzen, auch wenn du nie ein Wort darüber verlierst. Sie wird sich ja teilweise auch noch an die Wahrheit erinnern. Arme Alicia. Ich glaube, sie wird pausenlos nur verglichen – eine Motte in den Erinnerungen eines Schmetterlings.«

»Gut gesagt.« Vespasias Augen leuchteten wohlwollend. »Wenn es die alte Frau gewesen wäre, die ermordet wurde, hätte ich sie schwerlich tadeln können.«

»Hat Alicia Lord Augustus geliebt – ich meine zu Anfang?« fragte Charlotte.

Vespasia starrte sie lange an. »Sprich nicht so unbefangen, Charlotte! Dazu bist du noch nicht lange genug aus der Gesellschaft heraus. Ich wage zu sagen, sie mochte ihn; er hatte keine unerträglichen Gewohnheiten, so weit ich weiß. Er war zwar langweilig, aber nicht mehr als viele andere Männer auch. Er war nicht allzu großzügig, aber auch nicht geizig. Es ging ihr sicherlich nicht schlecht. Er trank selten zuviel, noch war er unausstehlich nüchtern.« Sie nippte an ihrer Schokolade und schaute Charlotte direkt in die Augen. »Aber er war natürlich nicht mit dem jungen Dominic Corde zu vergleichen, wie du ja selber weißt, wage ich zu behaupten.«

Charlotte spürte, wie ihr die Röte ins Gesicht stieg. Vespasia konnte von ihrer Vernarrtheit in Dominic überhaupt nichts wissen, wenn nicht Pitt ihr etwas davon gesagt hatte; oder Emily?

Charlotte wählte ihre Worte sehr sorgfältig. Zu lügen wäre sinnlos gewesen und hätte ihr Vespasias Achtung entzogen. Sie zwang sich, aufzuschauen und zu lächeln.

»Nein. Das glaube ich auch nicht«, sagte sie leichthin. »Besonders dann nicht, wenn er die Wahl ihres Vaters war und nicht ihre eigene. Es gibt nichts, das einem etwas mehr verleidet, als wenn man es nicht selber auswählen konnte; auch wenn es einem ansonsten ganz gut gefallen hätte.«

Vespasias Lächeln erhellte ihr Gesicht bis in ihre Augen. »Dann hast du es ja richtig gemacht, meine Liebe. Ich bin sicher, daß Thomas Pitt nicht die Wahl deines Vaters war.«

Charlotte lächelte auch. Eine Flut von Erinnerungen stieg in ihr hoch; obwohl gerechterweise gesagt werden mußte, daß Papa sich bei weitem nicht so dagegengestellt hatte, wie man hätte erwarten können. Vielleicht war er froh, daß sie sich zu guter Letzt überhaupt für jemanden entschieden hatte. Aber sie war ja nicht hierhergekommen, um sich gut zu unterhalten. Sie mußte wieder auf ihre Absicht zurückkommen.

»Glaubst du, die alte Dame könnte jemanden angeheuert haben, der Lord Augustus ausgrub, nur damit sie Alicia zusetzen konnte?« fragte sie ein wenig zu geradeheraus. »Mißgunst kann sehr stark sein, besonders bei jemandem, der nichts anderes hat als die Vergangenheit, um sich damit zu beschäftigen. Vielleicht hat sie sich sogar selber eingeredet, daß etwas Wahres daran ist.«

»Das könnte sein.« Vespasia überlegte. »Obwohl ich meine Bedenken habe. Was Alicia betrifft, so scheint sie nicht den Mut der Verzweiflung in sich zu haben, der nötig gewesen wäre, den alten Narren tatsächlich zu ermorden; nicht einmal wegen Dominic Corde. Aber man weiß ja nur in den seltensten Fällen, welche Feuer unter einem relativ geduldigen Äußeren brennen. Und vielleicht ist Dominic habgieriger, als wir denken, oder wird von Gläubigern stärker unter Druck gesetzt. Er zieht sich ausgesprochen gut an. Ich würde denken, seine Schneiderrechnung ist nicht von Pappe.«

Der Gedanke war häßlich, und Charlotte weigerte sich, auf ihn einzugehen. Sie wußte, daß es vielleicht einmal unumgänglich werden könnte, aber nicht jetzt; nicht, bis sie alle nur möglichen anderen Antworten ausgeschöpft hatte.

»Welche Möglichkeiten gibt es denn abgesehen davon noch?« sagte sie mutig.

»Keine, die ich wüßte«, gab Vespasia zu. »Ich wüßte niemand anderen aus seiner Umgebung, der ihn entweder genügend gehaßt hätte, um ihn zu ermorden, oder ihn genügend geliebt, um ihn zu rächen. Er war nicht die Sorte Mann, die irgendwelche Leidenschaften entfacht hätte.«

Charlotte konnte noch nicht aufgeben. »Erzähl mir doch bitte etwas über die anderen Leute hier im Park!«

»Es wohnen eine ganze Reihe hier, die für dich nicht von Interesse sind; sie sind den Winter über weg. Bei denen, die hier sind, kann ich keinen Grund erkennen, warum sie etwas damit zu tun haben könnten, aber du kannst sie ja in Betracht ziehen. Sir Desmond und Lady Cantlay kennst du ja bereits. Sie sind ganz angenehm und meiner Meinung nach völlig harmlos. Desmond sollte eigentlich auf der Bühne stehen; er ist der beste Schauspieler, den ich kenne. Gwendoline ist vielleicht ein wenig gelangweilt, wie viele Frauen ihres Standes, die alles haben und sich über nichts zu beschweren brauchen. Aber wenn sie sich einen Liebhaber genommen hätte, dann wäre es höchstwahrscheinlich nicht Augustus gewesen; auch nicht, wenn dieser aufgetaut wäre und sich dazu hätte hinreißen lassen. Er war viel langweiliger als Desmond.«

»Könnte es irgend etwas mit Geld zu tun haben?« Charlotte griff jetzt nach den Extremen.

Vespasias Brauen gingen nach oben. »Das ist nicht wahrscheinlich, meine Liebe. Hier im Park haben alle mehr als genug davon, und ich glaube nicht, daß jemand über seine Verhältnisse lebt. Aber wenn jemand vorübergehend in Schwierigkeiten ist, dann geht er zu den Juden und nicht zu Augustus Fitzroy-Hammond. Und es gibt in diesem Falle auch kein Vermögen zu erben; von der Witwe abgesehen.«

»Oh.« Das war enttäuschend. Wie immer führte es wieder zu Dominic und Alicia zurück.

»Die St. Jermyns sind sehr bekannt«, fuhr Vespasia fort. »Aber ich kann mir keinen Grund denken, warum sie ihm Schaden zugefügt haben sollten. Außerdem ist Edward St. Jermyn viel zu sehr mit seinen eigenen Angelegenheiten beschäftigt, als daß er Zeit für die von anderen Leuten hätte.«

»Romantische Geschichten?« Charlotte schöpfte Hoffnung.

Vespasia machte ein kühles Gesicht. »Selbstverständlich nicht. Er ist Mitglied des House of Lords und hat große Ambitionen. Zur Zeit entwirft er ein Papier, das die Zustände in den Arbeitshäusern verbessern soll, besonders im Hinblick auf die Kinder. Glaube mir, Charlotte, das ist dringend nötig! Wenn du dir die Leiden der Kinder an solchen Orten vorstellen könntest, die sich wahrscheinlich auf ihr ganzes Leben auswirken... Er würde wirklich etwas Großartiges leisten, wenn er damit zu Erfolg käme, und sich die Hochachtung des ganzen Landes erwerben.«

»Dann ist er also ein Reformator?« sagte Charlotte eifrig.

Vespasia sah sie über ihre lange Nase hinweg an. Sie seufzte ein wenig verdrossen. »Nein, meine Liebe, ich fürchte, er ist auch nur ein Politiker.«

»Das ist aber nicht sehr freundlich und ganz schön zynisch«, sagte Charlotte anklagend.

»Es ist nur realistisch. Ich kenne Edward St. Jermyn schon sehr lange; und vor ihm habe ich seinen Vater gekannt. Nichtsdestoweniger ist es ein ausgezeichneter Gesetzentwurf, und ich unterstütze ihn, wo ich nur kann. Wir haben übrigens darüber gesprochen, als Thomas letzte Woche hierher kam. Wie ich sehe, hat er ihn nicht erwähnt.«

»Nein.«

»Er schien sich aber sehr dafür zu interessieren. Ich hatte sogar den Eindruck, es war nicht leicht für ihn, weiterhin höflich zu sein. Er schaute auf meine Spitze und auf Hesters Seide, als ob es sich dabei schon um ein Verbrechen handelte. Er sieht gewiß viel mehr Armut, als sich jemand von uns vorstellen kann, aber wenn wir keine Kleider kaufen würden, wie würden dann die Näherinnen wenigstens zu den paar Pence kommen, die sie verdienen?« Ihr Gesicht wurde streng, und zum ersten Mal verschwand all ihr Witz aus ihrer Stimme. »Obgleich Somerset Carlisle sagt, daß sie, obwohl sie achtzehn Stunden am Tag nähen, bis ihre Finger bluten, immer noch nicht genug verdienen, um davon auch leben zu können. Viele von ihnen würden so auf die Straßen getrieben, wo sie in einer Nacht mehr verdienen können als in zwei Wochen auf dem Boden der Fabrik.«

»Ich weiß«, sagte Charlotte betrübt. »Thomas spricht nur selten darüber, aber wenn er es tut, dann kann ich mich nächtelang nicht der Visionen erwehren, die auf mich einstürmen: Zwanzig oder dreißig Männer und Frauen zusammengepfercht in einem einzigen Raum, womöglich im Keller, ohne Luft und ohne sanitäre Anlagen, die dort arbeiten, essen und schlafen und nur soviel verdienen, daß sie ihr Leben fristen können. Es ist obszön. Wie muß es da erst in einem Arbeitshaus sein, wenn sie die Fabrik immer noch vorziehen. Ich fühle mich mitschuldig, weil ich nichts dagegen unternehme – und doch mache ich so weiter und unternehme weiterhin nichts.«

Vespasias Gesicht zeigte Sympathie gegenüber ihrer Ehrlichkeit. »Ich weiß, meine Liebe. Und dennoch können wir nicht viel tun. Es handelt sich dabei um keine Einzelerscheinung oder um Hunderte von Erscheinungen; es steht alles in einer Reihe von Zusammenhängen. Du kannst es nicht durch Wohltätigkeit mildern, selbst wenn du die Mittel hättest. Dazu braucht es ein Gesetz. Und um ein Gesetz in Gang zu bringen, muß man im Parlament sein. Deshalb brauchen wir Männer wie Edward St. Jermyn.«

Sie saßen eine Zeitlang schweigend da; dann besann sich Charlotte wieder auf das, was sie eigentlich erreichen wollte. »Das alles erklärt aber nicht, warum Lord Augustus ausgegraben wurde.«

Vespasia nahm den letzten Kuchen. »Nein, überhaupt nicht. Und ich glaube auch nicht, daß die anderen Leute hier im Park etwas dazu beitragen können. Somerset Carlisle zeigte gegenüber Augustus nie etwas anderes als die Höflichkeit guter Manieren; er ist genau wie St. Jermyn viel zu beschäftigt mit dem Gesetzesentwurf. Major Rodney und seine zwei Schwestern leben sehr zurückgezogen. Die beiden Damen sind alte Jungfern und werden es bestimmt auch bleiben. Sie halten sich mit Hausarbeit beschäftigt, hauptsächlich mit solcher der feineren Art, wie zum Beispiel mit delikaten Näharbeiten oder mit der endlosen Zubereitung von Marmeladen, und ich glaube, auch mit der von einem hausgemachten Wein aus ganz schrecklichen Zutaten wie Pastinaken und Nesseln. Absolut scheußlich! Ich habe ihn auch nur einmal probiert! Major Rodney hat natürlich jetzt die Armee verlassen und sammelt nun Schmetterlinge oder anderes Kleinzeug, das auf einem Dutzend Beinen herumkriecht. Er schreibt schon zwanzig Jahre lang an seinen Memoiren aus der Zeit des Krimkrieges. Ich wußte gar nicht, daß dort so viel geschehen ist.«

Charlotte verbarg ein Lächeln.

»Und dann gibt es noch den Porträtmaler«, fuhr Vespasia fort. »Godolphin Jones, aber der ist schon einige Zeit abwesend – in Frankreich, glaube ich; deswegen kann er Augustus also auch nicht ausgegraben haben. Und ich kann mir auch keinen einzigen Grund vorstellen, warum er das gewollt haben könnte. Der einzige noch verbleibende Mensch«, sagte sie abschließend, »ist ein Amerikaner namens Virgil Smith. Völlig unmöglich, natürlich. Die Gesellschaft wird ihn verabscheuen, wenn er dickfellig genug ist, noch viel länger hier zu bleiben. Aber andererseits hat er eine Unmenge Geld von einer so anrüchigen Sache wie Rinderzucht, dort, wo er herkommt; deswegen werden sie nicht anders können, als trotz allem höflich zu ihm zu sein. Das wird sehr unterhaltsam werden. Hoffentlich wird der Arme nicht zu sehr verletzt dabei. Er ist wirklich sehr gutmütig und scheint keinerlei Vornehmtuerei zu kennen, was zur Abwechslung sehr erfrischend ist. Sicher, seine Manieren und seine Erscheinung sind eine Katastrophe, aber Geld verdeckt viele Mängel.«

»Und Freundlichkeit noch mehr«, sagte Charlotte.

»Nicht in dieser Gesellschaft!« Vespasia starrte sie an. »Hier dreht sich alles um das Scheinen und nicht um das Sein. Das ist auch einer der Gründe, warum es so ungewöhnlich schwierig ist herauszufinden, ob Augustus ermordet wurde und von wem oder warum.«

Während Charlotte in Vespasias Kutsche nach Hause gefahren wurde, sich selbstbewußt und sehr verwöhnt fühlte und noch einmal über die Früchte des Tages oder besser deren Fehlen nachdachte, standen auf dem Friedhof von St. Margaret zwei Totengräber im Regen und verschnauften sich ein wenig von der beschwerlichen Arbeit, das Grab für die neuerliche Aufnahme von Augustus Fitzroy-Hammond herzurichten.

»Also, ich weiß nicht, Harry«, sagte einer von den beiden und wischte sich ein Tröpfchen von der Nase, »langsam glaube ich, ich könnte allein schon davon leben, seine Lordschaft immer wieder zu beerdigen. Kaum haben wir ihn drunten, kommt so ein Narr und gräbt ihn wieder aus!«

»Ich weiß, was du meinst«, schniefte Harry. »Ich träume schon davon, wirklich. Werde noch mein ganzes Leben an diesem Grab verbringen. Du solltest mal hören, was meine Gertie dazu sagt. Sie sagt, es sind nur die Ermordeten, die keine Ruhe finden, und ich sage dir, Arthur, langsam glaube ich, sie hat recht. Ich glaube, das ist noch nicht das letztemal, daß wir hier schaufeln!«

Arthur spuckte in die Hände und nahm seinen Spaten wieder auf. Der nächste Stich traf den Sargdeckel. »Also, ich sage dir, Harry, für mich ist es das letzte Mal. Ich will mit Mord und mit Ermordeten nichts zu tun haben. Es macht mir nichts aus, anständige Leichen zu begraben, die ganz natürlich gestorben sind. Ich begrabe so viele, wie du willst. Aber es gibt zwei Dinge, die mir wirklich an die Leber gehen. Eines sind Babys – ich hasse es, Kinder zu begraben –, und das andere sind Ermordete. Und diesen hier habe ich doch schon zweimal begraben. Wenn er diesmal nicht dort bleibt, brauchen sie mich gar nicht mehr zu holen – weil ich nicht mehr will. Genug ist genug. Die Polypen sollen herausfinden, wer ihn umgebracht hat, dann mache ich vielleicht weiter. Das sage ich dir.«

»Mir geht es auch so«, stimmte Harry vehement zu. »Ich bin ein geduldiger Mann, weiß Gott. Hier sieht man ja viele Tote und erfährt, wer wichtig ist und wer nicht. Wir werden ja alle einmal so enden, und für manche Leute wäre es gut, sich öfter daran zu erinnern. Aber jetzt ist meine Geduld am Ende, und ich gebe mich mit Mord nicht mehr ab. Ich gebe dir recht, die Polypen sollen ihn das nächste Mal selber begraben; das täte ihnen gut.«

Sie hatten die Erde vom Sargdeckel weggeschaufelt und kletterten jetzt wieder aus dem Grab, um die Seile zu holen.

»Ich nehme an, sie wollen dieses Ding sauber geputzt haben, damit man es wieder anschauen kann«, sagte Arthur mit deutlich sichtbarem Widerwillen. »Sie werden bestimmt auch noch eine Andacht für ihn in der Kirche abhalten. Die müssen doch schon ganz krank sein vor lauter letzter Ehrerweisung.«

»Nur ist es immer nicht die letzte«, sagte Harry trocken. »Es ist die vorletzte oder vorvorletzte. Wer weiß das schon. Halt doch mal das andere Ende vom Seil!«

Sie stiegen wieder hinunter und zogen die Seile unter dem Sarg hindurch. Dann kletterten sie wieder heraus und zogen den Sarg schweigend nach oben. Nur ein gelegentliches Ächzen war zu hören, bis er schließlich neben dem tiefen, offenen Loch stand.

»Mensch, das verdammte Ding wiegt ja eine Tonne«, sagte Harry zornig. »Man könnte glatt meinen, es sei eine Ladung Ziegelsteine darin. Glaubst du, sie haben da vielleicht etwas hineingetan?«

»Was denn?« schniefte Arthur.

»Weiß auch nicht. Willst du mal nachsehen?«

Arthur zögerte einen Moment, doch dann übermannte ihn die Neugierde, und er hob eine der Ecken des Sargdeckels an. Er war nicht verschraubt und ließ sich sehr leicht öffnen.

»Allmächtiger Gott!« Arthurs verschmutztes Gesicht wurde so weiß wie ein Bettlaken.

»Was ist denn?« Harry ging instinktiv auf ihn zu und stieß sich dabei die Zehen an einer Ecke des Sarges. »Verdammt noch mal! Also, was ist denn, Arthur?«

»Er ist da drin!« sagte Arthur heiser. Seine Hand fuhr an seine Nase. »Stinkt wie die Hölle, aber er ist wirklich da drin.«

»Das kann doch nicht sein«, sagte Harry ungläubig. Er stellte sich neben Arthur und sah hinein. »Du hast verdammt recht! Er ist da drin! Was zum Teufel soll das nun wieder bedeuten?«

Pitt war nicht wenig bestürzt, als er die Neuigkeit hörte. Es war geradezu grotesk, fast unglaublich. Er zog seinen Schal hoch und seinen Hut tief bis auf die Ohren und ging hinaus auf die eiskalte Straße. Er wollte lieber zu Fuß gehen, um sich selbst Zeit zum Überlegen zu geben.

Es gab also jetzt zwei Leichen, denn die Leiche aus der Kirchenbank war ja noch im Leichenhaus. Deswegen war eine davon nicht die von Lord Augustus Fitzroy-Hammond. Seine Gedanken gingen zurück zu dessen Identifikation. Der Mann, der in der Nähe des Theaters von der Kutsche gefallen war, war nur von Alicia identifiziert worden. Wenn er es sich recht überlegte, dann hatte sie geradezu erwartet, daß es sich um ihren Mann handelte. Pitt hatte es ihr ja selbst so gut wie gesagt. Sie hatte nur einen Blick auf ihn geworfen und dann sofort weggesehen. Er konnte sie deswegen wohl kaum tadeln. Vielleicht hatten ihre Augen nur das gesehen, was sie erwarteten, und sie hatte ihn überhaupt nicht genau angeschaut.

Andererseits ist die zweite Leiche – die in der Kirchenbank – nicht nur von Alicia gesehen worden, sondern auch von der alten Dame, dem Vikar und schließlich von Dr. McDuff, von dem man erwarten konnte, daß er an den Anblick von Toten gewöhnt war, ob sie nun drei Wochen alt waren oder nicht.

Er überquerte die Straße, die von Pferdedung und Abfällen von einem Gemüsekarren übersät war. Der Junge, der normalerweise die Kreuzung fegte, hatte Bronchitis und lag wahrscheinlich in einer der unzähligen tristen Behausungen hinter der Fassade der herausgeputzten Läden.

Die einleuchtende Erklärung schien also zu sein, daß die zweite Leiche die von Lord Augustus war und die erste jemand anderer. Da ja das Grab des Mr. William Wilberforce Porteous ebenfalls ausgeraubt worden war, hatte man wahrscheinlich seine Leiche auf dem Friedhof von St. Margaret beerdigt.

Es würde sicher gut sein, wenn er bald die nötigen Vorbereitungen träfe, damit die Witwe sich überzeugen konnte – und diesmal wirklich!

Es war halb sechs vorbei, und der Wind hatte sich gelegt. Dafür hüllte jetzt der Nebel alles ein, erstickte die Geräusche und legte sich kalt und durchdringend auf den Atem, als Pitt zusammen mit der sehr stämmigen, qualvoll geschnürten und in wallendes Schwarz gekleideten Mrs. Porteous in einer Droschke zum Leichenhaus fuhr, in dem nun die erste Leiche sie erwartete. Sie mußten langsam fahren, denn der Kutscher konnte nicht weiter sehen als vier oder fünf Yards und auch das nur sehr undeutlich.

Die Gaslaternen wirkten wie unheilvolle Augen, die aus der Nacht auftauchten und hinter ihnen wieder ins Nichts verschwanden. Sie bewegten sich von einer zur anderen, so einsam, als ob sie alleine auf einem Ozean gewesen wären.

Pitt versuchte an etwas zu denken, worüber er mit der Frau neben ihm hätte reden können, aber er konnte sein Gehirn martern, so sehr er wollte, es kam einfach nichts dabei heraus, das nicht entweder bedeutungslos oder unangenehm gewesen wäre. Es endete damit, daß er hoffte, sein Schweigen würde wenigstens als Mitgefühl gedeutet.

Als die Droschke endlich hielt, stieg er mit einer nicht eben eleganten Hast aus und bot ihr seine Hand an. Sie stützte sich schwer darauf, was wohl eher auf ihr Gewicht als auf ihren Kummer zurückzuführen war.

Drinnen wurden sie wieder von demselben freundlichen, sauber geschrubbten jungen Mann, dessen Brille ewig über seine Nase rutschte, begrüßt.

Mehrmals öffnete er seinen Mund, um etwas zur Außerordentlichkeit der Situation zu sagen – noch nie hatte er mit derselben Leiche zweimal unter den gleichen Umständen zu tun gehabt –, bremste sich aber jedesmal auf halbem Wege, weil er einsah, daß sein beruflicher Enthusiasmus als schlechter Geschmack ausgelegt und von der Witwe oder von Pitt mißverstanden werden konnte.

Er zog das Laken zurück und machte ein möglichst ausdrucksloses Gesicht.

Mrs. Porteous schaute geradewegs auf die Leiche, zog dann die Brauen hoch und wandte sich Pitt zu.

»Das ist nicht mein Mann«, sagte sie mit ruhiger Stimme. »Er hat überhaupt keine Ähnlichkeit. Mr. Porteous hatte schwarzes Haar und einen Bart. Dieser hier ist ja fast glatzköpfig. Ich habe ihn noch nie in meinem Leben gesehen!«

5. Kapitel

Da der andere Leichnam nun im Leichenhaus war, gab es gegen die Wiederbestattung von Augustus nichts einzuwenden. Sicherlich war eine weitere Beerdigungszeremonie lächerlich, aber es wäre auch als unschicklich angesehen worden, der Sache überhaupt keine Aufmerksamkeit zukommen zu lassen. Ein Mitgefühl der Familie gegenüber sollte zum Ausdruck gebracht werden und vielleicht ein gewisser Respekt, wenn auch nicht vor Augustus, so doch vor dem Tod.

Alicia hatte natürlich keine andere Wahl, als hinzugehen. Die alte Dame hatte sich zuerst wegen der ganzen unglückseligen Angelegenheit unpäßlich gefühlt, sich aber dann doch entschieden, daß es ihre Pflicht sei, den letzten Abschied zu nehmen – und Gott darum zu bitten, daß es wirklich der letzte sei. Nisbett kümmerte sich um sie, wie immer; auch sie ganz in Schwarz.

Alicia war im Salon und wartete auf die Kutsche, als Verity von der Halle zu ihr hereinkam. Sie war blaß, und der schwarze Hut ließ sie sogar noch jünger aussehen. Sie hatte etwas Unschuldiges an sich, das Alicia schon des öfteren veranlaßt hatte, sich zu fragen, wie ihre Mutter wohl gewesen sein mochte. Verity hatte Eigenschaften, die mit Augustus nichts zu tun hatten, und sie war der alten Dame so wenig ähnlich wie ein Reh einem Wiesel. Es war eine sonderbare Eingebung, aber Alicia hatte im Dunkel der Nacht sogar schon zu der toten Frau gesprochen, als ob sie eine Freundin gewesen wäre, jemand, der die Einsamkeit verstehen konnte und die Träume, die so zerbrechlich und doch so notwendig waren. In Alicias Gedanken war ihr diese Frau, die mit vierunddreißig Jahren gestorben war, sehr ähnlich.

Wegen ihr und dem seltsamen Gespräch in der Nacht hatte sie beinahe das Gefühl, als ob Verity ihre eigene

Tochter wäre, obwohl nur eine Handvoll Jahre zwischen ihnen lagen.

»Willst du wirklich mitkommen?« fragte sie sie jetzt. »Niemand würde es mißverstehen, wenn du es lieber nicht wolltest.«

Verity schüttelte ihren Kopf ein wenig. »Ich würde gerne hierbleiben, aber ich kann dich doch nicht alleine gehen lassen.«

»Deine Großmutter kommt mit«, antwortete Alicia. »Ich werde nicht alleine sein.«

Über Veritys Gesicht huschte ein herbes Lächeln. Es war zum ersten Male, daß Alicia es sah. Sie war seit dem Tod ihres Vaters viel erwachsener geworden – wie von einer Last befreit.

»Dann komme ich erst recht mit«, sagte sie. »Das ist noch schlimmer, als alleine zu gehen.«

Früher hätte Alicia vielleicht dagegen protestiert, schon der Form wegen, aber heute wäre eine Heuchelei noch lächerlicher gewesen als jemals zuvor.

»Ich danke dir«, sagte sie einfach nur. »Es wird für mich sehr viel weniger unangenehm sein, wenn du dabei bist.«

Ein schnelles, leuchtendes Lächeln zeigte sich auf Veritys Gesicht; beinahe verschwörerisch. Dann hörten sie, noch ehe sie etwas weiteres sagen konnten, den Stock der alten Frau in der Halle. Nisbett öffnete die Tür bis zu den Angeln, und die alte Frau stand mit wildem Blick im Türrahmen. Sie starrte beide an und begutachtete dabei jede Einzelheit ihrer Kleidung – von den schwarzen Hüten und Schleiern bis hinunter zu den polierten Schuhen. Dann nickte sie.

»Also, kommt ihr dann?« sagte sie fordernd. »Oder wollt ihr den ganzen Morgen über hier stehen, wie zwei Krähen auf einem Zaun?«

»Wir haben auf dich gewartet, Großmama«, antwortete Verity sofort. »Wir würden dich doch nicht alleine fahren lassen.«

Die alte Dame schnaubte. »So!« Dabei warf sie Alicia einen giftigen Blick zu. »Ich dachte, du würdest vielleicht auf diesen Mr. Corde warten, in den du so vernarrt bist. Er ist heute gar nicht hier, wie ich sehe. Vielleicht hat er Angst um seine Haut. Schließlich sieht es so aus, als ob du Ehegatten öfter begräbst als die meisten anderen.« Sie griff nach Nisbetts Arm und schlug beim Hinausgehen auf die Türschwelle, so als hätte ihr diese aus dem Weg gehen sollen.

»Es wäre für Mr. Corde wohl kaum angebracht gewesen, heute zu kommen.« Alicia mußte ihn verteidigen, mußte eine Erklärung abgeben, auch wenn die alte Dame bereits außer Hörweite war und Verity nichts dazu gesagt, sondern nur ihre Augen niedergeschlagen hatte. »Es ist eine sehr private Angelegenheit«, fügte sie noch hinzu. »Ich erwarte niemanden, außer den Familienangehörigen und ein paar Leuten, die Augustus gut gekannt haben.«

»Ja, sicher«, murmelte Verity. »Es wäre zweifellos dumm, ihn zu erwarten.« Trotzdem schien so etwas wie Enttäuschung in ihrer Stimme anzuklingen, und als Alicia hinter ihr hinausging und in die schwarz drapierte Kutsche stieg, fragte sie sich doch, warum Dominic nicht wenigstens eine Botschaft geschickt hatte. Sein guter Geschmack hielt ihn davon ab, herzukommen, ganz einfach. Da er Alicia ja liebte, wäre es zweifellos ein wenig zu verwegen, wenn er an der Beerdigung teilnähme. Aber es wäre doch so einfach gewesen, ein paar Zeilen zu schreiben, nur ein kleines Zeichen der Anteilnahme...

Ein Kälteschauer, der nichts mit dem Wind und der zugigen Kutsche zu tun hatte, ließ Alicia erzittern. Vielleicht hatte sie zuviel in seine Komplimente, in seine sanften Blicke und in sein Begehren, mit ihr zusammenzusein, hineingedeutet? Vor ein paar Tagen hätte sie noch geschworen, daß er sie liebte und daß sie ihn liebte – mit all der freudigen Erregung und mit dem Gefühl des gegenseitigen Verstehens und einem Lachen, das jederzeit bereit war, auch wegen der größten Dämlichkeit hervorzubrechen. Aber vielleicht war es nur sie, die so fühlte und die ihre eigene Euphorie ganz zu Unrecht auch in seinem Herzen sah? Eigentlich hatte er nicht allzuviel darüber geäußert – wohl aus Rücksicht auf ihre delikate Situation, zuerst als verheiratete Frau, dann als Witwe. Aber vielleicht hatte er es auch deshalb nicht gesagt, weil es nicht stimmte? Viele Menschen liebten es zu flirten: ein Spiel, ein Ritual, eine Eitelkeit.

Aber Dominic war doch bestimmt nicht so? Sein Gesicht tauchte vor ihr auf: die dunklen Augen, die feinen Brauen, der geschwungene Mund, das lebhafte Lächeln. Tränen stiegen in ihr auf und kullerten ihr über die Wangen. Zu jeder anderen Zeit wäre ihr dies peinlich gewesen, aber jetzt saß sie in einer dunklen Kutsche, an einem naßkalten Tag, auf dem Weg zur Beerdigung ihres Mannes. Niemand würde ihr Weinen bemerken, und unter ihrem Schleier würde es sowieso nur jemandem auffallen, der sie ganz genau beobachtete.

Die Kutsche schlingerte ein wenig und kam dann zum Stehen. Ein Diener öffnete die Tür und ließ einen Schwall eiskalter Luft hinein. Die alte Dame stieg zuerst aus. Sie hatte ihren Stock quer über die Beine der beiden anderen gehalten, so daß sie ihr auf jeden Fall den Vortritt lassen mußten. Der Diener half auch Alicia. Es regnete jetzt noch stärker. Das Wasser rann vorne über ihre Hutkrempe und wurde ihr vom Wind wieder ins Gesicht geblasen.

Der Vikar sprach zu der alten Dame und gab dann Alicia die Hand. Er war noch nie ein fröhlicher Mann gewesen, aber heute sah er besonders unglücklich aus. Tief in ihrem Inneren lächelte sie ein wenig, aber dieses Lächeln drang nicht bis zu ihren Lippen. Sie konnte den Mann verstehen, wenn sie ihn auch nicht mochte. War es doch ein Ereignis, das vorher noch nicht seinesgleichen hatte; kein Wunder, daß er um die richtigen Worte verlegen war. Er hatte einen Vorrat an frommen Redewendungen für alle vorhersehbaren Ereignisse – für Taufen, Bestattungen, Hochzeiten, sogar für Skandale – aber wer konnte denn damit rechnen, denselben Mann dreimal in ebensovielen Wochen begraben zu müssen?

Sie hätte loslachen können, wenn es auch ein wenig hysterisch gewirkt hätte, aber dann fiel ihr in einiger Entfernung die schlanke, elegante Gestalt eines Mannes auf, und ihr Herz klopfte bis zum Hals. Dominic? Dann erkannte sie, daß er es nicht war; die Schultern waren eckiger und magerer, und er stand auch anders da. Es war Somerset Carlisle.

Er wandte sich ihr zu, als sie sich ihren Weg zwischen den Pfützen suchte, und bot ihr seinen Arm an.

»Guten Morgen, Lady Fitzroy-Hammond«, sagte er höflich. »Es tut mir leid, daß dies alles nötig geworden ist. Wollen wir hoffen, daß es möglichst schnell vorbeigeht. Vielleicht hält der Regen den Vikar davon ab, sich in einer langen Ansprache zu ergehen.« Er lächelte kaum merklich. »Er wird so naß werden wie ein Fisch, wenn er lange hier draußen herumsteht.«

Das war ein ausgesprochen heiterer Gedanke. Hier am Grab zu stehen, während der Vikar ununterbrochen dröhnte, das wäre der absolute Gipfel des ganzen Elends gewesen. Die alte Frau sah wie ein durchweichter schwarzer Vogel mit zerzausten Federn aus. Verity stand mit gesenktem Kopf und niedergeschlagenen Augen da, so daß niemand etwas in ihrem Gesicht lesen konnte – ob sie um ihren Vater trauerte oder ob sie in Gedanken völlig abwesend war. Alicia konnte nur raten, aber sie vermutete das letztere.

Lady Cumming-Gould hatte sich ebenfalls dafür entschieden zu kommen. Ihr würdevolles Auftreten war so beeindruckend wie immer. In der Tat hätte sie, wenn sie nicht die in dunklem Lavendelblau gehaltene Trauerkleidung getragen hätte, eher auf eine Gartenparty gepaßt als an ein gähnendes Grab auf einem winterlichen Friedhof.

Major Rodney war ebenfalls da und trat unglücklich von einem Fuß auf den anderen, blies das Wasser von seinem Schnurrbart und war offensichtlich von der ganzen Sache unangenehm berührt. Nur sein Pflichtgefühl konnte ihn hierher gebracht haben. Er schleuderte andauernd wilde Blicke auf seine beiden Schwestern, die ihn wahrscheinlich bekniet hatten, doch an der Beerdigung teilzunehmen. Die beiden drängten sich zusammen wie zwei rundäugige kleine Tiere, die aus dem Winterschlaf erwacht waren.

Dann war noch Virgil Smith da; ein riesiger Kerl in einem schweren Mantel, ohne Kopfbedeckung. Sie sah sein dichtes Haar, das in Höhe der Ohrläppchen ohne Übergang abgeschnitten war. Wirklich, jemand sollte ihm einen anständigen Friseur empfehlen!

Der Vikar begann zu sprechen, wurde aber mit dem, was er sagte, zunehmend unzufriedener, so daß er schließlich aufgab und wieder von neuem begann. Sonst war außer dem Regen und dem fernen Knarren von Ästen im Wind nichts zu hören. Niemand sprach ein Wort.

Schließlich packte den Vikar die Verzweiflung, und er beendete seine Rede mit dem Ruf: »... und übergeben die sterbliche Hülle unseres Bruders – Augustus William Fitzroy-Hammond – der Erde.« Er holte tief Luft, und seine Stimme wurde zu einem Kreischen: »... bis zur Wiederauferstehung der Gerechten, wenn die Erde ihre Toten freigibt. Und möge Gott seiner Seele gnädig sein!«

»Amen«, kam die Antwort mit deutlicher Erleichterung.

Sie drehten sich alle um und suchten in unschicklicher Eile den Schutz des Kirchenportals.

Als sie zusammengedrängt darunter standen, machte die alte Dame eine aufsehenerregende Ankündigung: »Es gibt ein Beerdigungsfrühstück für alle, die kommen möchten!« Es hörte sich eher wie ein Befehl an.

Einen Moment herrschte Ruhe, dann war ein Gemurmel von Dankesworten zu hören. Eilig schritten sie wieder hinaus in den Regen, stapften durch das Wasser, das jetzt die Wege entlang rann, und kletterten in ihre Kutschen. Dort saßen sie, eingehüllt in nasse Kleider und mit durchweichten Hosenbeinen und Rocksäumen, während die Pferde durch den Park zurücktrotteten. Bei jeder anderen Gelegenheit hätte man sie traben lassen, aber bei einem Begräbnis schickte sich das nicht.

Zu Hause angekommen, fand Alicia die Dienerschaft bereit zum Empfang, obwohl sie keinerlei diesbezügliche Anweisungen gegeben hatte. In der Halle trafen sich ihre und Nisbetts Augen, und sie sah einen Schimmer der Zufriedenheit darin. Das erklärte manches. Eines Tages würde sie mit Nisbett abrechnen; das schwor sie sich.

Aber jetzt mußte sie sich dazu zwingen, sich so zu verhalten, wie man es von ihr erwartete. Die alte Dame hatte zwar die Leute eingeladen, aber sie war die Gastgeberin; denn dies war das Haus von Augustus gewesen und somit jetzt das ihrige. Sie hieß die Gäste willkommen, dankte ihnen dafür, daß sie gekommen waren, wies die Diener an, Brennmaterial nachzulegen und so viele Kleidungsstücke wie möglich zu trocknen. Dann ging sie voran in das Speisezimmer, in dem die Köchin eine Auswahl von Speisen bereitgestellt hatte. Es war ja eigentlich kein Tag für kalte Platten, auch dann nicht, wenn so köstliche Sachen wie Wildpastete oder Lachs dabei waren. Wenigstens hatte jemand daran gedacht, Glühwein zu servieren. Sie bezweifelte, daß es die alte Dame war; wahrscheinlich war es Milne, der Butler. Sie durfte nicht vergessen, sich dafür bei ihm zu bedanken.

Die Unterhaltung war sehr gespreizt; keiner wußte so recht, was er sagen sollte. Alles Mitgefühl war bereits zum Ausdruck gebracht worden. Dies jetzt noch mal zu wiederholen, hätte eher unangenehm berührt. Major Rodney murmelte eine Bemerkung zum Wetter und fing dann an zu erzählen, wie viele Männer damals bei Sewastopol erfroren waren. Als alle ihn ansahen, schloß er mit einem verlegenen Räuspern.

Miß Priscilla Rodney machte eine lobende Bemerkung zu dem Chutney, das zu einer der Pasteten serviert wurde, errötete aber dann, als Verity sich für ihr Kompliment bedankte, denn sie wußten beide, daß das Chutney von Priscilla noch viel besser war. Kalte Gerichte lagen der Köchin nicht besonders; ihre Stärke waren Suppen und Soßen.

Lady Cumming-Gould schien damit zufrieden zu sein, nur zu beobachten. Es war Virgil Smith, der versuchte, die Unterhaltung wieder in Gang zu bringen. Er starrte auf ein Porträt von Alicia, das über dem Kamin hing; eine große, ziemlich langweilige Studie gegen einen braunen Hintergrund, der ihr nicht besonders schmeichelte. Es war eines aus einer langen Reihe von Familienporträts, die über zweihundert Jahre zurückreichten. Das der alten Dame hing in der Halle. Sie sah darauf sehr jung und in ihrer Empire-Robe aus der Zeit nach Napoleon wie ein Bild aus einem Geschichtsbuch aus.

»Das Bild gefällt mir ganz gut, Madam«, sagte er und schaute wieder zu ihm hinauf. »Die Ähnlichkeit ist sehr groß, aber ich würde meinen, es ist nicht sehr schmeichelhaft für sie, mit dieser Farbe als Hintergrund. Ich würde sie lieber vor einem grünen Hintergrund sehen – mit Bäumen und Gras und vielleicht mit Blumen.«

»Sie können doch von Alicia nicht verlangen, daß sie hinaus aufs Land fährt, um dann dort für ein Porträt zu sitzen!« raunzte die alte Dame. »Sie verbringen vielleicht Ihre Tage draußen in der Wildnis, aus der Sie kommen, Mr. Smith, aber wir halten es hier anders.«

»Ich habe eigentlich nichts von Wildnis gesagt, Madam.« Er lächelte sie an und ignorierte ihren Ton völlig. »Ich hatte mehr an einen Garten gedacht, an einen richtigen englischen Garten mit Weidenbäumen, deren lange, spitze Blätter im Winde wehen.«

»Man kann nicht etwas malen, das im Winde weht«, sagte sie schroff.

»Ich glaube, daß ein wirklich guter Künstler es könnte.« Er war nicht so schnell einzuschüchtern. »Oder er könnte es so malen, daß man meinen könnte, daß es so sei.«

»Haben Sie jemals versucht zu malen?« Sie sah ihn mit einem herausfordernden Blick an. Der wäre noch wirkungsvoller gewesen, wenn sie nicht zu ihm hätte aufschauen müssen, aber sie war fast einen Fuß kleiner als er, und auch ihre voluminöse Figur konnte dazu keinen Ausgleich schaffen.

»Nein, Madam.« Er schüttelte seinen Kopf. »Malen Sie denn?«

»Selbstverständlich.« Sie zog ihre Brauen hoch. »Wie jede wirkliche Dame.«

Ein plötzlicher Gedanke huschte über sein Gesicht. »Haben Sie das Bild gemalt, Madam?«

Sie erstarrte zu eisiger Härte. »Natürlich nicht! Wir malen nicht gewerbsmäßig, Mr. Smith!« Sie wies diese Idee mit der gleichen Entrüstung von sich, als ob er ihr vorgeschlagen hätte, Wäsche zu waschen.

»Wie auch immer« – Somerset Carlisle schaute kritisch auf das Bild –, »ich glaube, Virgil hat recht. Grün würde wirklich besser passen. Dieses Braun sieht ziemlich lehmig aus und macht den Teint stumpf; die Farben kommen nicht richtig zur Wirkung.«

Die alte Dame sah von ihm zu Alicia und dann wieder auf das Bild. Sie fand an Alicias Teint nichts Besonderes.

»Er hat zweifellos sein Bestes gegeben«, sagte sie schnippisch.

Miß Mary Ann schloß sich der Unterhaltung an und erhob hilfreich ihre Stimme.

»Warum lassen Sie sich denn nicht noch mal malen, meine Liebe? Ich bin sicher, es wäre wunderbar, im Sommer für ein Porträt im Garten zu sitzen. Sie könnten Mr. Jones fragen; mir wurde gesagt, er sei sehr gut.«

»Er ist sehr teuer«, sagte die alte Dame abwehrend. »Das ist nicht das gleiche. Aber wenn wir überhaupt noch weitere Bilder in Auftrag geben, dann von Verity.« Sie drehte sich ein wenig zur Seite und schaute Verity an. »So gut wie zur Zeit wirst du vermutlich nie mehr aussehen. Einige Frauen werden schöner, wenn sie älter werden, aber die meisten nicht.« Sie schaute schnell zu Alicia hin und dann sofort wieder von ihr weg. »Wir werden uns diesen Jones ansehen – wie war sein Name?«

»Godolphin Jones«, sagte Miß Mary Ann bereitwillig.

»Lächerlich«, murmelte die alte Dame. »Godolphin! Was hat sich nur sein Vater dabei gedacht? Ich zahle keinen Fantasiepreis, das sage ich Ihnen gleich.«

»Du brauchst überhaupt nichts dafür zu bezahlen«, sagte Alicia nun. »Ich werde dafür bezahlen, wenn Verity gerne ein Porträt hätte. Aber wenn sie sich lieber von jemand anderem als von Godolphin Jones malen lassen möchte, dann werden wir jemand anderen damit beauftragen.«

Die alte Dame sagte eine Zeitlang nichts.

»Godolphin Jones scheint zur Zeit sowieso nicht hier zu sein«, bemerkte Vespasia. »Ich habe gehört, er sei in Frankreich. Das scheint für Künstler obligatorisch zu sein. Es kann sich in der Gesellschaft kaum einer als Künstler bezeichnen, wenn er nicht in Frankreich war.«

»Wie? Er ist nicht hier?« Major Rodney nieste in seinen Glühwein. »Wie lange ist er schon weg, und wann kommt er zurück?«

Vespasia schaute ein wenig überrascht. »Ich habe keine Ahnung. Sie können ja jemand zu seinem Haus schicken und versuchen, es auf diese Weise zu erfahren, wenn es wichtig für Sie ist. Allerdings habe ich von meinen eigenen Leuten erfahren, daß man es dort auch nicht weiß. Unzuverlässigkeit scheint auch Teil des professionellen Charakters zu sein.«

»O nein!« sagte Major Rodney hastig, während er sich

ein Stück Wildpastete nahm, es aber dann wieder fallen ließ. »Nein, überhaupt nicht! Ich wollte nur meine Hilfe anbieten.« Er nahm die Pastete wieder auf, doch jetzt fiel sie in zwei Teilen auf das Tischtuch. Virgil Smith reichte ihm eine Serviette und einen Teller und half ihm, die Pastete mit Hilfe eines Messers daraufzuschaufeln.

Die alte Dame gab einen verachtenden Ton von sich und schaute demonstrativ in die andere Richtung. »Ich nehme doch an, er ist ein kompetenter Künstler?« sagte sie laut.

»Er nimmt sehr viel dafür«, antwortete Miß Priscilla. »Wirklich sehr viel! Ich habe das Porträt von Gwendoline Cantlay gesehen, und sie hat mir gesagt, wieviel sie dafür bezahlt hat. Also, mir erschien der Preis sehr hoch, auch wenn es eine gute Abbildung ist.«

»Und das ist dann aber auch alles.« Carlisles Mundwinkel gingen nach unten. »Eine gute Abbildung. Sie fängt etwas von ihrem Charakter ein – es wäre für eine Abbildung ja auch schwierig, dies nicht zu tun –, aber es ist keine Kunst. Man würde das Bild nicht haben wollen, wenn man nicht Gwendoline selbst gerne mag.«

»Ist das denn nicht der Zweck eines Porträts?« fragte Miß Mary Ann unschuldig.

»Von einem Porträt vielleicht«, sagte Carlisle zustimmend. »Aber nicht von einem Gemälde. Ein gutes Gemälde sollte jedermann erfreuen, ob ihm das Dargestellte bekannt ist oder nicht!«

»Überbewertet!« sagte die alte Dame und nickte dazu. »Und überbezahlt. Ich werde ihm nicht so viel zahlen. Wenn Gwendoline Cantlay es getan hat, dann ist sie eine Närrin.«

»Hester St. Jermin hat auch einen ähnlich hohen Betrag bezahlt«, sagte Miß Priscilla mit vollem Mund. »Und ich weiß, daß unser lieber Hubert auch eine Menge für das Bild bezahlt hat, das Mr. Jones von uns gemalt hat, nicht wahr, Hubert?«

Major Rodney errötete und warf ihr einen Blick zu, der ziemlich nahe an Abscheu herankam.

»Ich habe das von Lady Cantlay gesehen.« Virgil Smith verzog sein Gesicht. »Ich würde es nicht haben wollen, wenn es verkäuflich wäre. Es scheint mir irgendwie – schwerfällig – zu sein. Nicht so, wie eine Lady aussehen sollte.«

»Was wissen denn Sie von solchen Dingen?« sagte die alte Dame spöttisch. »Gibt es denn dort Ladys, von wo Sie herkommen?«

»Nein, Madam. Ich glaube nicht, daß Sie sie Ladys nennen würden«, sagte er langsam. »Aber hier bei Ihnen habe ich ein paar gesehen. Ich denke, Miß Verity ist bestimmt eine Lady und verdient ein Porträt, das dies auch zum Ausdruck bringt.«

Verity errötete angenehm berührt und schenkte ihm ihr seltenes Lächeln. Alicia fand ihn plötzlich sympathisch, trotz seiner Manieren und seines gewöhnlichen Gesichts.

»Danke«, sagte Verity schnell. »Ich glaube, ich hätte es schon gerne, wenn ein Porträt von mir gemalt würde, im Sommer, wenn Alicia nichts dagegen einzuwenden hat.«

»Natürlich nicht«, sagte Alicia zustimmend. »Ich werde mich erkundigen, um jemand Geeigneten zu finden.« Sie bemerkte, daß Virgil Smith sie ansah. Sie war eine gutaussehende Frau und an Bewunderung gewöhnt, aber es lag etwas in seinem Blick, das ihr unangenehm war. Sie wollte die Stille unterbrechen und dachte angestrengt nach, was sie sagen könnte. Dann wandte sie sich Vespasia zu: »Lady Cumming-Gould, können Sie jemanden empfehlen, der Verity auf eine gefällige Art malen könnte? Sie selber sind doch bestimmt schon oft gemalt worden.«

Vespasia fühlte sich ein wenig geschmeichelt. »In letzter Zeit nicht mehr, meine Liebe. Aber ich werde meine Bekannten fragen, wenn Sie dies wünschen. Ich bin sicher, Sie können jemand Besseren finden als Godolphin

Jones. Ich glaube, er wird von manchen sehr geschätzt, wenigstens deuten seine Preise darauf hin; aber ich stimme mit Mr. Smith überein: Er hat eine zu schwere Hand.«

Die alte Dame starrte sie an, öffnete ihren Mund, begegnete Vespasias unnachgiebigem Blick und schloß ihn wieder. Ihre Augen wanderten über Virgil Smith hinweg, als ob er ein unerfreulicher Fleck auf dem Teppich wäre.

»Genau!« sagte Carlisle mit Befriedigung. »Es gibt eine Fülle von Porträtmalern. Der Umstand, daß Godolphin hier im Park wohnt, ist noch lange kein Grund, ihn zu begünstigen.«

»Gwendoline Cantlay hat sich zweimal von ihm malen lassen«, sagte Miß Priscilla. »Ich kann mir nicht denken, warum.«

»Vielleicht gefallen ihr die Bilder«, mischte sich Miß Mary Ann ein. »Manchen Leuten müssen sie ja gefallen, sonst würden sie nicht so viel dafür bezahlen.«

»Kunst ist doch weitgehend Geschmackssache.« Alicia schaute von einem zum anderen.

Die alte Dame schnaubte: »Natürlich. Guter Geschmack – und schlechter Geschmack! Nur vulgäre Leute, die es nicht besser wissen, bewerten alles nach dem Geld.« Wieder schleuderte sie einen Blick auf Virgil Smith. »Zeit ist der Wertmaßstab – was von Dauer ist, ist auch etwas wert. Alte Bilder, alte Häuser, altes Blut!«

Für Alicia waren diese Worte mehr als peinlich. Einerseits wurde sie durch sie verletzt, andererseits war sie in gewisser Weise selbst dafür verantwortlich, da die alte Dame doch Teil ihrer Familie war.

»Im Überleben allein liegt wohl kaum ein Verdienst.« Sie war über ihre Worte selbst überrascht; sie kamen so vehement, und in ihnen lag etwas, das von der alten Dame nur als Unverschämtheit angesehen werden konnte. Aber der Wunsch, der alten Dame zu widersprechen, war so übermächtig in ihr geworden, daß es wie eine Explosion in ihrem Kopfe war. »Es ist auch die Krankheit, die schließlich überlebt.«

Alle starrten sie an; die alte Dame mit einem Blick, als ob sie von ihrem Fußschemel getroffen worden wäre.

Somerset Carlisle reagierte als erster. »Bravo!« sagte er fröhlich. »Ein ausgezeichnetes Argument, wenn auch vielleicht ein wenig exzentrisch. Ich bin mir nicht sicher, ob es Godolphin gefallen würde, aber es zeigt deutlich die Beziehung zwischen Kunst, Überleben und Preis.«

»Das verstehe ich nicht«, sagte Miß Priscilla und schielte dabei ein wenig. »Ich sehe da überhaupt keine Beziehung.«

»Das ist genau das, was ich meine«, sagte er. »Es gibt keine.«

Die alte Dame stieß mit ihrem Stock auf den Boden. Sie hatte dabei auf Carlisles Fuß gezielt, ihn aber verfehlt. »Natürlich gibt es eine!« schnaubte sie. »Das Geld ist die Wurzel allen Übels! Das steht schon in der Bibel. Oder wollen Sie das etwa bestreiten?«

»Sie zitieren das falsch.« Carlisle war nicht verlegen und zog auch seinen Fuß nicht zurück. »Es heißt, daß die Liebe zum Geld die Wurzel allen Übels ist. Die Dinge selbst sind nicht schlecht; es sind die Leidenschaften, welche sie in den Menschen erwecken.«

»Eine Spitzfindigkeit«, sagte sie ärgerlich. »Und das ist hier nicht der richtige Ort dafür. Gehen Sie doch in Ihren Club, wenn Ihnen nach einer solchen Unterhaltung zumute ist! Dies hier ist ein Beerdigungsfrühstück. Ich möchte Sie bitten, sich daran zu erinnern!«

Er verbeugte sich ganz leicht. »In der Tat, Madam. Sie haben mein Mitgefühl.« Er wandte sich Alicia und Verity zu. »Und Sie selbstverständlich auch.«

Plötzlich wurde allen wieder bewußt, daß sie schon zum dritten Mal aus demselben Grund zusammengekommen waren, und Major Rodney entschuldigte sich als erster ziemlich laut in die nun entstandene Verlegenheitspause hinein. Er nahm seine Schwestern bei den Armen und schob sie fast in die Halle hinaus, in die ihnen ein Diener nachgeschickt werden mußte, um ihre Mäntel zu holen.

Vespasia und Carlisle folgten; Virgil Smith blieb noch einen Moment bei Alicia stehen.

»Wenn ich irgend etwas für Sie tun kann, Madam...« Er sah aus, als ob er sich unbehaglich fühlte, weil er etwas sagen wollte und dafür nicht die richtigen Worte finden konnte.

Sie war sich seiner Liebenswürdigkeit bewußt, und dies machte sie auch ein wenig unbeholfen. Sie dankte ihm hastiger, als sie es eigentlich wollte, und er folgte den anderen mit leicht gerötetem Gesicht.

»Wie ich sehe, ist dein Mr. Corde nicht gekommen«, sagte die alte Dame gehässig. »Vielleicht brät er einen anderen Fisch?«

Alicia ignorierte sie. Sie wußte nicht, warum Dominic keine Zeile geschickt hatte, keine Blumen, kein Zeichen der Anteilnahme. Es war etwas, worüber sie nicht nachdenken wollte.

Am Morgen des Tages der Beerdigung war sich Dominic nicht schlüssig gewesen, was er tun sollte. Er war aufgestanden, hatte sich angezogen und beabsichtigte, auf die Beerdigung zu gehen, um Alicia in einer Zeit beizustehen, die besonders kritisch für sie war. Verity war noch zu jung und selbst noch zu verwundbar dafür. Und die alte Dame würde alles höchstens noch schlimmer machen. Niemand würde seine Anwesenheit als unpassend empfinden; sie wäre ein Zeichen des Respekts. Außerdem war er ja zur Teilnahme an der ersten Beerdigung gebeten worden.

Als er dann in den Spiegel starrte und die letzten Handgriffe an seinem Äußeren vornahm, erinnerte er sich an seinen Besuch bei Charlotte. Er war vorher noch nie in einem Haus der Arbeiterklasse gewesen. So gesehen war es merkwürdig, wie behaglich er sich gefühlt hatte. Und Charlotte hatte sich kaum verändert. Sicherlich wäre es etwas anderes gewesen, wenn er länger geblieben wäre. Aber für die eine Stunde, die er ungefähr dort verbracht hatte, war die Umgebung nicht so wichtig gewesen.

Aber was Charlotte gesagt hatte, stand auf einem ganz anderen Blatt. Sie hatte ihn ohne große Umschweife gefragt, ob er Alicia einen Mord an ihrem Gatten zutraute. Charlotte war immer schon geradeheraus bis zur Taktlosigkeit gewesen. Sogar jetzt mußte er bei dem Gedanken an so manchen Vorfall lächeln.

Sein Bild lächelte aus dem Spiegel zurück.

Natürlich hatte er es von sich gewiesen – Alicia würde so etwas nicht einmal denken! Der alte Augustus war zwar ein Langweiler; er redete endlos über das Bauen von Eisenbahnstrecken und bildete sich etwas darauf ein, so etwas wie ein Experte auf diesem Gebiet zu sein. Vielleicht war er es sogar, denn seine Familie hatte immerhin viel Geld damit verdient. Aber es war sicher kein Thema, über das er beim Abendessen ununterbrochen hätte dozieren müssen. Dominic hatte noch nie eine Frau kennengelernt, die sich auch nur im geringsten für den Eisenbahnbau interessiert hätte – und auch nur wenige Männer.

Aber das ist kein Beweggrund für einen Mord. Man kann jemanden nur ermorden, wenn man leidenschaftlich voller Haß oder Angst oder Gier ist oder weil jemand einer Sache im Wege steht, nach der man sich ... Er hielt in seinen Gedanken inne, und seine Hand erstarrte an seinem Kragen. Er stellte sich vor, mit einer Frau in den Sechzigern verheiratet zu sein – zweimal so alt wie er, langweilig, hochtrabend –, deren Träume alle der Vergangenheit angehören und die sich auf nichts anderes mehr freuen kann als auf das langsame Versinken in ein geschwätziges Alter. Eine Beziehung ohne Liebe. Vielleicht würde eines Tages der Drang zur Flucht unerträglich werden, und wenn dann ein Medizinfläschchen auf dem Nachttisch stände, was wäre dann einfacher, als ein wenig zu viel davon zu verabreichen? Wie leicht wäre es doch, die Dosis jedesmal ein klein wenig zu erhöhen....

Aber Alicia hätte das niemals tun können!

Er stellte sie sich vor: ihre helle Haut, die Linie ihres Busens, die Art, wie ihre Augen strahlten, wenn sie lachte – oder wenn sie ihn ansah. Ein- oder zweimal war seine Berührung ein wenig vertrauter gewesen, als es die reine Höflichkeit erfordert hätte, und er hatte dann sofort ihre Reaktion verspürt. Es lag ein Hunger unter ihrer Bescheidenheit. Etwas an ihr, vielleicht an ihrem Gebaren oder an der Art, wie sie den Kopf hielt, erinnerte ihn an Charlotte. Es war etwas Undefinierbares.

Und Charlotte war leidenschaftlich genug, um einen Mord begehen zu können. Darüber war er sich so sicher, wie er sich jetzt im Spiegel sah. Höchstens ihr Gewissen würde sie davon abhalten.

War es möglich, daß Alicia Augustus wirklich ermordet hatte – und die alte Dame dies wußte? Wenn es so war, dann war er darin verwickelt – als Auslöser für das Motiv.

Langsam löste er die Krawatte und zog die schwarze Jacke aus. Wenn es so war – und es war nicht völlig ausgeschlossen –, dann war es sicher besser, vor allem für Alicia, wenn er heute nicht dorthin ging. Die alte Dame würde nur darauf warten; darauf warten, eine beißende Bemerkung machen zu können, auch wenn sie damit im Unrecht wäre.

Er würde ihr Blumen schicken – morgen; weiße vielleicht. Und am Tag darauf würde er sie besuchen. Das würde niemand ungewöhnlich finden.

Er tauschte seine schwarze Hose gegen eine unauffällig graue.

Er schickte am nächsten Morgen die Blumen und war entsetzt über den Preis. Der eiskalte Wind draußen erinnerte ihn daran, daß es der erste Februar war und noch kaum etwas blühte. Die Sonne schien unentschlossen, und die Pfützen auf den Straßen begannen langsam zu trocknen. Ein Junge pfiff hinter einer Fuhre von Kohlköpfen, die er vor sich herschob. Heute schienen Beerdigungen und Gedanken an den Tod weit weg zu sein. Die Freiheit war ein kostbares Gut; etwas, das allen geschenkt war und um das nicht gekämpft werden mußte.

Er ging munteren Schrittes zu seinem Club. Halb nachdenkend, halb schlafend hatte er sich hinter seiner Zeitung verschanzt, als ihn eine Stimme unterbrach.

»Guten Morgen! Dominic Corde, stimmt's?«

Dominic war nicht nach Konversation zumute. Von Gentlemen wurde man am Morgen nicht angesprochen, besonders dann nicht, wenn man in eine Zeitung vertieft war. Er blickte langsam auf. Es war Somerset Carlisle. Er war nur zwei- oder dreimal mit ihm zusammengetroffen, aber er war kein Mann, den man schnell wieder vergaß.

»Ja. Guten Morgen, Mr. Carlisle«, antwortete er kühl. Er hob seine Zeitung wieder hoch, als sich Carlisle neben ihn setzte und ihm seine Schnupftabaksdose anbot. Dominic lehnte sich zurück; das Schnupfen brachte ihn immer zum Husten. Niesen war akzeptabel; viele Leute niesten, wenn sie schnupften, aber dazusitzen und mit tränenden Augen zu husten, das war einfach tölpelhaft.

»Nein, vielen Dank.«

Carlisle steckte die Dose weg, ohne sich selbst bedient zu haben.

»Ein viel schönerer Tag heute«, bemerkte er.

»Ja, viel schöner«, stimmte Dominic zu und hielt dabei immer noch die Zeitung hoch.

»Was gibt es Neues?« fragte Carlisle. »Was geschieht im Parlament?«

»Keine Ahnung.« Dominic war es niemals in den Sinn gekommen, etwas über das Parlament zu lesen. Politik war nötig, das wußte jeder vernünftig denkende

Mensch, aber sie war auch im höchsten Maße langweilig. »Überhaupt keine.«

Carlisle schaute so verdutzt, wie es die Höflichkeit zuließ. »Ich dachte, Sie seien ein Freund von Lord Fleetwood?«

Dominic fühlte sich geschmeichelt. Freund war vielleicht ein wenig übertrieben, aber er hatte kürzlich seine Bekanntschaft gemacht. Beide ritten gerne und interessierten sich für den Pferdesport. Dominic war vielleicht nicht ganz so mutig wie Fleetwood, hatte aber mehr natürliches Talent.

»Ja«, sagte er vorsichtig, denn er war sich nicht sicher, warum Carlisle fragte.

Carlisle lächelte, lehnte sich dabei bequem in seinem Sessel zurück und streckte die Beine aus. »Ich dachte, er hätte mit Ihnen über Politik gesprochen«, sagte er ganz beiläufig. »Er könnte ziemlichen Einfluß haben, wenn er dies wollte. Er hat eine große Anhängerschaft.«

Dominic war überrascht. Sie hatten nie über etwas anderes gesprochen als über gute Pferde und gelegentlich über Frauen. Aber wenn er genauer darüber nachdachte, so hatte Fleetwood doch eine Anzahl von Freunden erwähnt, die Erben von Titeln waren. Ob sie je an einer Sitzung teilgenommen hatten, war eine andere Sache. Die Hälfte der Peers in England war dem House of Lords gerade so nahe gekommen, wie das nächstgelegene Pub entfernt war. Aber Fleetwood hatte einen großen Bekanntenkreis, und es war keine Übertreibung zu sagen, daß Dominic auch dazugehörte.

Carlisle wartete.

»Nein«, antwortete Dominic. »Wir haben hauptsächlich über Pferde gesprochen. Ich glaube nicht, daß er an Politik sehr interessiert ist.«

In Carlisles Gesicht zuckte es kaum merklich. »Ich glaube sagen zu dürfen, er unterschätzt sein Potential.« Er hob seine Hand und gab dem Clubdiener ein Zeichen. Als dieser kam, sagte er zu Dominic: »Essen Sie doch mit mir zu Mittag! Sie haben einen neuen Küchenchef, der sehr gut ist, und ich habe seine Spezialität noch nicht probiert.«

Dominic hatte eigentlich vorgehabt, ein wenig später alleine und in aller Ruhe zu essen, aber der Mann war nicht unangenehm und außerdem einer von Alicias Bekannten. Auch sollte man eine Einladung niemals ablehnen, wenn es keinen triftigen Grund dafür gab.

»Danke. Sehr gerne.«

»Gut.« Carlisle wandte sich mit einem Lächeln dem Diener zu: »Geben Sie uns bitte Bescheid, wenn der Chef soweit ist, Blunstone! Und bringen Sie mir noch ein Glas von dem Claret, wie letztes Mal! Der Bordeaux war fürchterlich.«

Blunstone machte eine Verbeugung und entfernte sich mit zustimmendem Gemurmel.

Carlisle ließ Dominic in Ruhe seine Zeitung lesen, bis es Zeit war, zum Mittagessen Platz zu nehmen. Sie begaben sich in den Speiseraum und hatten die üppig gefüllte gebratene Gans und die Beilage aus Gemüse, Obst und einer delikaten Soße zur Hälfte gegessen, als Carlisle wieder zu sprechen begann.

»Was halten Sie von ihm?« fragte er mit hochgezogenen Augenbrauen.

Dominic hatte den Faden verloren. »Von Fleetwood?« fragte er.

Carlisle lächelte. »Nein. Von dem Koch.«

»Oh, ausgezeichnet.« Dominic hatte seinen Mund voll und daher einige Schwierigkeit, auf manierliche Weise zu antworten. »Ganz ausgezeichnet. Ich muß öfter hier essen.«

»Ja, es ist ein sehr angenehmer Ort«, sagte Carlisle und schaute sich in dem großen Raum mit den dunklen Samtvorhängen um. In den zwei Kaminen von Adam zu beiden Seiten brannte ein wärmendes Feuer, und an den blauen Wänden hingen Porträts von Gainsborough.

Es war eigentlich eine Untertreibung. Dominic hatte sich drei Jahre darum bemüht, hier als Mitglied eingetragen zu werden, und es gefiel ihm nicht besonders, seinen Erfolg so leichtbewertet zu sehen.

»Mehr als angenehm, würde ich sagen.« In seiner Stimme war ein aggressiver Unterton kaum zu überhören.

»Das ist alles relativ.« Carlisle spießte wieder ein Stückchen Gans auf seine Gabel. »Ich wage zu sagen, in Windsor ißt man noch besser.« Er schluckte und trank ein wenig von seinem Wein. »Andererseits leben Tausende von Menschen in den Mietskasernen und Baracken, nur eine Meile von hier, die gekochte Ratten als Luxus betrachten...«

Dominic verschluckte sich an seiner Gans. Der Speiseraum verschwamm vor seinen Augen, und er dachte schon, er müsse sich am Tisch übergeben. Es dauerte einige Sekunden, bis er sich wieder in der Gewalt hatte und mit der Serviette seinen Mund abwischen konnte. Dann blickte er in Carlisles erstaunte Augen. Er wußte nicht, was er zu ihm sagen sollte. Der Mann war ganz unmöglich.

»Tut mir leid«, sagte Carlisle leichthin. »Ich hätte eine gute Mahlzeit nicht durch Politik verderben sollen.« Er lächelte.

Dominic war völlig außer Fassung. »P-Politik?« stotterte er.

»Einfach widerwärtig«, sagte Carlisle. »Es ist bestimmt viel angenehmer, über Pferderennen oder Mode zu sprechen. Ich habe gesehen, daß Ihr Freund Fleetwood diesen neuen Schnitt für eines seiner Jacketts gewählt hat. Sieht sehr gut aus, finden Sie nicht auch? Ich werde sehen, ob mein Schneider so etwas auch für mich machen kann.«

»Wovon zum Teufel reden Sie denn überhaupt?« sagte Dominic irritiert. »Sie haben von Ratten gesprochen; das habe ich deutlich gehört.«

»Vielleicht hätte ich ›Arbeitshäuser‹ sagen sollen.« Carlisle wählte die Worte sorgfältig. »Oder Armengesetz. Es ist wirklich nicht einfach. Die ganze Familie ist im Arbeitshaus, die Kinder vagabundieren herum, keine Ausbildung, Arbeit vom Aufwachen bis zum Einschlafen – aber doch besser als verhungern oder erfrieren, was als Alternative bleibt. Haben Sie schon einmal die Leute gesehen, die in die Arbeitshäuser gehen? Stellen Sie sich vor, welchen Einfluß die auf ein vier- oder fünfjähriges Kind haben! Haben Sie schon einmal die Krankheiten, die hygienischen Verhältnisse, das Essen gesehen?«

Dominic erinnerte sich an seine eigene Kindheit: an ein Kindermädchen, das er nur noch undeutlich vor sich sah und dessen Bild sich mit dem seiner Mutter vermischte, an eine Gouvernante, dann an die Schule – mit langen Sommerferien, an Reispudding, den er nicht mochte, und an Nachmittagstees mit Marmelade, besonders Himbeermarmelade. Er erinnerte sich an Lieder, die am Klavier gesungen wurden, an Schneeballschlachten, an Kricketspiele im Sonnenschein, an das Stehlen von Pflaumen, an das Einwerfen von Fenstern und an die Prügel als Strafe für Ungezogenheiten.

»Das ist doch lächerlich«, sagte er zornig. »Arbeitshäuser sind als zeitweiliger Aufenthaltsort für Menschen da, die keine richtige Arbeit finden können. Sie sind eine mildtätige Einrichtung zu Lasten der Gemeinde.«

»Oh, sehr mildtätig.« Carlisles Augen waren sehr hell und beobachteten Dominics Gesicht. »Kinder von drei oder vier Jahren, die mit dem Treibgut der menschlichen Gesellschaft zusammenleben und schon von der Wiege an mit der Hoffnungslosigkeit konfrontiert werden; jene, die nicht an Krankheiten durch verdorbenes Essen, fehlende frische Luft oder Ansteckung sterben...«

»Nun, dann muß das eben geändert werden!« sagte Dominic lapidar. »Die Häuser müssen in Ordnung gebracht werden!«

»Sicherlich«, sagte Carlisle zustimmend. »Aber was

dann? Wenn sie nicht zur Schule gehen, lernen sie auch nicht lesen und schreiben. Wie sollen sie jemals aus dem Teufelskreis herauskommen, der sie vom Vagabundieren in das Arbeitshaus und wieder zurück bringt? Was können sie denn schon tun? Sommer wie Winter Straßenkreuzungen kehren? Auf die Straße gehen, solange sie einigermaßen gut aussehen und dann in Fabriken arbeiten? Wissen Sie, wieviel eine Näherin verdient, wenn sie ein Hemd näht, mit Säumen, Manschetten, Kragen, Knopflöchern und vier Reihen Ziernähten an der Vorderseite, alles komplett?«

Dominic dachte an die Preise für seine eigenen Hemden. »Zwei Schilling?« Es war eine etwas tief angesetzte Mutmaßung, aber Carlisle hatte sich danach angehört.

»Wie verschwenderisch«, sagte Carlisle bitter. »Dafür müßte sie zehn nähen!«

»Aber wovon leben sie dann?« Die Gans auf Dominics Teller wurde kalt.

Carlisle hob seine Hände. »Die meisten von ihnen sind in der Nacht Prostituierte, damit sie ihre Kinder ernähren können. Und wenn die Kinder alt genug sind, arbeiten sie auf die gleiche Weise – oder sie landen wieder im Arbeitshaus, und da haben Sie wieder Ihren Teufelskreis.«

»Aber was tun denn ihre Ehemänner? Manche davon haben doch bestimmt Ehemänner.« Dominic suchte immer noch nach etwas Vernünftigem, das alles erklären würde.

»O ja, manche haben Ehemänner. Aber es ist billiger, eine Frau einzustellen; man braucht ihr nicht viel zu bezahlen, also bekommt der Mann die Arbeit nicht.«

»Das ist...« Dominic suchte nach einem Wort, das er aber nicht fand. Er saß da und starrte Carlisle über die erkaltende Gans hinweg an.

»Politik«, sagte Carlisle und nahm seine Gabel wieder auf. »Und Bildung.«

»Wie können Sie jetzt noch essen?« wollte Dominic wissen. Es kam ihm abstoßend vor, beinahe unanständig, wenn es stimmte, was Carlisle gesagt hatte.

Carlisle schob einen Bissen in den Mund und sprach dabei. »Weil, wenn ich jedesmal nicht essen würde, wenn ich an ausbeuterische Arbeit, an Kinder ohne Schulbildung, an Notleidende, Kranke, Schmutzige, Mittellose denke, ich überhaupt nicht essen würde – und was würde das nützen? Parlament? Ich wollte schon einmal hineinkommen, aber es ist mir nicht gelungen. Meine Ansichten wären bei denen, die das Stimmrecht haben, viel zu unpopulär. Die Ausgebeuteten wählen nicht, wissen Sie; es sind meistens Frauen, die dafür zu jung und zu arm sind. Jetzt muß ich es durch die Hintertür versuchen – über das House of Lords und Leute wie St. Jermyn mit seinem Gesetzentwurf und Ihren Freund Fleetwood. Die kümmern sich zwar einen Dreck um die Armen und haben wahrscheinlich noch nie welche gesehen, aber das Einbringen eines Gesetzentwurfs ist ihnen wichtig – eine großartige Sache, so eine Einbringung.«

Dominic schob seinen Teller weg. Wenn das stimmte und nicht nur ein melodramatisches Tischgespräch war, das hauptsächlich schockieren sollte, dann mußte von Leuten wie Fleetwood etwas unternommen werden. Carlisle hatte völlig recht.

Er trank den Rest seines Weins aus und war froh um dessen herben Geschmack. Sein Mund verlangte jetzt nach einer Spülung, weil sich ein bitterer Geschmack auf seine Zunge gelegt hatte. Er wünschte, er wäre Somerset Carlisle niemals begegnet; der Mann war listig genug, einen zum Essen einzuladen und dann solche Dinge zur Sprache zu bringen. Es waren Gedanken, die man nicht mehr loswerden konnte.

Pitts Vorgesetzte hatten inzwischen seine Aufmerksamkeit auf einen Fall von Unterschlagung in einer Anwaltskanzlei gelenkt, und er kehrte nach einer Befragung von

Angestellten und dem Lesen endloser Akten, die er nicht verstand, gerade in das Polizeirevier zurück, als ihn an der Tür ein Constable mit weit aufgerissenen Augen empfing. Pitt fror, und er war auch müde und hatte nasse Füße. Alles, was er wollte, war nach Hause zu gehen, etwas Warmes zu essen und dann mit Charlotte am Feuer zu sitzen und über irgendein Thema zu sprechen, das nichts mit Kriminalität zu tun hatte.

»Was gibt es denn?« fragte er verdrossen. Der Mann rang buchstäblich die Hände vor aufgestauter Aufregung und Besorgnis.

»Es ist wieder passiert«, sagte er heiser.

Pitt wußte sofort, was geschehen war, wollte es aber nicht wahrhaben und fragte deshalb trotzdem: »Was ist passiert?«

»Eine Leiche, Sir. Es gibt wieder eine Leiche. Ich meine, eine ausgegrabene, keine neue.«

Pitt schloß die Augen. »Wo?«

»Im Park, Sir, St. Bartholomew's Green, Sir. Kein richtiger Park, nur eine Grasfläche und einige Bäume und ein paar Bänke. Er wurde auf einer Bank gefunden; saß da wie ein Kasper, ziemlich keck sogar – aber tot natürlich, mausetot. Und schon lange, würde ich sagen.«

»Wie sieht er denn aus?« fragte Pitt.

Der Constable verzog sein Gesicht.

»Gräßlich, Sir. Einfach gräßlich.«

»Das kann ich mir denken«, schnaubte Pitt. Sein Nervenkostüm war dünn bis zur Durchsichtigkeit geworden. »Aber war er jung oder alt, groß oder klein? Also los, Mann! Sie sind ein Polizist und kein Pennyromanschreiber! Inwiefern ›gräßlich‹?«

Der Constable wurde knallrot. »Er war groß und korpulent, Sir, und hatte schwarze Haare und einen schwarzen Bart, Sir. Und er hatte so etwas wie einen abgetragenen Mantel an; er paßte ihm nicht besonders gut, nicht wie einer von einem Gentleman, Sir.«

»Danke«, sagte Pitt ungnädig. »Wo ist er?«
»Im Leichenhaus, Sir.«
Pitt machte auf dem Absatz kehrt. Er ging das Stück bis zum Leichenhaus zu Fuß. Seinen Kopf streckte er trotzig dem Regen entgegen, und in Gedanken ging er wie wild alle nur möglichen Antworten auf diese abstoßenden und scheinbar sinnlosen Geschehnisse durch. Wer um alles in der Welt ging herum und grub aufs Geratewohl Leichen aus – und vor allem, warum?
Als er am Leichenhaus ankam, war der Assistent so heiter wie immer, trotz einer triefenden Erkältung. Er führte Pitt zu einem Tisch und zog das Tuch zurück wie ein Zauberkünstler, der in einem Varieté ein paar Kaninchen zum Vorschein bringt.
Wie der Constable gesagt hatte, war es ein robuster Mann in mittleren Jahren mit schwarzem Haar und einem Bart.
Pitt gab einen grunzenden Laut von sich. »Mr. William Wilberforce Porteous, nehme ich an?« sagte er gereizt.

6. Kapitel

Es gab für Pitt weiter nichts zu tun, als nach Hause zu gehen. Er dankte dem Assistenten und ging wieder hinaus in den Regen. Eine halbe Stunde mußte er zu Fuß gehen, ehe er schließlich in die Straße, in der er wohnte, einbog. Fünf Minuten später saß er mit hochgerollten Hosenbeinen vor dem Ofen in der Küche und badete seine Füße in einer Schüssel mit heißem Wasser. Charlotte stand mit einem Handtuch neben ihm.
»Du bist ja ganz aufgeweicht«, sagte sie aufgebracht. »Du brauchst auch unbedingt neue Stiefel. Wo warst du bloß überall?«
»Im Leichenhaus.« Er bewegte seine Zehen langsam in

dem heißen Wasser und ließ sich von der Wärme durchfluten. Das Wasser prickelte und vertrieb das taube Gefühl mit einer Liebkosung, die schon fast schmerzhaft war. »Sie haben wieder eine Leiche gefunden.«

Sie starrte ihn an. »Meinst du damit eine, die wieder ausgegraben wurde«, fragte sie ungläubig.

»Ja. Schon drei oder vier Wochen tot, würde ich sagen.«

»Oh, Thomas.« Ihre Augen waren dunkel und entsetzt. »Was für ein Mensch muß das sein, der so etwas tut – die Toten ausgraben und sie dann auf Kutschen und in Kirchen setzen? Warum? Das ist doch Wahnsinn!« Ihr Gesicht wurde plötzlich weiß, als ihr ein neuer Gedanke kam. »Du glaubst nicht so recht daran, daß es sich um verschiedene Täter handeln könnte, wie? Ich meine, wenn Lord Augustus ermordet wurde oder jemand denkt, daß es so sei, und ihn ausgegraben hat, um deine Aufmerksamkeit darauf zu lenken – würde dann der Täter oder ein Tatverdächtiger vielleicht andere Leichen, die ihm völlig unbekannt sind, ausgraben, um den Mord zu verschleiern?«

Er richtete seine Augen auf sie; das heiße Wasser war vergessen. »Weißt du, was du da sagst?« fragte er sie und beobachtete dabei ihr Gesicht. »Das bedeutet auch Dominic oder Alicia oder alle beide!«

Eine Zeitlang sagte sie nichts. Sie reichte ihm das Handtuch, und er trocknete seine Füße damit. Dann nahm sie die Schüssel und schüttete das Wasser in den Ausguß.

»Ich kann das nicht glauben«, sagte sie und kehrte ihm dabei immer noch den Rücken zu. Es lag keine Besorgnis in ihrer Stimme, die er hätte heraushören können; nur Zweifel und ein wenig Überraschung.

»Du meinst, Dominic würde keinen Mord begehen?« fragte er. Er versuchte, es so unpersönlich wie möglich klingen zu lassen, aber die Schärfe, die von alter Angst herrührte, war noch da.

»Ich kann es mir nicht vorstellen.« Sie trocknete die

Schüssel aus und räumte sie weg. »Aber selbst wenn er jemanden ermordet hätte, würde er nicht daran denken, andere Leichen auszugraben und irgendwohin zu bringen, um die Tat zu verschleiern. Da bin ich mir ziemlich sicher. Wenn er sich nicht mehr verändert hat, als es Menschen meiner Meinung nach tun.«

»Vielleicht hat ihn Alicia verändert«, legte er ihr nahe, glaubte es jedoch selber nicht wirklich. Er wartete darauf, daß sie sagte, es könnte Alicia mit jemand anderem gewesen sein; sie hatte genug Geld, um dafür zu bezahlen. Aber Charlotte sagte nichts.

»Man hat ihn in einem Park gefunden.« Er streckte seine Hand nach den trockenen Socken aus. Sie nahm sie von einem Wäschegestell und schob dieses dann wieder nach oben zur Zimmerdecke. »Auf einer Bank«, fügte er hinzu. »Nach der Beschreibung glaube ich, daß es der Leichnam aus dem Grab ist, das letzte Woche ausgeraubt wurde; ein Mr. W. W. Porteous.«

»Hat er irgend etwas mit Dominic oder Alicia oder sonst jemandem im Gadstone Park zu tun?« fragte sie und ging dabei zum Ofen hin. »Möchtest du eine Suppe vor dem Abendessen?«

Sie hob den Deckel an, und ein appetitanregender Duft stieg ihm in die Nase.

»Ja, bitte«, sagte er sofort. »Was gibt es denn noch?«

»Fleisch- und Nierenpastete.« Sie nahm einen Teller und einen Schöpflöffel und gab ihm eine ordentliche Menge mit Lauch und Graupen darin. »Vorsicht, sie ist sehr heiß!«

Er lächelte sie an, nahm ihr die Suppe ab und balancierte sie auf seinen Knien. Sie hatte recht; sie war wirklich sehr heiß. Er legte ein Küchentuch darunter, um sich nicht zu verbrennen.

»Er hat überhaupt nichts mit ihnen zu tun, soviel ich weiß«, fuhr er mit dem unterbrochenen Gespräch fort.

»Wo hat er denn gewohnt?« Sie setzte sich ihm gegenüber und wartete darauf, daß er seine Suppe zu Ende aß, ehe sie die Pastete und das Gemüse aus dem Rohr holte. Es hatte einige Zeit gedauert, bis sie gelernt hatte, wirtschaftlich und doch gut zu kochen, und sie liebte es jetzt, die Resultate ihrer Bemühungen zu sehen.

»Ganz in der Nähe der Resurrection Row«, antwortete er und hielt dabei den Löffel nach oben.

Sie legte verwundert die Stirn in Falten. »Ich dachte immer, das sei eine ziemlich schäbige Gegend.«

»Ist es auch. Ziemlich heruntergekommen. Es gibt dort mindestens zwei Bordelle, von denen ich weiß, daß es welche sind. Sie sind gut getarnt, aber es sind definitiv welche. Und es gibt dort auch ein Leihhaus, in dem wir schon mehr als die übliche Menge an gestohlenen Sachen gefunden haben.«

»Nun, all das kann mit Dominic nichts zu tun haben und mit Alicia schon gar nicht«, sagte Charlotte mit Überzeugung. »Dominic könnte vielleicht an so einem Ort gewesen sein; sogar Gentlemen tun manchmal die verrücktesten Dinge ...«

»Gentlemen besonders!« warf Pitt ein.

Sie reagierte nicht auf diese Spitzfindigkeit. »... aber Alicia hat davon bestimmt noch nie gehört.«

»Ganz und gar nicht?« Er war sich wirklich nicht sicher.

Sie sah ihn nachsichtig an, und einen Moment lang wurde ihnen beiden die Kluft ihrer gesellschaftlichen Vergangenheit bewußt.

»Nein.« Sie schüttelte energisch den Kopf. »Frauen, deren Eltern gesellschaftlichen Anspruch erheben – sie es nun ein wirklicher oder nur ein eingebildeter –, sind bei weitem mehr behütet, ja sogar eingesperrt, als du dir vorstellen kannst. Papa hat mir nie erlaubt, die Zeitung zu lesen. Ich habe sie mir immer aus dem Butlerzimmer stibitzt, aber Emily und Sarah haben das nicht getan. Papa betrachtete alles Widersprüchliche oder Beunruhigende oder auch nur im geringsten Skandalöse als unpassend für junge Damen – und so etwas durfte auch in Gesprächen niemals erwähnt werden...«

»Ich weiß, daß...« begann er.

»Du glaubst, daß er ein bißchen seltsam war?« Sie schüttelte wieder ihren Kopf. »Er war es nicht! Er war nicht strenger oder fürsorglicher als andere auch. Frauen können alles wissen über Krankheiten, Kinderkriegen, Tod, Langeweile oder Einsamkeit; aber nichts, worüber sich streiten ließe – über wirkliche Armut, Seuchen, Kriminalität –, und vor allem nichts über Sex. Nichts Beunruhigendes darf es sein – besonders dann nicht, wenn man dazu neigt, etwas in Frage zu stellen oder es ändern zu wollen.«

Er schaute sie überrascht an. Er erblickte jetzt eine Seite ihrer Gedankenwelt, die er vorher noch nie bemerkt hatte.

»Ich wußte gar nicht, daß du darüber so verbittert bist«, sagte er langsam und streckte seinen Arm aus, um den Suppenteller auf den Tisch zu stellen.

»Bist du es nicht?« sagte sie herausfordernd. »Bist du dir bewußt, wie oft du nach Hause gekommen bist und mir von Tragödien erzählt hast, die nicht nötig gewesen wären? Du hast mir zumindest gesagt, daß hinter den eleganten Straßen Elendsquartiere sind, in denen die Menschen vor Hunger und Kälte sterben, wo es überall schmutzig ist, wo es Ratten und Krankheiten gibt und wo die Kinder das Stehlen lernen, sobald sie laufen können, um zu überleben. Ich bin noch nie dort gewesen, aber ich weiß, daß sie existieren, und ich kann sie an deiner Kleidung riechen, wenn du abends nach Hause kommst. Kein anderer Geruch ist so wie dieser.«

Er dachte an Alicia in all ihrer Seide und ihrer Unschuld. Charlotte war auch so gewesen, als er sie kennenlernte.

»Es tut mir leid«, sagte er leise.

Sie öffnete mit einem Lappen die Backrohrklappe und holte die Pastete heraus. »Es braucht dir nicht leid zu tun«, sagte sie ziemlich resolut. »Ich bin eine Frau und kein Kind, und ich kann die Wahrheit genausogut vertragen wie du. Was willst du nun wegen diesem Mr. Porteous unternehmen?« Sie nahm ein Messer und schnitt damit in die Pastete. Die dicke Kruste war braun, und der Saft trat aus dem Stück, das sie heraushob. Elendsquartiere oder keine Elendsquartiere; der Duft der Pastete machte ihn hungrig.

»Zunächst mich versichern, daß es auch wirklich Porteous ist«, antwortete er. »Dann feststellen, an was er gestorben ist und ob jemand etwas von ihm weiß.«

Sie tat die Karotten und den Kohl auf seinen Teller. »Wenn jene Leiche Mr. Porteous ist, wer ist dann die erste, die von der Droschke, wirklich?«

»Ich weiß es nicht.« Er seufzte und nahm ihr den Teller ab. »Irgend jemand.«

Am Morgen widmete sich Pitt dem unidentifizierten Leichnam. Ohne ihn gab es keine Lösung der ganzen Angelegenheit – wenigstens seinen Namen und die Todesursache mußte er herausfinden. Vielleicht war er derjenige, der ermordet worden war, und Lord Augustus war das Objekt des Ablenkungsmanövers. Oder sie waren möglicherweise in eine gemeinsame Sache verwikkelt.

Aber welchen Zusammenhang gab es zwischen Lord Augustus Fitzroy-Hammond und Mr. William Wilberforce Porteous? Wer war der Mann auf der Droschke? Und wer war an den Wiederausgrabungen beteiligt?

Der erste Schritt war, die genaue Todesursache des Leichnams auf der Droschke in Erfahrung zu bringen. Wenn es Mord war oder dies im Bereich des Möglichen lag, dann warf das ein völlig anderes Licht auf die Wiederausgrabung von Lord Augustus. Auf der anderen Seite, wenn es ein natürlicher Tod war, war er dann gemäß den Bestimmungen auf einem Friedhof beerdigt worden? Denn beerdigt worden war er. Wo war das leere Grab, und warum wurde es nicht gemeldet? Vermutlich hatte man es wieder mit Erde gefüllt, und sah aus wie jedes andere neue Grab auch.

Aber wenn der Tod auf normale Weise eintritt, dann wird das von einem Arzt bescheinigt. Sobald die Todesursache bekannt war, konnten sich die Untersuchungen auf alle Sterbefälle dieser Art in der fraglichen Zeit konzentrieren. Mit der Zeit würde so der Richtige ausgesiebt werden, und man hätte einen Namen, eine Charakteristik, eine Lebensgeschichte.

Gleich als er im Polizeirevier ankam, rief er seinen Sergeant, übertrug ihm den Fall der Unterschlagung und ging dann nach oben, um sich eine Genehmigung für eine Obduktion der unidentifizierten Leiche zu holen. Diesmal zierte sich dort niemand, da es ja nicht Lord Augustus war und auch niemand aufgetaucht war, der eine Forderung geltend gemacht hätte. Und unter den gegebenen Umständen mußte ein Mord in Betracht gezogen werden. Die Genehmigung wurde umgehend erteilt.

Das nächste war die ziemlich unangenehme Aufgabe, sicherzustellen, daß der neue Leichnam im Leichenhaus auch tatsächlich W. W. Porteous war, obgleich er wenig Zweifel daran hatte. Er setzte seinen Hut auf, zog seinen Mantel wieder an, ging hinaus in den nachlassenden Nieselregen und nahm einen Omnibus zur Resurrection Row. Er ging noch ein kurzes Stück zu Fuß, bog dann nach rechts ab und hielt Ausschau nach Nummer zehn, dem Haus, in dem Mrs. Porteous wohnte.

Es war eines der größten Häuser. Die Fassade war ein wenig verblichen, aber an den Fenstern hingen steife, weiße Vorhänge, und die Stufe vor der Haustüre war weiß gestrichen. Er zog an der Glocke und trat einen Schritt zurück.

»Ja?« Ein kräftiges Mädchen in schwarzem Kleid und mit einer gestärkten Schürze öffnete die Tür und starrte ihn fragend an.

»Ist Mrs. Porteous zu Hause?« fragte Pitt. »Ich habe ihr

eine Mitteilung über ihren verstorbenen Gatten zu machen.« Er wußte, wenn er gesagt hätte, er sei von der Polizei, hätten die Dienstboten dies innerhalb eines Tages in der ganzen Straße verbreitet, und jedesmal, sooft es weitererzählt worden wäre, wäre der Skandal noch größer geworden.

Dem Mädchen blieb der Mund offen. »Oh! O ja, Sir; kommen Sie bitte herein! Wenn Sie im Wohnzimmer warten wollen, ich werde Mrs. Porteous sagen, daß Sie hier sind, Sir. Welchen Namen soll ich sagen?«

»Mr. Pitt.«

»Ja, Sir.« Sie verschwand, um ihre Herrin zu informieren.

Pitt setzte sich. Der Raum war vollgestopft mit Möbeln, Fotografien, Nippes, einem gestickten Tuch, auf dem zu lesen war: »Fürchte Gott und tue deine Pflicht«, drei ausgestopften Vögeln, einem ausgestopften Wiesel unter einem Glassturz, einem Arrangement getrockneter Blumen und zwei großen Grünpflanzen mit glänzenden Blättern. Ein unangenehmes Gefühl der Beklemmung beschlich ihn. Ihm war, als ob all diese Dinge lebten und nur auf eine Unachtsamkeit von ihm warteten, um dann hungrig an den Fremden in ihrem Territorium heranzukriechen. Er zog es schließlich vor, wieder zu stehen.

Die Tür öffnete sich, und Mrs. Porteous kam herein. Sie war so eng geschnürt wie neulich, ihr Haar war perfekt, und sie hatte etwas Rouge auf ihre Wangen aufgetragen. Ihr Busen war mit mehreren Reihen von Glasperlen dekoriert.

»Guten Morgen, Mr. Pitt«, sagte sie besorgt. »Mein Mädchen sagt mir, Sie hätten etwas Neues über Mr. Porteous?«

»Ja, Madam. Ich glaube, wir haben ihn gefunden. Er ist im Leichenhaus, und wenn Sie so freundlich wären, mitzukommen und ihn zu identifizieren, dann könnten wir uns dessen vergewissern und ihn dann wieder begraben ...«

»Es kann kein zweites Begräbnis geben«, sagte sie voller Unruhe. »Das wäre unangebracht.«

»Nein, natürlich nicht«, sagte er zustimmend. »Nur eine schlichte Bestattung; aber lassen Sie uns zuerst sichergehen, daß es auch wirklich Ihr Gatte ist.«

Sie rief ihr Mädchen, damit es ihren Mantel und ihren Hut bringe, und folgte dann Pitt hinaus auf die Straße. Es regnete immer noch ein wenig. In der Resurrection Row bestiegen sie eine Droschke und fuhren schweigend zum Leichenhaus.

In Pitt entwickelte sich langsam so etwas wie Vertrautheit zu dem Ort. Der Angestellte hatte immer noch eine Erkältung, und seine Nase leuchtete rosa, aber er begrüßte sie mit einem Lächeln, das so breit war, wie es der Anstand einer Witwe gegenüber gerade noch zuließ.

Mrs. Porteous schaute auf den Leichnam und brauchte weder einen Stuhl noch ein Glas Wasser.

»Ja«, sagte sie ganz ruhig. »Das ist Mr. Porteous.«

»Ich danke Ihnen, Madam. Ich habe noch ein paar Fragen, die ich an Sie stellen muß; aber vielleicht sollen wir das lieber an einem angenehmeren Ort tun? Möchten Sie nach Hause fahren? Die Droschke wartet noch.«

»Wenn das möglich wäre«, sagte sie zustimmend. Dann drehte sie sich um, ließ sich, ohne den Angestellten noch einmal anzusehen, von Pitt die Tür öffnen und ging vor ihm den Weg zurück zur Droschke.

Im Wohnzimmer ihres Hauses beauftragte sie das Mädchen, heißen Tee zu bringen, und schaute Pitt fragend an. Ihre Hände hatte sie auf dem Schoß gefaltet, und die Glasperlenketten glitzerten im Licht der Lampe. An einem so düsteren Tag wie heute war es unmöglich, in einer Wohnung ohne Lampenlicht auszukommen.

»Nun, Mr. Pitt, was wollen Sie mich fragen? Es ist wirklich Mr. Porteous, was weiter gibt es da noch zu wissen?«

»Auf welche Weise ist er gestorben, Madam?«

»In seinem Bett natürlich.«

»Was war die Ursache, Madam?« Er versuchte, sich so klar wie möglich auszudrücken, ohne sie mehr zu verletzen oder zu bedrängen, als unbedingt nötig war. Ihre erstaunliche Haltung konnte sehr gut auch ein empfindsames Gemüt verbergen.

»Eine Verdauungsbeschwerde. Die hatte bestimmt auch einen Namen, aber ich weiß ihn nicht. Er war schon einige Zeit krank.«

»Ich verstehe. Das tut mir leid. Wer war sein Arzt?«

Ihre geschwungenen Augenbrauen hoben sich. »Dr. Hall, aber ich kann keinen Grund sehen, warum Sie das wissen müßten. Sie nehmen doch wohl nicht an, daß Dr. Hall das Grab geschändet hat?«

»Nein, natürlich nicht.« Er wußte nicht, wie er ihr erklären sollte, daß er die Todesursache in Frage stellte. Offensichtlich war ihr der ganze Gedankengang fremd. »Es ist nur deswegen, weil, wenn wir den Täter fassen wollen, wir so viele Informationen wie nur möglich sammeln müssen.«

»Glauben Sie, daß Sie ihn finden werden?« Sie war immer noch sehr gefaßt.

»Nein«, gab er freimütig zu und sah ihr mit der Andeutung eines Lächelns in die Augen. Es war keine Antwort in ihrem Gesicht, und er sah wieder von ihr weg und kam sich ein wenig albern vor. »Aber dies ist nicht der einzige Fall«, fuhr er in einem mehr geschäftsmäßigen Ton fort. »Und alles, was es an Übereinstimmung gibt, könnte hilfreich sein.«

»Nicht der einzige Fall?« Sie war jetzt doch überrascht. »Wollen Sie damit sagen, daß Sie glauben, die Schändung des Grabes von Mr. Porteous hängt mit jenen zusammen, von denen jedermann spricht? Sie sollten sich schämen, wenn Sie solche Dinge hier in London geschehen lassen – an ehrbaren Leuten! Warum tun Sie nicht Ihre Pflicht, möchte ich wissen?«

»Ich weiß nicht, ob es eine Verbindung gibt, Madam«, sagte er geduldig. »Das ist es eben, was ich ergründen will.«

»Es ist ein Geisteskranker«, sagte sie voller Überzeugung. »Und wenn die Polizei keinen Geisteskranken fassen kann, dann weiß ich nicht, was aus der Welt noch werden soll. Mr. Porteous war ein achtbarer Mann und hat sich nie mit zwielichtigen Leuten eingelassen. Jeder Penny, den er hatte, war ehrlich verdient, und er hat auch nie etwas verwettet.«

»Vielleicht gibt es wirklich keine Verbindung, abgesehen von seinem Tod«, sagte Pitt verdrossen. »Lord Augustus war auch ein achtbarer Mann.«

»Das mag sein, wie es will«, sagte sie düster. »Man hat Mr. Porteous ja nicht im Gadstone Park gefunden, oder?«

»Nein, Madam. Er saß auf einer Bank im St. Bartholomew's Green.«

Ihr Gesicht wurde blaß. »Unsinn«, sagte sie scharf. »Mr. Porteous hätte sich niemals an einem solchen Ort aufgehalten. Ich glaube, Sie wissen nicht, was für eine Sorte von Leuten dort verkehrt. Sie müssen sich irren.«

Er ersparte es sich, darüber zu streiten. Wenn es wichtig für sie war, auch nach seinem Tod noch am Standesbewußtsein festzuhalten, dann wollte er sie nicht daran hindern. Es war ein kurioser Widerspruch: Er erinnerte sich an die abgetragene Bekleidung des Leichnams. Es waren nicht gerade seine besten Sachen, in denen er begraben war. Vielleicht waren ihr die guten schwarzen Sachen, die solche Männer immer für den Sonntag zurückhalten, im letzten Moment für die Vergessenheit des Grabes doch zu schade gewesen. Damals hatte sie wenigstens geglaubt, daß sie für immer vergessen sein würden.

Er stand auf. »Ich danke Ihnen, Madam. Wenn ich Sie noch etwas fragen muß, melde ich mich wieder.«

»Ich werde das Nötige veranlassen, damit Mr. Porteous wieder bestattet wird.« Sie läutete nach dem Mädchen, das ihn hinausbringen sollte.

»Jetzt noch nicht, Madam!« Er wollte sich entschuldigen, denn er wußte von ihrer Empörung, noch ehe sie sie zum Ausdruck brachte. »Ich fürchte, wir müssen noch weitere Untersuchungen durchführen, ehe wir das zulassen können.«

Ihr Gesicht wurde vor Entsetzen ganz gefleckt, und sie erhob sich zur Hälfte in ihrem Sessel. »Zuerst lassen Sie zu, daß sein Grab geschändet und sein Leichnam in einen Park gebracht wird, in dem öffentliche – ›Frauen‹ – sich anbieten, und nun wollen Sie ihn untersuchen. Es ist ungeheuerlich! Anständige Leute sind nicht mehr sicher in dieser Stadt. Sie sind eine Schande für Ihre...« Sie wollte sagen: ›Uniform‹, doch dann schaute sie auf Pitts Durcheinander von Farben, auf seinen immer noch tropfenden Hut, auf die Enden seines Schals, die vor ihm herunterbaumelten, und ließ es lieber sein. »Sie sind eine Schande!« sagte sie schließlich nur noch.

»Es tut mir leid.« Er entschuldigte sich nicht für sich selbst, sondern für die ganze Stadt, für die Umstände, die ihr nichts weiter gelassen hatten als Armseligkeit und die äußeren Zeichen der Achtbarkeit.

Er sprach mit dem Arzt und fand heraus, daß Porteous an einer Leberzirrhose gestorben war und sicherlich auch die Bänke im St. Bartholomew's Green besucht hatte, ehe ein grotesker Zufall seine Leiche wieder dorthin gebracht hatte und er von einer Prostituierten angesprochen wurde, für die selbst ein Toter kein Schrecken oder keine Überraschung war.

Beim Weggehen fragte er sich, was ein Leben, das so wie dieses endete, eigentlich beinhaltete: was für ein Versagen, was für eine verdrängte Einsamkeit, was für fortwährende kleine Zufluchten?

Dominic verbannte Somerset Carlisle und das schreckliche Mittagessen aus seinem Gedächtnis. Er freute sich darauf, Alicia wieder zu sehen. Die Wiederbestattung war vorüber, und von nun an konnten sie – unter Einhaltung der angemessenen Trauer, zumindest nach außen hin – damit beginnen, an die Zukunft zu denken. Er wollte keinesfalls ihre Sensibilität verletzen, indem er zu früh davon sprach, oder sie in eine peinliche Lage bringen, aber er konnte ihr sicherlich seine Aufwartung machen und ihr ein wenig Gesellschaft leisten. Und in ein paar Wochen könnten sie auch außerhalb des Hauses gesehen werden; zwar nicht im Theater oder bei gesellschaftlichen Anlässen, aber mit der Familie in der Kirche oder während einer Kutschfahrt an der frischen Luft. Es würde ihm nichts ausmachen, wenn Verity mitkäme; einmal wegen des äußeren Scheins und dann auch, weil er sie selbst gerne mochte. Er konnte sich gut mit ihr unterhalten, seit sie die Zurückhaltung ihm gegenüber abgelegt hatte, und sie hatte trotz ihrer Bescheidenheit ihre eigene Meinung und einen ganz schön trockenen Humor, mit dem sie diese zum Ausdruck brachte.

Alles in allem war er in sehr guter Stimmung, als er am Donnerstag morgen im Gadstone Park ankam und seine Karte dem Hausmädchen übergab.

Alicia empfing ihn mit großer Freude, fast mit Erleichterung, und sie verbrachten eine ganz und gar glückliche Stunde zusammen, in der sie sich über Unwichtiges unterhielten und es doch anders meinten. Nur in der Gesellschaft des anderen zu sein genügte ihnen schon; das Gesagte war unwesentlich. Augustus war vergessen; leere Gräber und umherziehende Leichen verirrten sich nicht in ihre Gedanken.

Er ging kurz vor dem Lunch wieder weg und schritt munter durch den Park. Seinen Mantelkragen hatte er gegen den Nordwind hochgeschlagen, den er aber eher anregend als kalt empfand. Er sah eine Gestalt aus der anderen Richtung kommen. Ihr Schreiten kam ihm bekannt vor, auch die mageren Schultern, so daß er zögerte und einen Moment lang schon in Erwägung zog, eine Abkürzung über den Rasen zu nehmen, wenn er auch holperig und naß war. Aber er war sich nicht sicher, wer die Person eigentlich war. Für Pitt war sie viel zu ordentlich, zu elegant und auch nicht groß genug. Pitts Mantel flatterte immer, und auch sein Hut saß immer anders auf seinem Kopf.

Er konnte das Gesicht erst sehen, als es ihm nicht mehr möglich war, auf noch höfliche Weise einen anderen Weg einzuschlagen. Es war Somerset Carlisle.

»Guten Morgen«, sagte er, ohne seinen Schritt zu verlangsamen. Er hatte absolut kein Verlangen, mit dem Mann zu sprechen.

Carlisle stand ihm im Weg. »Guten Morgen«, sagte er, drehte sich dann um und nahm mit ihm Schritt auf. Um nicht unhöflich zu erscheinen, blieb Dominic nichts anderes übrig, als etwas zu sagen.

»Angenehmes Wetter«, bemerkte er. »Der Wind bläst wenigstens den Nebel weg.«

»Ein guter Tag für einen Spaziergang«, sagte Carlisle zustimmend. »Macht Appetit auf das Mittagessen.«

»Genau«, antwortete Dominic. Der Mann war wirklich eine verdammte Plage. Er schien es überhaupt nicht zu merken, daß er sich aufdrängte, und Dominic wollte auch nicht an ihre gemeinsame Mahlzeit erinnert werden.

»Auf ein gemütliches Mittagessen an einem schönen Feuer«, fuhr Carlisle fort. »Ich hätte Lust auf eine Suppe und etwas Pikantes.«

Es gab keine Möglichkeit, dem zu entgehen. Dominic schuldete dem Mann eine Einladung zum Essen, und Verpflichtungen mußten erfüllt werden, wenn man in der Gesellschaft bestehen wollte. So ein Verstoß würde schnell Beachtung finden, und Worte breiteten sich ebenso schnell aus wie Feuer.

»Eine ausgezeichnete Idee«, sagte er mit soviel Begeisterung, wie er aufbringen konnte. »Und dann vielleicht einen Lammrücken? Mein Club ist nicht weit, und ich würde mich freuen, wenn Sie zustimmen würden, mit mir zu Mittag zu essen.«

Carlisle zeigte ein breites Lächeln, und Dominic hatte das unangenehme Gefühl, daß er etwas Komisches in der Einladung sah. »Danke«, sagte er ungezwungen. »Das tue ich gerne.«

Dominics Befürchtungen wurden bei dem Mahl nicht bestätigt; es verlief sogar sehr angenehm. Carlisle sprach überhaupt nicht über Politik und erwies sich als angenehmer Gesellschafter, der weder zuwenig noch zuviel redete. Und wenn er sprach, dann war er dabei heiter und witzig.

Dominic genoß die Situation und war entschlossen, die Gelegenheit dazu erneut zu suchen. Das waren auch seine Gedanken, als sie wieder draußen waren, wo der Wind jetzt heftiger wurde und auch einen feinen Regen heranblies. Carlisle hielt eine Droschke an, und fünfzehn Minuten später fand sich Dominic zu seinem Erstaunen in einer schmutzigen Gasse, in der baufällige Häuser zusammengedrängt standen wie betrunkene Männer, die sich gegenseitig noch stützten, ehe sie umfielen.

»Wo in Gottes Namen sind wir denn hier?« fragte er beunruhigt. Die Straße war voller Kinder mit laufenden Nasen und schmutziger Kleidung. Frauen saßen mit blaugefrorenen Händen vor den Hauseingängen und wachten über Reihen von schon getragen aussehenden Schuhen, und ein schwacher Lichtschein schimmerte aus Kellerräumen. Die Luft war durchdrungen von einem abgestandenen, saueren Geruch, den er nicht identifizieren konnte, der sich aber in seiner Nase festsetzte, so daß ihm war, als ob er ihn mit jedem Atemzug schlucken würde. »Wo sind wir?« fragte er noch einmal mit wachsendem Unmut.

»Seven Dials«, antwortete Carlisle. »Dudley Street, um

es genauer zu sagen. Diese Leute hier verkaufen gebrauchte Schuhe. Da unten« – er zeigte auf die Kellerräume – »haben sie die alten oder gestohlenen Schuhe. Sie reparieren sie mit alten, noch verwendbaren Teilen und verkaufen dann die Ergebnisse. Woanders machen sie das gleiche mit alten Kleidungsstücken; sie zertrennen sie und verwenden das wieder, was noch ein wenig länger zu gebrauchen ist. Die gebrauchte Wolle von jemand anderem ist für sie immer noch besser als neue Baumwolle, die nicht wärmt. Mehr können sie sich nicht leisten.«

Dominic schauderte. Es war nicht auszuhalten in dieser gespenstischen Straße, und er war weiß vor Wut auf Carlisle, weil er ihn hierher gebracht hatte.

Carlisle schien das nicht weiter zu berühren.

»Rufen Sie die Droschke zurück!« knurrte Dominic. »Sie haben kein Recht, mich hierher zu bringen. Diese Straße ist ...« Er hatte keine Worte dafür. Er schaute sich um und war entsetzt. Die Häuser schienen über ihm zusammenzuschlagen. Der Schmutz war überall und ebenso der Geruch von verrottendem Abfall, alten Kleidern, Ruß und Petroleumlampen, ungewaschenen Körpern, dem Essen von gestern. Nach dem Lammbraten war das fast zuviel für seinen Magen.

»Ein Vorgeschmack der Hölle«, sagte Carlisle ruhig. »Sprechen Sie nicht so laut! Diese Leute leben hier, es ist ihr Zuhause. Ich wage zu sagen, es gefällt ihnen auch nicht besser als Ihnen, aber das ist es nun mal, was sie haben. Zeigen Sie Ihren Ekel, und sie werden vielleicht nicht mehr so unbefleckt weggehen, wie Sie gekommen sind – in mancherlei Hinsicht. Und dies ist nur eine Vorschau; Sie sollten einmal Bluegate Fields, unten bei den Docks, oder Limehouse oder Whitechapel oder St. Giles sehen. Kommen Sie mit mir! Wir müssen ungefähr dreihundert Yards gehen, hier entlang.« Er zeigte in eine Seitenstraße. »Jenseits des Platzes dort ist das Arbeitshaus dieser Gegend. Das möchte ich Ihnen zeigen; zufällig liegt es ganz günstig. Dann vielleicht Devil's Acre, unterhalb von Westminster?«

Dominic öffnete seinen Mund, um zu sagen, daß er weg wolle, doch dann sah er die Gesichter der Kinder, die ihn mit offenem Mund anstarrten: junge Körper, junge Haut, doch Augen so alt, wie er sie bei den Prostituierten in den Nachthäusern am Haymarket gesehen hatte. Es war die erschöpfte Gier in ihnen, die ihn mehr erschreckte als alles andere; dies und der Geruch.

Er sah einen Bengel, der, während er von einem anderen zum Spaß gejagt wurde, so dicht an Carlisle vorbeilief, daß er – flink wie ein Wiesel – dessen seidenes Taschentuch aus seiner Manteltasche ziehen und damit verschwinden konnte.

»Carlisle!«

»Ich weiß«, sagte Carlisle leise. »Regen Sie sich nicht auf! Folgen Sie mir lieber!« Er ging fast lässig über die Straße, dann die Seitenstraße hinunter. Nachdem er den Platz überquert hatte, blieb er vor einer großen Holztüre stehen und klopfte. Sie wurde von einem kräftigen Mann in einem grünen Überwurf geöffnet. Der mürrische Ausdruck auf seinem Gesicht veränderte sich zu Alarmiertheit, aber noch ehe er etwas sagen konnte, schob ihn Carlisle beiseite und ging hinein.

»Guten Tag, Mr. Eades. Ich komme, um zu sehen, wie es Ihnen heute geht.«

»Na ja, danke. Ganz gut, Sir«, sagte Eades. »Sie sind zu gütig, Sir. Sie kümmern sich viel zu viel um uns. Ich bin sicher, Ihre Zeit ist doch kostbar, Sir.«

»Sehr«, sagte Carlisle. »Also, dann wollen wir sie nicht vergeuden. Sind von Ihren Kindern welche zur Schule gegangen, seit ich das letztemal hier war?«

»O ja! So viele, wie damals bei der Aufnahme waren; bestimmt.«

»Und wie viele sind das?«

»Ah, nun; ich habe die genaue Zahl nicht im Kopf. Ich

muß überlegen; die Leute kommen hierher und gehen wieder weg, wie es die Umstände erfordern. Wenn sie am Tag der Eintragung nicht hier sind, was nur alle vierzehn Tage ist, dann gehen sie natürlich nicht.«

»Das weiß ich genausogut wie Sie«, sagte Carlisle schroff. »Und ich weiß auch, daß sie am Tag vorher von hier weggehen und einen Tag darauf wieder zurückkommen.«

»Nein, Sir, das ist nicht mein Fehler!«

»Ja, ich weiß!« Carlisles Stimme war aus Ärger über sein eigenes Unvermögen rauh geworden. Er ging an Eades vorbei und einen luftlosen, feuchten Gang entlang bis zu einer großen Halle. Dominic blieb nichts anderes übrig, als ihm zu folgen oder alleine im Eingang stehenzubleiben. Er hatte eine Gänsehaut.

Die Halle war weitläufig und niedrig und von Gaslampen spärlich erhellt. In einer Ecke brannte ein Ofen. Ungefähr fünfzig oder sechzig Männer, Frauen und Kinder saßen herum und zertrennten alte Kleidungsstücke, sortierten die Stoffteile, schnitten sie neu zu und nähten sie wieder zusammen. Die Luft war so schlecht, daß sie sich in Dominics Hals verfing und er dagegen ankämpfen mußte, sich zu übergeben. Carlisle schien daran gewöhnt zu sein. Er stieg über die Lappen hinweg und ging auf eine der Frauen zu.

»Hallo, Bessie«, sagte er heiter. »Wie geht es Ihnen heute?«

Die Frau lächelte, zeigte dabei schwarzfleckige Zähne und murmelte eine Antwort. Sie war großgewachsen, ihre Figur war allerdings etwas aus den Fugen geraten, und Dominic hätte sie auf ungefähr fünfzig geschätzt. Er verstand kein Wort von dem, was sie sagte.

Carlisle führte ihn ein wenig weiter, dahin, wo ein halbes Dutzend Kinder saß und alte Hosen auftrennte – manche davon nicht mehr als drei oder vier Jahre alt.

»Drei davon gehören Bessie.« Er sah sie an. »Sie haben

früher zu Hause gearbeitet, ehe eine neue Eisenbahnstrecke durch das Viertel gebaut und das Haus, in dem sie wohnten, abgerissen wurde. Ihr Mann und die älteren Kinder haben Zündholzschachteln gemacht. Bessie hat in der Zündholzfabrik von Bryant und Mays gearbeitet. Deshalb spricht sie so schlecht – Phosphornekrose des Kiefers. Sie ist drei Jahre älter als Alicia-Fitzroy-Hammond – das hätten Sie nicht gedacht, wie?«

Das war zuviel. Dominic war verwirrt und bestürzt. »Ich will weg von hier«, sagte er leise.

»Das wollen wir alle.« Carlisle machte eine raumgreifende Gebärde. »Wissen Sie, daß ein Drittel der Einwohner von London nicht besser lebt als die Leute hier; entweder in Elendsquartieren oder in Arbeitshäusern?«

»Was kann man dagegen tun?« sagte Dominic hilflos. »Es ist – es ist so ungeheuerlich.«

Carlisle sprach noch mit ein paar Leuten, verabschiedete sich dann an der Türschwelle mit einem kurzen Gruß von Mr. Eades und brachte Dominic wieder auf den Platz vor dem Gebäude. Nach der dicken Luft in der Halle war sogar der graue Nieselregen wohltuend.

»Ein paar Gesetze ändern!« erwiderte Carlisle. »Der einfachste Buchhalter, der schreiben und zusammenzählen kann, ist ein Prinz im Vergleich zu diesen Leuten. Armen Kindern eine Schul- und Ausbildung zuteil werden lassen! Man kann, abgesehen von milden Gaben, nur wenig für ihre Eltern tun, aber wir können es mit den Kindern versuchen.«

»Vielleicht.« Dominic mußte schnell gehen, um mit ihm Schritt zu halten. »Aber welchen Sinn hat es, es mir zu zeigen? Ich kann die Gesetze nicht ändern.«

Carlisle blieb stehen. Er gab einem bettelnden Kind ein paar Pence und sah, wie dieses sie sofort einem alten Mann gab.

»Schon eigenartig, ein Enkelkind für sich betteln zu lassen«, murmelte Dominic.

»Es ist gut möglich, daß er gar nicht mit dem Kind verwandt ist.« Carlisle ging weiter. »Er hat es wahrscheinlich gekauft. Kinder sind bessere Bettler, besonders dann, wenn sie blind oder deformiert sind. Manche Frauen verkrüppeln sie sogar absichtlich; sie haben dann eine bessere Chance zu überleben. Aber um Ihre Frage zu beantworten: Sie können mit Lord Fleetwood und seinen Freunden sprechen und sie dazu überreden, in das House of Lords zu gehen und ihre Stimme abzugeben.«

Dominic war entsetzt. »Ich kann doch über so etwas nicht mit ihnen reden. Sie wären...« Es wurde ihm klar, was er sagte.

»Ja«, sagte Carlisle. »Sie wären entsetzt und beleidigt und würden es sehr geschmacklos finden. Nicht gerade ein Gesprächsstoff für Gentlemen! Ich glaube, ich habe Ihnen neulich das Mittagessen ganz schön verdorben. Man kann die gebratene Gans nicht so richtig genießen, wenn man an so etwas wie dies hier denkt, stimmt's? Und doch, wie weit glauben Sie, daß es von den Gebetsbänken der Kirche im Gadstone Park bis Seven Dials ist?« Sie bogen in eine andere Straße ein und sahen an deren Ende eine Droschke. Carlisle schritt noch weiter aus, und Dominic mußte fast in einen Trab verfallen, um mit ihm auf gleicher Höhe zu bleiben. »Aber wenn ich einen kaltblütigen Schweinehund wie St. Jermyn dazu überreden kann«, fuhr Carlisle fort, »einen Gesetzentwurf einzubringen, dann glaube ich, könnten Sie auch ein wenig Ungemütlichkeit mit Fleetwood in Kauf nehmen, oder etwa nicht?«

Dominic verbrachte einen erbärmlichen Abend und fühlte sich auch am nächsten Morgen nicht besser. Er beauftragte seinen Butler, all seine Kleidungsstücke von gestern reinigen zu lassen und falls dann der Geruch immer noch nicht heraus wäre, sie irgend jemandem, der sie haben wollte, zu geben. Aber die Bilder in seinem Kopf konnte er nicht auf eine so einfache Weise loswerden.

Zum Teil haßte er Carlisle, weil er ihn dazu genötigt hatte, Dinge zu sehen, von denen er lieber nie etwas erfahren hätte. Sicher, er hatte immer schon gewußt, daß es die Armut gab, aber er hatte sie vorher noch nie wirklich gesehen. Man schaute nicht so genau in die Gesichter der Bettler auf den Straßen; es waren einfach nur Gesichter, die dazugehörten wie die Laternenpfähle oder das Straßengeländer. Man hatte immer etwas zu erledigen und war zu beschäftigt, sich über sie Gedanken zu machen.

Aber schlimmer noch als der Anblick selbst war der Geschmack davon in seinem Mund; der Geruch, der in seinem Schlund zu stecken schien und alles, was er aß, verdarb. Vielleicht war es auch ein Schuldgefühl?

Er hatte sich mit Alicia zu einer Besorgung verabredet, die sie nicht allzuweit entfernt machen wollte, und er hatte aus diesem Anlaß die Kutsche genommen. Er holte sie um viertel nach zehn ab, und sie erwartete ihn bereits, obschon er dies natürlich nicht merken sollte. Vielleicht hatte sie vergessen, daß er schon einmal verheiratet und wenigstens mit einigen Gepflogenheiten von Frauen vertraut war.

Sie war schwarz gekleidet und sah heute besonders elegant aus. Ihr Haar war hell und ihre Haut makellos und fein wie Alabaster. Alles an ihr war von einer makellosen Sauberkeit. Es war unmöglich, sie auf irgendeine Weise mit den Frauen im Arbeitshaus zu vergleichen.

Sie hatte etwas zu ihm gesagt, und er hatte nicht zugehört. »Dominic?« sagte sie darauf. »Fühlst du dich nicht gut?«

Er mußte den Aufruhr in seinem Innern mit jemandem teilen; er konnte sich auf nichts anderes mehr konzentrieren. »Ich habe gestern deinen Freund Carlisle getroffen«, sagte er schroff.

Sie sah ihn überrascht an; sicherlich mehr wegen seines Tons als wegen des Gesagten. »Somerset? Wie geht es ihm denn?«

»Wir haben zusammen zu Mittag gegessen. Dann hat er mich mit List dazu verleitet, mit ihm einen der schrecklichsten Orte aufzusuchen, die ich je in meinem Leben gesehen habe. Ich konnte mir ein solches Elend bisher einfach nicht vorstellen...«

»Das tut mir leid.« Ihre Stimme war voller Besorgnis. »Hat er dir damit weh getan? Bist du sicher, daß es dir jetzt gut geht? Ich kann diese Besorgung leicht auf ein andermal verschieben; sie ist nicht so wichtig.«

»Nein, er hat mir damit nicht weh getan!« Seine Stimme hörte sich garstiger an, als er es wollte, aber er hatte sie nicht unter Kontrolle. Bestürzung und Zorn kochten in ihm über. Er brauchte jemanden, mit dem er sich alles von der Seele reden konnte; der ihm die Naivität zurückgab, mit der sich so viel leichter leben ließ.

Sie verstand ihn offensichtlich nicht. Sie hatte noch nie in ihrem Leben ein Arbeitshaus gesehen. Sie hatte nie Zeitungen lesen dürfen, und sie hatte auch nie mit Geld umgehen müssen. Die Haushälterin führte die Konten, und ihr Mann hatte die Rechnungen bezahlt. Das Äußerste an Armut, dem sie je begegnet war, war eine Einschränkung ihres Kleiderbudgets, als ihr Vater einmal einen Einbruch bei seinen Investitionen erlitten hatte.

Er wollte ihr erklären, was er gesehen und vor allem, was er dabei empfunden hatte, aber die dafür passenden Worte waren unziemlich und außerdem jenseits von allem, was sie sich hätte vorstellen können. Er ließ es sein und versank in Schweigen.

Als die Besorgungen erledigt waren, brachte er sie in den Gadstone Park zurück, fuhr dann nach Hause, schickte die Kutsche weg und saß unglücklich und unzufrieden eine Stunde lang vor dem Kaminfeuer. Schließlich stand er auf und ließ eine Droschke kommen.

Charlotte dachte nicht mehr länger an die Leichen. Sie selbst hatte mehr als genug zu tun, als daß sie sich für Pitts

Fälle und die Identität eines Toten, der, soweit bekannt war, eines ganz natürlichen Todes gestorben war, interessiert hätte. Jemima hatte sich in eine Pfütze gesetzt und ganz neu angezogen werden müssen. Sie hatte diesmal mehr Wäsche als gewöhnlich, und das Bügeln war nicht gerade eine ihrer liebsten Arbeiten.

Sie war überrascht, als die Türglocke läutete, denn sie erwartete niemanden. Mitten am Tag kam selten Besuch; die Leute gingen alle ihren eigenen Beschäftigungen nach und bereiteten ihre Mahlzeiten zu. Sie war noch überraschter, als sie Dominic auf dem Absatz stehen sah.

»Darf ich hereinkommen?« fragte er, noch ehe sie etwas sagen konnte.

Sie machte die Tür weiter auf.

»Ja, natürlich. Was gibt es denn? Du siehst...« Sie wollte sagen ›elend aus‹, aber ›nicht gut‹ erschien ihr dann doch taktvoller.

Er betrat die Diele, und sie machte die Tür zu und führte ihn wieder in die Küche. Jemima spielte in ihrer Spielecke mit Bausteinen. Dominic setzte sich auf den hölzernen Stuhl am Tisch. Der Raum war warm, und das blankgescheuerte Holz roch angenehm. Tücher hingen von einem Trockengestell, das an der Decke befestigt war, und er schaute neugierig auf die Rollen und Schnüre, die es herunter und wieder hinauf bewegten. Das Bügeleisen stand zum Erhitzen auf dem Ofen.

»Ich glaube, ich störe dich«, sagte er, machte aber keine Bewegung.

»Nein, nein.« Sie lächelte und nahm das Bügeleisen auf, um weiterzumachen. »Was gibt es denn?«

Er ärgerte sich über seine Ungeschicktheit. Sie behandelte ihn wie ein Kind, aber im Moment war ihm das Wiederfinden seiner Ruhe wichtiger, sodaß er seine Verstimmung nicht weiter beachtete.

»Ein Mann namens Carlisle brachte mich gestern zu einem Arbeitshaus, irgendwo in Seven Dials. Dort waren fünfzig oder sechzig Leute in einem Raum, die alle alte Kleider zertrennten und wieder andere daraus machten. Sogar Kinder. Es war unerträglich!«

Sie erinnerte sich an den Zorn, den sie verspürt hatte, als ihr Pitt zum erstenmal von den Elendsvierteln erzählt hatte und sie selbst noch in der Cater Street gewohnt und sich für ungeheuer gescheit gehalten hatte, weil sie doch die Zeitung las. Sie war schockiert und zornig gewesen wie vorher noch nie. Ihr Zorn hatte vor allem Pitt gegolten, der dies alles schon lange gewußt hatte und nun ihre Welt mit Häßlichkeit und dem Leid von anderen Leuten störte.

Es gab nichts Tröstendes zu sagen. Sie bügelte an dem Hemd weiter. »Das ist es«, pflichtete sie ihm bei. »Aber warum hat er dich dorthin gebracht, dieser Mr. Carlisle?«

»Weil er will, daß ich mit einem Freund von mir, der im House of Lords ist, darüber spreche und versuche, ihn dahingehend zu beeinflussen, daß er dort ist, wenn St. Jermyns Gesetzentwurf vorgelegt wird.«

Sie erinnerte sich an das, was Tante Vespasia gesagt hatte, und war sofort im Bilde. »Wirst du es tun?«

»Um Himmels willen, Charlotte«, sagte er erbost. »Wie stellst du dir denn vor, daß ich zu einem Freund, den ich nur von Pferderennen und so weiter kenne, hingehen und zu ihm sagen soll: ›Übrigens, ich hätte gerne, daß du deinen Sitz im House einnimmst, wenn es um St. Jermyns Gesetzentwurf geht, denn die Arbeitshäuser sind wirklich schrecklich, und die Kinder brauchen eine Bildung, weißt du! Wir brauchen ein Gesetz in London, das arme Kinder unterstützt und ihnen eine Schulbildung ermöglicht; also sei ein guter Kerl und bringe alle deine Freunde dazu, dafür zu stimmen!‹ Das ist unmöglich! Ich kann es einfach nicht tun!«

»Das ist schade.« Sie schaute von ihrer Bügelarbeit nicht auf. Er tat ihr leid. Sie wußte, daß es fast unmöglich war, an Leute Gedanken heranzutragen, die sie nicht hören wollten, weil sie ihr Leben in Frage stellten. Aber sie wollte ihn auch nicht damit trösten, daß er dazu nicht verpflichtet sei. Wahrscheinlich hätte er das auch gar nicht so ohne weiteres akzeptiert. Er hatte die Straßen von Seven Dials gesehen und gerochen, und keine Worte konnten diese Erinnerung wieder auslöschen.

»Schade!« wiederholte er zornig. »Schade! Ist das alles, was du zu sagen hast? Hat dir Thomas jemals gesagt, wie es dort zugeht? Es ist unbeschreiblich – du kannst den Schmutz und die Verzweiflung förmlich schmecken.«

»Ich weiß«, sagte sie ruhig. »Und es gibt noch Schlimmeres als die Arbeitshäuser. Es gibt Orte in den Elendsvierteln, von denen nicht einmal Thomas spricht.«

»Er hat dir davon erzählt?«

»Einiges, nicht alles.«

Er zog seine Stirn in Falten und starrte auf das weiße Holz des Tisches. »Es ist schrecklich.«

»Möchtest du einen Lunch?« Sie faltete das Hemd zusammen und legte es beiseite; ebenso den Bügeltisch. »Ich werde etwas essen; es ist nur Brot und Suppe, aber du bist herzlich eingeladen, wenn du willst.«

Plötzlich öffnete sich die Kluft wieder, und es wurde ihm klar, daß er zu ihr gesprochen hatte, als ob sie beide immer noch in der Cater Street wären. Er hatte vergessen, daß seine Welt von der ihrigen jetzt so verschieden war wie die ihrige von Seven Dials. Seine Unbeholfenheit war ihm einen Moment lang peinlich. Er beobachtete sie, wie sie zwei saubere Teller aus dem Regal nahm und auf den Tisch stellte, dann das Brot aus dem Kasten nahm und ein Brett und ein Messer dazulegte. Es gab keine Butter.

»Ja, bitte«, antwortete er. »Ich möchte gerne.«

Sie nahm den Deckel von dem Suppentopf auf dem Ofen und schöpfte zwei Teller voll heraus.

»Und Jemima?« fragte er.

Sie setzte sich. »Sie hat schon gegessen. Was wirst du jetzt wegen Mr. Carlisle machen?«

Er ignorierte die Frage. Er wußte, wie die Antwort lauten würde, aber er wollte es jetzt noch nicht zugeben.

»Ich habe versucht, mit Alicia darüber zu sprechen.« Er nahm einen Löffel Suppe. Sie war überraschend gut, und das Brot war frisch und krustig. Er wußte gar nicht, daß Charlotte Brot backen konnte. Sie hatte es wohl lernen müssen.

»Das war nicht fair.« Sie schaute ihn geradeheraus an. »Man kann Menschen nicht nur mit Worten etwas sagen und dann erwarten, daß sie es verstehen oder genauso empfinden.«

»Nein – das tat sie wirklich nicht. Sie schob es beiseite wie manche Konversation. Sie war wie eine Fremde, und ich dachte, ich kenne sie so gut.«

»Auch das ist nicht fair«, sagte sie. »Du bist es, der sich geändert hat. Was denkst du, daß Mr. Carlisle von dir gedacht hat?«

»Was?«

»Warst du denn sehr beeindruckt von dem, was er sagte? Mußte er dich nicht nach Seven Dials bringen, damit du es selber sehen konntest?«

»Ja, aber das ist...« Er sprach nicht weiter und erinnerte sich an sein Widerstreben und sein Desinteresse. Aber zu Carlisle gab es keine Beziehung, wohingegen er und Alicia sich doch liebten. »Das ist...«

»Etwas anderes?« Charlotte zog ihre Augenbrauen hoch. »Es ist nichts anderes. Jemanden zu mögen ändert nichts daran; etwas zu wissen vielleicht...« Was sie eben gesagt hatte, tat ihr sofort leid. Bezauberung war etwas so Vergängliches, und Vertrautheit hatte so wenig damit zu tun. »Gib ihr keine Schuld!« sagte sie ruhig. »Wie sollte sie davon etwas wissen oder es verstehen?«

»Nein, ich habe dazu keinen Grund«, gestand er ein, und doch spürte er eine Leere zwischen sich und Alicia und erkannte, wieviel von der Tiefe seines Gefühls von der Farbe ihres Haares, der Linie ihrer Wangen, ihrem Lächeln und dem Umstand, daß sie für seine Aufmerksamkeit empfänglich war, abhing. Aber was war in ihrem Innern, in dem Teil von ihr, den er nicht erreichen konnte?

Könnte es vielleicht das einfache Beseitigen von etwas sein, das zwischen ihr und dem, was sie haben wollte, stand? Eine kleine Bewegung der Hand, die ein Glas mit Pillen hielt – und Mord?

Am Ende der Resurrection Row war ein Friedhof, daher auch ihr Name – Straße der Auferstehung. Eine winzige Kapelle stand in dessen Mitte; in einer wohlhabenderen Gegend wäre es die Krypta eines Familiengrabes gewesen, aber hier war es nur die Vortäuschung einer solchen. Marmorengel saßen hier und dort auf einigen der besseren Grabsteine, und es gab auch einige bescheidene Kreuze darauf, aber die meisten waren kahl und standen auch schon ein wenig schief; Senkungen des Bodens durch das dauernde Graben hatten dazu geführt. Ein halbes Dutzend abgestorbener Bäume wartete noch darauf, daß sie entfernt würden. Der Friedhof war zu keiner Zeit schön und hatte an einem feuchten Februarabend nur einen Vorzug zu bieten: Abgeschiedenheit. Für ein siebzehn Jahre altes Hausmädchen wie Dolly Jenkins, das dabei war, den Sohn eines Metzgers mit besten Aussichten zu umgarnen, war es der einzige Ort, an dem sie ihm genügend Ermunterung gewähren konnte, ohne ihre Stellung zu verlieren.

Arm in Arm gingen sie durch das Tor, flüsterten und kicherten verhalten; es schickte sich ja wohl nicht, in der Gegenwart des Todes laut herauszulachen. Nach einer kleinen Weile setzten sie sich eng zusammen auf einen Grabstein. Sie erlaubte sich zu zeigen, daß sie gegen einen kleinen Beweis der Zuneigung nichts einzuwenden hätte, und er reagierte begeistert darauf.

Nach ungefähr fünfzehn Minuten hatte sie das Gefühl, daß die Situation unkontrollierbar wurde und er sich vielleicht zu viele Freiheiten herausnehmen und nachher nur schlecht von ihr denken könnte. Sie schob ihn sachte weg und sah zu ihrer Bestürzung eine Gestalt auf einem der anderen Grabsteine sitzen – mit gekreuzten Knien und einem schiefsitzenden Zylinderhut.

»He, Samuel!« zischelte sie, »da sitzt ein alter Mummelgreis dort drüben und beobachtet uns.«

Sofort stand Samuel auf seinen Füßen. »Dreckiger alter Bock!« sagte er laut. »Hau ab! Verschwinde, sonst mach' ich dir Beine!«

Die Gestalt bewegte sich nicht; sie ignorierte Samuel ganz und gar und hob nicht einmal den Kopf.

Samuel ging mit großen Schritten zu ihm hinüber. »Ich werde es dir zeigen«, rief er laut. »Ich schlag dir die Ohren ab. Los, verschwinde, du dreckige alte Kröte!« Er faßte den Mann an der Schulter und ballte die andere Hand zur Faust.

Zu seinem Entsetzen schwankte der Mann und fiel dann seitwärts zu Boden. Der Zylinderhut rollte ein kurzes Stück von ihm weg. Sein Gesicht schimmerte blau im blassen Mondlicht, und seine Brust war eigentümlich flach.

»Allmächtiger Gott!« Samuel ließ ihn los und lief von ihm weg. Er stolperte über seine eigenen Füße, rappelte sich wieder auf, erreichte Dollie und umklammerte sie.

»Was ist denn?« wollte sie wissen. »Was hast du denn gemacht?«

»Das ist kein Spanner! Er ist tot, Doll – er ist so tot wie alle anderen hier. Jemand hat ihn wieder ausgegraben.«

Die Neuigkeit wurde Pitt am nächsten Morgen überbracht.

»Sie werden es nicht glauben«, sagte der Constable mit fast schriller Stimme.

»Sagen Sie es mir trotzdem!« Pitt ergab sich in sein Schicksal.

»Sie haben wieder einen gefunden. Ein Pärchen fand ihn gestern abend.«

»Warum sollte ich das nicht glauben«, sagte Pitt überdrüssig. »Ich glaube alles.«

»Weil es Horrie Snipe ist«, platzte der Constable heraus. »So wahr ich hier stehe – er saß mit seinem alten Zylinder auf einem Grabstein im Resurrection Friedhof. Er wurde vor drei Wochen von einem Mistwagen überfahren und vor zwei Wochen beerdigt – und da saß er nun ganz alleine im Mondschein.«

»Sie haben recht«, sagte Pitt. »Ich kann es nicht glauben. Ich will es nicht glauben.«

»Aber er ist es, Sir. Ich würde Horrie Snipe überall wiedererkennen. Er war der emsigste Zuhälter, den die Row jemals hatte.«

»Schon möglich«, sagte Pitt trocken. »Aber für den heutigen Morgen weigere ich mich, es zu glauben.«

7. Kapitel

Am Montag erhielt Charlotte eine handgeschriebene Botschaft von Tante Vespasia, mit der sie eingeladen wurde, sie am Vormittag zu besuchen und darauf vorbereitet zu sein, etwas länger zu bleiben; auch zum Mittagessen und in den Nachmittag hinein. Es war kein Grund angegeben, aber Charlotte kannte Tante Vespasia nur zu gut, um zu wissen, daß es sicher nicht grundlos war. Ein so kurzfristiges Ersuchen mit genauer Angabe von Zeit und Dauer hatte nichts Beiläufiges an sich. Charlotte konnte dies auf keinen Fall ignorieren: abgesehen von guten Manieren, machte es ihre Neugierde absolut erforderlich, daß sie hinging.

Also brachte sie Jemima auf die andere Seite der Straße zu Mrs. Smith, die immer mehr als bereit war, sie liebevoll zu beaufsichtigen und sich dafür ein wenig Klatsch über die Kleidung, das Benehmen und besonders die Marotten der Leute, die Charlotte kannte, liefern zu lassen. Ihre Bedeutung als Charlottes Vertraute war unermeßlich. Sie war eine herzensgute Frau, die einer jungen Frau wie Charlotte, die durch ihr Aufwachsen in einer anderen Umgebung schlecht auf die neuen Anforderungen vorbereitet war, mit Vergnügen dabei half, mit den Realitäten des Lebens, wie Mrs. Smith sie kannte, fertig zu werden.

Da sie ein wenig zu großzügig mit dem Haushaltsgeld umgegangen war und drei Tage hintereinander Speck gekauft hatte, statt sich mit Haferflocken und Fisch zu begnügen, mußte Charlotte mit dem Omnibus statt mit der Droschke bis zu der dem Gadstone Park am nächsten gelegenen Haltestelle fahren und dann das letzte Stück durch nassen Schnee zu Fuß gehen.

Sie kam mit nassen Füßen und, wie sie befürchtete, einer sehr roten Nase am Eingang von Tante Vespasias Haus an und war ihrer eigenen Meinung nach nicht im geringsten die elegante Erscheinung, die sie gerne gewesen wäre. Das hatte sie jetzt von Speck zum Frühstück.

Das Mädchen, das die Tür öffnete, war an die Exzentrizitäten ihrer Herrin zu sehr gewöhnt, als daß sie ihren Gedanken erlaubt hätte, sich in ihrem Gesicht zu spiegeln. Sie hatte sich an jegliche Art von Überraschung gewöhnt. Sie brachte Charlotte in den Salon. Dort stellte sie sich so nahe an das Kaminfeuer, wie es nur möglich war, ohne daß sie Gefahr lief, selbst Feuer zu fangen. Die Wärme war wunderbar; sie brachte das Leben in ihre starren Fesseln zurück, und sie konnte sehen, wie die Nässe von ihren Stiefeln verdampfte.

Tante Vespasia erschien bereits nach sehr kurzer Zeit. Sie warf einen Blick auf Charlotte und holte dann ihre Lorgnette hervor. »Du meine Güte – Mädchen! Du siehst aus, als ob du über das Meer gekommen wärst. Was hast du denn bloß gemacht?«

»Es ist sehr kalt draußen«, sagte Charlotte als versuchte Erklärung. Sie tat einen Schritt vom Feuer weg; die Hitze begann zu stechen. »Und die Straße ist voller Pfützen.«

»Man könnte meinen, du seist in jede davon hineingetreten.« Vespasia schaute hinunter auf ihre dampfenden Füße. Sie war taktvoll genug, um nicht zu fragen, warum sie denn überhaupt zu Fuß gegangen sei. »Ich muß etwas Trockenes für dich finden, wenn du es auch nur ein wenig behaglich haben sollst.« Sie langte nach der Glocke und läutete energisch.

Charlotte wollte sich zuerst eigentlich zieren, aber ihr war erbärmlich kalt, und wenn sie längere Zeit hier bleiben sollte, war es sicher gut, etwas Warmes und Trockenes auszuleihen.

»Vielen Dank«, sagte sie.

Vespasia schaute sie durchdringend an. Sie hatte bemerkt, daß Charlotte sich sträuben wollte, und hätte dies auch verstanden. Als das Mädchen kam, behandelte Vespasia die ganze Angelegenheit sehr beiläufig.

»Mrs. Pitt wurde während ihrer Fahrt hierher unglücklicherweise angespritzt und dabei ziemlich durchnäßt.« Sie sah dabei das Mädchen nicht einmal an. »Sagen Sie Rose, sie soll trockene Stiefel und Strümpfe herausnehmen und das blaugrüne Nachmittagskleid, das mit der Stickerei an den Ärmeln. Rose wird wissen, welches ich meine.«

»Oh!« Das Mädchen schaute Charlotte mitfühlend an. »Manche von diesen Droschkenkutschern schauen einfach nicht, wohin sie fahren, Madam. Es tut mir wirklich leid. Die Köchin ist neulich nur ein paar Schritte die Straße entlang gegangen, als zwei dieser Verrückten an ihr vorbei ein Rennen fuhren, und sie war mit Schlamm geradezu bedeckt. Sie schimpfte fürchterlich, als sie wieder nach Hause kam. Ich werde Ihnen sofort etwas Trockenes bringen.« Sie huschte zur Tür hinaus in dem Bewußtsein, eine gute Tat zu vollbringen, und in der Hoffnung auf ewige Verdammnis für die Droschkenkutscher im allgemeinen und für die rücksichtslosen im besonderen.

Charlotte lächelte. »Ich danke dir; das war sehr taktvoll von dir.«

»Überhaupt nicht«, sagte Vespasia abwehrend. »Ich gebe heute nachmittag eine kleine Einladung, eine wirklich sehr kleine.« Sie machte mit der Hand eine flatternde Bewegung, um zu unterstreichen, daß sie sehr klein sein würde. »Und ich hätte gerne, daß du dabei bist. Ich fürchte, diese ganze elende Sache mit Augustus nimmt keinen guten Lauf.«

Charlotte wußte nicht gleich, was sie damit meinte. Ihre Gedanken flogen zu Dominic. Es konnte ihn doch niemand ernsthaft verdächtigen...

Vespasia sah ihren Blick und verstand ihn mit einer Leichtigkeit, die Charlotte erröten ließ; wenn sie jetzt noch so leicht zu durchschauen war, wie peinlich mußte das erst früher gewesen sein.

»Oh, das tut mir leid«, sagte sie hastig. »Ich hatte gedacht, die Leute würden nicht mehr daran denken, jetzt, da er wieder begraben ist. Es scheint ja so zu sein, daß er nur das unglückliche Opfer einer geistesgestörten Kreatur ist, die überall Gräber aufreißt. Es gibt noch zwei weitere, weißt du – abgesehen von Lord Augustus und dem Mann auf der Droschke.«

Sie hatte die Genugtuung, Vespasias Augen vor Überraschung groß werden zu sehen. Sie hatte ihr etwas gesagt, das sie nicht nur nicht wußte, sondern auch nicht vorhergesehen hatte.

»Zwei weitere? Ich habe nichts davon gehört. Wann und wo?«

»Niemand, den du kennst«, antwortete Charlotte. »Einer war ein ganz gewöhnlicher Mann, der in der Nähe der Resurrection Row gewohnt hat...«

Vespasia schüttelte den Kopf. »Nie davon gehört. Klingt sehr ungesund. Wo ist sie?«

»Ungefähr zwei Meilen von hier. Nein, es ist keine sehr erfreuliche Gegend, aber auch kein ausgesprochenes Elendsviertel. Und natürlich gibt es dort auch einen Friedhof – muß es ja, bei so einem Namen. Dort hat man die andere Leiche gefunden – in dem Friedhof.«

»Wie es sich gehört«, sagte Vespasia trocken.

»Ja, aber nicht auf einem Grabstein sitzend und mit einem Hut auf dem Kopf.«

»Nein«, pflichtete Vespasia bei und verzog ihr Gesicht. »Und wer war er?«

»Ein Mann namens Horatio Snipe. Thomas wollte mir nicht sagen, was er gemacht hat, daher vermute ich, es muß etwas Schimpfliches gewesen sein – ich meine, schlimmer als nur ein Dieb oder ein Fälscher. Ich glaube, er hatte ein Haus mit Frauen oder so etwas ähnliches.«

Vespasia schaute über ihre Nase. »Also wirklich, Charlotte!« schnaubte sie. »Aber ich glaube, du hast recht. Das wird jedoch nichts nützen. Ein Verdacht ist eine seltsame Sache: Auch wenn es sich erwiesen hat, daß er völlig unbegründet ist – der Geschmack davon bleibt. Die Leute werden sogar vergessen, was es war, das Alicia oder Mr. Corde getan haben könnten, aber sie werden sich daran erinnern, daß sie sie verdächtigt haben.«

»Das ist aber sehr ungerecht«, sagte Charlotte erbost. »Und unvernünftig ist es auch.«

»Ja, sicher«, sagte Vespasia. »Aber die Leute sind nun mal beides, ungerecht und unvernünftig, ohne daß sie sich dessen im geringsten bewußt wären. Ich hoffe, du bleibst zu der Nachmittagsgesellschaft hier; hauptsächlich deshalb habe ich dich heute eingeladen. Du hast ein sehr ausgeprägtes Wahrnehmungsvermögen, was Menschen betrifft. Ich habe nicht vergessen, daß du vor uns allen erfaßt hast, was damals am Paragon Walk wirklich geschehen ist. Vielleicht kannst du auch diesmal etwas sehen, das wir nicht sehen.«

»Aber am Paragon Walk war ein Mord geschehen«,

sagte Charlotte protestierend. »Hier handelt es sich um kein Verbrechen – es sei denn, man nimmt an, Lord Augustus sei ermordet worden?« Es war ein schrecklicher Gedanke, den sie nie akzeptiert hatte. Sie konnte es auch jetzt nicht. Sie hatte ihre Worte eher als Provokation gedacht denn als Frage.

Vespasia war nicht schockiert. »Höchstwahrscheinlich ist er ganz natürlich gestorben«, erwiderte sie, als ob sie über etwas spräche, das jeden Tag geschieht. »Aber man muß die Möglichkeit in Betracht ziehen, daß er es nicht ist. Wir wissen viel weniger über die Menschen, als wir uns gerne einbilden. Vielleicht ist Alicia so harmlos, wie sie zu sein scheint: ein gefälliges Mädchen aus guter Familie mit mehr als dem üblichen guten Aussehen, dessen Vater sie vorteilhaft verheiratet hat, und das, wenn auch nicht davon entzückt, doch auch nicht fantasiereich oder rebellisch genug war, dagegen anzugehen – nicht einmal in Gedanken. – Aber, meine Liebe, es ist auch möglich, daß ihre Ehe mehr und mehr ermüdend wurde und sie allmählich begriff, daß es wohl nie anders sein würde und gut noch weitere zwanzig Jahre dauern könnte, und daß ihr dieser Gedanke unerträglich wurde. Und als dann Dominic daherkam und sich genau zur selben Zeit eine Gelegenheit bot, sich von ihrem Mann zu befreien... Es konnte sehr einfach geschehen, wie du weißt: nur eine kleine Handbewegung, ein Tropfen, zwei Tropfen zuviel, nichts weiter. Kein Beweis, keine Lügen, wo sie war oder mit wem. Sie konnte es fast vergessen, aus ihrem Gedächtnis tilgen, sich selbst einreden, daß nichts geschehen sei.«

»Glaubst du das?« Charlotte war bange. Sogar vor dem Feuer wurde ihr die Kälte wieder bewußt und ihre nassen Füße. Draußen klatschte der Schneeregen gegen das Glas der Fenster.

»Nein«, sagte Vespasia ruhig. »Aber ich leugne auch nicht die Möglichkeit.«

Charlotte saß ganz still da.

»Geh und zieh deine Stiefel aus!« befahl Vespasia. »Wir nehmen den Lunch hier ein, und du kannst mir von deiner Tochter erzählen. Welchen Namen habt ihr denn für sie ausgesucht?«

»Jemima«, sagte Charlotte und stand gehorsam auf.

»Ich dachte, der Name deiner Mutter sei Caroline?« Vespasia zog überrascht die Augenbrauen hoch.

»Das ist richtig«, sagte Charlotte. Sie drehte sich an der Türe um und zeigte ein blendendes Lächeln. »Und der Name von Großmama ist Amelia. Mir gefällt keiner davon!«

Die Einladung war sehr zwanglos, und vor Konversation konnte man der Musik kaum lauschen, was Charlotte eigentlich bedauerte, denn sie war gut, und sie liebte Piano. Sie selbst hatte nie sehr gut darauf gespielt, doch Sarah und Emily schon, und das feinfühlige Spiel dieses jungen Mannes brachte ihr die Erinnerung an die Kinderzeit und an Mamas Gesang zurück.

Dominic war überrascht, sie zu sehen, nahm aber entweder keine Notiz von Vespasias Kleid, das ihr so gut stand, oder war zu feinfühlig, um etwas dazu zu sagen, weil er wußte, daß es, ihren Verhältnissen entsprechend, ausgeliehen sein mußte.

Charlotte hatte Alicia vorher noch nie gesehen, und ihre Neugierde hatte seit dem Erscheinen des ersten Gastes, Virgil Smith, stetig zugenommen. Er war, wie Vespasia gesagt hatte, bemerkenswert durchschnittlich. Seine Nase war alles andere als aristokratisch; sie sah weniger wie Marmor als wie warmes Wachs aus, aus dem sie sehr sorglos geformt worden war. Sein Haarschnitt glich eher einer Schur, rund um einen Topf vollzogen, aber sein Schneider war vorbildlich. Er lächelte Charlotte mit einer Wärme an, die in seinen Augen leuchtete, und sprach zu ihr mit einem Akzent, den sie gerne nachgeahmt hätte – wie Emily das so gut konnte –, um ihn Pitt vorzuführen. Aber sie hatte kein Geschick für diese Kunst.

Sir Desmond und Lady Cantlay erinnerten sich nicht an sie oder zogen es vor, es nicht zu tun. Sie konnte ihnen deswegen nicht böse sein; wenn eine Leiche mitten auf der Straße vor einem landet, erinnert man sich später nicht mehr an die Gesichter der Passanten, auch nicht an die von jenen, die einem Hilfe anboten. Sie begrüßten sie mit dem wohlerzogenen, gelinden Interesse, das man einer neuen Bekanntschaft entgegenbringt, mit der man offenbar nichts weiter gemein hat als den Ort, an dem man sich gerade befindet. Charlotte beobachtete sie, wie sie zu den anderen Gästen gingen, und machte sich keine weiteren Gedanken über sie, außer ob sie Dominic oder Alicia verdächtigten, einen Mord begangen zu haben.

Major Rodney und seine Schwestern kannten sie ebenfalls nicht, und sie murmelte höflich alberne Floskeln, die sie daran erinnerten, wie sie bei den endlosen Gesellschaften, als sie noch ledig war, neben ihrer Mutter und Emily gestanden und versucht hatte, sich so anzuhören, als ob sie ganz und gar in Anspruch genommen wäre von Mrs. Soundso letzter Krankheit oder den Aussichten für Miß Jemands Verlobung.

Sie hatte sich bereits eine sehr genaue Vorstellung von Alicias Aussehen gemacht: helle Haut und helles Haar, das – im Gegensatz zu ihrem eigenen – ganz natürlich gelockt war, mittlere Größe und weiche Schultern, ein klein wenig zu Übergewicht neigend. Später erkannte sie, daß sie nur ein vages Bild von Sarah gezeichnet hatte.

Als Alicia kam, war sie völlig anders. Es lag nicht so sehr am Äußeren; sie hatte helle Haut, und die Locken ihres Haares fielen so weich und ungleichmäßig, daß sie nur natürlich sein konnten. Aber sie war so groß wie Charlotte, und ihre Figur war sehr schlank und ihre Schultern beinahe zart. Darüber hinaus lag ein ganz anderer Ausdruck in ihren Augen. Sie war überhaupt nicht wie Sarah.

»Sehr erfreut!« sagte Charlotte nach einer Sekunde des Zögerns. Sie wußte nicht, ob sie erwartet hatte, daß sie sie mochte, oder nicht, aber sie war momentan verblüfft von der Realität. Weil Dominic sie liebte, hatte sie in Gedanken einen Schatten von Sarah geschaffen. Sie war auf eine davon so abweichende Person nicht vorbereitet, und sie hatte vergessen, daß sie für Alicia eine Fremde, und wenn Dominic ihr nichts über ihre Verwandtschaft zu Sarah gesagt hatte, eine Person ohne jede Wichtigkeit war.

»Wie geht es Ihnen, Mrs. Pitt?« antwortete ihr Alicia, und Charlotte wußte sofort, daß Dominic ihr nichts gesagt hatte; es lag keine Neugierde in ihrem Gesicht. Alicia trat einen Schritt zur Seite, sah Dominic an und stand einen Moment bewegungslos da. Dann wandte sie sich Gwendoline Cantlay zu und machte ihr Komplimente zu ihrem Kleid.

Charlotte dachte immer noch über ihr instinktives Erfassen der Situation nach, als sie von einer Stimme aus ihren Gedanken gerissen wurde.

»Ich habe gehört, Sie sind eine Verbündete von Lady Cumming-Gould?« Sie sah sich nach dem Sprecher um. Er war mager, hatte geschwungene Augenbrauen und zeigte beim Lächeln Zähne, die ein klein wenig schief waren.

Charlotte bemühte sich zu erfassen, was er damit meinen konnte. ›Verbündete?‹ Es mußte etwas mit der Gesetzesvorlage zu tun haben, mit der sich Tante Vespasia befaßte, durch die Kinder aus den Arbeitshäusern in eine Schule gebracht werden sollen. Er war wohl der Mann, der Dominic in die Straße von Seven Dials getrieben und ihm das Arbeitshaus gezeigt hatte, das ihn so sehr bestürzt gemacht hatte. Sie schaute ihn mit gestiegenem Interesse an. Sie konnte verstehen, daß solche Dinge Thomas beschäftigten; sein tägliches Leben führte ihm die Folgen solcher Tragödien deutlich vor Augen. Aber warum diesen Mann?

»Nur im Geiste«, sagte sie und lächelte dabei. Sie war

sich jetzt sicher, daß er es war; vielleicht war er von allen Anwesenden derjenige, der ihr Gemüt am wenigsten belastete. »Eine Anhängerin; nichts so Nützliches wie eine Verbündete.«

»Ich glaube, Sie unterschätzen sich, Mrs. Pitt«, entgegnete er.

Es berührte sie unangenehm, gönnerhaft behandelt zu werden. Die Angelegenheit war zu ernst für eine bedeutungslose Schmeichelei. Sie wies sie innerlich zurück; es war, als ob er sie der Wahrheit nicht für würdig befunden hätte.

»Sie tun mir keinen Gefallen, wenn Sie mir etwas vormachen«, sagte sie ziemlich schroff. »Ich bin keine Verbündete. Dazu fehlen mir die Mittel.«

Sein Lächeln wurde breiter. »Ich fühle mich gerügt, Mrs. Pitt, und ich entschuldige mich. Vielleicht war ich zu voreilig und habe den Wunsch zur Tatsache gemacht.«

Es wäre zickig von ihr gewesen, seine Entschuldigung nicht zu akzeptieren. »Wenn Sie daraus eine Tatsache machen können, würde es mich freuen«, sagte sie ein wenig sanfter. »Es geht um eine Sache, die der Anstrengung von jedermann wert ist.«

Ehe er antworten konnte, wurden sie mit weiteren Gästen bekanntgemacht. Lord und Lady St. Jermyn kamen herein, und Charlotte wurde ihnen vorgestellt. Ihr erster Eindruck von neuen Bekannten war sehr oft falsch gewesen; oft schon hatte sie für Leute, die sie später gerne mochte, zuerst überhaupt nichts übrig gehabt. Sie konnte sich aber nicht vorstellen, in der Gegenwart von Lord St. Jermyn je etwas anderes als Unbehagen zu spüren. Es war etwas um seinen Mund, das sie abstieß. Er war auf keinen Fall häßlich, eher das Gegenteil, aber wenn sich seine Lippen schlossen, dann erweckte das in ihr zur Hälfte eine Erinnerung, zur anderen Hälfte eine Vorstellung, die sie beide als unangenehm empfand. Sie hörte sich ein paar geistlose Worte sagen und fühlte Carlisles Augen auf sich gerichtet. Er hatte allen Grund, ihr mit genau der Unredlichkeit zu begegnen, die sie ihm soeben vorgeworfen hatte.

Etwas später gesellte sich Alicia mit Dominic zu ihnen. Charlotte beobachtete sie und dachte bei sich, wie gut sie beide aussahen und zueinander paßten. Seltsam, wie dieser Gedanke sie vor ein paar Jahren noch geschmerzt und verwirrt hätte und sie jetzt überhaupt nichts dabei fühlte außer der Besorgnis, das schöne Bild könnte zerbrechen.

Man kam wieder auf den Gesetzentwurf zu sprechen. St. Jermyn sprach zu Dominic.

»Ich habe von Somerset gehört, daß Sie ein Freund des jungen Fleetwood sind? Mit ihm auf unserer Seite hätten wir eine vortreffliche Position. Er hat sehr großen Einfluß, wie Sie wissen.«

»Ich kenne ihn nicht allzu gut.« Dominic war nervös und wollte sich am liebsten heraushalten. So wie jetzt hatte Charlotte ihn auch schon in der Cater Street sein Glas drehen sehen; dies wurde ihr erst jetzt richtig bewußt.

»Gut genug«, sagte St. Jermyn mit einem Lächeln. »Sie können gut mit Pferden umgehen und haben einen noch besseren Sachverstand. Das genügt.«

»Ich glaube, Sie haben selbst auch einen ausgezeichneten Stall, Sir.« Dominic versuchte immer noch, sich nicht drängen zu lassen.

»Reitpferde.« St. Jermyn winkte ab. »Fleetwood bevorzugt ein gutes Paar zum Fahren, und da übertreffen Sie ihn. Sie haben ihn ja sogar einmal geschlagen.« Er lächelte und zog dabei die Winkel seines breiten Mundes herab. »Machen Sie sich das nicht zur Gewohnheit! Es würde ihm nicht gefallen, wenn es öfter als nur gelegentlich passierte.«

»Ich bin gefahren, um zu gewinnen, nicht um Lord Fleetwood gefällig zu sein«, sagte Dominic ein wenig von oben herab. Seine Augen sprangen hinüber zu Charlotte, beinahe so, als ob er sich ihrer Gedanken und dessen, was sie gesagt hätte, bewußt wäre.

»Das ist ein Luxus, den wir uns nicht leisten können.« St. Jermyn hatte Dominics Antwort nicht gefallen, aber er bügelte diese leichte Verstimmung aus seinem Gesicht, gleich nachdem Charlotte sie bemerkt hatte, und eine Sekunde später war keine Spur mehr darin zu sehen. Sie vermutete, daß Dominic sie nicht einmal bemerkt hatte. »Wenn wir auf Fleetwoods Hilfe zählen, dann wäre es nicht sehr geschickt, ihn zu oft zu schlagen«, endete St. Jermyn.

Dominic sog die Luft für eine zurückweisende Erwiderung ein, aber Charlotte sprach vor ihm. Er war nicht jähzornig, eigentlich sogar sehr verträglich. Er nahm selten eine unversöhnliche Position ein, aber bei den wenigen Gelegenheiten, bei denen er es getan hatte, konnte sie sich nicht erinnern, daß er davon abgerückt wäre. Es bestand die Gefahr, daß er sich verrannte und dann nicht mehr zurück konnte, wenn es ihm leid tat.

»Ich glaube nicht, daß Mr. Corde das tun wird«, sagte sie und zwang sich dabei zu einem Lächeln hinüber zu St. Jermyn. »Aber sicher wird Lord Fleetwood einen Mann mehr beachten, der ihn wenigstens einmal geschlagen hat. Als zweiter hebt er sich doch kaum von der Masse ab und erregt so auch seine Aufmerksamkeit nicht.«

Dominic widmete ihr ein bezauberndes Lächeln, und einen Moment lang erinnerte sie sich der Gefühle, die sie ihm einmal entgegengebracht hatte; dann trat die Gegenwart wieder in den Vordergrund, und sie starrte auf St. Jermyn.

»Genau«, sagte Dominic zustimmend. »Er sollte sich das Arbeitshaus in Seven Dials einmal ansehen, so wie ich. Diesen Anblick würde er bestimmt nicht so schnell vergessen.«

Alicia schaute ihn erstaunt und ein wenig mißbilligend an. »Was ist denn so schlimm an den Arbeitshäusern?«

fragte sie. »Du hast gesagt, dort herrsche Armut; aber keine Gesetzgebung wird diese beseitigen. Arbeitshäuser geben den Menschen wenigstens etwas zu essen und eine Unterkunft. Es hat immer schon Reiche und Arme gegeben, und sogar wenn du es jetzt durch so etwas wie ein Wunder ändern könntest, wäre es in ein paar Jahren oder in noch kürzerer Zeit wieder dasselbe – oder nicht? Wenn du einem armen Mann Geld gibst, macht es ihn nicht lange reich...«

»Sie sind einfühlsamer, als es vielleicht in Ihrer Absicht liegt«, sagte Carlisle. »Aber wenn man den Kindern Nahrung gibt und sie von Krankheiten und Verzweiflung fernhält, so daß sie erwachsen werden können, ohne für das Überleben stehlen zu müssen, und ihnen so etwas wie eine Bildung zukommen läßt, dann wird die nächste Generation nicht mehr ganz so arm sein.«

Alicia schaute ihn an, nahm seine Gedanken in sich auf und erkannte, daß es ihm sehr ernst damit war.

»Gott, wenn du das gesehen hättest!« sagte Dominic aufgebracht. »Man würde nicht hier stehen und akademische Spitzfindigkeiten erörtern; man würde hingehen und etwas unternehmen wollen.« Er schaute zu Charlotte hinüber. »Ist es nicht so?«

Ein schmerzlicher Zug huschte über Alicias Gesicht, und sie rückte fast unmerklich von ihm ab. Charlotte sah es und wußte genau, was sie fühlte: eine plötzliche Entfremdung, ein Ausgeschlossensein von einer Sache, die ihm wichtig war.

Charlotte sah ihn geradeheraus an und gab ihrer Stimme einen klaren, deutlichen Klang: »Ich könnte es mir denken. Auf alle Fälle hat es dich auf diese Weise beeinflußt. Du bist völlig verändert. Aber nach allem, was ich gehört habe, glaube ich nicht, daß es ein geeigneter Ort wäre, um mit Lady Fitzroy-Hammond dorthin zu gehen. Mein Mann würde es mir nicht erlauben.«

Aber Dominic wollte ihren Wink nicht begreifen.

»Er braucht dich nicht dorthin zu bringen«, sagte er hitzig. »Du weißt Bescheid über diese Häuser und die Situation der Leute, und du machst dir Gedanken. Ich erinnere mich, daß du schon vor Jahren davon gesprochen hast; aber damals habe ich nicht wirklich verstanden, was du damit meintest.«

»Ich glaube, du hast mir nicht richtig zugehört«, sagte sie ganz frei heraus. »Es hat lange gedauert, bis du es geglaubt hast. Du mußt auch anderen einige Zeit zugestehen!«

»Wir haben keine Zeit.«

»Wir haben wirklich keine, Mrs. Pitt«, sagte St. Jermyn und hob sein Glas. »Mein Gesetzesvorschlag wird in ein paar Tagen vorgelegt. Wenn wir ihn durchbringen wollen, werden wir rechtzeitige Unterstützung brauchen. Wir haben keine Zeit zu verlieren. Corde, ich wäre Ihnen sehr verpflichtet, wenn Sie sich Fleetwood morgen oder spätestens übermorgen vornehmen könnten.«

»Natürlich«, sagte Dominic mit fester Stimme. »Morgen.«

»Gut.« St. Jermyn klopfte ihm auf die Schulter und leerte dann sein Glas. »Kommen Sie, Carlisle, wir wollen mit unserer Gastgeberin sprechen; sie kennt beinahe jeden, und das brauchen wir.«

Ein Widerwille flackerte über Carlisles Gesicht und war schon fast wieder verschwunden, ehe sich Charlotte dessen sicher war. Er schloß sich St. Jermyn an. Sie gingen zusammen an den Damen Rodney und an Major Rodney vorbei. Er hielt ein Glas in seiner Hand und schaute besorgt über ihre Köpfe hinweg, als ob er jemanden suchen oder sich vielleicht vor jemandem fürchten würde.

Eine unangenehme Stille trat ein; dann erschien Virgil Smith. Er schaute Charlotte ein wenig unschlüssig an, dann wurde sein Gesicht weicher, und er sprach zu Alicia. Es war nur eine ganz allgemein gehaltene Bemerkung, völlig unwichtig, aber es lag eine Sanftheit in seiner

Stimme, die Charlotte aus ihren Gedanken an Armut und Gesetzesvorlagen und sogar Mordverdächtigungen herausholte. Es war traurig und vielleicht von allen anderen unbemerkt geblieben, aber sie war sich absolut sicher, daß Virgil Smith Alicia liebte. Wahrscheinlich hatte sie nur Augen für Dominic und nicht die leiseste Ahnung davon, und wahrscheinlich wußte er um die Vergeblichkeit und würde es ihr niemals gestehen. In diesen wenigen Sekunden wurde Charlotte in Gedanken und in der Erinnerung eins mit Alicia und durchlebte noch einmal ihre Verblendung gegenüber Dominic und den Jammer und die wilden Hoffnungen, die törichten Selbsttäuschungen über all die Vorzüge, die sie in ihn hineinsah, und das wenige, das sie von ihm wußte. Sie hatte sich und ihm keinen Gefallen getan mit ihren Träumen, die ihn mit Vorzügen ausstatteten, von denen er nie behauptet hatte, daß er sie besäße.

Sie hätte Virgil Smith mit seinem Allerweltsgesicht und seinen unmöglichen Manieren auch nicht gesehen und ganz bestimmt nicht gemerkt oder merken wollen, daß er sie liebte. Es wäre ihr peinlich gewesen. Aber vielleicht wäre sie dabei die Verlierende gewesen.

Sie entschuldigte sich und unterhielt sich dann mit Vespasia und Gwendoline Cantlay. Mehr als einmal sah sie einen Ausdruck der Unruhe über Gwendolines Gesicht huschen, als ob ihr Charlotte irgendwie bekannt vorkäme, sie sie aber nirgendwo einordnen konnte. Sie war sich nicht sicher, ob sie sie gesellschaftlich kannte und ob sie dem Rechnung tragen sollte. Aus einer kleinen Boshaftigkeit heraus ließ Charlotte sie weitergrübeln; die Befriedigung, es ihr zu sagen, wäre nicht allzu groß und Tante Vespasia möglicherweise unangenehm gewesen. Sie würde sich wahrscheinlich nicht im geringsten darum kümmern, wenn alle zu wissen bekämen, daß sie mit der Frau eines Polizisten verkehrte – andererseits würde sie es vielleicht vorziehen, selbst zu entscheiden, wem sie es sagte und wie.

Es war spät geworden. Einige Gäste waren schon gegangen, und der graue Spätnachmittag war schon längst hereingebrochen, als Charlotte alleine in der Nähe des Eingangs zum Wintergarten stand und Alicia auf sich zukommen sah. Sie hatte darauf gewartet und hätte in der Tat, falls Alicia sich nicht selbst dazu entschlossen hätte, etwas unternommen, um ein Gespräch zuwege zu bringen.

Alicia hatte offenbar in Gedanken einstudiert, wie sie beginnen könnte; Charlotte wußte dies, denn genau das hätte sie auch getan.

»Es war ein sehr angenehmer Nachmittag, nicht wahr?« sagte Alicia ganz beiläufig, als sie neben Charlotte stand. »Sehr rücksichtsvoll von Lady Cumming-Gould, es so zu arrangieren, daß es nicht unschicklich für mich war zu kommen. Die lange Trauerzeit macht den schmerzlichen Verlust nur noch größer. Sie erlaubt einem keine Zerstreuung, um die Gedanken auf etwas anderes zu lenken als auf Tod und Einsamkeit.«

»Ja, das finde ich auch«, sagte Charlotte. »Ich denke, die Leute können sich nicht vorstellen, was für eine zusätzliche Belastung das zu dem Verlust, den man bereits hinnehmen mußte, noch ist.«

»Ich wußte bis heute nicht, daß Lady Cumming-Gould eine Tante von Ihnen ist«, fuhr Alicia fort.

»Das entspricht streng genommen auch nicht ganz der Wahrheit«, sagte Charlotte und lächelte dabei. »Sie ist die Großtante meines Schwagers, Lord Ashworth.« Dann sagte sie, was sie Alicia schon die ganze Zeit seit der Unterhaltung mit Lord St. Jermyn sagen wollte: »Meine Schwester Emily hat vor nicht langer Zeit Lord Ashworth geheiratet. Meine ältere Schwester, Sarah, war mit Dominic verheiratet, bevor sie starb; aber das werden Sie ja wissen...« Sie war sich ziemlich sicher, daß sie es nicht wußte, und sie wollte Alicia genügend Spielraum geben, um so zu tun, als ob sie es wüßte.

Alicia verbarg ihre Überraschung meisterhaft. Und Charlotte tat, als gäbe es nichts zu bemerken.

»Ja, natürlich«, heuchelte Alicia, »obschon ihn in letzter Zeit diese Sache mit Mr. Carlisle so sehr beschäftigt hat, daß ich gar nicht viel mit ihm geredet habe. Ich wäre Ihnen sehr verbunden, wenn Sie mir ein wenig mehr darüber erzählen könnten. Sie scheinen ihr Vertrauen zu haben, und ich muß zugeben, daß ich da doch schrecklich unwissend bin.«

Charlotte überraschte sich selbst bei einer Lüge: »Eigentlich glaube ich, daß es mehr Tante Vespasias Vertrauen ist, das ich habe.« Sie gab ihrer Stimme einen leichten Tonfall. »Sie ist sehr befaßt damit. Mr. Carlisle scheint mit ihr über dieses Thema zu sprechen und vielleicht zu versuchen, ihre Hilfe zu erhalten, um noch andere mit einem Sitz im House of Lords zu überzeugen, daß sie hingehen und ihn unterstützen.« Sie blickte Alicia kurz an und sah in deren Gesicht die Erinnerung an St. Jermyns Bemerkung. »Sie kennt sehr viele Leute. Ich habe natürlich selber noch nie ein Arbeitshaus gesehen, aber nach dem, was gesagt wird, ist es ein erschreckendes Elend, das unbedingt gelindert werden muß. Und wenn dieses Gesetz den armen Kindern der Metropole Unterhalt und Schulbildung zubilligt und sie von den Auswirkungen des dauernden Zusammenlebens mit Strolchen aller Art fernhält, dann kann ich für meinen Teil nur hoffen und beten, daß es durchkommt.«

Alicias Gesicht glättete sich erleichtert. »Oh, das tue ich auch«, sagte sie eifrig. »Ich muß mir überlegen, ob ich noch jemanden kenne, der da helfen könnte – vielleicht Familienangehörige oder Freunde von Augustus.«

»Oh, könnten Sie das?« Charlotte schauspielerte diesmal nicht. Sie machte sich Gedanken über Dominic und Alicia, weil es Individuen waren, die sie verstehen konnte; aber wenn sie ehrlich war, dann war ihr dieses Gesetz viel wichtiger als ein simpler Mord, welche Tragödie ihn auch immer hervorgebracht hatte oder in seinem Kielwasser folgen würde.

Alicia lächelte. »Sicher. Ich werde damit beginnen, sobald ich nach Hause komme.« Sie streckte impulsiv ihre Hand aus. »Ich danke Ihnen, Mrs. Pitt. Sie waren sehr freundlich. Ich habe das Gefühl, ich kenne Sie schon lange, und hoffe, Sie finden das nicht aufdringlich?«

»Ich betrachte es als ein großes Kompliment«, sagte Charlotte aufrichtig. »Ich hoffe, daß es auch in Zukunft so sein wird.«

Alicia hielt ihr Wort. Das erste, was sie tat, nachdem sie ihren Mantel dem Mädchen gegeben und ihre Stiefel gegen trockene ausgetauscht hatte, war, in ihr Schreibzimmer zu gehen und das Adreßbuch herauszuholen. Sie hatte vier sorgfältig aufgesetzte Briefe geschrieben, bevor sie nach oben ging und sich zum Abendessen umzog.

Verity war nicht zu Hause. Sie war einige Tage zu Besuch bei einer Cousine. Außer der alten Dame und ihr selbst war niemand bei Tisch. Sie vermißte Verity, denn zum einen mochte sie ihre Gesellschaft, und zum anderen hätte sie gerne über das neue Vorhaben und ihre Gedanken über Mrs. Pitt mit ihr gesprochen. Alicia hatte ihre Meinung von ihr grundlegend geändert; aus Abneigung wegen Dominics offensichtlicher Aufmerksamkeit für sie war Zuneigung geworden. Sie war ganz anders, als Alicia gedacht hatte.

»Hast du dich auf der Teeparty gut unterhalten?« fragte die alte Dame und schob eine große Portion Fisch in den Mund. »Hat es niemand seltsam gefunden, daß du schon so bald nach der Beerdigung deines Mannes wieder ausgehst? Ich nehme an, sie waren zu höflich dazu.«

»Es sind schon mehr als fünf Wochen, seit er gestorben ist, Schwiegermama«, antwortete Alicia und entfernte dabei vorsichtig die Gräten von ihrem Fisch. »Und es war eine Nachmittagsgesellschaft, keine Teeparty.«

»Mit Musik! Sehr unpassend! Lauter Liebeslieder, nehme ich an, so daß du Dominic Corde anhimmeln und eine Närrin aus dir machen konntest. Er wird dich nicht heiraten, glaube mir! Er findet keinen Geschmack daran. Er glaubt, du hättest Augustus vergiftet.«

Alicia erfaßte die ganze Bedeutung des eben Gesagten nur langsam. Zuerst war sie verärgert über den Vorwurf, daß sie sich auf der Nachmittagsgesellschaft unmöglich gemacht habe. Erst als sie ihren Mund schon geöffnet hatte, um dies von sich zu weisen, erfaßte sie, was die alte Dame über Dominic gesagt hatte. Es war im höchsten Maße häßlich und auch völlig unwahr. Nie würde er so schlecht von ihr denken.

»Kann es natürlich nicht beweisen«, fuhr die alte Dame mit glitzernden Augen fort. »Würde kein Wort darüber verlieren – nur jedesmal, wenn du ihn siehst, ein wenig kühler werden. Ist dir nicht aufgefallen, daß er in den letzten Tagen nicht hier war? Keine Kutschfahrten mehr...«

»Es war nicht das Wetter dazu«, sagte Alicia hitzig.

»Das hat ihn früher nie abgehalten.« Die alte Dame nahm wieder eine Portion Fisch und sprach mit vollem Mund weiter. »Ich habe ihn zu Weihnachten hier gesehen, als die Straßen voller Schnee waren. Mach dich nicht lächerlich, Mädchen!«

Alicia war jetzt zu zornig, um noch länger höflich zu sein. »Letzte Woche hast du gesagt, er selbst hätte Augustus getötet«, fauchte sie. »Wenn er es getan hat, wie kann er dann denken, daß ich es war? Oder kannst du dir vorstellen, daß wir beide es unabhängig taten? Wenn es so ist, dann sollte es dich freuen, uns heiraten zu sehen – wir verdienen einander!«

Die alte Dame schaute sie wild an und tat, als ob sie ihren Mund zu voll zum Sprechen hätte, während sie nach einer geeigneten Antwort suchte.

»Vielleicht denkt er, du hättest es getan«, fuhr Alicia fort und erhielt durch diesen Gedanken noch weiteren

Auftrieb. »Das Digitalis ist schließlich deines, nicht meines. Vielleicht hat er Angst, in ein Haus zu kommen, in dem auch du wohnst.«

»Und warum bitte sollte ich meinen eigenen Sohn vergiften?« Die alte Dame schluckte ihren Fisch hinunter und schob neuen nach. »Ich will ja keinen gutaussehenden jungen Schäkerer heiraten.«

»Das wird auch gut sein«, stieß Alicia hervor. »Du hättest nämlich nicht die geringste Chance.« Sie war entsetzt über sich selbst, aber die Jahre des angepaßten Benehmens waren nun endlich wie abgebrochen, und es war ein herrliches Gefühl – erhebend wie das zu schnelle Reiten auf einem guten Pferd.

»Du aber auch nicht, mein Kind!« Das Gesicht der alten Dame war scharlachrot. »Und du bist eine Närrin, wenn du es dir anders vorstellst. Du hast deinen Mann umsonst vergiftet.«

»Wenn du glaubst, ich sei eine Giftmörderin« – Alicia schaute ihr geradewegs in ihre alten Augen – »dann überrascht es mich, daß du so gierig am selben Tisch mit mir ißt und dir mit aller Gewalt meine Feindschaft zuziehst. Hast du keine Angst um dich?«

Die alte Dame verschluckte sich, und ihr Gesicht wurde bläulichweiß. Ihre Hand fuhr an ihren Hals.

Alicias Lachen war echt und bitter. »Wenn ich jemanden hätte vergiften wollen, dann zuallererst dich, nicht Augustus; aber ich habe es nicht, was du genausogut weißt wie ich. Du hättest sonst Nisbett alles versuchen lassen, ehe du es in deinen Mund geschoben hättest. Nicht, daß ich Nisbett nicht mit Vergnügen ebensogerne vergiftet hätte.«

Die alte Dame verfiel in ein krampfhaftes Husten.

Alicia ignorierte sie. »Wenn du genug von dem Fisch hast«, sagte sie kalt, »werde ich Byrne das Fleisch bringen lassen.«

Pitt wußte nichts von der Einladung. Er war entschlossen, die Identität der Leiche von der Droschke festzustellen. Er riß den Umschlag mit dem Ergebnis der Obduktion dem Botenjungen förmlich aus der Hand. Er hatte schon die ganze Zeit über die Hintergründe spekuliert. Wenn die Angelegenheit mit einem Verbrechen oder einem Skandal überhaupt nichts zu tun hatte, warum sollte dann jemand die grausige und gefährliche Arbeit auf sich genommen, ihn ausgegraben und auf den Kutschersitz einer Droschke gesetzt haben? Man hatte natürlich festgestellt, was es mit der Droschke auf sich hatte; aber alles, was man herausfinden konnte, war, daß sie gestohlen worden war, während ihr Besitzer sich allzu sorglos in einem Pub stärkte. Nichts Ungewöhnliches und in einer Januarnacht etwas, für das Pitt volles Verständnis hatte. Nur Polizisten, Droschkenkutscher und Verrückte trieben sich bei solchem Wetter die ganze Nacht auf den Straßen herum.

Er las, daß die Todesursache so gewöhnlich war, wie sie nur sein konnte – ein Schlaganfall. Es war eine ganz normale und in höchstem Maße natürliche Art zu sterben. Keine Anzeichen von Gewalttätigkeit an dem toten Körper; eigentlich überhaupt nichts Außergewöhnliches. Er war ein Mann in den späten mittleren Jahren, sein Gesundheitszustand war allgemein gut, er war gut genährt, gut gepflegt, sauber, hatte ein klein wenig Übergewicht. Er war in der Tat so – wie der junge Mann im Leichenhaus ja auch gesagt hatte –, wie man es von einem Lord erwarten würde.

Pitt dankte dem Botenjungen und entließ ihn. Dann legte er das Papier in die Schublade seines Schreibtisches, setzte seinen Hut auf, wickelte sich seinen Schal um den Hals, nahm seinen Mantel vom Kleiderständer und ging aus der Tür.

Es gab kein offenes Grab. Das war vielleicht das Unheimlichste daran: Er hatte drei Gräber und vier Leichen: Lord Augustus, William Wilberforce Porteous, Horrie

Snipe – und diesen Unbekannten von der Kutsche. Wo war sein Grab, und warum hatte der Grabräuber es wieder so sorgfältig zugefüllt, daß nichts auffälliges zu sehen war?

Die anderen Gräber waren alle mehr oder weniger in demselben Gebiet. Dort wollte er sich umschauen. Natürlich konnte er nicht alle frischen Gräber untersuchen; er würde alle Ärzte befragen müssen, die innerhalb der letzten sechs Wochen einen Tod durch Schlaganfall bescheinigt hatten. Es könnte ihm vielleicht möglich sein, die Fälle so einzukreisen, daß nur noch in einem oder in zwei Fällen die unerfreulichen sterblichen Überreste, die immer noch im Leichenhaus waren, identifiziert werden mußten.

Es war bereits der Nachmittag des nächsten Tages, als er müde, frierend und ziemlich gereizt die steinernen Stufen zur Praxis eines Dr. Childs hinaufstieg.

»Er empfängt zu dieser Tageszeit keine Patienten«, sagte seine Haushälterin schroff. »Sie werden warten müssen! Er trinkt gerade seinen Tee.«

»Ich bin kein Patient.« Pitt versuchte, seine Stimme unter Kontrolle zu halten. »Ich bin von der Polizei, und ich werde nicht warten.« Er starrte der Frau so lange in die Augen, bis sie wegschaute.

»Ich wüßte zwar nicht, was Sie bei uns wollen, aber kommen Sie herein!« sagte sie und zuckte mit einer Schulter. »Und streifen Sie sich die Schuhe ab!«

Pitt folgte ihr hinein und überraschte einen ziemlich erschrockenen Doktor, der ohne Schuhe und mit einem Stück Zwieback in der Hand und Butter am Kinn vor dem Kamin saß.

Pitt erklärte, warum er hier war.

»Oh«, sagte der Arzt sofort. »Bringen Sie noch eine Tasse, Mrs. Lundy! Nehmen Sie einen Zwieback, Inspektor! Ja, ich könnte mir vorstellen, daß das Albert Wilson ist. Wärmen Sie sich bloß auf, Sie sehen ja ganz erfroren aus! Mr. Dunns Butler – armer Kerl. Aber warum sage ich das überhaupt – es ist ein schneller und angenehmer Weg abzutreten! Ich wage zu sagen, daß er überhaupt nichts gemerkt hat. Ihre Stiefel sind naß; ziehen Sie sie aus und trocknen Sie Ihre Socken, Mann! Ich kann dieses Wetter nicht ertragen. Warum fragen Sie wegen Wilson? Ganz normaler Tod! Er hat keine Verwandten, und eine Erbschaft gibt es ohnehin nicht. Er war nur ein Butler; zwar ein guter, wie mir gesagt wurde, aber ein ganz gewöhnlicher Mann. So ist's richtig; machen Sie es sich nur bequem! Nehmen Sie noch einen Zwieback! Achtung, die Butter – sie läuft überall hin. Was ist los mit Wilson?« Er zog seine Augenbrauen hoch und schaute Pitt neugierig an.

Pitt erwärmte sich für den Mann, und das Feuer im Kamin erwärmte ihn ebenso. »Vor ungefähr drei Wochen wurde vor einem Theater auf dem Kutschersitz einer Droschke ein wiederausgegrabener Leichnam gefunden...«

»Großer Gott! Und Sie meinen, das könnte der arme alte Wilson gewesen sein?« Die Augenbrauen des Arztes hoben sich fast bis zum Haaransatz. »Aber warum sollte jemand so etwas tun? Ihr Fall, wie? Danke, Mrs. Lundy; schenken Sie dem Inspektor eine Tasse Tee ein!«

Pitt nahm den Tee dankbar an und wartete dann, bis die Haushälterin – widerwillig – den Raum verlassen hatte.

»Unglaublich neugieriges Frauenzimmer!« Der Doktor schüttelte seinen Kopf. »Aber das hat auch seine Vorteile – sie weiß mehr über meine Patienten, als diese mir je sagen. Man kann keinen Menschen kurieren, wenn man nur zur Hälfte weiß, was mit ihm nicht stimmt.« Er beobachtete, wie der Dampf von Pitts Socken aufstieg. »Sie sollten nicht mit nassen Füßen herumlaufen! Das ist nicht gut für Sie.«

»Ja, es ist mein Fall.« Pitt mußte lächeln. »Und das Eigenartige daran ist, es gibt kein offenes Grab. Albert Wilson ist doch beerdigt worden?«

»Oh, sicher. Natürlich ist er das. Ich kann Ihnen nicht sagen wo, aber ich bin sicher, daß Mr. Dunn es könnte.«

»Dann werde ich ihn fragen«, antwortete Pitt, ohne sich zu bewegen. Er biß wieder in ein Stück Zwieback. »Ich bin Ihnen sehr dankbar.«

Der Doktor langte nach der Teekanne.

»Nicht der Rede wert, guter Mann. Berufsausübung! Nehmen Sie noch eine Tasse Tee?«

Pitt ging zu den Dunns und erfuhr den Namen der Kirche, aber es hatte keinen Sinn, jetzt im Dunkeln dort nach Gräbern zu suchen. Am nächsten Morgen fand er dann das Grab des verstorbenen Butlers Albert Wilson und holte sich die Genehmigung, es öffnen zu dürfen. Um elf Uhr stand er dann neben dem Grab und beobachtete, wie die Totengräber die letzte schwarze Erde vom Sargdeckel wegschaufelten. Er reichte ihnen die Seile hinunter, wartete, bis sie sie unter dem Sarg hindurchgezogen und verknotet hatten, und trat dann zurück, als sie herauskletterten und zu ziehen anfingen. Es war eine Arbeit für Fachleute; eine Sache der Gewichtsverteilung. Sie schienen den Sarg schwer zu finden und setzten ihn schließlich mit einem erleichterten Seufzer auf die feuchte Erde neben dem Grab.

»Das war elendiglich schwer«, sagte einer von ihnen. »Hat sich für mich kaum so angefühlt, als ob er leer wäre.«

»Für mich auch nicht.« Der andere schüttelte seinen Kopf und warf Pitt einen anklagenden Blick zu.

Pitt antwortete nicht, sondern bückte sich und sah sich die Verschraubung des Deckels an. Einen Moment später fischte er einen Schraubenzieher aus seiner Manteltasche. Schweigend begann er zu arbeiten und bewegte sich rund um den Sarg, bis er alle Schrauben in seiner Hand hatte. Er steckte sie in die andere Tasche und trieb dann das Metall des Schraubenziehers unter den Sargdeckel und hob ihn hoch.

Sie hatten recht. Er war nicht leer. Der Mann, der darin lag, war eher schmächtig und hatte dichtes, rotes Haar. Er hatte ein weites, weißes Hemd an, und es war Farbe an seinen Fingern; Aquarellfarbe, wie sie ein Kunstmaler benützt.

Aber es war das Gesicht, das Pitt gefangennahm. Seine Augen waren geschlossen, die Haut war aufgequollen, die Lippen blau. Unter der Oberfläche der Haut waren Dutzende von winzigen, nadelstichartigen roten Flekken, da, wo die Kapillargefäße geplatzt waren. Aber das Offensichtlichste von allem waren die dunklen Male am Hals.

Hier war endlich der, der ermordet worden war.

8. Kapitel

Es hatte sich bereits so viel auf den Gadstone Park konzentriert, daß Pitt nicht lange dazu brauchte, die Identität des Mannes, der in dem Grab von Albert Wilson begraben worden war, festzustellen. Es war nur von einem Kunstmaler die Rede gewesen – Godolphin Jones. Es würde nicht weiter schwierig sein, festzustellen, ob dies wirklich sein Leichnam war.

Pitt machte den Sargdeckel wieder zu und stand auf. Er rief den Constable, der am Ende des Weges wartete, und sagte ihm, er solle den Leichnam sofort ins Leichenhaus bringen lassen; er selbst wolle sich zum Gadstone Park begeben und einen Butler oder Diener holen, damit ihn sich jemand ansähe und ihn identifiziere. Er dankte den Totengräbern, die wütend und verwirrt auf den erdverschmutzten Sarg starrten, während er seinen Schal enger zog und seinen Hut ins Gesicht drückte, um den

Nieselregen davon abzuhalten. Dann ging er hinaus auf die Straße.

Es war ein kurzes, unerbittliches Unterfangen. Das Gesicht war trotz seiner Verquollenheit und der roten Flekken so charakteristisch, daß der Butler nur einen Blick darauf zu werfen brauchte.

»Ja, Sir«, sagte er. »Das ist Mr. Jones.« Dann fügte er noch zögernd hinzu: »Sir – er...« Er schluckte. »...er sieht nicht so aus, als ob er ganz natürlich gestorben wäre, Sir.«

»Nein«, sagte Pitt mit sanfter Stimme. »Er ist erwürgt worden.«

Der Mann war jetzt wirklich sehr blaß. Der Leichenhausangestellte griff nach dem Wasserglas.

»Heißt das, daß er ermordet wurde, Sir? Und daß es eine Untersuchung geben wird?«

»Ja«, antwortete Pitt. »Ich fürchte, das heißt es.«

»Ach herrje.« Der Mann setzte sich auf den bereitgestellten Stuhl. »Wie unangenehm!«

Pitt wartete noch eine Weile, bis sich der Mann wieder gefaßt hatte; dann gingen sie beide zu der wartenden Droschke und fuhren in den Gadstone Park zurück. Es gab jetzt viel zu tun. Godolphin Jones war bis jetzt mit den ganzen Ereignissen noch nicht in Verbindung gebracht worden. Er war offenbar weder mit Augustus Fitzroy-Hammond noch mit Alicia oder Dominic in Beziehung gestanden. Er paßte eigentlich überhaupt zu nichts, worüber gesprochen worden war; nicht einmal zu dem Gesetzentwurf, der Tante Vespasia so sehr beschäftigte. Niemand schien – abgesehen von seiner beruflichen Tätigkeit oder dem Umgang, den man mit einer Person aus der unmittelbaren Nachbarschaft hat – näher mit ihm bekannt zu sein.

Charlotte hatte gesagt, daß Tante Vespasia seine Bilder ein wenig zu ›lehmig‹ und zu teuer finde, aber das war kein Grund für eine persönliche Abneigung und noch weit weniger für einen Mord. Wenn jemand bestimmte Bilder nicht mochte, brauchte er sie ja nicht zu kaufen. Und doch war er bekannt und, wenn man seinem Haus nach urteilen konnte, auch ziemlich vermögend.

Das Haus war die Stelle, an der die Untersuchungen beginnen mußten. Möglicherweise war er dort ermordet worden, und wenn das festgestellt werden konnte, dann konnte man von diesem Punkt aus die Mordzeit feststellen und Personen vernehmen. Zumindest könnte er feststellen, wann Godolphin Jones zuletzt in seinem Haus war, ob jemand gesehen hatte, daß er wegging, oder ob jemand ihn besuchte und warum. Das Hauspersonal wußte oft wesentlich mehr über die Herrschaft, als diese glaubte. Diskretion und gutgezieltes Befragen konnten alle möglichen Informationen zutage bringen.

Und seine Sachen mußten selbstverständlich eingehend untersucht werden.

Pitt machte sich zusammen mit einem Constable an das langwierige Unternehmen.

Das Schlafzimmer erbrachte nichts. Es war ordentlich – ein wenig zu bewußt dramatisch für Pitts Geschmack – und sauber und weiter nicht bemerkenswert. Es enthielt die üblichen Dinge: Waschtisch, Spiegel, eine Kommode mit Schubladen für Wäsche und Socken. Die Anzüge und Hemden wurden in einem separaten Ankleideraum aufbewahrt. Es gab auch einige Gästeschlafzimmer, die aber alle unbenutzt waren.

Auch die Räume im Erdgeschoß zeigten nichts Ungewöhnliches, und so kamen sie schließlich zum Atelier. Pitt öffnete die Tür und starrte hinein. Es war nichts Gestelltes oder Anmaßendes an diesem Raum; der Boden war ohne Teppich, die Fenster waren riesig und nahmen den größten Teil zweier Wände ein. Ein Durcheinander aus Stükken einer zerbrochenen Plastik lag in einer Ecke und ein Stuhl, der wie ein weißer Gartenstuhl aussah. Ein Louis-Quinze-Sessel war zur Hälfte mit rosa Samt drapiert, und eine Urne lag seitwärts auf dem Boden. An der Wand neben der Tür waren Regale mit Pinseln, Pigmenten, verschiedenen Chemikalien, Leinöl, Spiritus und einigen Bündeln Lumpen. Auf dem Boden darunter lagen mehrere Stücke Leinwand, und in der Mitte des Raumes stand eine Staffelei mit einem angefangenen Gemälde. Daneben lagen zwei Paletten. Außer diesen Gegenständen, einem alten Rolladentisch und einem harten Küchenstuhl war auf den ersten Blick nichts zu sehen.

»Ein Künstler«, sagte der Constable naserümpfend. »Glauben Sie, daß wir hier etwas finden?«

»Ich hoffe.« Pitt ging hinein. »Sonst bleibt uns nichts anderes mehr übrig, als das Hauspersonal zu befragen. Beginnen Sie dort drüben!« Er zeigte ihm, wo er anfangen sollte, und begann damit, sich die Leinwandstücke anzusehen.

»Ja, Sir«, antwortete der Constable. Er stieg pflichtbewußt über die Urne und stieß dabei den Stuhl um. Dieser fiel polternd zu Boden und riß noch eine Vase mit getrockneten Blumen mit sich.

Pitt enthielt sich eines Kommentars. Er kannte die Ansichten des Constables von Kunst und Künstlern bereits.

Die Leinwandstücke waren größtenteils aufgezogen und grundiert, aber sonst unbearbeitet. Es waren nur zwei mit Farbe darauf da: eines mit einem Hintergrund und den Konturen eines Frauenkopfes, das andere fast fertig. Er stellte sie auf und trat ein paar Schritte zurück, um sie besser betrachten zu können. Sie waren, wie Tante Vespasia gesagt hatte, ein wenig zu ›saftig‹, zu farbig. Aber die Ausgewogenheit und die Komposition waren sehr harmonisch. Er erkannte weder das Gesicht auf dem beinahe fertigen Bild, noch das auf dem angefangenen auf der Staffelei. Aber der Butler würde wahrscheinlich wissen, um wen es sich handelte. Jones hatte sicherlich auch ein Verzeichnis, schon aus finanziellen Gründen.

Der Constable stieß auch noch ein Stück von einer Säule

um und fluchte leise vor sich hin. Pitt ignorierte ihn weiterhin und wandte sich dem Rolladentisch zu. Er war verschlossen, und Pitt mußte einige Minuten mit einem Stück Draht daran herumhantieren, ehe er ihn öffnen konnte. Es lagen einige Papiere darinnen, hauptsächlich Rechnungen für Künstlerbedarf. Die Haushaltsbelege waren sicherlich woanders; wahrscheinlich hatte sie die Köchin oder der Butler.

»Hier ist nichts, Sir«, sagte der Constable resignierend. »Es läßt sich auch gar nicht so ohne weiteres sagen, ob es einen Kampf gegeben hat oder nicht bei dem Durcheinander hier – typisch Künstler.« Er hielt nichts von Kunst. Das war kein Beruf für einen Mann. Männer sollten einer vernünftigen Arbeit nachgehen, und Frauen sollten den Haushalt führen – einen ordentlichen, sauberen Haushalt, wenn sie etwas taugten. »Sie leben alle so!« Er schaute sich geringschätzig im ganzen Raum um.

»Ich weiß es nicht«, antwortete Pitt. »Sehen Sie, ob Sie irgendwo Blut finden können. Auf seiner Hand war eine ganz schön große Schramme. Es müssen Blutspuren an dem sein, woran er sich angeschlagen hat.« Er fuhr mit seiner Untersuchung des Tisches fort und nahm sich als nächstes ein Bündel Briefe vor. Er überflog sie schnell. Sie waren nicht interessant für ihn; es handelte sich um Aufträge für Porträts, um nähere Angaben zur Positur, zur Farbe der Kleidung, um passende Termine für Sitzungen.

Dann stieß er auf ein kleines Notizbuch mit einer Reihe von Zahlen, die alles mögliche bedeuten konnten. Hinter jeder Zahl war eine winzige Zeichnung, die entweder ein Insekt oder ein kleines Kriechtier darstellte. Da war eine Eidechse, eine Fliege, zwei verschiedene Käfer, eine Kröte, eine Raupe und noch ein paar kleine, haarige Dinger mit Beinen. Alle wiederholten sich mindestens ein halbes Dutzend Mal, mit Ausnahme der Kröte, die nur zweimal vertreten war, und zwar dem Ende zu. Wenn

Jones noch länger gelebt hätte, wäre sie vielleicht noch öfter erschienen.

»Haben Sie etwas gefunden?« Der Constable stieg über die Urne und den Stuhl und kam zu Pitt herüber. Seine Stimme hatte hoffnungsvoll geklungen.

»Ich weiß nicht«, antwortete Pitt. »Es sieht nicht nach viel aus, aber wenn ich es verstehen könnte ...«

Der Constable versuchte über Pitts Schulter zu schauen, fand sie jedoch zu hoch und spähte statt dessen über seinen Ellbogen.

»Also, ich weiß es auch nicht«, sagte er nach einer Minute. »War er an so was interessiert? Manche Leute sind es – Leute, die nichts Besseres mit ihrer Zeit anzufangen wissen. Obgleich es für mich ein Rätsel ist, warum sich jemand mit Spinnen und Fliegen beschäftigt.«

»Nein.« Pitt schüttelte mißbilligend seinen Kopf. »Es sind keine naturalistischen Zeichnungen. Sie wiederholen sich alle in ziemlich genauen Abständen, und es sind ganz genau dieselben. Sie sehen eher aus wie Hieroglyphen, so wie ein Code.«

»Für was?« Der Constable runzelte seine Stirn. »Es ist doch kein Brief oder so etwas.«

»Wenn ich wüßte für was, dann wüßte ich auch den nächsten Schritt«, sagte Pitt schroff. »Diese Zahlen sind in Gruppen zusammengefaßt – wie Daten oder Geldbeträge oder beides.«

Das Interesse des Constables schwand. »Vielleicht hat er so seine Buchführung gemacht; um neugieriges Hauspersonal herauszuhalten oder so«, meinte er. »Dort drüben gibt es nicht viel, nur ein paar Dinge, wie man sie auf Bildern sieht: Gipsbrocken, die wie Steine aussehen sollen, farbige Stoffe und solche Sachen. Kein Blut. Und es liegt auch alles so durcheinander, daß man nicht sagen kann, ob es durcheinandergeworfen wurde oder ob er es einfach so hat liegen lassen. Künstler scheinen von Natur aus unordentlich zu sein. Es sieht so aus, als ob er auch Fotografien gemacht hätte; es ist auch eine Kamera da drüben.«

»Eine Kamera?« Pitt richtete sich auf. »Ich habe keine Fotografien gesehen, und Sie?«

»Nein, Sir. Jetzt, wo Sie es sagen – ich habe auch keine gesehen. Glauben Sie, daß er sie verkauft hat?«

»Er würde wohl kaum restlos alle verkauft haben«, antwortete Pitt und zerbrach sich den Kopf. »Und es waren auch in den anderen Räumen keine. Ich frage mich wirklich, wo sie sind.«

»Vielleicht hat er sie gar nicht benutzt«, sagte der Constable. »Sie ist unter all den Dingen, die er für seine Bilder brauchte.«

»Ich glaube nicht, daß man so etwas in einem Gemälde verarbeitet.« Pitt stieg vorsichtig über den Stuhl und die Urne und die Säule, bis er zu der schwarzen Kamera, die auf einem Stativ stand, kam. »Und sie ist auch alles andere als neu«, bemerkte er. »Er hat sie also nicht erst vor kurzem gekauft, es sei denn, sie war schon gebraucht. Aber wir können herausfinden, ob jemand seiner früheren Auftraggeber ein Porträt mit einer Kamera hat malen lassen oder ob jemand kürzlich ein solches in Auftrag gegeben hat.«

»Sie sieht nicht besonders gut aus.« Der Constable verfing sich mit den Füßen in einem Stück Samtstoff und fluchte laut. Dann bemerkte er Pitts Gesicht. »Entschuldigung, Sir!« Er hustete in einer Mischung aus Peinlichkeit und Verwirrtheit. »Aber vielleicht hat er Aufnahmen von den Leuten gemacht, die er malen wollte, damit er wußte, wie sie aussahen, wenn sie nicht da waren?«

»Und sie nachher vernichtet oder weggegeben?« Pitt dachte darüber nach. »Nicht ausgeschlossen, aber ich würde denken, er hätte sie in Farbe sehen wollen. Ein Kunstmaler arbeitet schließlich mit Farben. Aber trotzdem, es könnte sein.« Er begann damit, die Kamera zu untersuchen und mit ihr herumzuexperimentieren. Er hatte sich noch nie mit einer Kamera beschäftigt, obwohl er schon gesehen hatte, wie Polizeifotografen damit arbeiteten, und die Möglichkeiten, die sich daraus ergaben, schätzen gelernt. Er wußte, daß das Bild auf einer Platte festgehalten wurde, die dann entwickelt werden mußte. Er mußte eine Zeitlang an der Kamera herumhantieren, bis er die Platte herausbekam. Er tat dies sehr vorsichtig und hielt sie in dem schwarzen Tuch vom Licht fern. Es war etwas Fremdes für ihn, und er wußte nicht, wie empfindlich sie war.

»Was ist denn das?« fragte der Constable.

»Die Platte«, antwortete Pitt.

»Ist etwas darauf?«

»Ich weiß es nicht. Muß sie erst entwickeln lassen. Wahrscheinlich nicht, sonst hätte er sie nicht da drin gelassen, aber vielleicht haben wir Glück.«

»Wahrscheinlich nur irgendeine Frau, die er gemalt hat«, tat der Constable die Sache ab.

»Er ist vielleicht wegen einer Frau, die er gemalt hat, ermordet worden«, gab Pitt zu bedenken.

Das Gesicht des Constables erhellte sich hoffnungsvoll. »Wegen einer Affäre? Das ist eine Idee! Eine allzu freie Positur, wie?«

Pitt warf ihm einen trockenen, ironischen Blick zu.

»Gehen Sie und holen Sie die Bediensteten; einen nach dem anderen!« wies er den Constable an. »Beginnen Sie mit dem Butler!«

»Ja, Sir.« Der Constable gehorchte dem Befehl, aber er ließ sich offensichtlich auch die grenzenlosen Möglichkeiten, die ihm gerade aufgegangen waren, durch den Kopf gehen. Er mochte keine verweichlichten Männer, die viel zu viel Geld damit verdienten, in weiten Kitteln herumzuschmieren und Bilder von Leuten zu malen, die es eigentlich besser wissen müßten. Trotzdem war dies wesentlich interessanter als die übliche Tretmühle der anderen Tragödien, die er gesehen hatte. Er wollte dabei nicht durch Dienstboten belästigt werden und verließ nur widerstrebend das Atelier.

Kurz darauf kam der Butler herein, und Pitt bot ihm an, auf dem Gartenstuhl Platz zu nehmen, während er selbst sich auf den Stuhl, der neben dem Tisch gestanden hatte, setzte.

»Wen hat der Hausherr gerade gemalt, als er wegging?« fragte er geradeheraus.

»Niemanden, Sir. Er war gerade mit einem Porträt von Sir Albert Galsworth fertig geworden.«

Das war enttäuschend; nicht nur, weil es jemand war, von dem Pitt noch nie gehört hatte, sondern auch noch ein Mann.

»Wie steht es mit dem Bild auf dem Boden?« fragte er. »Das ist eine Frau.«

Der Butler sah es sich näher an.

»Dazu weiß ich nichts zu sagen, Sir. Sie scheint eine vornehme Dame zu sein – nach ihrer Kleidung zu urteilen –, aber wie Sie selbst sehen, das Gesicht ist noch nicht fertig gemalt, also kann ich Ihnen nicht sagen, wer es sein könnte.«

»Ist niemand zu Sitzungen hierher gekommen?«

»Nein, Sir; nicht, daß ich wüßte. Vielleicht hatte sie einen Termin und hat ihn dann auf einen passenderen Zeitpunkt verschoben?«

»Und dieses hier?« Pitt zeigte ihm das andere, fast fertige Bild.

»O ja, Sir. Das ist Mrs. Woodford. Ihr gefiel das Bild nicht; sie sagte, es würde sie zu schwerfällig machen. Mr. Jones hat es nie fertig gemalt.«

»Hat es deswegen Verstimmungen gegeben?«

»Nicht auf Mr. Jones' Seite, Sir. Er ist an die – Eitelkeiten gewisser Personen gewöhnt. Ein Künstler muß das sein.«

»Wollte er es nicht so abändern, daß es der Dame gefiel?«

»Scheinbar nicht, Sir. Ich glaube, er hat sowieso schon

beträchtliche Änderungen vorgenommen, um den Vorstellungen der Dame zu entsprechen. Wenn er zu weit gegangen wäre, hätte er sein Ansehen aufs Spiel gesetzt.«

Pitt argumentierte nicht weiter; es wären jetzt rein akademische Erwägungen gewesen.

»Haben Sie dies schon einmal gesehen?« Pitt nahm das Notizbuch und schlug es auf.

Der Butler warf einen Blick darauf; sein Gesicht blieb ausdruckslos. »Nein, Sir. Ist es von Wichtigkeit?«

»Ich weiß es nicht. War Mr. Jones auch Fotograf?«

Die Augenbrauen des Butlers hoben sich ganz plötzlich. »Fotograf? O nein, Sir; er war Künstler. Manchmal Wasserfarben und manchmal Öl, aber bestimmt niemals Fotografien.«

»Wem gehört dann die Kamera?«

Der Butler schaute verdutzt. Er hatte den Apparat bisher nicht bemerkt. »Ich habe wirklich keine Ahnung, Sir. Ich habe sie vorher noch nie gesehen.«

»Könnte sie jemand anderer in sein Atelier gebracht haben?«

»O nein, Sir. Mr. Jones war sehr eigen. Und wenn es der Fall gewesen wäre, dann würde ich es wissen. Es waren keine Fremden hier; es ist in der Tat überhaupt niemand ins Haus gekommen, seit Mr. Jones – weggegangen ist.«

»Ich verstehe.« Pitt war verwirrt und bestürzt. Die Sache wurde geradezu lächerlich. Er wollte einen Fall, etwas, das er untersuchen konnte, aber dies war einfach Unfug. Die Kamera mußte von irgendwo gekommen sein und irgendwem gehören. »Danke«, sagte er und stand auf. »Könnten Sie mir bitte eine Liste mit all den Leuten machen, an die Sie sich erinnern, die hierher gekommen sind und sich haben malen lassen, und dabei mit dem letzten beginnen und so weit zurückgehen, wie es Ihrer Erinnerung nach möglich ist, und so genau wie möglich die Daten angeben?«

»Ja, Sir. Hat Mr. Jones kein Verzeichnis, das Sie überprüfen könnten?«

»Wenn er eines hat, dann ist es nicht hier.«

Der Butler enthielt sich eines Kommentars und verließ den Raum, um den nächsten Bediensteten hereinzuschikken. Pitt befragte sie alle, einen nach dem anderen, erfuhr aber nichts, das ihm wichtig erschien. Es war noch am frühen Nachmittag, als er damit fertig war, und immer noch Zeit, wenigstens eines der anderen Häuser im Park aufzusuchen. Er wählte es aus der Liste, die ihm der Butler gegeben hatte. Der letzte der aufgeführten Namen war Lady Gwendoline Cantlay.

Offenbar hatte sie die Neuigkeit noch nicht gehört. Sie empfing ihn mit Überraschung und leichter Irritation.

»Also wirklich, Inspektor, ich kann keinen Sinn darin sehen, dieses leidige Thema noch weiter zu verfolgen. Augustus ist beerdigt, und es hat keinen weiteren Vandalismus mehr gegeben. Ich würde vorschlagen, Sie lassen die Angehörigen jetzt in Ruhe, damit sie sich soweit wie möglich erholen können, und erwähnen die Angelegenheit nicht mehr weiter. Haben sie denn noch nicht genug mitgemacht?«

»Ich habe nicht die Absicht, diese Angelegenheit wieder aufzurühren, Madam«, sagte er geduldig. »Außer es wird unvermeidlich. Ich bin wegen einer ganz anderen Sache hier. Ich glaube, Sie waren mit dem Maler Godolphin Jones bekannt?«

Bildete er es sich nur ein, oder verkrampften sich ihre Finger auf ihrem Schoß, und huschte eine leichte Röte über ihre Wangen?

»Er hat mein Porträt gemalt«, sagte sie und beobachtete ihn dabei. »Er hat viele Porträts gemalt und ist mir sehr empfohlen worden. Er ist ein sehr bekannter Künstler, wissen Sie, und wird sehr geschätzt.«

»Sie haben eine gute Meinung von ihm, Madam?«

»Ich…« Sie holte Luft. »…ich kann wirklich nicht viel über ihn sagen. Ich muß mich auf die Meinung von anderen verlassen.« Sie sah ihn mit einer Spur von Trotz an.

Ihre Hände nestelten an dem Stoff ihres Kleides. »Warum fragen Sie?«

Nun war sie beim eigentlichen Thema angelangt. Er war plötzlich besorgt, daß die Nachricht sie stärker treffen könnte, als er dachte.

»Es tut mir sehr leid, Madam, daß ich es Ihnen sagen muß«, begann er ungewohnt unbeholfen. Er hatte so etwas vorher schon oft sagen müssen, und die Worte hätten eigentlich eingeübt sein sollen. »Aber Mr. Jones ist tot. Er wurde ermordet.«

Sie saß völlig unbewegt da; als ob sie nicht verstehen würde. »Er ist in Frankreich!«

»Nein, Madam; es tut mir leid, aber er ist hier in London. Sein Leichnam ist von seinem Butler identifiziert worden. Ein Irrtum ist ausgeschlossen.« Er schaute zuerst sie an und sah sich dann in dem Raum nach einer Klingel um, damit er ein Mädchen rufen könnte, falls sie Hilfe brauchte.

»Haben Sie gesagt, er ist ermordet worden?« fragte sie langsam.

»Ja, Madam. Es tut mir leid.«

»Wieso? Wer sollte ihn denn ermordet haben? Wissen Sie es? Gibt es irgendwelche Hinweise?« Sie war jetzt sehr erregt. Er hätte geschworen, daß sie einen Schock erleiden würde, aber das war etwas anderes. Sie hatte Angst, und das war nicht hysterisch und kam nicht von ungefähr; sie wußte, wovor sie Angst hatte. Pitt hätte viel dafür gegeben, es auch zu wissen.

»Ja, es gibt einige Hinweise«, sagte er und beobachtete sie dabei – ihren Hals, ihre Hände, die nach den Armstützen ihres Sessels griffen.

Ihre Augen wurden weit. »Darf ich fragen, welche? Vielleicht kann ich Ihnen dann weiterhelfen. Ich kannte Mr. Jones ein wenig – natürlich; ich bin ihm ja für das Porträt gesessen.«

»Aber sicher«, sagte er zustimmend. »Es gibt unfertige

Bilder von Damen, die der Butler nicht identifizieren kann, obwohl sie doch zu Sitzungen oder aus anderen Gründen in das Haus gekommen sein müssen. Und es gibt eine Kamera...«

Er war sich sicher, daß ihre Überraschung echt war. »Eine Kamera? Aber er war doch Maler, kein Fotograf!«

»Ganz recht. Und doch muß sie ihm gehört haben. Es ist sehr unwahrscheinlich, daß die Kamera in seinem Atelier von jemand anderem ist. Der Butler ist sich ganz sicher, daß Mr. Jones niemandem die Erlaubnis zur Benutzung sein Ateliers gegeben hat.«

»Das verstehe ich nicht«, sagte sie einfach nur.

»Nein, Madam, wir auch nicht – bis jetzt. Darf ich davon ausgehen, daß Mr. Jones niemals Aufnahmen von Ihnen gemacht hat, um eventuell danach zu arbeiten, wenn Sie nicht in sein Atelier kommen konnten?«

»Nein, niemals.«

»Dürfte ich vielleicht das Porträt sehen, wenn Sie es noch haben?«

»Natürlich, wenn Sie möchten.« Sie stand auf und führte ihn in das Wohnzimmer, wo ein großes Porträt von ihr über dem Kaminsims hing.

»Entschuldigung.« Er ging darauf zu und begann es sorgfältig zu studieren. Es gefiel ihm nicht besonders. Die Pose war ganz gut, wenn auch ziemlich affektiert. Er erkannte einige der Dinge aus dem Atelier wieder, besonders eine Säule und einen kleinen Tisch. Die Proportionen stimmten, aber den Farben fehlte etwas – eine gewisse Klarheit. Sie schienen mit einem allgegenwärtigen Unterton von Ocker und Sepia gemischt worden zu sein, was sogar den Himmel stumpf machte. Das Gesicht war unbestreitbar das von Gwendoline; der Ausdruck war nicht unangenehm, und doch lag kein Charme darin.

Er konzentrierte sich auf den Hintergrund und wollte sich gerade davon abwenden, als er in der linken unteren Ecke einige Blätter bemerkte. Auf einem davon saß ein Käfer – deutlich und stilisiert –, der genau wie einer von jenen aussah, die er wenigstens vier- oder fünfmal in dem Notizbuch gesehen hatte.

»Darf ich Sie fragen, wieviel es gekostet hat, Madam?« sagte er schnell.

»Ich kann nicht einsehen, was das mit dem Mord an Mr. Jones zu tun hat«, sagte sie betont kühl. »Und ich habe bereits gesagt, daß er ein Künstler von hervorragendem Ansehen ist.«

Pitt war sich bewußt, daß er ein gesellschaftlich brisantes Thema angeschnitten hatte. »Ja, Madam«, sagte er bestätigend. »Sie haben das gesagt, und ich habe es auch schon von anderen gehört. Nichtsdestoweniger habe ich einen guten Grund zu fragen, und sei es nur, um eine Vergleichsmöglichkeit zu haben.«

»Ich will nicht, daß halb London Einblick in meine finanziellen Verhältnisse bekommt.«

»Ich werde nicht darüber sprechen, Madam; es ist einzig und allein für die Polizei von Wichtigkeit. Ich würde es vorziehen, dies von Ihnen zu erfahren, anstatt Ihren Gatten befragen zu müssen oder...«

Ihr Gesicht war jetzt wie aus Stein. »Sie übertreten Ihre Befugnisse, Inspektor. Aber ich will nicht, daß Sie meinen Mann mit dieser Sache belästigen. Ich habe dreihundertfünfzig Pfund für das Bild bezahlt, aber ich sehe einfach nicht ein, wieso das für Sie von Wichtigkeit sein kann. Es ist ein üblicher Preis für einen Künstler seiner Qualität. Ich glaube, daß Major Rodney eine ganz ähnliche Summe für sein Porträt bezahlt hat und auch für das seiner Schwestern.«

»Major Rodney hat zwei Porträts?« Pitt war überrascht. Er sah in Major Rodney keinen Mann der Kunst und auch keinen Mann, der sich Kunst leisten konnte.

»Warum denn nicht?« fragte sie und zog die Augenbrauen hoch. »Eines von ihm selbst und eines mit Miß Priscilla und Miß Mary Ann zusammen.«

»Ich verstehe. Vielen Dank, Madam. Sie haben mir sehr geholfen.«

»Ich wüßte nicht wie.«

Er war sich dessen auch nicht ganz sicher, aber wenigstens konnte er jetzt noch an anderen Stellen nachforschen, und am Morgen würde er den Major und die Damen Rodney aufsuchen. Er entschuldigte sich und trat hinaus in den zurückkehrenden Nebel, um zurück zur Polizeistation und dann nach Hause zu gehen.

Wenn Lady Cantlay wegen des Mordes an Godolphin Jones erschrocken war, so war Major Rodney erschüttert. Er saß in seinem Sessel wie ein Mann, der fast am Ertrinken war. Er schnappte nach Luft, und sein Gesicht bekam rote Flecken.

»Oh, mein Gott! Wie entsetzlich! Erwürgt, sagen Sie? Wo hat man ihn gefunden?«

»Im Grab eines anderen Mannes«, antwortete Pitt und war sich auch diesmal nicht sicher, ob er nach der Klingel greifen und einen Dienstboten holen sollte oder nicht. Es war eine Reaktion, auf die er absolut nicht vorbereitet war. Der Mann war Soldat; er mußte den Tod doch gesehen haben – grausamen und blutigen Tod, tausende Male. Er hatte auf der Krim gekämpft, und nach dem, was Pitt über diesen tragischen und verzweifelten Krieg gehört hatte, sollte ein Mann, der ihn überlebt hatte, in der Lage sein, sogar der Hölle Auge in Auge gegenüberzustehen.

Rodney gewann langsam seine Fassung wieder. »Wie furchtbar! Wie sind Sie denn auf den Gedanken gekommen, ihn zu suchen?«

»Wir sind es nicht«, sagte Pitt ehrlich. »Wir haben ihn ganz zufällig gefunden!«

»Das ist grotesk! Sie werden doch nicht umhergehen und Gräber aufgraben, um zu sehen, was sie darin finden – durch Zufall?«

»Nein, sicher nicht, Sir.« Pitt kam sich wieder ungeschickt vor. So kannte er sich gar nicht. »Wir hatten erwartet, das Grab leer, beziehungsweise ausgeraubt vorzufinden.«

Major Rodney starrte ihn an.

»Wir hatten die Leiche, deren Grab es war«, versuchte Pitt ihm zu erklären. »Es war der Mann, von dem wir zuerst angenommen hatten, daß es Lord Augustus sei – auf der Droschke, in der Nähe des Theaters...«

»Oh.« Major Rodney saß jetzt so gerade, wie auf einem Pferd bei einer Parade. »Ich verstehe. Warum haben Sie das denn nicht gleich zu Anfang gesagt? Nun, ich fürchte, ich kann Ihnen nichts dazu sagen. Ich danke Ihnen, daß Sie mich informiert haben.«

Pitt blieb sitzen. »Sie kannten Mr. Jones?«

»Nicht gesellschaftlich, nein. Er ist schließlich Künstler, wissen Sie.«

»Er hat Ihr Porträt gemalt, nicht wahr?«

»O ja – ich kannte ihn beruflich. Ich kann Ihnen aber nichts über ihn sagen. Das ist eigentlich alles. Und ich möchte nicht, daß Sie meine Schwestern mit einem Gespräch über Mord und Tod bedrängen; ich werde es ihnen selber sagen, bei passender Gelegenheit.«

»Haben Sie von ihnen auch ein Bild malen lassen?«

»Ja, das habe ich. Na und? Das ist doch etwas ganz normales. Viele Leute haben Porträts.«

»Kann ich sie sehen, bitte?«

»Wozu denn? Es ist nichts Außergewöhnliches an ihnen. Aber meinetwegen, wenn es dazu beiträgt, daß Sie wieder gehen und uns in Ruhe lassen. Armer Mann.« Er schüttelte seinen Kopf. »Er tut mir leid; eine schreckliche Art zu sterben.« Er stand auf – klein, schmächtig und stocksteif – und führte Pitt in das Wohnzimmer.

Pitt starrte auf das sehr gestellte Porträt, das an der gegenüberliegenden Wand über einer Anrichte hing. Es mißfiel ihm augenblicklich. Es war protzig, voller Scharlachrot und Metallglitzern; ein Kind, das im Körper eines alten Mannes Soldat spielte. Als Ironie war es viel zu clever, schon aufgrund der Farben.

Er ging darauf zu, und sein Auge wurde ganz automatisch von der linken unteren Ecke angezogen. Da war eine kleine Raupe, die ganz und gar nicht zur Komposition gehörte, aber sehr geschickt im Hintergrund versteckt war – ein braunes Wesen in einem braunen, unregelmäßigen Schatten.

»Und von Ihren Schwestern gibt es doch auch eines?« Er trat zurück und wandte sein Gesicht dem Major zu.

»Ich wüßte nicht, warum Sie das sehen wollen«, sagte der Major überrascht. »Ein ganz normales Gemälde; aber wenn Sie unbedingt möchten...«

»Ja, bitte.« Pitt ging hinter ihm her in das nächste Zimmer. Es hing zwischen zwei Pflanzenarrangements an der der Tür gegenüberliegenden Wand und war wesentlich größer als das vorhergehende. Die Pose war nichtssagend und die Szenerie mit zu vielen Utensilien vollgestopft; die Farben waren ein wenig frischer, wenn auch zuviel Rosa verwendet worden war. Er schaute in die linke Ecke und entdeckte dieselbe Raupe; genau dieselben stilisierten Haare und Beine, aber mit einem grünen Körper, der sie im Gras tarnte.

»Wieviel haben Sie für die Bilder bezahlt, Sir?« fragte er.

»Genug, Sir«, sagte der Major übelnehmerisch. »Ich glaube nicht, daß das für Ihre Untersuchung von Belang ist.«

Pitt versuchte, sich die Zahlen, die neben den Raupen im Notizbuch standen, vorzustellen, aber es gab zu viele davon – mehr Raupen als anderes Getier –, und er konnte sie sich nicht ins Gedächtnis zurückrufen.

»Ich muß es wissen, Major Rodney. Ich würde es vorziehen, es von Ihnen zu hören, anstatt zu anderen Mitteln greifen zu müssen.«

»Zum Teufel, Sir! Das geht Sie nichts an! Fragen Sie, wen Sie wollen!«

Pitt hätte nichts erreicht, wenn er weiter darauf gedrungen hätte, und er wußte dies auch. Er würde die Zahlen im Notizbuch in der Reihe unter jener mit den dreihundertfünfzig Pfund und den Käfern finden. Er würde dann Major Rodney versuchshalber die Summe nennen und seine Reaktion beobachten.

Der Major war mit seinem Sieg zufrieden und schnauzte: »Nun, das wäre dann wohl alles, Inspektor?«

Pitt überlegte, ob er darauf bestehen sollte, die Damen Rodney jetzt noch zu sehen, kam aber zu der Überzeugung, daß von ihnen nicht viel zu erwarten sei. Es wäre sicher lohnender, die andere Person, die ein Jones-Porträt gekauft hatte, aufzusuchen und zu befragen – Lady St. Jermyn. Er akzeptierte die Entlassung durch den Major und stand eine Viertelstunde später ziemlich unbehaglich vor Lord St. Jermyn.

»Lady St. Jermyn ist nicht zu Hause«, sagte er kühl. »Niemand von uns kann Ihnen in dieser Angelegenheit weiterhelfen. Man sollte sie am besten auf sich beruhen lassen, und ich rate Ihnen, dies von nun an auch zu tun.«

»Man kann Mord nicht auf sich beruhen lassen, Sir«, sagte Pitt herb. »Auch wenn ich es wollte.«

St. Jermyns Augenbrauen hoben sich leicht; nicht so sehr vor Überraschung, eher verächtlich. »Was bringt Sie denn plötzlich dazu zu glauben, daß Augustus ermordet wurde? Ich vermute ein lüsternes Verlangen, Ihre Nase in die Angelegenheiten der oberen Zehntausend hineinzustecken.«

Pitt verlangte es danach, genauso beleidigend zu sein; er konnte dies als ein Pochen in seinem Kopf spüren. »Ich versichere Ihnen, Sir, daß mein Interesse an den privaten Angelegenheiten von anderen rein beruflicher Natur ist.« Er ließ seine Stimme so präzise und abgeklärt klingen, wie die kühlen Worte St. Jermyns geklungen hatten. »Ich mag weder Tragödien noch schmutzige Wäsche. Ich ziehe es vor, persönlichen Kummer persönlich sein zu lassen, wenn es meine Pflicht der Öffentlichkeit gegenüber zuläßt. Und soweit ich weiß, ist Lord Augustus eines natürlichen Todes gestorben – aber Godolphin Jones wurde eindeutig erwürgt.«

St. Jermyn stand bewegungslos da. Sein Gesicht wurde blaß und seine Augen größer. Pitt sah, wie sich seine Hände ineinander verschränkten. Einen Moment lang herrschte völlige Stille.

»Ermordet?« sagte er vorsichtig.

»Ja, Sir.« Pitt beabsichtigte, St. Jermyn all das sagen zu lassen, was er wollte, und ihn und damit seine Antworten in keiner Weise zu beeinflussen. Die Stille forderte dazu auf.

St. Jermyns Augen blieben auf Pitts Gesicht haften, als ob er etwas von ihm erwartete.

»Wann haben Sie die Leiche entdeckt?« fragte er.

»Gestern abend«, sagte Pitt.

Wieder wartete St. Jermyn, aber Pitt kam ihm nicht zu Hilfe. »Wo?« sagte er schließlich.

»Begraben, Sir.«

»Begraben?« St. Jermyns Stimme wurde lauter. »Das ist doch widersinnig! Was meinen Sie mit begraben? In einem Garten?«

»Nein, Sir. Richtig begraben; in einem Sarg auf einem Friedhof.«

»Ich weiß nicht, was Sie meinen.« St. Jermyn wurde zusehends ärgerlicher. »Wer sollte denn einen erwürgten Mann beerdigen? Kein Arzt würde den Totenschein unterschreiben, wenn der Mann erwürgt wurde, und kein Priester würde ihn ohne einen solchen beerdigen. Sie reden doch Unsinn.« Er war drauf und dran, das Thema insgesamt abzutun.

»Ich beziehe mich auf die Fakten, Sir«, sagte Pitt gleichmütig. »Ich habe auch keine Erklärung dafür. Abgesehen davon, daß es nicht sein eigenes Grab war; es war das von einem gewissen Albert Wilson, der an einem Schlaganfall gestorben ist und dann auf ganz normale Weise begraben wurde.«

»Und was ist mit diesem – Wilson geschehen?« wollte St. Jermyn wissen.

»Das war der Leichnam, der vor dem Theater von der Droschke gefallen ist«, antwortete Pitt und beobachtete dabei immer noch St. Jermyns Gesicht. Er konnte darin nichts erkennen als völlige Verwirrung. Wieder sagte er eine Zeitlang nichts. Pitt wartete.

St. Jermyn starrte ihn an. Seine Augen waren ausdruckslos. Pitt versuchte hinter die Maske der Sicherheit und Autorität zu schauen, aber es gelang ihm nicht.

»Ich nehme an, Sie haben keine Vorstellung«, sagte St. Jermyn nach einer Weile, »wer ihn ermordet hat?«

»Godolphin Jones? Nein, Sir, noch nicht.«

»Oder warum?«

Zum erstenmal ging Pitt über die Tatsachen hinaus. »Das ist etwas anderes. Wir haben eine Vermutung zu dem Warum.«

St. Jermyns Gesicht war immer noch sehr blaß; seine Nasenflügel bewegten sich leicht bei jedem Atemzug. »Oh, und die wäre?«

»Es wäre unverantwortlich von mir, darüber zu sprechen, ehe ich etwas beweisen kann.« Pitt wich der Frage mit einem Lächeln aus. »Ich könnte jemandem Unrecht tun, und wenn ein Verdacht erst einmal ausgesprochen ist, wird er nur selten wieder vergessen, auch dann nicht, wenn er sich später als falsch erweist.«

St. Jermyn zögerte, als ob er noch etwas fragen wollte, besann sich dann aber eines Besseren. »Ja – ja, natürlich«, sagte er beipflichtend. »Was werden Sie jetzt unternehmen?«

»Die Leute befragen, die ihn am besten kannten – sowohl beruflich als auch gesellschaftlich«, antwortete Pitt und nahm die sich nun bietende Gelegenheit wahr: »Ich glaube, Sie waren auch unter seinen Kunden?«

St. Jermyn antwortete mit einem Lächeln, das kaum mehr als eine leichte Entspannung seines Gesichts war. »Was für ein kurioses Wort, Inspektor! Kunde kann man dies nicht nennen. Ich habe ein einziges Bild in Auftrag gegeben – von meiner Frau.«

»Und waren Sie damit zufrieden?«

»Es ist annehmbar. Meiner Frau gefiel es ganz gut, und das ist die Hauptsache. Warum fragen Sie?«

»Aus keinem besonderen Grund. Dürfte ich es sehen?«

»Wenn Sie dies wünschen. Obwohl ich bezweifle, daß Sie daraus etwas in Erfahrung bringen können; es ist ein ganz gewöhnliches Bild.« Er drehte sich um, ging in das Haus und überließ es Pitt, ihm zu folgen. Das Gemälde hing an einer unauffälligen Stelle im Treppenhaus, und wenn Pitt sich seine Qualität ansah und mit den anderen Familienporträts verglich, überraschte ihn das nicht. Seine Augen richteten sich einen Moment auf das Gesicht und wanderten dann in die linke Ecke. Das Insekt war da; diesmal eine Spinne.

»Nun?« St. Jermyn fragte mit einem Anflug von Ironie in seiner Stimme.

»Ich danke Ihnen, Sir.« Pitt ging die Stufen hinunter, um mit ihm wieder auf gleicher Höhe zu stehen. »Würde es Ihnen etwas ausmachen, Sir, mir zu sagen, wieviel Sie dafür bezahlt haben?«

»Wahrscheinlich mehr, als es wert ist«, sagte St. Jermyn in lockerem Ton. »Aber meiner Frau gefällt es. Ich persönlich glaube ja nicht, daß es ihr gerecht wird; was meinen Sie? Ach so, Sie können nichts dazu sagen, Sie kennen sie ja nicht.«

»Wieviel, Sir?« wiederholte Pitt.

»Ungefähr vierhundertfünfzig Pfund, soweit ich mich erinnern kann. Müssen Sie es genau wissen? Es würde eine Weile dauern, bis ich es herausfinde; es war ja keine große Transaktion.«

Der riesige finanzielle Unterschied zwischen ihnen blieb Pitt nicht verborgen.

»Danke, das reicht mir schon.« Er ließ das Thema ohne weitere Bemerkungen fallen.

St. Jermyn lächelte zum ersten Male. »Bringt das Ihre Untersuchungen vorwärts, Inspektor?«

»Möglicherweise, im Zusammenhang mit anderen Informationen.« Pitt ging auf die Eingangstüre zu. »Ich danke Ihnen, Sir, daß Sie mir Ihre kostbare Zeit zur Verfügung gestellt haben.«

Als er frierend und müde nach Hause kam, wurde Pitt von dem Wohlgeruch dampfender Suppe und trocknender Wäsche, die von der Decke herunterhing, empfangen. Jemima schlief bereits, und das Haus war ruhig. Er zog seine nassen Stiefel aus, setzte sich und nahm die Ruhe in sich auf, die er beinahe ebenso körperlich fühlen konnte wie die Wärme. Charlotte sagte außer ihrem Willkommensgruß einige Minuten lang nichts.

Als er schließlich bereit war zu sprechen, stellte er den Suppenteller ab, den sie ihm gegeben hatte, und sah zu ihr hinüber.

»Ich mache ein Getöse, als ob ich genau wüßte, was ich tue, aber ehrlich gesagt kann ich keinerlei Sinn darin sehen«, sagte er mit einer Geste der Hilflosigkeit.

»Wen hast du denn vernommen?« fragte sie und wischte sich sorgfältig die Hände ab, ehe sie mit einem Lappen die Backrohrklappe öffnete. Sie nahm die Pastete heraus und setzte sie auf den Tisch. Die Kruste war knusperig und von hellem Gold, in einer Ecke jedoch etwas dunkler und beinahe schon ein wenig verbrannt.

Er schaute mit dem Anflug eines Lächelns auf die Pastete.

Sie bemerkte dies. »Ich esse die Ecke«, sagte sie sogleich.

Er lachte. »Wie ist denn so etwas möglich? Daß eine Ecke verbrennt?«

Sie warf ihm einen vernichtenden Blick zu. »Wenn ich das wüßte, würde ich es verhindern.« Sie legte das Gemüse auf und beobachtete, wie der Dampf davon aufstieg. »Wen hast du denn wegen diesem Maler aufgesucht?«

»Alle im Park, die Porträts von ihm haben – warum?«

»Ich wollte es nur gerne wissen.« Sie nahm das Messer und hielt es, während sie nachdachte, über der Pastete in die Luft. »Wir haben damals ein Bild von Mama malen lassen, und später malte ein anderer Maler auch Sarah. Sie machten beide pausenlos Komplimente, und der von Sarah sagte, sie sei wunderschön, und machte alle möglichen schmeichelhaften Bemerkungen.

Er sagte, sie wäre von einer Zartheit wie eine Bourbon-Rose. Sie schwebte daraufhin wochenlang mit hocherhobenem Kopf schon beinahe unerträglich umher und besah sich von der Seite in allen Spiegeln, die ihr unterkamen.«

»Sie sah auch gut aus«, entgegnete er. »Obgleich ›Bourbon-Rose‹ ein wenig überspannt klingt. Aber was willst du damit sagen?«

»Nun ja, Godolphin Jones hat sein Geld damit verdient, Bilder von Leuten zu malen. Und sein Gesicht unsterblich machen zu lassen ist ja irgendwie das Äußerste an Eitelkeit, oder nicht? Vielleicht hat er ihnen allen auf diese Weise schön getan? Und wenn er es getan hat, dann könnte ich mir vorstellen, daß einige davon durchaus empfänglich dafür waren.«

Plötzlich begriff er. »Du meinst eine Affäre oder gar mehrere? Eine eifersüchtige Frau, die sich eingebildet hatte, sie sei etwas Einzigartiges in seinem Leben und dann herausgefunden hat, daß sie nur eine unter vielen war, und daß die süßen Worte nur Bestandteil seines Berufes sind? Oder ein eifersüchtiger Ehemann?«

»Das ist gut möglich.« Sie senkte das Messer und schnitt

in die Pastete. Dicker Saft trat heraus, und Pitt vergaß augenblicklich die verbrannte Ecke.

»Ich habe Hunger«, sagte er.

Sie lächelte ihn zufrieden an. »Gut. Frag doch Tante Vespasia! Wenn es jemand im Park ist, dann wette ich, daß sie es weiß; und wenn sie es nicht weiß, dann wird sie es für dich herausfinden.«

»Ja, das werde ich tun«, versprach er ihr. »Und jetzt mach lieber hier weiter und vergiß Godolphin Jones!«

Aber die erste Person, die er am darauffolgenden Tag aufsuchte, war Somerset Carlisle. Inzwischen wußten natürlich alle Leute im Park von der Entdeckung der Leiche, und er hatte nichts Überraschendes mehr zu bieten.

»Ich kannte ihn nicht sehr gut«, sagte Carlisle. »Wir hatten auch nicht viel Gemeinsames, wie ich zu sagen wage. Und ich hatte ganz bestimmt nicht den Wunsch, mein Porträt malen zu lassen.«

»Wenn Sie ihn gehabt hätten«, sagte Pitt bedächtig und beobachtete dabei Carlisles Gesicht, »wären Sie dann zu Godolphin Jones gegangen?«

Carlisles Gesichtsausdruck zeigte ein klein wenig Überraschung. »Was spielt denn das für eine Rolle? Ich wäre dafür sowieso schon ein wenig zu spät dran.«

»Wären Sie zu ihm gegangen?«

Carlisle überlegte. »Nein«, sagte er nach einer Weile. »Nein, ich wäre nicht.«

Pitt hatte dies erwartet. Charlotte hatte gesagt, daß Carlisle eher geringschätzig von Jones als Maler gesprochen hatte. Er hätte sich selbst widersprochen, wenn er ihn jetzt gelobt hätte.

Pitt fuhr fort: »Überbewertet – würden Sie sagen?«

Carlisle schaute ihn geradeheraus an; seine Augen waren dunkelgrau und sehr klar. »Als Maler ja, würde ich sagen, Inspektor. Als Frauenheld und Gesellschaftstiger möglicherweise nicht. Er war ganz schön auf Draht, sehr ausgeglichen und hatte die nicht unbedeutende Kunst gelernt, mit Narren auf charmante Art umzugehen. Es ist schwer, über längere Zeit mehr zu bieten, als in einem steckt.«

»Ist Kunst nicht auch so etwas wie Modesache?« fragte Pitt.

Carlisle lächelte und sah ihm dabei immer noch in die Augen. »Sicher. Aber Mode wird immer wieder neu geschaffen. Der Preis nährt sich von sich selbst, wissen Sie. Verkaufen Sie etwas teuer, und Sie können in Zukunft noch teuerer verkaufen.«

Pitt leuchtete das ein, aber es brachte ihn der Antwort auf die Frage, warum jemand Godolphin Jones hätte erwürgen sollen, nicht näher.

»Sie haben noch andere Qualitäten erwähnt«, sagte er vorsichtig. »Haben Sie dabei nur an den Gesellschafter Jones gedacht oder doch eher an den Frauenhelden? Gab es da vielleicht eine Affäre oder sogar mehrere?«

Carlisles Gesicht war unbewegt, vielleicht ein wenig amüsiert. »Es könnte sich für Sie vielleicht lohnen, diese Möglichkeit zu untersuchen. Mit äußerster Diskretion natürlich, sonst wecken Sie eine Menge unguter Gefühle, die sich dann gegen Sie selbst richten.«

»Natürlich«, sagte Pitt zustimmend. »Danke, Sir.«

Das Anwenden äußerster Diskretion begann bei Tante Vespasia.

»Ich hatte Sie bereits gestern erwartet«, sagte sie, und in ihrer Stimme lag eine Spur von Überraschung. »Wo können Sie beginnen? Gibt es etwas, das Sie von diesem armen Mann wissen? Soweit ich gehört habe, hatte er mit Augustus nichts zu tun, und Alicia war eine der wenigen Schönheiten oder eingebildeten Schönheiten hier im Park, die er nicht gemalt hat. Um Gottes willen, setzen Sie sich bloß hin! Mein Nacken wird ganz steif, wenn ich dauernd zu Ihnen aufschauen muß.«

Pitt folgte. Er wollte sich immer noch nicht die Freiheit nehmen, es sich bequem zu machen, ehe er dazu aufgefordert wurde. »War er ein guter Maler?« fragte er. Es lag ihm etwas an ihrer Meinung.

»Nein«, sagte sie geradeheraus. »Warum?«

»Charlotte hat so etwas Ähnliches gesagt.«

Sie sah ihn ein wenig von der Seite an; ihre Augen wurden schmäler. »Ach wirklich? Und was ziehen Sie daraus für Schlüsse? Sie wollten damit doch etwas sagen – was ist es?«

»Was glauben Sie, warum er so viel verlangen konnte und es auch bekam?« fragte er frei heraus.

»Ah.« Sie lehnte sich ein wenig zurück, und ein ganz kleines Lächeln spielte um ihren Mund. »Porträtmaler, welche die Damen der Gesellschaft malen, müssen auch Schmeichler sein, vielleicht sogar zuallererst Schmeichler. Die Besten von ihnen können es sich leisten, so zu malen, wie sie wollen, aber die anderen müssen so malen, wie es denen, die das Geld haben, gefällt. Wenn sie genug Können besitzen, schmeicheln sie mit dem Pinsel; falls nicht, müssen sie es mit der Zunge tun. Manche tun beides.«

»Und Godolphin Jones?«

Ihre Augen glitzerten amüsiert. »Sie haben seine Arbeit ja selbst gesehen – da müssen Sie doch wissen, daß es mit seiner Zunge war.«

»Glauben Sie, daß es über Schmeichelei hinausging?« Er war sich nicht sicher, ob sie sich beleidigt fühlte, weil er eine solche Möglichkeit in Betracht gezogen und so direkt danach gefragt hatte. Aber auf der anderen Seite hatte es keinen Sinn, mit ihr Versteck zu spielen, und der Fall verdroß und verwirrte ihn auch zu sehr, als daß er noch feinfühlig hätte sein können.

Sie sagte längere Zeit nichts, und die Besorgnis, daß er ihr zu nahegetreten sein könnte, wuchs in ihm. Dann sprach sie endlich doch und wählte dabei ihre Worte sehr sorgfältig.

»Sie fragen mich, ob ich jemanden weiß, der eine Affäre mit Godolphin Jones hatte. Ich nehme an, wenn ich es Ihnen nicht sage, werden Sie mit Ihren Nachforschungen fortfahren. Ich werde es Ihnen doch lieber selber sagen; es wird so am wenigsten schmerzhaft und peinlich sein, nehme ich an. Ja, Gwendoline Cantlay hatte eine Affäre. Es war nichts Ernstliches; eine Abhilfe gegen die Langeweile, mit einem zwar angenehmen, aber doch zunehmend uninteressanten Ehemann zusammenzuleben; sicherlich keine große Leidenschaft. Und sie war auch äußerst verschwiegen.«

»Wissen Sie, ob Sir Desmond davon wußte?«

Sie überlegte einen Moment, ehe sie antwortete.

»Ich könnte mir vorstellen, daß er es vermutet hat, aber taktvoll genug war, um darüber hinwegzusehen«, sagte sie schließlich. »Für mich ist es wirklich schwer vorstellbar, daß er deswegen den armen Kerl umgebracht haben könnte. Man reagiert nicht auf eine solche Weise, wenn man nicht völlig außer Rand und Band ist.«

Pitt hatte dafür kein Verständnis; er mußte einfach akzeptieren, daß sie es so sah. Er konnte sich nicht vorstellen, wie sein Verhalten gewesen wäre, wenn er Charlotte in einer solch schmutzigen Situation entdeckt hätte. Es hätte alles, was ihm wichtig war, zerschmettert, alles, was er hoch bewertete, entweiht und auf den Kopf gestellt und ihn gegen die Erbärmlichkeit, die er täglich sah, unempfänglich gemacht. Es lag nicht jenseits seiner Vorstellungskraft, daß er den Mann erwürgen würde.

Vespasia sah ihn an und ahnte vielleicht etwas von dem, was ihm durch den Kopf ging.

»Sie dürfen Desmond Cantlay nicht mit sich selbst vergleichen!« sagte sie ruhig. »Aber die Möglichkeit müssen Sie natürlich untersuchen, wenn es nötig ist! Ich nehme an, so lange danach können Sie nicht mehr genau sagen, wann er ermordet wurde?«

»Nein; ungefähr vor drei oder vier Wochen. Aber ein

derartiger Zeitraum ist wohl kaum dafür geeignet, vorhandene oder nichtvorhandene Alibis und daraus Schuld oder Unschuld festzustellen. Ich könnte mir vorstellen, daß er, kurze Zeit nachdem ihn das Hauspersonal zum letztenmal gesehen hat, ermordet wurde.«

»Sie scheinen bemerkenswert wenig zu wissen«, sagte sie. »Versuchen Sie nicht, Ihre Informationen dadurch zu erhalten, daß Sie Verdächtigungen verbreiten! Vielleicht hat Desmond nichts davon gewußt. Und wenn Jones schon so eine erfolgreiche Masche beherrschte, hat er sie sicher auch öfter eingesetzt.

Pitt schaute finster. »Möglicherweise. Aber hätte er es auch mit Lady St. Jermyn gewagt?« Er sah den dunklen Kopf mit dem strengen Silberstreifen vor sich. Sie strahlte eine außergewöhnliche Würde aus. Es hätte wirklich ein sehr draufgängerischer Künstler sein müssen, der versucht hätte, sie durch beharrliche Schmeichelei zu erweichen.

Vespasias Augen weiteten sich nur ganz wenig, aber er konnte sich ihren Gesichtsausdruck als solchen nicht erklären.

»Nein«, sagte sie knapp. »Und auch mit den Damen Rodney nicht, vermute ich.«

Die Idee einer Affäre mit den Damen Rodney war zum Lachen, aber nur wenige Menschen sind für Schmeicheleien unempfänglich, und Jones war vielleicht geschickt genug, wenn er es wollte.

»Ich werde seine anderen Sujets ausfindig machen müssen«, sagte er. »Ich habe vom Butler eine Liste.« Er wollte sie noch mehr fragen und hatte in der Tat den unbestimmten Eindruck, daß sie noch etwas wußte, das sie ihm aber aus einer ganz bestimmten Überlegung heraus nicht sagen wollte. Ein Schutzschild für Gwendoline Cantlay oder für jemand anderen? Sicher nicht wieder Alicia? Oder noch schlimmer – Verity? Es hatte keinen Sinn, sie zu fragen. Sie würde nur Anstoß daran nehmen.

Er stand auf. »Ich danke Ihnen, Lady Cumming-Gould. Ich weiß Ihre Hilfe sehr zu schätzen.«

Sie schaute ihn zweifelnd an. »Seien Sie nicht sarkastisch zu mir, Thomas. Ich habe Ihnen nur sehr wenig geholfen, und Sie wissen das. Ich weiß nicht, wer Godolphin Jones ermordet hat, aber wer auch immer es war, er hat mein Mitgefühl. Aber ich bin an der ganzen Angelegenheit wirklich nur am Rande interessiert. Es ist schade, daß er nicht im Grab des Butlers anständig begraben bleiben konnte. Die Gesetzesvorlage ist bei weitem wichtiger als der Tod eines von sich eingenommenen, gleichgültigen und unbedeutenden Malers. Haben Sie eine Vorstellung davon, was sie für das Leben von tausenden von Kindern in dieser erbärmlichen Stadt bedeuten kann?«

»Ja, Madam, die habe ich«, sagte er genauso nüchtern. »Ich bin in den Arbeitshäusern und Fabriken gewesen. Und ich habe verhungernde Fünfjährige festgenommen, die nur zum Stehlen und zu nichts anderem angeleitet worden waren.«

»Entschuldigung, Thomas.« Sie war nicht daran gewöhnt, einen Rückzieher zu machen, aber dieses Mal war es ihr ernst damit.

Er wußte dies. Er lächelte sie strahlend und offen an, und für kurze Zeit waren sie ebenbürtig. Dann zog sie an der Klingel, und der Butler brachte Pitt zur Tür.

Aber etwas in seinem Inneren ließ ihm keine Ruhe, und anstatt die Liste des Butlers herauszuholen, hielt er eine Droschke an und fuhr damit mehr als zwei Meilen. Dann stieg er aus, bezahlte den Kutscher und kletterte eine wakkelige Treppe zu einem kleinen Raum hinauf, der ein großes Südfenster und ein noch größeres Oberlicht hatte. Ein faltiger kleiner Mann mit riesigen Augen sah an ihm hinauf.

»Hallo, Froggy«, sagte Pitt fröhlich. »Haben Sie ein paar Minuten Zeit für mich?«

Der Mann schaute ihn skeptisch an. »Ich habe nichts,

was ich nicht haben dürfte. Sie haben kein Recht zum Suchen!«

»Ich suche nichts, Froggy. Ich möchte Ihren Rat einholen.«

»Und ich schwärze auch niemanden an.«

»Ihren künstlerischen Rat«, erläuterte Pitt. »Zu dem Wert eines absolut legitimen Bildes. Oder, um es genauer zu sagen, zu dem des Malers.«

»Wer?«

»Godolphin Jones.«

»Nicht gut. Lassen Sie die Finger davon. Aber er ist verdammt teuer. Wo haben Sie bloß das Geld her? Haben Sie sich vielleicht bestechen lassen oder so etwas? Wissen Sie, was er verlangt – vier- oder fünfhundert jedesmal.«

»Ja, das weiß ich, und ich will Sie gar nicht drängen, mir zu sagen, woher Sie das wissen. Wieso kann er soviel verlangen, wenn er nicht einmal gut ist?«

»Oh, da haben Sie eines der Rätsel des Lebens. Ich weiß es nicht.«

»Vielleicht haben Sie unrecht, und er ist doch gut?«

»Also, Sie haben keinen Grund, unhöflich zu mir zu sein, Mr. Pitt. Ich kenne mein Geschäft. Ich könnte keines von diesen Jones-Bildern verkaufen, nicht einmal wenn ich zu jedem noch ein Huhn dazugeben würde. Die Leute, die von mir kaufen, wollen etwas, das sie eine Zeitlang selber behalten und es dann, wenn sich niemand mehr darum kümmert, an einen Sammler weiterverkaufen, der nicht viel danach fragt, wie sie dazu gekommen sind. Kein Sammler will Jones. Sie fragen, warum manche soviel dafür bezahlen – vielleicht ist es Eitelkeit? Ich sehe darin keine Qualität, habe nie eine gesehen – und man vertrödelt nur seine Zeit, wenn man es versucht. Es ist eine andere Sorte Mäuse als Sie und ich, die so etwas kaufen. Sie wissen nicht, was sie tun oder warum sie es tun. Aber ich kann Ihnen das eine sagen: Ein Jones wechselt nie seinen Besitzer; niemand verkauft einen, weil niemand einen kaufen will. Das ist eine Regel – wenn ein Bild es wert ist, daß es gekauft wird, dann wird es auch irgendwo, irgendwann und von irgendwem gekauft.«

»Danke, Froggy.«

»Ist das alles?«

»Ja, danke; das ist alles.«

»Nützt es was?«

»Ich habe keine Ahnung. Aber ich glaube, ich bin trotzdem froh, es zu wissen.«

Bei seiner Rückkehr ins Polizeirevier, kurz vor dem Ende des Tages, wurde Pitt von dem Sergeant empfangen, der ihm früher die Neuigkeiten von einer Leiche nach der anderen überbracht hatte. Sein Herz sackte ihm in die Hose, als er das Gesicht des armen Mannes wieder vor Erregung leuchten sah.

»Was gibt es denn«, stieß er hervor.

»Diese Platte, Sir; die fotografische Platte aus dem Haus des toten Malers.«

»Was ist damit?«

»Sie haben sie zum Entwickeln weggeschickt, Sir.« Er war ganz zappelig vor Aufregung.

»Ja, natürlich...« Plötzliche Hoffnung überkam Pitt. »Was ist darauf? Nun sagen Sie es schon, Mann!«

»Ein Bild, Sir, von einer nackten Frau – nackt wie ein Baby, aber keinesfalls ein Baby, wenn Sie verstehen, was ich meine, Sir.«

»Wo ist es?« wollte Pitt wissen. »Was haben Sie damit gemacht?«

»Es ist in Ihrem Büro, Sir; in einem braunen, versiegelten Umschlag.«

Pitt ging mit langen Schritten an ihm vorbei und schlug die Tür hinter sich zu. Mit zitternden Fingern nahm er den Umschlag und riß ihn auf. Die Fotografie war, wie der Sergeant gesagt hatte, die Darstellung einer eleganten, aber hocherotischen Pose einer Frau ohne einen Faden von Bekleidung. Das Gesicht war ganz klar. Er hatte sie vorher noch nie gesehen; weder in Wirklichkeit noch als Bild. Sie war ihm absolut fremd.

»Verdammt«, sagte er wütend. »Verdammt noch mal!«

Pitt bemühte sich den nächsten Tag über, die Identität der Frau auf der Fotografie festzustellen. Wenn sie eine Person der Gesellschaft war, dann war das Bild alleine schon ein Grund für einen Mord. Er gab dem Sergeant eine Kopie und beauftragte ihn, es auf allen Polizeistationen der Innenstadt vorzuzeigen und zu sehen, ob jemand sie erkannte. Dann nahm er eine weitere Kopie und schnitt den Kopf heraus, um selbst zu sehen, ob sie jemandem aus der Gesellschaft bekannt war. Sie mußte gar keine Lady sein; sogar ein Hausmädchen, das sich auf diese Weise nebenbei etwas Geld verdienen wollte, würde nicht nur seine gegenwärtige Stellung verlieren, sondern bräuchte sich auch keine Hoffnung auf eine zukünftige Anstellung mit Sicherheit, Kleidung, regelmäßigen Mahlzeiten und dem Status einer gewissen Zugehörigkeit mehr zu machen. Das konnte auch ein Grund für einen Mord sein.

Natürlich ging er wieder zu Vespasia.

Sie zögerte lange, ehe sie ihm antwortete, und wog ihre Worte so sorgfältig ab, daß er sich schon auf eine Lüge einstellte.

»Sie erinnert mich an jemanden«, sagte sie langsam, neigte ihren Kopf ein wenig zur Seite und betrachtete weiterhin den Bildausschnitt. »Das Haar stimmt nicht; ich habe das Gefühl, es müßte anders frisiert sein, wenn ich sie tatsächlich kennen sollte. Und vielleicht war es ein wenig dunkler.«

»Wer ist es?« wollte er wissen; die Ungeduld kochte in ihm. Sie hatte vielleicht den letzten Hinweis auf den Mord auf der Zunge, und sie zierte sich wie eine nervöse Braut.

Sie schüttelte den Kopf. »Ich weiß es nicht – sie kommt mir nur irgendwie bekannt vor.«

Er stieß in einem Seufzer der Erbitterung die Luft aus.

»Es hat keinen Sinn, mich anzustacheln, Thomas«, antwortete sie. »Ich bin eine alte Frau...«

»Unsinn«, schnaubte er. »Wenn Sie geistige Gebrechlichkeit geltend machen wollen – dann werde ich Sie wegen Aussageverweigerung verklagen.«

Sie zeigte ein dünnes Lächeln. »Ich weiß nicht, wer es ist, Thomas. Vielleicht ist es eine Tochter von jemandem oder sogar ein Hausmädchen. Vielleicht habe ich das Gesicht unter einer Schleierkappe gesehen. Und das Haar macht einen großen Unterschied, wissen Sie. Aber wenn ich sie noch mal sehe, werde ich noch in derselben Stunde einen Boten zu Ihnen schicken. Sie sagten, Sie hätten diese Fotografie in Godolphin Jones' Haus gefunden, in seiner Kamera? Warum ist sie so wichtig?« Sie warf noch mal einen Blick auf das Fragment des Bildes, das sie immer noch in der Hand hielt. »Ist der Rest davon unanständig? Oder ist noch eine andere Person darauf? Oder vielleicht beides?«

»Es ist unanständig«, antwortete er.

»Wirklich?« Sie hob ihre Augenbrauen an und gab es ihm zurück. »Also ein Mordmotiv. Das habe ich mir gedacht. Armes Ding.«

»Ich muß wissen, wer es ist.«

»Ich weiß Ihre Hartnäckigkeit zu schätzen«, sagte sie bedächtig. »Es besteht keine Notwendigkeit, sie noch zu verstärken.«

»Wenn jedermann hinginge und Zeugen einer Unbesonnenheit ermordete...« Er war fast über die Grenzen seines Wohlverhaltens hinaus frustriert. Er war sich jetzt beinahe sicher, daß sie etwas vor ihm geheimhielt; wenn schon nicht ein Wissen, so doch einen starken Verdacht.

Sie unterbrach seine Gedanken. »Ich billige Mord auch nicht, Thomas«, sagte sie und schaute ihn geradeheraus an. »Wenn ich mich erinnere, wer es ist, dann werde ich es Ihnen sagen.«

Er mußte sich damit zufriedengeben. Er wußte genau, daß sie nicht mehr sagen würde. Er verabschiedete sich mit soviel Höflichkeit, wie er aufbringen konnte, und ging hinaus in den dichter werdenden Nebel.

Er verbrachte den größten Teil des Tages mit Nachforschungen – mit dem Bild in seiner Hand, aber niemand sonst war darauf eingestellt, zuzugeben, daß er die Frau erkannte. Als die Abenddämmerung hereinbrach, war ihm kalt, seine Beine und Füße schmerzten, er hatte eine Blase an einer Ferse, er war hungrig und fühlte sich durch und durch elend.

Dann, als bereits die vierte Droschke ohne anzuhalten an ihm vorbeifuhr und ihn einsam unter der Gaslaterne in einem Meer eiskalten Dunstes stehenließ, kam ihm ein plötzlicher Gedanke. Er hatte vorübergehend die anderen Leichen ganz vergessen, weil er angenommen hatte, daß es sich dabei um Zufälle handelte. Sie waren alle auf natürliche Weise gestorben; nur Godolphin Jones war ermordet worden. Aber vielleicht gab es doch einen bizarren Zusammenhang? Horatio Snipe war ein Zuhälter. Könnte Godolphin Jones zu seiner Kundschaft gehört haben? Entweder um seinen eigenen Appetit zu stillen oder um Fotografien zu machen? Vielleicht war das sein besonderer Fetisch – unzüchtige Fotografien?

Er schritt auf die Straße und brüllte dem nächsten Kutscher, der sich näherte, zu, er solle anhalten, was dieser widerstrebend dann auch tat.

»Resurrection Row«, bellte Pitt.

Der Mann machte ein böses Gesicht, ließ aber sein Pferd wenden und fuhr wieder in die Richtung, aus der er gekommen war. Er murrte ärgerlich etwas von Dunkelheit und Friedhöfen und von Besuchern solcher Gegenden, die Droschken anhielten und dann nicht bezahlen konnten.

Pitt fiel fast aus der Droschke, als er dem beunruhigten Kutscher die Münzen gab. Er stieg aus und ging dann das nur schwach beleuchtete Pflaster entlang und hielt Ausschau nach Nummer vierzehn, wo Horrie Snipes Witwe wohnte.

Er mußte heftig klopfen und so laut rufen, daß überall Fenster hochgingen und Stimmen ihn beschimpften, ehe sie zur Tür kam.

»Ist ja gut!« sagte sie mit grimmiger Stimme. »Ich komme schon!« Sie öffnete die Tür und starrte ihn an. Dann, als sie ihn erkannte, veränderte sich ihr Gesichtsausdruck. »Was wollen Sie?« fragte sie mit ungläubiger Stimme. »Horrie ist tot und schon zweimal begraben. Das sollten Sie doch wissen. Sie sind doch selbst zu mir gekommen. Sagen Sie bloß nicht, jemand hat ihn wieder ausgegraben?«

»Nein, Maizie; es ist alles in Ordnung. Darf ich hereinkommen?«

»Wenn Sie unbedingt müssen. Was wollen Sie denn?«

Er drückte sich hinter ihr hinein. Der Raum war klein, aber es brannte ein kräftiges Feuer, und es war viel sauberer, als er erwartet hätte. Es standen sogar zwei sehr gute Kerzenleuchter auf dem Kaminsims; auch poliertes Zinn und Spitzendeckchen über den Sessellehnen waren vorhanden.

»Nun?« fragte sie ungeduldig. »Ich habe hier nichts, was nicht mir gehörte – falls Sie das gedacht haben.«

»Das habe ich nicht gedacht.« Er zog das Bild heraus. »Kennen Sie sie, Maizie?«

Sie nahm es vorsichtig zwischen ihre Finger. »Und was, wenn ich sie kenne?«

»Es wären zehn Shilling für Sie«, sagte er hastig. »Wenn Sie mir den Namen sagen und wo ich sie finden kann.«

»Bertha Mulligan«, sagte sie, ohne zu zögern. »Sie wohnt bei Mrs. Cuff, weiter vorne in Nummer siebenunddreißig, auf der linken Seite. Aber jetzt am Abend werden Sie sie nicht antreffen. Es würde mich wundern. Sie fängt jetzt an zu arbeiten.«

»Was für eine Arbeit?«

Sie schnaubte verächtlich über eine so dumme Frage. »Auf den Straßen natürlich. Wahrscheinlich in einem dieser Cafés in der Nähe des Haymarket. Sieht sehr gut aus, die Bertha.«

»Ich verstehe. Und hat Mrs. Cuff noch andere Mieter?«

»Wenn Sie meinen, ob sie ein ›Haus‹ hat, dann müssen Sie schon selber hingehen und nachsehen. Ich rede nicht über die Nachbarn; genauso wie ich keine Tratscherei über mich oder den armen Horrie, wenn er noch lebte, wollte.«

»Ich verstehe. Danke, Maizie.«

»Wo sind meine zehn Shilling?«

Er fischte in seinen Taschen herum und brachte ein Stück Schnur, ein Messer, Siegellack, drei Blatt Papier, ein Päckchen Toffees, zwei Schlüssel und ungefähr für ein Pfund Kleingeld zum Vorschein. Er zählte zehn Shilling für sie ab – widerstrebend; es war ein voreiliges Versprechen, das er in der Erregung einer zu machenden Entdekkung gegeben hatte. Aber ihre Hand blieb ausgestreckt, und es führte nichts daran vorbei. Sie entriß es ihm beinahe und zählte es sorgfältig nach.

»Danke.« Sie umschloß es mit einem Griff, der so fest wie der eines sterbenden Mannes war, und steckte es dann irgendwohin in ihre Unterröcke. »Ja, das ist Bertha. Warum wollen Sie das wissen?«

»Das Bild ist im Haus eines toten Mannes gefunden worden«, antwortete er.

»Ermordet?«

»Ja.«

»Wer war es denn?«

»Godolphin Jones, der Maler.« Vielleicht hatte sie noch nie von ihm gehört. Wahrscheinlich konnte sie nicht lesen, und der Mord war in diesem Viertel sicher nur auf geringes Interesse gestoßen.

Sie schien überhaupt nicht überrascht zu sein.

»Dummes Mädchen«, sagte sie unerschütterlich. »Ich habe ihr gesagt, sie solle nicht für ihn posieren und lieber bei dem bleiben, was ihr bekannt ist. Aber nein, sie mußte ja etwas Besseres probieren – gierig, wie sie ist. Ich mag nichts, was auf Papier ist; bringt nur Ärger.«

Er griff gedankenlos nach ihrem Arm, und sie zog ihn heftig zurück.

»Sie wußten, daß sie für Godolphin Jones posiert hat?« verlangte er zu wissen und hielt dabei ihren Arm fest.

»Natürlich wußte ich das«, schnauzte sie. »Glauben Sie, ich bin dumm? Ich weiß, was in seinem Laden vor sich geht.«

»Laden? Was für ein Laden?«

»Dieser Laden von ihm in Nummer siebenundvierzig, wo er seine Fotografien verkauft hat. Abscheulich, sage ich nur. Ich kann verstehen, wenn ein Mann ein Mädchen will und keines für sich selber haben kann – worum Horrie sich gekümmert hat, aber wenn jemand seinen Spaß daran findet, Bilder anzuschauen – also, das nenne ich pervers.«

Eine Flut des Verstehens kam über Pitt, und eine ganz neue Welt der Möglichkeiten tat sich auf.

»Danke, Maizie.« Er tätschelte ihre Hand mit einer Wärme, die sie wahrscheinlich beunruhigte. »Sie sind ein Juwel unter den Frauen, eine Lilie im Hinterhof. Mag es Ihnen der Himmel vergelten!« Er drehte sich um und ging triumphierend hinaus in die trübe Dunkelheit der Resurrection Row.

9. Kapitel

Alicia hörte von Godolphin Jones' Tod zum erstenmal durch Dominic. Er hatte den Vormittag zusammen mit Somerset Carlisle verbracht, und sie waren die Namen von denjenigen noch mal durchgegangen, auf deren Unterstützung sie rechnen konnten, wenn der Gesetzentwurf in ein paar Tagen vor das House of Lords kam, als die Neuigkeit, die sich die Hausangestellten im ganzen Park zuflüsterten, eintraf. Carlisles Küchenmädchen war mit Jones' Diener bekannt und somit unter den ersten, die davon erfuhren.

Dominic kam vor dem Lunch in das Haus der Fitzroy-Hammonds und sah atemlos und ein wenig weiß aus. Er wurde direkt in das Zimmer geführt, in dem Alicia Briefe schrieb.

Gleich, als sie ihn sah, wußte sie, daß etwas nicht in Ordnung war. Das freudige Gefühl, auf das sie gewartet hatte, verflog, und sie verspürte statt dessen nur Besorgnis.

»Was gibt es denn?«

Er nahm sie nicht, wie sonst immer, bei den Händen. »Heute morgen ist der Leichnam von Godolphin Jones gefunden worden. Er wurde ermordet.« Er machte keinen Versuch, es ihr behutsam zu sagen oder das Unerfreuliche zu umgehen. Vielleicht hatten der Umgang mit Somerset Carlisle und das Arbeitshaus in Seven Dials solch vornehme Gepflogenheiten ins Lächerliche gerückt, ja, sogar als Ärgernis gegenüber der Realität wirken lassen. »Er ist vor drei oder vier Wochen erwürgt worden«, fuhr er fort, »und man hat ihn im Grab von jemand anderem beerdigt – in dem von dem Mann, der von der Droschke gefallen ist und von dem du zuerst gedacht hast, es sei Augustus. Es stellte sich heraus, daß er der Butler von jemandem war.«

Sie staunte über die Geschwindigkeit, mit der eine Mitteilung der anderen folgte – alle neu und in ihrer Häßlichkeit unangenehm berührend. Sie hätte nie auch nur gedacht, daß Godolphin Jones etwas mit den Leichen zu tun haben könnte. Und sie hatte in der Tat versucht, seit Augustus wieder bestattet war, die ganze Angelegenheit aus ihren Gedanken zu verbannen. Dominic war weit wichtiger, und in den letzten Wochen waren ihre Gefühle für ihn immer unsicherer geworden, hatten einen Beigeschmack von Unglücklichsein oder gar Besorgtheit angenommen. Abwechselnd hatte sie versucht, eine Lösung dafür zu finden oder diese Tatsache einfach zu ignorieren. Jetzt starrte sie ihn nur an.

»Natürlich wird man auch im Park nachforschen«, fuhr er weiter fort.

Sie war immer noch verwirrt und verstand ihn nicht.

»Warum? Warum sollte jemand aus dem Park ihn ermorden?«

»Ich weiß nicht, warum ihn überhaupt jemand ermordet haben sollte«, sagte er lakonisch. »Aber da man sich nicht selbst erwürgen kann, nicht einmal unbeabsichtigt, muß es offenbar jemand anderer getan haben.«

»Aber warum hier?« fragte sie beharrlich.

»Weil er hier gelebt hat und weil Augustus hier gelebt hat und weil der Leichnam von Augustus hier aufgetaucht ist.« Er setzte sich plötzlich hin. »Es tut mir leid. Es ist eine üble Sache. Aber ich mußte dich warnen, weil Pitt sicher hierher unterwegs ist. Hast du ihn gekannt – Godolphin Jones?« Er sah sie an.

»Nicht direkt. Ich bin ein- oder zweimal mit ihm zusammengetroffen – gesellschaftlich. Er wirkte ganz sympatisch. Er hat Gwendoline gemalt und Hester, weißt du. Und ich glaube, auch alle drei Rodneys.«

»Dich hat er nicht gemalt?« fragte er und schaute dabei ein wenig finster.

»Nein. Ich habe mir aus seiner Kunst nicht viel gemacht. Und Augustus hat nie den Wunsch nach einem Porträt von mir geäußert.« Sie wandte sich ein wenig von ihm ab und bewegte sich näher an das Feuer hin. Sie dachte an den Mord, aber er kam ihr sehr irrelevant vor. Niemand, den sie kannte, schien damit etwas zu tun zu haben oder von einer Untersuchung bedroht zu sein. Sie erinnerte sich, wie schrecklich die Sache mit Augustus war – die Angst, daß die Leute sie verdächtigten – und noch schlimmer, daß sie Dominic verdächtigen könnten. Die Vorstellung war von Anfang an nicht erträglich für sie, nicht für sie beide, und sie hatte das Gefühl, daß sie zusammen einer ungerechtfertigten Verdächtigung jener gegenüberstanden, deren Unwissenheit und Bösartigkeit sich schließlich erweisen würde.

Dann hatte die alte Frau die Saat des Zweifels in sie hineingestreut. Da war der Kreis, der sie beide umschloß und von anderen fernhielt, aber es gab auch einen anderen Kreis, der nur um sie herum war – und es war eine doppelte Abgrenzung. Sie schämte sich und fürchtete sich gleichzeitig davor – aber der Gedanke, daß Dominic Augustus ermordet haben könnte, war in ihren Kopf gekrochen. Die alte Frau hatte gesagt, daß er es getan hätte, und sie hatte nicht das Herz und die absolute Überzeugung gehabt, diese Unterstellung so von sich zu weisen, wie sie es sich gewünscht und wie sie es von sich erwartet hätte. Es gab da etwas in ihm, ein kindliches Verlangen, seine Wünsche erfüllt zu sehen, das es ihr möglich erscheinen ließ, wenn auch nur für einen Moment.

Wie gut kannte sie ihn eigentlich? Sie drehte sich vom Feuer weg, um ihn anzusehen. Er sah so gut aus wie immer – mit seinem markanten Gesicht und den männlichen Schultern, mit dem üppigen Haar, das sich im Nacken leicht wellte. Aber was war da hinter seinem Gesicht? Wußte sie davon, und konnte sie auch das lieben?

Wenn sie sich im Spiegel betrachtete, dann sah sie ebenmäßige Züge und schönes Haar. Wenn sie im Morgenlicht ganz nahe herantrat, sah sie winzige Flecken; aber sie wußte auch, wie sie sie verhehlen konnte. Es war ihr nicht unangenehm, im Gegenteil, es gefiel ihr sogar. Sah Dominic mehr darin? Sah er die Flecken und liebte sie trotzdem noch, oder störten sie ihn und stießen ihn vielleicht sogar ab, weil es nicht das war, was er sich gewünscht hatte?

Alles, was er kannte, war das sorgfältig gepflegte Gesicht, das sie ihm präsentierte – ihr bestes. Vielleicht war das falsch von ihr? Sie hatte sich so sehr bemüht, all ihre anderen Facetten zu verbergen – ihre Schwächen und Fehler, weil sie wollte, daß er sie liebte.

Hatte er sich gefragt, ob sie Augustus ermordet hatte? War es deswegen, daß er in letzter Zeit viel kühler und so sehr in den Gesetzentwurf von Carlisle vertieft war, an dem er sie nicht teilhaben ließ. Dabei hätte sie hilfreich sein können. Sie hatte mindestens genauso viele Verbindungen wie er, wahrscheinlich sogar noch mehr. Wenn er ihr vertraut hätte und diese Gemeinsamkeit, von der sie glaubte, daß es Liebe sei, gefühlt hätte, dann hätte er ihr doch gesagt, welche Sorgen oder welches Mitleid Seven Dials in ihm ausgelöst hatte. Er hätte versucht, seine Verwirrung zu erklären – mit Worten, die seine eigenen Emotionen und weniger die soziale Ungerechtigkeit ausdrückten.

Er sah sie jetzt abwartend an.

»Ich glaube nicht, daß es etwas mit uns zu tun hat«, sagte sie schließlich. »Wenn Mr. Pitt hierherkommt, werde ich ihn natürlich empfangen, aber ich kann ihm nichts sagen, das für ihn von Wert wäre.« Sie lächelte; die Nervosität war verschwunden. Ihr Magen war so ruhig wie im Schlaf. Sie wußten beide, was geschehen war, und es war eine Art Befreiung – wie die Stille nach einem Crescendo in der Musik, das zu lange dauerte und zu laut war. Jetzt war sie wieder zurück in der Realität. »Danke, daß du gekommen bist. Es war sehr freundlich von dir, es mir zu sagen. Es ist immer einfacher, schlechte Nachrichten von einem Freund statt von einem Fremden zu erfahren.«

Er stand sehr langsam auf. Einen Moment lang dachte sie schon, er würde eine Einwendung dagegen vorbringen und versuchen, die Fäden wieder zu knüpfen, aber er lächelte, und sie sahen sich zum erstenmal an, ohne sich etwas vorzumachen, ohne Herzklopfen, Aufregung und heftiges Atmen.

»Ja, sicher«, sagte er. »Vielleicht wird der Fall gelöst, noch ehe man uns damit belästigen muß. Jetzt muß ich gehen und Fleetwood aufsuchen. Der Gesetzentwurf kommt jetzt bald heraus.«

»Ich kenne mehrere Leute, an die ich herantreten könnte«, sagte sie schnell.

»Wirklich?« Sein Gesicht war jetzt voller Eifer; Jones war vergessen. »Würdest du sie bitten? Alles, was du wissen mußt, kannst du von Carlisle erfahren; er wird dir sehr dankbar sein!«

»Ich habe bereits ein paar Briefe geschrieben.«

»Das ist großartig. Weißt du, ich glaube, wir haben wirklich eine gute Chance.«

Nachdem er gegangen war, spürte sie große Einsamkeit, aber es war nicht die schmerzvolle und ängstliche, die es immer gewesen war – eine Sehnsucht zu wissen, wann er wiederkommen würde, und die Besorgtheit über das, was sie gesagt und getan hatte; ob sie albern oder zu kühl oder zu vorschnell war in ihrer Neugierde zu erfahren, was er fühlte und von ihr dachte. Dies war jetzt die Leere eines Sommermorgens, wenn der ganze Himmel noch klar ist und vom kommenden Tag kündet und man keine Verpflichtung und noch keine Vorstellung hat, was man damit machen wird.

Am Morgen nach dem Gespräch mit Maizie Snipe war Pitt wieder in der Resurrection Row – mit einem Constable und einem Durchsuchungsbefehl für den Raum in Nummer siebenundvierzig.

Es war, wie er erwartet hatte, ein fotografisches Atelier mit allem notwendigen Zubehör für ziemlich deutliche Pornographie: farbige Lichter, Tierfelle, verschiedene grellfarbige Stoffe, Kopfputz aus Federn, lange Halsketten und ein riesiges Bett. Die Wände waren bedeckt mit sehr gekonnten und sehr verschiedenartigen Fotografien – alle jedoch hocherotisch.

»Mensch!« Der Constable stieß die Luft aus und war sich nicht sicher, welche Gefühlsregung er zum Ausdruck bringen sollte. Seine Augen waren so rund und glänzend wie Spiegeleier.

»Genau«, sagte Pitt zustimmend. »Ein blühendes Geschäft, würde ich sagen. Ehe Sie etwas durcheinanderbringen, schauen Sie sich alles sehr sorgfältig an und sehen Sie, ob Sie Blutflecken oder sonstige Spuren von Gewalt feststellen können! Er könnte gut hier ermordet worden sein. Ich meine, hier sind Hunderte von Motiven dazu an der Wand oder in den Schubläden.«

»Oh!« Der Constable stand bewegungslos und erschrocken da bei dem Gedanken an das, was ihm bevorstand.

»Also los!« drängte Pitt. »Wir haben viel zu tun. Wenn Sie alles durchsucht haben, dann ordnen Sie die Fotografien; wir wollen sehen, wie viele verschiedene Gesichter wir haben!«

»Oh, Mr. Pitt, Sir! Wir können doch diese Menge niemals ordnen und identifizieren! Das dauert ja Jahre! Und wer wird es schon zugeben? Können Sie sich ein junges Mädchen vorstellen, das sagt: ›Ja, das bin ich.‹?«

»Wenn es ihr Gesicht auf dem Bild ist, dann kann sie es nicht gut abstreiten, oder?« Pitt zeigte in eine Ecke und machte eine deutliche Kopfbewegung. »Also, fangen Sie schon an!«

»Meine Frau würde Zustände kriegen, wenn sie wüßte, was ich hier mache.«

»Dann sagen Sie es ihr eben nicht«, sagte Pitt kurz angebunden. »Aber ich werde auch gleich welche bekommen, wenn Sie nicht endlich anfangen, und ich bin bestimmt wesentlich unangenehmer als sie.«

Der Constable verzog das Gesicht und schielte mit einem Auge auf die Fotografien.

»Glauben Sie das besser nicht, Sir!« sagte er, aber er gehorchte und entdeckte nach ein paar Minuten schon Blutflecken auf dem Boden und an einem umgestoßenen Stuhl. »Hier ist er ermordet worden, nehme ich an«, sagte er entschieden und sichtlich zufrieden mit sich selbst. »Man kann es ganz klar sehen, wenn man weiß, wohin man sehen muß. Ich vermute, es war damit.« Er klopfte auf den Stuhl.

Nach der Untersuchung und dem Ausmessen ließ Pitt den Constable bei der immensen Aufgabe zurück, die Fotografien und die Mädchen darauf zu sortieren. Pitt blieb es vorbehalten, sich der anderen Hälfte der Angelegenheit zu widmen – den Kunden. Natürlich war Jones viel zu diskret, als daß er die Namen der Kunden, die empfindlich oder sogar gewalttätig hätten sein können, schriftlich festgehalten hätte, aber Pitt dachte, er wüßte wenigstens, wo er beginnen sollte: bei dem Buch mit den Zahlen und Insekten aus Jones' Schreibtisch in seinem Haus. Er hatte vier dieser eleganten, kleinen Hieroglyphen auf Gemälden im Gadstone Park gesehen. Jetzt würde er hingehen und ihre Besitzer befragen. Vielleicht konnten sie ihm wenigstens eines erklären: warum jemand so viel für die Arbeit eines Künstlers bezahlt, der höchstens durchschnittliches Talent besaß.

Er begann bei Gwendoline Cantlay und kam diesmal schon nach einer sehr knappen Einleitung zur Sache.

»Sie haben für das Porträt, das Mr. Jones von Ihnen gemalt hat, sehr viel bezahlt, Lady Cantlay.«

Sie war wachsam, weil sie bereits etwas spürte, das außerhalb einer ganz einfachen Nachfrage lag. »Ich habe den üblichen Preis bezahlt, Mr. Pitt, wie Sie sicher herausfinden werden, wenn Sie ein wenig weiterforschen.«

»Den üblichen Preis für Mr. Jones, Madam«, stimmte er zu. »Der aber nicht üblich für einen Maler seiner ziemlich mittelmäßigen Qualität ist.«

Sie zog die Augenbrauen ungläubig nach oben. »Sind Sie Kunstexperte, Inspektor?« sagte sie forsch.

»Nein, aber ich hatte die Gelegenheit, mich von Experten informieren zu lassen, Madam, und sie schienen darin übereinzustimmen, daß Godolphin Jones nicht das Geld wert war, das er hier im Park bezahlt bekam.«

Sie öffnete den Mund und wollte eine Frage formulieren, hielt aber dann inne. »Wirklich? Vielleicht ist Kunst überhaupt nur eine Geschmacksfrage.«

Das war jetzt eine Szene, die er schon so oft durchgespielt und immer gehaßt hatte. Geheimnisse waren fast immer eine Sache der Verletzlichkeit, ein Versuch, etwas zu verstecken oder einer Verwundung auszuweichen.

Aber es gab für ihn keine Alternative. Die Wahrheit zu übertünchen war nicht seine Aufgabe, wenn er es auch schon oft gerne getan hätte.

»Sind Sie sicher, Madam, daß er mit seinen Gemälden nicht noch etwas anderes verkauft hat – vielleicht Diskretion?«

»Ich weiß nicht, was Sie meinen.« Es war die übliche Antwort, und er hätte sie genausogut geben können. Sie wollte sich so lange wie möglich widersetzen und ihn dazu bringen, sein Wissen auszusprechen.

»Waren Sie Mr. Jones nicht einmal zugeneigter, so zugeneigt, daß niemand es erfahren sollte, Lady Cantlay – insbesonders nicht, sagen wir, Ihr Gatte?«

Ihr Gesicht wurde scharlachrot, und es dauerte einige peinliche Sekunden, ehe sie sich entscheiden konnte, was sie nun zu ihm sagen sollte; ob sie es weiterhin leugnen sollte oder ob ein Zornesausbruch ihr weiterhelfen würde. Am Ende erkannte sie die Gewißheit in seinem Gesicht und gab auf.

»Ich war ausgesprochen töricht und habe mich von der Ausstrahlung eines Künstlers einfangen und mir schmeicheln lassen – aber das gehört alles der Vergangenheit an, Inspektor. Aber Sie haben recht: Ich habe das Bild vor meiner – Beziehung – in Auftrag gegeben und dann, als es fertig war, wesentlich mehr dafür bezahlt, um mich seines Schweigens zu versichern. Sonst hätte ich es für einen solch hohen Betrag nicht akzeptiert.« Sie zögerte, und er wartete darauf, daß sie weitersprach. »Ich – ich wäre Ihnen sehr dankbar, wenn Sie nicht mit meinem Mann darüber sprechen würden. Er weiß nichts davon.«

»Sind Sie da ganz sicher?«

»O ja, natürlich bin ich das. Er wäre ...« Alle Farbe verschwand aus ihrem Gesicht. »Oh! Goldolphin wurde ermordet! Sie können doch nicht glauben, daß Desmond – ich versichere Ihnen, ich gebe Ihnen mein Ehrenwort, daß er nichts davon wußte. Er konnte gar nicht. Es war alles ausgesprochen diskret – nur wenn ich zu den Sitzungen für mein Porträt gegangen bin ...« Sie wußte nicht, was sie sonst noch hätte sagen können, um ihn zu überzeugen, und sie suchte nach so etwas wie einem Beweis.

Es war gegen seine Überzeugung, sie zu bedauern, und doch tat er es. Sie hatten nichts Gemeinsames, und ihr Verhalten war selbstsüchtig und gedankenlos gewesen, aber er glaubte ihr und hatte nicht den Wunsch, ihre Angst noch zu verlängern.

»Ich danke Ihnen, Lady Cantlay. Wenn er davon nichts gewußt hat, dann hat er auch keinen Grund gehabt, Mr. Jones etwas anzutun, soweit ich das sehen kann. Ich danke Ihnen für Ihre Offenheit. Die Angelegenheit kann als erledigt betrachtet werden.« Er stand auf. »Guten Tag.«

Sie war zu erleichtert, als daß sie mit etwas anderem als einem matten ›Guten Tag‹ geantwortet hätte.

Pitt suchte als nächstes Major Rodney auf, und hier war sein Empfang ganz und gar anders und wischte jegliche Spur des überschwenglichen Gefühls, mit dem er von dem Haus Cantlays weggegangen war, aus. Seine Selbstzufriedenheit verschwand wie das Wasser in einem Ausguß.

»Sie sind ausgesprochen unverschämt, Sir!« sagte der Major wütend. »Und ich kann mir nicht vorstellen, was Sie sich dabei denken. Dies hier ist Gadstone Park und nicht einer Ihrer Hinterhöfe. Ich weiß nicht, an welche Art von Betragen Sie gewöhnt sind, aber wir wissen hier, wie wir uns zu benehmen haben. Und wenn Sie weiterhin beharrlich unterstellen, daß meine Schwestern irgendeine Liaison mit diesem armen Teufel von Maler hatten, dann werde ich Sie wegen Verleumdung verklagen, verstehen Sie mich, Sir?«

Pitt versuchte angestrengt, seine Geduld nicht platzen zu lassen. Die Vorstellung einer romantischen Verbindung zwischen Godolphin Jones und den ältlichen, marmeladekochenden Damen war lächerlich, doch Major Rodneys Verhalten warf einen Schatten auf die ganze Angelegenheit – ob er es wollte oder nicht. Pitt zweifelte an seiner Fähigkeit zu einer solchen Strategie, aber es lief auf das gleiche hinaus.

»Ich unterstelle überhaupt nichts, Sir«, sagte er so ruhig, wie es ihm möglich war, aber die ausgefransten Ränder seiner Fassung waren deutlich zu bemerken. »Der Gedanke an diese Möglichkeit ist mir überhaupt nicht gekommen. Weder habe ich Ihre Schwestern für Damen gehalten, deren Temperament und Alter sie für so etwas auffällig machen könnte, noch habe ich gewußt, daß sie die Bilder selbst bezahlt haben. Ich hatte geglaubt, Sie hätten Mr. Jones beauftragt.«

Der Major war eine Zeitlang ziemlich verwirrt. Der Grund für seinen Wutausbruch hatte sich just in dem Moment in Luft aufgelöst, da er gerade den richtigen Schwung bekommen hatte, Pitt aus dem Haus zu weisen.

Pitt nutzte seinen Vorteil. »Haben die Damen eigenes Vermögen?« fragte er. Sie waren beide unverheiratet und konnten keine Erben sein, da sie ja ihren Bruder hatten; es war also nahezu unmöglich, und er wußte das auch.

Der Major wurde zusehends röter im Gesicht. »Unsere finanziellen Angelegenheiten gehen Sie nichts an, Sir«, schnaufte er. »Für Sie sieht es vielleicht nach großem Vermögen aus, aber es ist lediglich angemessen für uns. Uns liegt nichts daran, prahlerisch zu sein, aber wir haben, was wir brauchen – sicherlich. Und das ist alles, was ich Ihnen zu sagen habe.«

»Aber Sie haben doch zwei große und kostspielige Bilder bei Mr. Jones in Auftrag gegeben, die zusammen neunhundertfünfzig Pfund gekostet haben?« Pitt hatte die Zahlen neben den Raupen zusammengezählt und konnte nun mit Befriedigung sehen, wie das Gesicht des Majors blaß wurde und sein Nacken sich anspannte.

»Ich – ich verlange, daß Sie mir sagen, woher Sie diese Information haben. Wer hat es Ihnen gesagt?«

Pitt sah ihn groß an.

»M. Jones hat Buch geführt, Sir; sehr genau, mit Daten und Geldbeträgen. Ich mußte sie nur addieren, um auf den Betrag zu kommen. Es war gar nicht nötig, noch jemand anderen zu belästigen.«

Der Körper des Majors erschlaffte, und er saß jetzt da wie ein wohlerzogenes Kind bei Tisch: Augen geradeaus, Hände ruhig, aber ohne innere Substanz. Längere Zeit sagte er nichts, und Pitt haßte die Notwendigkeit, das peinliche Geheimnis, mit dem Jones ihn erpreßt hatte, aus ihm herauszuwühlen. Aber es war unumgänglich. Es gab keine genaue Zeit für das Verbrechen, die den Kreis der möglichen Täter eingeschränkt hätte, und keine Waffen – nur die bloßen Hände, die aber so stark sein mußten, daß man mit großer Sicherheit die einer Frau ausschließen konnte, besonders die einer Frau aus der Gesellschaft. Vielleicht hätte eine Hausangestellte, die daran gewöhnt war, große, schwere Wäschestücke auszuwringen, die Kraft aufbringen können? Im Moment konnte er keinen anderen Weg sehen, als soviel an Wahrheit zu erfahren, wie er nur konnte.

Der Major war ein kleiner Mann von nicht sehr ausgeprägtem, aber steifem Wesen – sowohl körperlich als auch emotionell. Aber er war Soldat; er hatte dem Tod ins Auge gesehen, hatte gelernt, wie man tötet, und sich an den Gedanken um das Wissen gewöhnt, daß dies zu ihm gehörte und es Zeiten geben kann, in denen es Pflicht ist, davon Gebrauch zu machen. War sein Geheimnis wichtig genug für ihn, daß er deswegen Godolphin Jones ermordet und im Grab von Albert Wilson begraben hatte?

»Warum haben Sie so viel für die zwei Bilder bezahlt, Major Rodney?« drang Pitt weiter in ihn.

Der Major sah ihm voller Abneigung in die Augen.

»Weil das der Preis war, den der Mann verlangt hat«, sagte er kühl. »Ich bin kein Kunstexperte. Es war das, was alle bezahlt haben. Wenn es übertrieben war, dann bin ich dazu verleitet worden. Wie wir alle. Der Mann war ein Scharlatan, wenn das stimmt, was Sie sagen. Aber Sie werden mir verzeihen, wenn ich Ihre Meinung nicht als endgültig übernehme.« Seine Stimme triefte vor Sarkasmus, und Pitt vermeinte, aus der Tonlage etwas Gezwungenes herauszuhören.

Major Rodney stand auf. »Und jetzt, Sir, habe ich alles gesagt, was ich Ihnen zu sagen habe. Ich wünsche Ihnen einen guten Tag!«

Es hatte keinen Sinn, weiterzuringen, und Pitt wußte das auch. Er würde das Geheimnis auf eine andere Art lüften und zurückkehren müssen, wenn er mehr Munition hatte. Vielleicht war es nur irgendeine Torheit, etwas, das Jones durch einen seiner anderen Kunden entdeckt hatte, möglicherweise durch die Indiskretion einer Frau? Oder war es wirklich eine Schande für ihn – eine Feigheit im Krimkrieg oder eine Sache in der Kaserne, eine unbezahlte Spielschuld oder eine Eskapade im Zustand der Trunkenheit?

Zunächst konnte er nichts anderes tun, als die Frage auf sich beruhen lassen.

Am frühen Nachmittag ging er zu St. Jermyn und erfuhr, daß dieser im House of Lords sei. Es blieb ihm nichts anderes übrig, als am Abend noch mal zu kommen – frierend und müde und auch schon ein wenig gereizt.

Seine Lordschaft war ebenfalls verärgert darüber, daß er sich nicht entspannen und über einem Glas aus seinem Keller die Geschäfte des Tages vergessen konnte, ehe er zum Dinner Platz nahm. Er war nicht unhöflich zu Pitt, aber es kostete ihn einige Mühe.

»Ich habe Ihnen doch schon alles gesagt, was ich über den Mann weiß«, sagte er ein wenig herb und nahm vor dem Kaminfeuer Platz. »Er war ein Maler, der in Mode war. Ich habe ein Bild bei ihm in Auftrag gegeben, um meiner Frau damit eine Freude zu machen. Gesellschaftlich bin ich ihm ein- oder zweimal begegnet; er hat ja schließlich hier im Park gelebt. Aber ich komme mit Hunderten von Leuten zusammen. Soweit ich mich erinnere, sah er eine Kleinigkeit zu besonders aus – zu viel Haar.« Sein mürrischer Blick richtete sich auf Pitts welliges Haar. »Aber von Künstlern wird ja geradezu erwartet, daß sie ein wenig affektiert sind«, fuhr er fort. »Es war nicht so, daß es provozierend gewesen wäre – nur sehr offensichtlich. Es tut mir leid, daß der Mann tot ist, aber ich wage zu sagen, daß er sich mit einigen nicht ganz so bekömmlichen Leuten eingelassen hat. Vielleicht ist er mit einem seiner Modelle allzu vertraut geworden. Künstler malen ja öfter auch Frauen aus viel niedrigeren Schichten, wenn sie zum Beispiel die Gesichtsfarbe haben, die sie gerade haben wollen. Ich glaube, das wissen Sie so gut wie ich. An Ihrer Stelle würde ich nach einem eifersüchtigen Liebhaber oder Ehemann Ausschau halten.«

»Wir haben keine anderen Bilder als Porträts von Frauen aus der Gesellschaft vorgefunden«, entgegnete Pitt. »Er schien nicht sehr umtriebsam gewesen zu sein – eher reserviert. Aber für alles, was er gemalt hat, hat er überhöhte Preise verlangt.«

»Das haben Sie schon einmal angedeutet«, sagte St. Jermyn trocken. »Ich kann dazu nichts sagen. Ich hatte gedacht, Porträts müssen nur dem, der dafür sitzt, gefallen. Man will sie ja wohl nur selten wieder verkaufen. Sie werden meistens in den hinteren Teil der Eingangshalle oder ins Treppenhaus verbannt, wenn einem der Geschmack nicht mehr danach ist; ansonsten bleiben sie da, wo sie von Anfang an hingen.«

»Sie haben eine beträchtliche Summe für das Porträt von Lady St. Jermyn bezahlt«, versuchte Pitt es weiter.

St. Jermyns Augenbrauen gingen nach oben. »Das haben Sie letztes Mal auch gesagt. Sie schien das Bild zu mögen, und weiter betraf es mich nicht. Wenn ich zuviel bezahlt habe, dann bin ich geprellt worden. Ich bin wirklich nicht allzusehr bekümmert deswegen. Ich kann auch nicht sehen, warum Sie es sein sollten.«

Pitt hatte sich bereits den Kopf damit zerbrochen, einen Grund zu finden – irgendeinen –, der Jones in die Lage versetzt haben könnte, St. Jermyn zu zwingen, ein Bild zu kaufen, das ihm nicht gefiel, oder einen Preis dafür zu bezahlen, den er für unangemessen hielt, aber es fiel ihm nichts ein. Lady Cantlay gegen das Versprechen der Diskretion zu erpressen war einfach, und den steifen, nervösen Major unter Druck zu setzen, wäre auch vorstellbar, wenngleich er jetzt noch keinen Grund dafür wußte. Ein Mann mittleren Alters, dessen gesellschaftliches Verhalten nicht sehr ausgeprägt ist und der mit seinen zwei jungfräulichen Schwestern zusammenlebt: Die Wahrscheinlichkeit lag auf der Hand – eine Indiskretion. Der Stolz würde den Major zwingen, für die Verschwiegenheit zu zahlen.

Aber St. Jermyn war ein völlig anderer Typ. In ihm war keinerlei Angst. Er würde seine Unbesonnenheit zu verdecken wissen, wenn es eine solche gab und wenn er sich darüber Gedanken machte, was auch noch zweifelhaft war. Und es gab kein anderes Verbrechen, von dem Pitt erfahren hätte. Lord Augustus war auf normale Weise gestorben, und falls nicht, war dies unbeweisbar und für St. Jermyn wahrscheinlich auch nicht von Interesse. All die anderen – Albert Wilson, Porteous und Horrie Snipe – waren auch eines natürlichen Todes gestorben und hatten, soweit es Pitt bekannt war, keine Verbindung zu St. Jermyn gehabt.

»Wenn es ein eifersüchtiger Ehemann oder Liebhaber war«, sagte Pitt bedächtig, »warum ist er dann in das Grab eines anderen Mannes gekommen?«

»Um ihn zu verstecken, nehme ich an«, sagte St. Jermyn ungeduldig. »Ich würde denken, das ist einleuchtend. Ein frisch geschaufeltes Grab irgendwo in London außerhalb eines Friedhofs würde sehr schnell Aufmerksamkeit erregen. Man kann in keinem Park graben, und wenn man eine Leiche im eigenen Garten vergräbt, dann ist das sehr belastend, wenn sie gefunden wird. Im frischen Grab von jemand anderem findet sie überhaupt keine Beachtung.«

»Aber warum dann die Leiche von Albert Wilson auf eine Droschke setzen?«

»Das weiß ich wirklich auch nicht, Inspektor. Es ist Ihre Aufgabe, das herauszufinden, nicht meine. Vielleicht gab es überhaupt keinen Anlaß dafür. Es hört sich alles so bizarr an, wie es vielleicht ein Künstler aushecken könnte. Es sieht mir danach aus, als ob das Grab bereits geöffnet gewesen wäre und der Mörder nur die ausgezeichnete Gelegenheit, die sich ihm bot, wahrgenommen hätte.«

Pitt hatte auch schon daran gedacht, aber er hoffte immer noch auf etwas Neues, auf eine Unkonzentriertheit oder einen sprachlichen Ausrutscher, die ihn auf eine neue Spur bringen könnten.

»Hat Lord Augustus Fitzroy-Hammond Mr. Jones gekannt?« fragte er so harmlos, wie er nur konnte.

St. Jermyn schaute ihn kühl an. »Soweit ich es weiß, nicht. Und wenn Sie vielleicht denken, er könnte irgendeine Affäre mit einem von Jones' Modellen gehabt haben, dann halte ich das für höchst unwahrscheinlich.«

Pitt mußte sich selber eingestehen, daß es auch ein allzu großer Zufall gewesen wäre, wenn Augustus zuerst Jones ermordet und die Aktivitäten des Grabräubers ausgenützt hätte, um ihn zu verstecken, und gleich darauf gestorben und ein Opfer desselben Räubers geworden wäre. Er schaute zu St. Jermyn hinüber und bildete sich ein, auch auf dessen Gesicht den Ausdruck der Unwahrscheinlichkeit einer solchen Annahme und außerdem eine kaum versteckte und rapide zunehmende Ungeduld sehen zu können.

Pitt versuchte an etwas anderes zu denken, an irgend etwas, das mehr Informationen zutage bringen könnte, aber St. Jermyn war kein Mann, der sich manipulieren ließ, und Pitt gab auf, wenigstens für die nächste Zeit.

»Ich danke Ihnen, Sir«, sagte er steif. »Ich danke Ihnen, daß Sie mir Ihre Zeit geopfert haben.«

»Eine Selbstverständlichkeit«, sagte St. Jermyn trocken. »Der Diener wird Sie hinausbringen.«

Es blieb ihm nichts anderes übrig, als es mit soviel Haltung wie möglich zu akzeptieren. Er verließ den hellen Raum und ging mit dem livrierten Diener zur Eingangstür und hinaus in den dichten, alles auslöschenden Nebel.

Dominic war selten mit etwas so angeregt beschäftigt gewesen wie mit St. Jermyns Gesetzentwurf. Jetzt, da er aufgehört hatte, in sich selbst dagegen anzukämpfen, und es akzeptiert hatte, fand er mehr und mehr Gefallen an Carlisles Gesellschaft. Er war belesen, intelligent und vor allem enthusiastisch. Er hatte die seltene Gabe, auch noch den schrecklichsten Zuständen in den Arbeitshäusern nachzugehen, ohne seinen Optimismus zu verlieren, daß etwas getan werden könnte, um sie zu lindern, oder seinen Humor – wie schräg er auch immer sein mochte – in einer Umgebung, die eigentlich Anlaß zur Verzweiflung war, abzulegen.

Es war für Dominic nicht einfach, ihm nachzueifern. Er hatte – nervös und doch auch ein wenig selbstbewußt – Lord Fleetwood aufgesucht. Die Freundschaft war schneller gewachsen, als er erwartet hatte; sein natürlicher

Charme war etwas, das er immer unterschätzte. Aber es war ihm nicht möglich gewesen, die Unterhaltung erfolgreich auf die Tragödie der Arbeitshäuser hinzulenken. Jedesmal, wenn er davon sprach, klangen seine Worte hohl, als ob er mit perfekter Betonung in einer Sprache, die er nicht verstand, rezitiert hätte.

Nach zwei Versuchen wurde sich Dominik der Dringlichkeit der Sache bewußt und gab Carlisle gegenüber offen zu, daß er seine Hilfe brauchte.

Folglich traf am nächsten Tag Carlisle mit Dominic und Fleetwood zu einer Fahrt im Park zusammen, die ein paar Fußgänger auseinandertrieb und in den anderen Fahrern oder Reitern Anfälle von Wut und Neid auslöste – je nach Stärke und Richtung ihrer eigenen Ambitionen.

Dominic war gefahren, und obgleich es mit einer Rücksichtslosigkeit geschah, die er sich normalerweise nicht erlaubt hätte, machte er sich heute keine Gedanken über so etwas Unbedeutendes wie Zornesausbrüche oder ein paar Leute, die auf der feuchten Erde gelandet waren.

»Ausgezeichnet!« sagte Fleetwood begeistert und atmete heftig. »Meine Güte, Dominic, Sie fahren ja wie ein Gott. Ich hätte nie gedacht, daß Sie das in sich haben. Wenn Sie im Frühjahr mit meinen Pferden fahren würden, dann täten Sie mir damit einen großen Gefallen.«

»Ja, natürlich«, stimmte Dominic sofort zu. Seine Gedanken waren bei den Arbeitshäusern; es war ein Handel: Gefallen gegen Gefallen. Er dachte nicht einmal darüber nach, woher er den Mut nehmen sollte, so zu fahren, wenn er es ohne inneren Ansporn fertig bringen mußte und vorher wochenlang über mögliche Unfälle nachdenken konnte. Er schob diese Gedanken beiseite in eine nicht sehr wahrscheinliche Zukunft. »Mit Vergnügen.«

»Hervorragend!« sagte auch Carlisle zustimmend und drückte seine Zunge in eine Backe, aber Fleetwood sah dies nicht. »Sie haben eine natürlich Begabung, Dominic.« Er wandte sich Fleetwood zu. Ihre Gesichter waren rot vor

Kälte und dem scharfen Fahrtwind. »Aber Sie haben auch wirklich sehr gute Pferde, Sir. Ich habe nur wenige bessere Tiere gesehen. Aber ich glaube, die Federung Ihres Wagens könnte ein wenig verbessert werden.«

Fleetwood grinste. Er war ein angenehmer junger Mann, nicht sehr gut aussehend, aber von einem einnehmenden Wesen.

»Hat Sie ein wenig herumgeschubst, wie? Machen Sie sich nichts draus; es ist gut für die Verdauung.«

»Ich habe nicht an die Verdauung gedacht«, antwortete Carlisle lächelnd, »oder an die blauen Flecken, sondern an das Gleichgewicht. Ein gut ausbalancierter Wagen ist weniger anstrengend für die Pferde, nimmt die Kurven besser und kippt nicht so leicht um, wenn Ihnen irgendein Idiot hineinläuft. Und falls Sie einmal ein leicht erregbares Pferd haben, dann ist die Gefahr geringer, daß Sie die Kontrolle über das Ding verlieren.«

»Verdammt, da haben Sie recht«, sagte Fleetwood gut gelaunt. »Tut mir leid, daß ich Sie ein wenig unterschätzt habe. Ich muß die Federung so bald wie möglich in Ordnung bringen lassen.«

»Ich kenne einen Kerl in Devil's Acre, der eine Kutsche so abfedern kann, daß sie eine Balance wie ein Vogel im Fluge hat«, bot ihm Carlisle so beiläufig an, als ob es für ihn völlig unwichtig und nur eine freundliche Geste nach einem morgendlichen Zusammensein wäre.

»In Devil's Acre?« sagte Fleetwood ungläubig. »Wo zum Teufel ist denn das?«

»Rund um Westminster.« Carlisle sagte es so leichthin, daß Dominic ihn bewundernd ansah. Wenn er diese Leichtigkeit aufgebracht hätte, wäre es ihm vielleicht möglich gewesen, Fleetwoods Interesse zu wecken. Er war zu ernst gewesen, zu voll von Gedanken an die Dringlichkeit und an das Schreckliche. Niemand, außer einem Bösewicht, will etwas Schreckliches hören, am wenigsten zum Frühstück.

»Rund um Westminster?« wiederholte Fleetwood. »Meinen Sie dieses schreckliche Elendsviertel? Nennt man das so?«

»Zutreffend, wie ich meine.« Carlisles geschwungene Brauen gingen nach oben. »Schmutzige Gegend!«

»Wie sind Sie denn bloß dorthin gekommen?« Fleetwood übergab die Pferde dem Stallknecht, und die drei gingen zusammen auf eine Wirtschaft zu, in der ein kräftiges Frühstück und ein dampfendes Getränk auf sie wartete.

»Oh, nur so.« Carlisle tat die Frage mit einer Handbewegung ab, die zu verstehen gab, daß es sich um die Angelegenheit eines Gentleman handelte und jeder andere Gentleman dies als selbstverständlich nehmen und diskreterweise von weiteren Fragen Abstand nehmen müsse.

»Das ist ein richtiges Elendsviertel«, sagte Fleetwood wieder, als sie drinnen waren und mit ihrem reichlichen Frühstück begonnen hatten. »Wie soll sich dort jemand mit der Federung von Kutschen auskennen? Dort gibt es ja nicht einmal genügend Platz, um mit einer zu fahren, von Rennen ganz zu schweigen.«

Carlisle kaute seinen letzten Bissen zu Ende und schluckte ihn hinunter. »Er war Stallknecht«, sagte er. »Er hat seinem Herrn etwas gestohlen oder ist dessen beschuldigt worden, und so sind harte Zeiten für ihn gekommen; ganz einfach.«

Fleetwood liebte Pferde und verstand etwas von ihnen. Er verspürte so etwas wie Kameradschaft zu jenen, die sie pflegten und davon leben mußten. Er hatte schon viele gesellige Stunden mit seinen eigenen Stallknechten verbracht, in denen sie Meinungen ausgetauscht und Geschichten erzählt hatten.

»Armer Kerl«, sagte er einfühlsam. »Vielleicht wäre er froh um eine Arbeit und ein paar Schilling dafür, daß er sich meinen Wagen ansieht und herausfindet, was er daran verbessern kann.«

»Das könnte ich mir denken«, sagte Carlisle. »Versuchen Sie es mit ihm, wenn Sie möchten. Er ist viel unterwegs; man müßte bald Kontakt mit ihm aufnehmen.«

»Eine gute Idee. Wenn Sie so freundlich wären? Ich wäre Ihnen dankbar. Wo finde ich ihn?«

Carlisle lächelte breit. »In Devil's Acre? Alleine werden Sie ihn dort bis zum Jüngsten Tag nicht finden. Ich bringe Sie hin!«

»Ich wäre Ihnen sehr verbunden. Es hört sich nach einer ungesunden Gegend an.«

»Oh, das ist es auch«, sagte Carlisle. »Das ist es wirklich. Aber Können findet man oft am besten dort, wo es sich am schwersten entwickeln kann. Es ist etwas dran an Mr. Darwins Idee vom Überleben der Besten, wissen Sie, solange man die Klügsten, die Stärksten und die Listigsten als die Besten bezeichnet und sich nicht mit moralischen Werten abgibt. Die Besten sind die Besten zum Überleben; nicht die Tugendhaftesten, die Geduldigsten, die Mildtätigsten gegenüber ihren Mitmenschen.«

Dominic trat unter dem Tisch gegen Carlisles Bein und sah, wie dieser schmerzlich sein Gesicht verzog. Er fürchtete, daß er mit seiner Moralisiererei alles verderben und Fleetwood sogar jetzt noch abschrecken könnte.

»Wollen Sie damit sagen, daß das Rennen schließlich von den Schnellen und der Krieg von den Starken gewonnen wird?« Fleetwood nahm sich noch einmal von dem Kedgeree genannten indischen Reisgericht.

»Nein.« Carlisle verkniff es sich, seinen Knöchel zu reiben, aber er schaute Dominic auch nicht an. »Nur soviel, daß Orte wie Devil's Acre besondere Fähigkeiten heranzüchten, denn ohne sie können die Armen nicht überleben. Die vom Glück Begünstigten können Narren sein und trotzdem zurechtkommen, aber die Unglücklichen müssen zu etwas nütze sein, oder sie gehen zugrunde.«

Fleetwood legte seine Stirn in Falten. »Das scheint mir ein wenig zynisch zu sein, wenn ich so sagen darf. Aber trotzdem würde ich Ihren Bekannten gerne aufsuchen. Sie haben mich davon überzeugt, daß er weiß, was er tut.«

Carlisle lächelte, und sein Gesicht erstrahlte plötzlich vor Wärme. Fleetwood reagierte darauf wie eine Blume, die sich der Sonne öffnet. Er lächelte zurück, und Dominic fand sich in die gute, muntere Kameradschaft miteinbezogen. Ein leichtes Schuldgefühl kam in ihm auf, denn er wußte, was Fleetwood vor sich hatte, aber er weigerte sich, jetzt daran zu denken. Es war eine gute, eine notwendige Sache. Er lächelte auch zurück – mit dem gleichen Charme und fast offenem Blick.

Devil's Acre war entsetzlich. Die großen Türme von Westminster schwebten in einem Gemisch von Rauch und Nebel über dem Viertel und wurden ihrer gotischen Pracht beraubt. Die erfrischende Luft des Parks, die an den säulenbestandenen Häusern der Reichen, an den Geschäftshäusern und den bescheideneren Wohnstätten der Händler und Angestellten vorbeigeweht war, war hier wie ein totes Wasser zum Stillstand gekommen. Im Schatten der Türme existierte eine eigene Welt, eine Welt aus bröckelnden, rattengeplagten Behausungen, aus wimmelnden Gassen, aus Mauern, die nie trocken wurden, und einer Luft, die von sauerem Modergeruch durchdrungen war. Leute ohne Arbeit, Bettler und Betrunkene bevölkerten die Straßen.

Carlisle schritt durch dies alles hindurch, als ob es dazu nichts zu bemerken gäbe.

»O Gott!« Fleetwood hielt sich die Nase zu und warf Dominic einen verzweifelten Blick zu, aber Carlisle ging immer weiter. Wenn sie ihn nicht verlieren wollten, mußten sie ihm dicht auf den Fersen bleiben – und der Himmel mochte es verhindern, daß sie sich in so einem Höllenloch verirrten.

Carlisle schien zu wissen, wohin er ging. Er nahm seinen Weg über schlafende Betrunkene, die sich mit Zeitungen zugedeckt hatten, stieß eine leere Flasche zur Seite und kletterte eine wackelige Stiege hinauf. Sie bewegte sich unter seinem Gewicht hin und her, und Fleetwood sah ziemlich beunruhigt aus, als Dominic ihn auf die Stufen drängte.

»Glauben Sie, daß sie halten wird?« fragte er und stieß sich dabei seinen Kopf an einem Balken an.

»Das weiß nur Gott«, antwortete Dominic und stieg an ihm vorbei ebenfalls die Stufen hinauf. Besonders wenn er sich an seine eigenen Gefühle in Seven Dials – und das war kein Vergleich zu dem hier – erinnerte, hatte er Verständnis für Fleetwood. Aber es war auch etwas in ihm, das es genoß, mit Carlisle an einem Strang zu ziehen, mit einem Mann, der es sich zum Ziel gesetzt hatte, voller Leidenschaft diese Welt zu verändern und die Einfältigen und Unwissenden dazu zu zwingen, all dies mit eigenen Augen zu sehen und sich darum zu kümmern. In seinem Inneren tobten die Gefühle. Er nahm jetzt zwei Stufen auf einmal und tauchte hinter Carlisle in ein muffiges Durcheinander von Räumen, in denen zehn- und zwölfköpfige Familien bei trübem Licht schnitten, polierten, nähten, webten oder Teile zusammenklebten und so alle möglichen Dinge herstellten, die für ein paar Pence verkauft werden konnten. Kinder von drei oder vier Jahren waren mit Schnüren an ihre Mütter gebunden, damit sie sich nicht entfernen konnten. Jedesmal, wenn eines von ihnen aufhörte zu arbeiten oder einschlief, bekam es von der Mutter eine Kopfnuß und wurde daran erinnert, daß müßige Hände leere Bäuche brachten.

Der Geruch war fürchterlich: eine Mischung aus Moder, Rauch, Kohlengas, Abwasser und ungewaschenen Körpern.

Am anderen Ende dieser Unterkunft stiegen sie zu einem feuchten Innenhof hinab, in dem vielleicht einmal Stallungen waren. Carlisle blieb stehen und klopfte an eine Tür.

Dominic beobachtete Fleetwood. Sein Gesicht war blaß, und seine Augen waren verschreckt. Dominic vermutete, daß er schon lange weggelaufen wäre, wenn er auch nur die leiseste Ahnung gehabt hätte, welchen Weg er nehmen sollte, um wieder in die ihm bekannte Welt zurückzukommen. Er mußte Dinge gesehen haben, die bisher nicht einmal seine Alpträume heraufbeschworen hatten.

Die Tür öffnete sich, und ein magerer, ein wenig gebückter Mann spähte hinaus. Er schien irgendwie schulterlahm zu sein, so als wäre eine Seite von ihm länger als die andere. Es dauerte eine Weile, ehe er Carlisle erkannte.

»Ach, Sie sind es. Was möchten Sie diesmal?«

»Ein wenig von Ihrem Können, Timothy«, sagte Carlisle mit einem Lächeln. »Gegen Vergütung natürlich.«

»Was für ein Können?« wollte Timothy wissen und schaute argwöhnisch über Carlisles Schulter auf Dominic und Fleetwood. »Das sind doch keine Polypen, oder?«

»Sie sollten sich schämen, Timothy!« sagte Carlisle aufgebracht. »Haben Sie mich jemals zusammen mit Polizisten gesehen?«

»Was für ein Können?« wiederholte Timothy.

»Nun, wie man gute Kutschen ausbalanciert, zum Beispiel«, sagte Carlisle und verzog dabei sein Gesicht ein wenig. »Seine Lordschaft«, er zeigte auf Fleetwood, »hat ein ausgezeichnetes Paar Pferde und eine gute Chance, einige Rennen zu gewinnen, wenn er auch seinen Wagen entsprechend ausbalanciert bekäme.«

Timothys Gesicht erhellte sich. »Ah, da kann ich bestimmt etwas tun. Das Balancieren ist sehr wichtig. Wo ist denn sein Wagen? Sagen Sie es mir, und ich werde ihn herrichten, daß er so geschmeidig läuft wie ein Wiesel. Ganz bestimmt. Gegen Vergütung, ja?«

»Natürlich.« Fleetwood zeigte sich sofort einverstanden. »Holcombe Park House. Ich schreibe Ihnen die Adresse auf.«

»Das hilft nichts – ich kann nicht lesen. Sagen Sie sie mir – ich merke mir alles! Ich glaube, lesen stumpft das Gedächtnis ab und ist nicht gut auf die Dauer. Ich kann mir vorstellen, daß Leute, die alles aufschreiben, sich nach einiger Zeit nicht mal mehr an ihren Namen erinnern.«

Carlisle ließ niemals eine Chance ungenützt verstreichen. Er nahm diese so schnell und gekonnt wahr, wie ein Vogel ein Insekt im Fluge fängt.

»Aber für Leute, die lesen und schreiben können, gibt es Arbeit, Timothy«, sagte er und lehnte sich an den Türpfosten. »Regelmäßige Arbeit in Büros, die jeden Abend schließen und die Leute nach Hause schicken. An Arbeitsplätzen, an denen man genug Geld verdienen kann, um davon zu leben.«

Timothy fauchte: »Ich werde lieber vor Hunger und Alter sterben, ehe ich jetzt noch lesen und schreiben lerne«, sagte er verärgert. »Ich weiß nicht, wozu Sie so etwas überhaupt sagen.«

Carlisle klopfte dem Mann auf die Schulter. »Für die Zukunft, Timothy«, sagte er ruhig. »Und für jene, die nicht wissen, wie man ein Rennkabriolet ausbalanciert.«

»Es gibt Hunderttausende, die weder lesen noch schreiben können.« Timothy schaute ihn verbittert an.

»Das weiß ich«, räumte Carlisle ein. »Und es gibt Hunderttausende, die Hunger haben – ich glaube sogar, einer von vieren in London – aber ist das ein Grund, daß man nicht eine gute Mahlzeit einnehmen soll, wenn man eine bekommen kann?«

Timothy machte ein fragendes Gesicht und schaute Fleetwood an.

Fleetwood zeigte sich der Situation gewachsen und packte die Gelegenheit beim Schopf.

»Ja, eine gute Mahlzeit vor der Arbeit; soviel Sie essen können«, versprach er. »Und nachher eine Guinea als Lohn. Und ich setze noch einen Fünfer, wenn ich das erste Rennen danach gewinne.«

»Einverstanden!« sagte Timothy sofort. »Ich werde heute zum Abendessen dort sein und morgen früh mit der Arbeit beginnen.«

»Gut. Sie können in der Stallung schlafen.«

Timothy zog seinen verbeulten Hut in einer Art Gruß, vielleicht um den Handel zu besiegeln, und Carlisle wandte sich wieder zum Gehen.

Fleetwood wiederholte die Adresse, erklärte, wie man dorthin kommt, und eilte dann Carlisle nach, um ihn ja nicht aus den Augen zu verlieren und schließlich doch noch diesem Alptraum ausgesetzt zu sein.

Sie gingen wieder durch das elende Quartier und taumelten hinaus in den feinen Regen einer schmalen Straße nahe der Kirche.

»Großer Gott!« Fleetwood wischte sich mit einem Taschentuch über das Gesicht. »Das erinnert mich an Dante und die Pforten der Hölle – wie hieß es da gleich wieder?«

»›Lasset alle Hoffnung fahren, die ihr hier eintretet‹«, sagte Carlisle.

»Wie um alles in der Welt können die das nur ertragen?« Fleetwood schlug seinen Kragen hoch und vergrub seine Hände in den Taschen.

»Es ist immer noch besser als das Arbeitshaus«, antwortete Carlisle. »Zumindest glauben sie das. Für mich ist es so ziemlich dasselbe.«

Fleetwood blieb stehen. »Besser?« sagte er ungläubig. »Was sagen Sie denn da? Das Arbeitshaus bietet Nahrung und Unterkunft und Sicherheit. Es ist eine Sache der Wohlfahrt.«

Der aufkommende Zorn verschwand wieder aus Carlisles Gesicht; seine Stimme war so sanft wie Milch: »Waren Sie schon einmal in einem?«

Fleetwood war überrascht. »Nein«, sagte er aufrichtig. »Sie?«

»O ja.« Carlisle ging weiter. »Ich habe hart gearbeitet

für diesen Gesetzentwurf von St. Jermyn, von dem Sie vielleicht schon gehört haben?«

»Ja«, sagte Fleetwood bedächtig. »Ja, das habe ich.« Er sah Dominic nicht an, und Dominic wagte nicht, ihn anzusehen. »Ich vermute, Sie möchten meine Unterstützung, wenn er ins House eingebracht wird?« sagte Fleetwood gelassen.

Carlisle lächelte ihn strahlend an.

»Ja – ja, bitte.«

Alicia hatte an alle geschrieben, die ihr eingefallen waren, darunter auch an einige von Augustus' Verwandten, die erfolgreich geheiratet hatten und mit denen sie sonst wohl keine Fühlung aufgenommen hätte. Sie fand die meisten von ihnen unerträglich langweilig, aber der Anlaß war wichtig genug, daß sie sich über ihre frühere Einstellung hinwegsetzte.

Als ihr nicht mehr einfiel und alle Briefe zugeklebt und aufgegeben waren, entschied sie sich, trotz des schlechten Wetters einen Spaziergang im Park zu machen. Sie hatte ein gutes Gefühl; ihr Körper wollte sich strecken und ihre Lungen sich öffnen. Wenn es nicht so absolut lächerlich gewesen wäre, dann wäre sie am liebsten gelaufen und gesprungen wie ein Kind.

So schritt sie auf eine Weise einher, die sich für eine Dame nicht schickte: Den Kopf hoch in die Luft gehalten, genoß sie die Schönheit des Kontrastes der kahlen Bäume gegen die dicken Wolken hoch über ihnen. Es war fast still im Park; schwere Tropfen fielen glitzernd von den Zweigen. Sie wäre früher nie auf den Gedanken gekommen, daß auch der Februar seine Schönheit hatte, aber jetzt genoß sie dessen Kargheit – die sanften, gedämpften Farben.

Sie war stehengeblieben und hatte einen Vogel in den Ästen über ihr beobachtet, als sie ein Gespräch mithörte, das von der anderen Seite des Baumes kam.

»Hast du das wirklich getan?« Die Stimme war so leise, daß sie sie nicht gleich erkannte.

Es schien keine Antwort darauf zu kommen.

»Also, erzähl mir davon!« fuhr die Stimme fort.

Wieder nur Stille, abgesehen von einem kleinen Quietschen.

»Also so was! Du bist doch ein gescheites Mädchen!«

Dann wußte sie es oder war sich zumindest sicher: Die Stimme war zu weich, zu amerikanisch, als daß sie jemand anderem als Virgil Smith gehören konnte.

Aber zu wem um alles in der Welt sprach er denn bloß?

»Oh, wie bist du schön! Also, nun sag es mir schon!«

Ein schrecklicher Gedanke kam ihr: Er machte bestimmt irgendwelche Annäherungsversuche an ein Dienstmädchen oder eine Spaziergängerin. Wie entsetzlich! Und sie war durch reinen Zufall dazu gekommen. Wie konnte sie bloß wieder davon wegkommen, ohne daß es für sie beide auf nie mehr gutzumachende Weise peinlich wurde? Sie stand wie erstarrt.

Es kam immer noch keine Antwort auf seine Worte.

»Du hübsches Ding!« Er sprach immer noch sanft und leise. »Du schönes Mädchen!«

Sie konnte es nicht länger ertragen, ein Gespräch mitanzuhören, das offenbar höchst privater Natur war. Sie wollte in tief gebückter Haltung im Schutz des Baumstammes des Weg erreichen und so tun, als ob sie ihn nicht bemerkt hätte.

Dabei trat ihr Fuß auf einen Zweig, und dieser zerbrach krachend.

Er tauchte sofort auf und kam zu ihr herüber; in seinem Überzieher und mit seiner breiten Figur wirkte er so gewaltig wie der Baumstamm.

Alicia schloß die Augen. Ihr Gesicht brannte. Sie war sich sicher, daß es scharlachrot war. Sie hätte alles dafür gegeben, nicht Zeugin seines schändlichen Verhaltens gewesen zu sein.

»Guten Morgen, Lady Alicia«, sagte er mit der gleichen Sanftheit, die sie soeben gehört hatte.

»Guten Morgen, Mr. Smith«, antwortete sie und schluckte dabei heftig. Sie mußte sich zwingen, einigermaßen die Fassung zu bewahren. Er war Amerikaner und eine gesellschaftliche Unmöglichkeit, aber sie hätte wissen müssen, wie sie sich zu verhalten hatte.

Sie öffnete ihre Augen.

Er stand vor ihr, und in seinen Armen räkelte sich eine junge Katze. Er sah den belämmerten Ausdruck in ihren Augen und schaute hinunter auf das Tier, während seine Finger es sanft kraulten. Sie konnte das Schnurren der kleinen Kreatur hören.

Auch ihm stieg die Farbe ins Gesicht, als ihm bewußt wurde, daß sie seine Worte mitgehört hatte.

»Oh«, sagte er ein wenig verlegen. »Machen Sie sich keine Gedanken, Madam! Ich spreche oft zu Tieren, besonders zu Katzen. Diese hier mag ich besonders gerne.«

Sie seufzte vor Erleichterung. Sie hatte das Gefühl, daß sie wahrscheinlich dümmlich grinste, aber in ihr war auch ein plötzliches, sprudelndes Glücklichsein. Sie streckte ihre Finger aus und streichelte die Katze.

Virgil Smith lächelte auch; eine strahlende Zärtlichkeit lag in seinem Gesichtsausdruck.

Sie sah das zum ersten Male und wußte, was es zu bedeuten hatte. Nur einen Moment lang war sie davon überrascht, dann schien es ihr etwas Bekanntes zu sein, etwas Erstaunliches und Schönes – wie die Knospen, die sich im milchigen Sonnenschein des Frühlings öffnen.

10. Kapitel

Pitt überlegte, was jetzt vernünftigerweise zu tun war. Dann ersuchte er um drei zusätzliche Constables, die ihm bei der ungeheuren Arbeit, die Fotografien in Godolphin Jones' Studio zu sortieren und zu identifizieren, helfen sollten.

Er bekam einen zusätzlichen zu dem, den er schon hatte, bewilligt.

Er schickte die beiden wieder in die Resurrection Row und gab ihnen Anweisung, zu jedem Gesicht einen Namen ausfindig zu machen und festzustellen, welcher Tätigkeit sie nachgingen und welchen sozialen Hintergrund sie hatten. Sie sollten aber keinen anderen Teil eines Bildes als den Kopf vorzeigen, keine weiteren Fragen stellen und keine Informationen geben, woher die Bilder stammten. Diese letzte Instruktion war von seinem Vorgesetzten mit großer Besorgnis wiederholt vorgebracht worden, und es hatte ein ziemliches Stottern und Zaudern gegeben, ob sich nicht doch ein anderer Weg finden ließe, mit der Angelegenheit fertig zu werden. Ein Superintendent versuchte sogar nahezulegen, daß es vielleicht ratsam wäre, die ganze Geschichte als unlösbar zu betrachten und sich einer anderen Sache zuzuwenden. Da gäbe es zum Beispiel einen nächtlichen Einbruch, der noch offenstünde, und es sei sicher eine sehr gute Sache, wenn man das gestohlene Gut wieder herbeischaffen könne.

Pitt machte deutlich, daß Godolphin Jones ein Maler der Gesellschaft war und daß jemand, der in einer Gegend wie Gadstone Park gelebt hat, nicht ermordet und dann einfach vergessen werden konnte, ohne daß dies die anderen Bewohner deutlich beunruhigen und sie besorgt um ihre eigene zukünftige Sicherheit machen würde.

Diesen Gesichtspunkt mußten sie ihm, wenn auch nicht sehr glücklich, zugestehen.

Pitt selbst ging wieder zurück in den Park und zu Major Rodney. Dieses Mal würde er sich nicht durch den Zorn oder die Proteste des Majors ablenken lassen; er konnte es sich nicht mehr leisten. Wenn der Mörder von Godolphin Jones sich die Grabräubereien zunutze gemacht hatte, um sein eigenes Verbrechen zu verbergen, wie St. Jermyn zu bedenken gegeben hatte, dann hatte der Tod von Augustus nichts damit zu tun. Es hätte dann keinen Sinn, noch weiter nach einer Verbindung zu Albert Wilson, Horrie Snipe, W. W. Porteous und Lord Augustus zu suchen, denn es gab keine. Soweit es das Motiv und die Tat betraf, war der Mord an Godolphin Jones ohne diesbezüglichen Zusammenhang. Der Schlüssel dazu lag sicher in dem pornographischen Studio in der Resurrection Row oder in dem kleinen Buch mit den hieroglypischen Insekten, oder in beidem.

Es war möglich, daß der Mörder eine der abgebildeten Frauen war oder jemand anderer, den er erpreßt hatte, so wie Gwendoline Cantlay. Aber die Anzahl seiner Affären war sicherlich durch Zeit und Gelegenheit begrenzt. Genaugenommen war er kein ungewöhnlich charmanter Mann. Er mochte sich freiweg in Komplimenten ergangen haben, aber Damen der Gesellschaft waren an so etwas gewöhnt. Alles in allem schätzte Pitt seine diesbezüglichen Gelegenheiten eher gering ein. Die Erpressung mußte auch auf anderem Gebiet liegen, was Pitt wieder in die Resurrection Row und zu den Fotografien brachte.

Er stand vor Major Rodneys Tür. Der Butler öffnete sie und ließ ihn mit dem Dulderblick eines Menschen, der etwas Unangenehmes, aber Unvermeidliches vor sich hat, eintreten. Pitt hatte dieses Gefühl auch schon gehabt – kurz bevor ihn Zahnschmerzen zum Dentisten getrieben hatten.

Der Major empfing ihn mit unverhüllter Unduldsamkeit.

»Ich habe dem, was ich gesagt habe, nichts hinzuzufügen, Inspektor Pitt«, sagte er giftig wie eine Wespe. »Wenn Ihnen nichts Besseres einfällt, als immer und immer wieder auf das Alte zurückzukommen und alte Leute damit zu belästigen, dann wäre es besser, wenn Sie den Fall jemand Kompetenterem übergeben würden. Sie machen sich selbst zu einer Plage.«

Pitt ließ sich zu keiner Entschuldigung herbei; sie steckte in seinem Hals. »Mord ist nun mal ein unsauberes und lästiges Geschäft, Sir«, entgegnete er.

Er ragte ein gutes Stück über den Major hinaus. Der forderte Pitt auf, sich zu setzen, und nahm selbst auf einem Stuhl mit gerader, hoher Rückenlehne Platz – stocksteif und nun mit dem Vorteil, auf Pitt herabsehen zu können, weil dieser mit geöffnetem Mantel und ohne Schal auf einem tiefen Sofa saß.

Das Selbstvertrauen des Majors war in etwa wieder hergestellt. »Also, was gibt es diesmal?« verlangte er zu wissen. »Ich habe Ihnen ja schon gesagt, daß ich mit Mr. Jones persönlich nur sehr wenig bekannt gewesen bin – nur eben so weit, wie es die Höflichkeit verlangt hatte; und ich habe Ihnen die Porträts gezeigt. Ich kann mir nichts anderes mehr denken. Ich bin nicht der Mann, der die Angelegenheiten anderer Leute zu seinen eigenen macht. Ich höre mir kein Geschwätz an, und ich erlaube es auch meinen Schwestern nicht, ein solches zu wiederholen, wenn sie es zufällig mitgehört haben sollten, da es ja in der Natur der Frauen liegt, über alles mögliche zu reden – meistens über Nichtigkeiten.«

Pitt hätte gerne Einwände dagegen vorgebracht – er konnte sich lebhaft vorstellen, was Charlotte zu solch einem Vorurteil gegenüber Frauen gesagt hätte –, aber der Major hätte ihn nicht verstanden, und es wäre fehl am Platze gewesen, ein solches Thema zu diskutieren. Es handelte sich um keine Freundschaft, und sie waren nicht gleichgestellt; es stand ihm nicht zu, die Überzeugungen des Majors in Frage zu stellen.

»In der Tat«, antwortete er, »Klatsch kann ein großes Übel sein, und das meiste davon ist unwahr. Obgleich ich schon oft wertvolle Einsichten in die Persönlichkeit von Leuten erhalten habe, indem ich ihn mir anhörte. Was ein Mensch von einem anderen sagt, mag falsch sein, aber die Tatsache, daß er es überhaupt tut, sagt mir...«

»Daß er eine Klatschbase ist und das Blaue vom Himmel herunterlügt!« schnauzte der Major. »Ich habe nichts als Verachtung für jemanden, der sich auf solche Unarten einläßt oder auf Tätigkeiten, die dazu zwingen.« Er schaute Pitt grimmig an und schien ihn mit seiner Entrüstung verbrennen zu wollen.

»Ganz recht!« pflichtete ihm Pitt bei. »Was ein Mensch sagt, sagt vielleicht nichts über den Gegenstand seiner Rede aus, aber eine Menge über ihn selbst.«

»Wie?« Der Major war verblüfft. Es dauerte eine Zeitlang, bis er den Sinn von Pitts Worten verdaut hatte.

»Wenn jemand seinen Mund öffnet, dann kann er dadurch jemanden verraten oder auch nicht, aber er wird auf alle Fälle auch sich selbst verraten«, wiederholte Pitt. Ein neuer Gedanke war ihm gekommen – über Major Rodney und seine Gefühle Frauen gegenüber.

»Ha!« schnaubte der Major. »Für solche Spitzfindigkeiten hatte ich nie etwas übrig. Ich war Soldat – mein ganzes Leben lang. Ich bin ein Mann der Tat; nicht einer, der herumsitzt und nur gescheit daherredet. Es wäre auch für sie besser gewesen, wenn Sie in der Armee gedient hätten; das hätte einen Mann aus Ihnen gemacht.« Er schaute auf Pitts Kleidung und auf die Art, wie er auf dem Sofa saß, und Pitt konnte in seinem Gesicht beinahe die Vision von einem Drillsergeanten, einem Barbier und einem Kasernenhof sehen, die Vision von der wunderbaren Veränderung, der ein Mann dabei unterzogen wird. Er lächelte glücklich darüber, daß das nie der Fall sein würde.

»Natürlich gibt es viele Frauen mit bösen Zungen«, bemerkte Pitt und gab dem Major die Gedanken ein, die das hervorbringen konnten, was er hören wollte. »Und Müßiggang ist ein Lehrer des Bösen.«

Der Major war überrascht. Er hatte eine solche Auffassung von einem Polizisten nicht erwartet, besonders nicht von diesem hier. »Da haben Sie recht«, sagte er zustimmend. »Deshalb tue ich, was ich kann, um meine Schwestern beschäftigt zu halten. Gute, haushälterische Tätigkeiten und natürlich entsprechende Fortbildung, wenn sie für Haus und Garten und so weiter von Nutzen ist.«

»Und wie steht es mit den Tagesereignissen und ein wenig Geschichte?« fragte Pitt und führte ihn auf dem eingeschlagenen Weg sachte weiter.

»Tagesgeschehen? Seien Sie doch nicht albern. Frauen haben weder Interesse noch Aufnahmefähigkeit für solche Dinge. Und sie sind für sie auch nicht geeignet. Sie scheinen sich mit Frauen nicht sehr gut auszukennen, wie ich sehe.«

»Nicht sehr gut«, log Pitt. »Ich nehme an, Sie waren verheiratet, Sir?«

Der Major blinzelte. Er hatte diese Frage nicht erwartet. »Ja, ich war verheiratet. Meine Frau ist schon vor langer Zeit gestorben.«

»Das tut mir leid«, sagte Pitt. »Waren Sie lange verheiratet?«

»Ein Jahr.«

»Tragisch.«

»Das ist jetzt alles vorbei. Ich habe mich schon vor Jahren damit abgefunden. Es ist ja nicht, als ob man sich an etwas gewöhnt hätte. Ich habe sie ja kaum gekannt. Ich war Soldat und habe weit weg für meine Königin und für mein Land gekämpft, wie es die Pflicht von mir verlangt hat.«

»O ja.« Pitt mußte sich nicht bemühen, Mitleid zu empfinden. Er spürte es in sich wie eine bittere Quelle, die in dem Maße stärker floß, wie seine Vermutung zunahm. »Und Frauen sind nicht immer die Gefährten, auf die man hofft«, fügte er hinzu.

Das Gesicht des Majors nahm im Rückblick auf Enttäuschungen und Ernüchterungen Züge der stillen Reflexion an. Die Wirklichkeit war unerfreulich, aber diese Erkenntnis verlieh ihm auch eine gewisse Befriedigung darüber, daß er es überwunden hatte, ja sogar ein Gefühl der Überlegenheit über jene, die das noch vor sich hatten.

»Sie sind anders als Männer«, sagte er zustimmend. »Oberflächliche Geschöpfe – die meisten jedenfalls –, die kein anderes Gesprächsthema haben als Mode und wie sie aussehen und ähnliche Narreteien. Immer lachen sie wegen nichts. Ein Mann kann nicht allzuviel davon vertragen, wenn er nicht genauso ein Tor ist.«

Der Gedanke kristallisierte sich in Pitts Gehirn. Jetzt war die Zeit gekommen, ihn einem Test zu unterziehen. »Eigenartige Sache mit diesen Leichen.«

Der Kopf des Majors ging ruckartig nach oben. »Leichen? Welche Leichen?«

»Sie erscheinen immer wieder.« Pitt beobachtete ihn. »Zuerst der Mann auf der Droschke, dann Lord Augustus, dann Porteous, dann Horatio Snipe.« Er sah, wie die Augenlider des Majors zuckten und sein Adamsapfel sich bewegte. »Kannten Sie Horatio Snipe, Sir?«

»Nie von ihm gehört.« Der Major schluckte.

»Sind Sie sicher, Sir?«

»Wollen Sie vielleicht mein Wort anzweifeln?«

»Vielleicht sollen wir lieber sagen, Ihr Gedächtnis, Sir?« Pitt haßte es, aber er mußte weitermachen, und je schneller es getan war, desto kürzer war die Pein. »Er war Zuhälter, und er arbeitete in der Gegend der Resurrection Row. Dort, wo auch Godolphin Jones seinen Pornografieladen hatte. Belebt das Ihr Gedächtnis ein wenig?« Er sah dem Major in die Augen und ließ sie nicht mehr los; es gab für ihn jetzt keinen Rückzug mehr in eine vorgetäuschte Unwissenheit.

Ein flackerndes Rot trat auf das gesprenkelte Gesicht des Majors und überzog es schließlich ganz. Er war auf eine pathetische Weise häßlich, und sein Anblick tat Pitt irgendwie weh – vielleicht weil er den Major selbst nicht schmerzte. Er konnte nicht sehen, wie schwach und erledigt er aussah und wieviel von ihm nie erwachsen geworden war.

Er konnte keine Worte finden. Er konnte es nicht zugeben und er wagte nicht, es noch länger zu leugnen.

»War es das, womit Godolphin Jones Sie erpreßt hat?« fragte Pitt ruhig. »Er wußte über Horrie Snipes Frauen Bescheid und hat Ihnen Fotografien verkauft, ja?«

Der Major schniefte. Tränen rollten über seine Wangen, und er war wütend über sich selbst, weil er diese Schwäche zeigte, und haßte Pitt dafür, daß er es sah.

»Ich – ich habe ihn nicht ermordet«, sagte er und schluckte heftig. »Gott ist mein Zeuge; ich habe ihn nicht ermordet.«

Pitt zweifelte keinen Moment daran. Der Major hatte ihn bestimmt nicht umgebracht – er brauchte ihn ja für seine privaten Träume, wegen seiner Bilder und Fantasien, durch die er etwas beherrschte, das er im tatsächlichen Leben nie erreichen konnte. Jones war doppelt kostbar für ihn, da ja Horrie Snipe kurz vor ihm gestorben war und der Major nun von seinen kurzen, abenteuerlichen Ausflügen in das Reich lebendiger Frauen abgeschnitten war.

»Nein«, sagte Pitt ruhig, »ich glaube auch nicht, daß Sie es waren.« Er stand auf, schaute auf den verbockten kleinen Mann hinunter und wollte nur noch hinaus in den Nebel und den Nieselregen, um der Verzweiflung, die hier drinnen herrschte, zu entkommen. »Es tut mir leid, daß es nötig war, darüber zu sprechen. Es braucht nicht mehr erwähnt zu werden.«

Der Major schaute mit tränennassen Augen zu ihm auf. »Und Ihr – Bericht?«

»Sie sind kein Verdächtiger, Sir. Mehr habe ich dazu nicht zu sagen.«

Der Major schniefte wieder. Er brachte es nicht fertig, Pitt zu danken.

Pitt ließ sich selbst hinaus und tat in dem kalten Nebel einen tiefen Atemzug der Erleichterung, der aber auch mit einem Gefühl innerer Wärme vermischt war.

Aber das war noch keine Lösung. Plötzlich schien das kleine Notizbuch nicht mehr so vielversprechend zu sein. Ohne sämtliche Salons Londons danach zu durchsuchen, würde er wohl nie alle restlichen Bilder, die ebenfalls noch mit Insekten gekennzeichnet waren, ausfindig machen können. Und es gab keinen Beweis dafür, daß die Besitzer alle Opfer einer Erpressung waren oder sonstwie unter Druck gesetzt worden waren. Möglicherweise waren sie auch nur Kunden, welche die Fotografien kauften, und Godolphin Jones hatte diesen versteckten und sehr profitablen Weg gewählt, um zu seinem Geld zu kommen. Für seine Kunst solch überhöhte Preise bezahlt zu bekommen wirkte sich doppelt günstig für ihn aus, weil es auch noch sein professionelles Ansehen steigerte, was durch sein Können allein niemals geschehen wäre. Pitt mußte – wenn schon sonst nichts an ihm – wenigstens seine Raffinesse würdigen.

Aber wenn es Kunden für seine pornographischen Bilder waren, dann wären sie sicherlich die letzten gewesen, die ihm den Tod gewünscht oder gebracht hätten. Man zerstörte sich seine Bezugsquelle nicht; besonders dann nicht, wenn es sich um etwas Spezielles handelte, von dem man wollte, daß es unter allen Umständen geheim blieb, und dem man auf eine besondere Weise verfallen war.

Es gab natürlich noch eine andere Möglichkeit: eine Konkurrenz. Dieser Gedanke war ihm bislang noch nicht gekommen. Jones' Arbeit war gut; auf alle Fälle hatte er ein besseres Auge als die meisten anderen, die sich mit so etwas beschäftigten und auf die Pitt gestoßen war. Zugegebenermaßen hatte er keine große Erfahrung, weil er damit eigentlich nichts zu tun hatte; aber es fiel immer mal wieder unter die Aufgaben eines jeden Mannes von der Polizei. Und alle Fotografien, die er früher gesehen hatte, waren in höchstem Maße banal: Darstellungen der Nacktheit und kaum mehr. Die von Jones hatten wenigstens so etwas wie einen Hauch von Kunst an sich, wenn auch von der dekadenten Sorte. Es lag eine Zartheit darin, ein gekonntes Umgehen mit Licht und Schatten, sogar ein gewisses Maß an Witz.

Ja, es war gut möglich, daß ein anderer Händler im selben Geschäft sich aus dem Markt gedrängt sah und dagegen auf die einzige Weise, die er kannte, aufbegehrt hatte; wirksam – und dauerhaft.

Pitt verbrachte den Rest des Tages sowie den folgenden Tag mit dem Befragen von Kollegen in den Polizeistationen, die innerhalb von drei oder vier Meilen entweder des Gadstone Parks oder der Resurrection Row lagen, um alles zu erfahren, was sie über Händler, die sich mit pornographischen Bildern befaßten, wußten. Als er endlich um sieben Uhr nach Hause kam und Charlottes besorgtes Gesicht sah, war er nicht mehr in der Verfassung, ihr eine Erklärung zu geben, und pries sie innerlich dafür, daß sie keine haben wollte. Ihr Schweigen war das Erfreulichste, das er sich vorstellen konnte. Er saß den ganzen Abend vor dem Feuer, ohne etwas zu sagen. Sie war verständig genug, sich selbst mit einer Strickarbeit zu beschäftigen und außer dem Klappern der Nadeln nichts hören zu lassen. Er wollte den Unrat, den er erlebt hatte, nicht wieder zum Leben erwecken: die Verzerrungen der Gefühle und Emotionen, die schließlich aus Gemütsbewegungen nur noch Gelüste werden ließen, die man dann aus finanzieller Gewinnsucht anstachelte. Es gab so viele unglückliche kleine Leute, die nach Papierfrauen griffen, um die sie beherrschende Fantasie zu befriedigen: nur Fleisch und Lüsternheit, Einsamkeit und überhaupt kein Herz. Und er hatte nichts in Erfahrung bringen können, das ihm weitergeholfen hätte, außer daß niemand einen Rivalen kannte, der Godolphin Jones umgebracht und in Albert Wilsons Grab versteckt haben könnte.

Am nächsten Morgen machte er sich wieder auf den Weg; es blieb ihm nichts anderes übrig, als wieder in das Studio in der Resurrection Row mit seinen Fotografien zurückzukehren. Die zwei Constables waren ebenfalls dort, als er ankam. Beide schnellten mit roten Gesichtern hoch, als er die Tür öffnete.

»Oh! Sie sind es, Mr. Pitt«, sagte einer von ihnen schnell. »Wir wußten nicht, wer es sein könnte.«

»Hat denn sonst noch jemand einen Schlüssel?« fragte Pitt mit einem zwinkernden Lächeln und hielt dabei den Schlüssel hoch, den er nachmachen hatte lassen.

»Nein, Sir, außer uns natürlich. Aber was weiß man schon. Es könnte ja...« Er ließ den Gedanken fallen. Die Vorstellung einer Komplizenschaft war unwahrscheinlich, und der Ausdruck auf Pitts Gesicht sagte ihm, daß es sinnlos war weiterzusprechen. Er setzte sich wieder.

»Wir sind jetzt mit dem Sortieren so ziemlich durch«, sagte sein Kollege stolz. »Ich habe alles in allem dreiundfünfzig verschiedene Mädchen gezählt. Viele davon sind nämlich oft verwendet worden. Ich glaube, es gibt nicht allzuviele Frauen, die so etwas machen können.«

»Und auch nicht lange«, pflichtete Pitt bei, und seine amüsierte Heiterkeit verschwand. »Ein paar Jahre auf den Straßen, ein paar Kinder, und schon kann man sich nicht mehr vor der Kamera ausziehen. Ein unfreundliches Ding, so eine Kamera – sie erzählt keine angenehmen Lügen. Kennen Sie eines der Mädchen?«

Der Rücken des Constable versteifte sich und seine Ohren wurden brennrot. »Wer, ich, Sir?«

»Beruflich«, hustete Pitt. »Ihr Beruf, nicht der des Mädchens!«

»Oh.« Der andere Constable fuhr mit den Fingern über seinen Kragen. »Doch, Sir; ich habe eines oder zwei davon schon gesehen. Ich habe sie ermahnt und ihnen gesagt, sie sollen weitergehen oder nach Hause und sich ordentlich betragen.«

»Gut.« Pitt lächelte versteckt. »Legen Sie sie zur Seite – mit Namen, wenn Sie sich erinnern! Und dann geben Sie mir das beste Bild von jeder, damit ich mit dem Überprüfen anfangen kann!«

»Das beste, Sir?« Die Augen des Constable waren groß geworden und seine Augenbrauen erreichten fast seine Haarwurzeln.

»Das deutlichste Gesicht!« schnauzte Pitt.

»Oh – ja, Sir!« Sie sortierten jetzt beide, so schnell sie konnten, und übergaben Pitt kurze Zeit später ungefähr dreißig Fotografien. »Das sind alle, bei denen wir uns sicher sind, Sir. Gegen Mittag werden wir wohl alle durch haben.«

»Gut. Dann können Sie auch die Runde durch alle Bordelle und Absteigen machen. Ich fange in der Resurrection Row an und gehe nordwärts. Sie können dann südwärts gehen. Seien Sie um sechs Uhr wieder hier, dann werden wir sehen, was wir haben!«

»Ja, Sir. Wonach suchen wir denn eigentlich, Sir?«

»Nach einem eifersüchtigen Liebhaber oder Ehemann oder vielleicht noch wahrscheinlicher nach einer Frau, die eine Menge zu verlieren hatte, wenn jemand herausgefunden hätte, daß sie für solche Bilder posiert hat.«

»Wie zum Beispiel eine Frau aus der Gesellschaft?« Der Constable machte ein ungläubiges Gesicht und warf einen schrägen Blick auf eine der Fotografien.

»Das bezweifle ich«, sagte Pitt. »Vielleicht aus dem Mittelstand – mit Lust auf etwas Gewagtes, oder eher noch aus der Arbeiterklasse – mit einem Streben nach Höherem.«

»In Ordnung, Sir. Wir werden diesen Stapel noch sortieren und uns dann auf den Weg machen.«

Pitt verließ die beiden und begann mit seiner Tätigkeit in der Resurrection Row. Die erste Absteige ließ drei von der Liste verschwinden. Es handelte sich um gutaussehende Berufsprostituierte, die um das zusätzliche Geld froh und von der ganzen Sache im übrigen eher amüsiert waren.

Er wollte schon gehen, als ihn ein plötzlicher Einfall dazu führte, ihnen auch noch die anderen Bilder zu zeigen.

»O nein, Herzblatt!« Die große Blonde schüttelte ihren Kopf. »Sie können von mir nicht erwarten, daß ich die Namen von anderen Leuten nenne. Was ich selber mache, ist eine Sache, aber über andere Mädchen zu reden eine andere.«

»Ich werde sie auch so finden«, knurrte er.

Sie grinste. »Dann viel Glück, Herzblatt! Und viel Spaß beim Suchen!«

Er wollte nicht von Mord reden. Er hatte auch der Vermieterin nichts davon gesagt. Es war ein Verbrechen, für das man gehängt wurde, und jeder wußte das. Der Schatten des Galgens verschloß sogar die schwatzhaftesten Münder.

»Ich suche nur nach einem bestimmten Mädchen«, argumentierte er. »Ich will nur den Rest entlasten.«

Ihre leuchtendblau umrandeten Augen wurden schmal. »Warum? Was hat sie getan? Hat sich jemand beschwert?«

»Nein.« Er war ganz ehrlich und hoffte, daß das auch zu sehen war. »Überhaupt nicht. Soweit ich weiß, sind eure Kunden alle voll zufrieden.«

Sie bedachte ihn mit einem verwegenen Lächeln. »Haben Sie dann vielleicht ein Pfund übrig, Herzblatt?«

»Nein.« Er lächelte gutmütig zurück. »Ich möchte nur gerne wissen, wie viele von den Mädchen richtig arbeiten und nichts dagegen haben, wenn man weiß, was sie tun.«

Sie verstand sehr schnell. »Sieht nach Erpressung aus, wie?«

»Ja, richtig.« Er war erstaunt über ihre schnelle Auffassung. Er durfte sie nicht länger unterschätzen. »Erpressung. Und ich mag keine Erpressung.«

Auf ihrer Stirn zeigten sich Falten. »Geben Sie sie noch mal her!«

Er hielt ihr hoffnungsvoll ein Bild hin, und dann noch eines.

Sie schaute das erste an und griff dann nach dem nächsten.

»Herrje!« Sie stieß die Luft aus. »An der ist aber was dran! Hat ein Hinterteil wie die Gaskessel von Battersea!«

»Wer ist sie?« Er versuchte, weiterhin ein ernsthaftes Gesicht zu machen.

»Weiß nicht. Geben Sie mir das nächste! Ah, das ist Gertie Tiller. Sie hat das nur zum Spaß gemacht. Niemand wird sie deswegen erpressen. Sie würde sie zum Teufel schicken, das kann ich Ihnen sagen.« Sie gab es ihm zurück und Pitt steckte es in seine linke Tasche zu den anderen, die er ausgesondert hatte. »Und das ist Elsie Biddoch. Sieht ohne Klamotten besser aus als mit. Das ist Ena Jessel. Obschon sie nicht mehr alle Haare hat. Muß eine Perücke sein. Sie schaut ganz schön blöd aus in dem Federzeug.«

»Könnte sie erpreßt worden sein?« wollte Pitt wissen.

»Niemals. Die steht dazu. Die hier habe ich noch nie gesehen. Sie ist wahrscheinlich eine Amateurin. Bei ihr könnten Sie es versuchen. Amateure sind oft feige. Die armen Luder versuchen meistens nur etwas auf die Seite zu schaffen, damit sie die Miete bezahlen und sich etwas zu essen kaufen können.«

Pitt steckte es zurück in die rechte Tasche.

»Und die, die kenne ich auch nicht.«

Wieder eine für die rechte Tasche.

»Die hier ist eine starke Type und ziemlich kratzbürstig. Die könnte man nicht erpressen, weil sie einfach vor nichts Angst hat. Die geht mit jedem. Und die hier ist nicht viel anders.«

»Danke.« Wieder waren zwei ausgemustert.

Sie sah sich nacheinander auch noch den Rest der Bilder an. »Sie werden ganz schön beschäftigt sein, was? Tut mir leid. Ich kenne ein paar Gesichter, aber ich kann mich nicht erinnern, von wo, und ich weiß auch nicht, wie sie heißen und auch sonst nichts über sie. Wäre das dann alles?«

»Es ist mir eine große Hilfe. Vielen Dank dafür.«

»Bitte sehr. Sie könnten vielleicht bei den Polypen in diesem Viertel ein gutes Wort für mich einlegen.«

Pitt lächelte. »Je weniger geredet wird, um so besser«, antwortete er. »Ich darf wohl sagen, wenn Sie sie nicht ärgern, dann werden sie gerne so tun, als ob sie Sie nicht sehen würden.«

»Leben und leben lassen«, sagte sie zustimmend. »Gut, Herzblatt. Finden Sie selber hinaus?«

»Ich werde es schon schaffen.« Er hob die Hand zu einem kleinen salutierenden Gruß und ging hinaus auf die Straße.

Die nächsten drei Häuser ermöglichten es ihm, ein weiteres Dutzend zu streichen. Die Liste verkürzte sich rapide. Bis jetzt war niemand dabei, der mit dem Fall auch nur annähernd etwas zu tun zu haben schien.

Am Ende des Tages waren fast alle Gesichter identifiziert; nur ein halbes Dutzend war noch übrig.

Der nächste Tag war härter, aber Pitt wußte das schon vorher. Sie hatten die Berufsmäßigen identifiziert; jetzt mußten sie nach den Frauen suchen, die von der Armut und der Angst auf die Straßen getrieben worden waren, nach jenen, die sich deswegen schämten. Von ihnen konnte er vielleicht erwarten, der Tragödie auf die Spur zu kommen, die als Belastung unerträglich geworden war und mit Mord geendet hatte.

Er hatte mit den Polizisten gesprochen – wahrscheinlich viel zu lange – und hatte zuviel seiner eigenen Gefühle, seines Zorns und seines Mitleids in seine Worte einfließen lassen. Wenn sie nicht sowieso schon das Gleiche fühlten, dann waren sie auch nicht imstande zu verstehen, was seine Worte nur umreißen konnten. Er hatte das schon während seiner Gespräche erkannt und war doch damit fortgefahren.

Um halb elf hatte er zwei Frauen ausfindig gemacht, die den ganzen Tag in einem Fabrikationsraum Hemden genäht hatten – ihre Kinder an die Stühle gebunden – und bei Nacht auf die Straße gegangen waren, um die Miete bezahlen zu können. Der Aufseher sah Pitt mißbilligend von der Seite an, aber der schnauzte zurück, daß er nur nach einer Unfallzeugin suchte. Falls er der Polizei nicht so gut wie möglich helfen wolle, würde er sich persönlich dafür einsetzen, daß der ganze Laden wenigstens zweimal die Woche nach gestohlenen Waren durchsucht würde.

Der Mann fragte bissig, wie Pitt denn zu einer Fotografie von ihr käme, wenn es sich nur um eine Unfallzeugin handelte.

Pitt fiel darauf keine Antwort ein; er schaute deswegen den Mann scharf an und sagte, daß das eine Sache des polizeilichen Vorgehens sei, die ihn nichts anginge, und daß er, wenn er nicht noch mehr mit der Polizei zu tun kriegen wolle, sich um seine eigenen Angelegenheiten kümmern solle.

Das führte zu der gewünschten Ruhe und zu dem ungern gegebenen Zugeständnis, daß wenigstens zwei der Frauen bei ihm arbeiteten und Pitt sie sprechen könne, wenn es unbedingt nötig sei. Er solle sich aber kurz fassen, denn vergeudete Zeit sei verlorenes Geld, und die Frauen bräuchten jeden Penny. Polizisten würden vielleicht fürs Nichtstun bezahlt, aber die Frauen nicht.

Der Nachmittag verlief so ähnlich: eine verschreckte Frau nach der anderen ausfindig zu machen, die sich ihres Tuns schämte und Angst hatte, bloßgestellt zu werden, und doch mit dem, was sie in der Fabrik bezahlt bekam, nicht auskommen konnte und das Arbeitshaus fürchtete. Vor allem wollten sie ihre Kinder von der institutionalisierten, reglementierten Verzweiflung dieser Arbeitshäuser fernhalten. Sie hatten Angst, ihre Kinder könnten ihnen dort weggenommen und irgendwo in Pflege gegeben werden, so daß sie sie vielleicht nie wieder sahen oder nicht einmal wußten, ob sie überhaupt noch lebten. Was bedeutete es da schon, wenn man sich für eine Stunde oder zwei auszog, um irgendeinem anonymen Mann gefällig zu sein, den man nie wieder sehen würde, wenn man dafür genug Geld bekam, um einen Monat davon leben zu können?

Als er um neun Uhr mit nassen Hosenbeinen und aufgeweichten Stiefeln in das Polizeirevier zurückkehrte, waren ihm nur zwei Frauen aufgefallen: eine war ein ehrgeiziges und rebellisches kleines Ding, das davon träumte, reich zu werden und einen Hutladen zu eröffnen; die zweite war ganz anders – eine erfahrene Frau nahe dreißig, gutaussehend, zynisch und offensichtlich ziemlich erfolgreich auf der besseren Seite des professionellen Geschäfts. Sie hatte ganz offen zugegeben, für die Bilder posiert zu haben, und Pitt herausfordernd beschuldigt, daraus ein Verbrechen zu machen. Wenn manchen Männern diese Bilder gefielen, dann sei das doch wohl ihre Sache. Sie könnten es sich leisten, und falls Pit töricht genug sei, die Sache weiter zu verfolgen und dadurch lästig zu fallen, dann könnte er sich dabei ganz schön die Finger verbrennen; dafür würden einige Herren, die einen beträchtlichen Einfluß hätten, schon sorgen.

Sie wohne unter einer guten Adresse, sie mache keinen Ärger, zahle ihre Miete – und wenn sie Herrenbesuch habe, wen ginge das was an? Sie hatte angeblich weder einen Ehemann noch einen Liebhaber oder Beschützer und noch weniger einen Kuppler oder Zuhälter, und die Offenheit, mit der sie dies sagte, machte es Pitt unmöglich, es zu bezweifeln.

Er ging erschöpft und enttäuscht in sein Büro. Seine größte Hoffnung setzte er auf das ehrgeizige kleine Fräulein, das gesagt hatte, daß es in ihrem Leben keinen Mann gäbe, der sich darum etwas scheren würde, außer vielleicht ihr Arbeitgeber. Sicher wäre sie in höchstem Maße besorgt, ihre Stellung und ihr Dach überm Kopf zu verlieren.

Die zwei Constables warteten auf ihn.

»Nun?« Pitt ließ sich auf einen Stuhl fallen und zog seine Stiefel aus. Seine Socken waren so naß, daß er sie auswringen konnte. Er mußte wohl in eine oder mehrere Pfützen getreten sein.

»Nicht viel«, sagte einer von ihnen grimmig. »Nur was man von den armen Teufeln erwarten kann. Kann mir nicht vorstellen, daß eine von ihnen jemanden ermorden könnte; schon gar nicht den einzigen Burschen, der ihnen einen anständigen Lohn bezahlt hat. Das muß für die ja wie Weihnachten gewesen sein.«

Der andere richtete sich auf seinem Stuhl ein wenig auf. »Ziemlich das gleiche, aber ich habe ein paar wirklich erfolgreiche Typen aufgestöbert; mit Adressen, wo ich sogar wohnen möchte, von Besuchen ganz zu schweigen. Ich kann mir vorstellen, daß ein Kerl, der dorthin geht, um sein Vergnügen zu haben, Geld wie Heu haben muß.«

Pitt starrte ihn an. In einer Hand hielt er eine nasse Socke, an die trockenen in der Schublade dachte er nicht mehr. »Was für Adressen?« fragte er fordernd.

Der Constable zählte sie auf. Eine war dieselbe wie die von der Frau, die Pitt ausfindig gemacht hatte; die zweite war eine andere, aber in derselben Gegend. Drei Prostituierte, die ihren eigenen Geschäften nachgingen – ein Zufall? Oder ein sehr diskretes Freudenhaus?

Pitt war bis zu dem Moment entschlossen gewesen, sofort nach Hause zu gehen. In Gedanken war er halbwegs schon dort – mit trockenen Füßen und einer heißen Suppe und einer lächelnden Charlotte neben sich.

Die beiden Constables sahen, wie sich sein Gesichtsausdruck veränderte, und ergaben sich in ihr Schicksal. Sie waren Constables, und er war der Inspektor; dagegen war nichts zu machen. Und Bordelle machten ihr Geschäft nun mal hauptsächlich bei Nacht.

Charlotte hatte sich schon vor langem an Pitts unregelmäßiges und oft spätes Heimkommen gewöhnen müssen, aber als er um elf Uhr immer noch nicht da war, konnte sie sich nicht mehr länger einreden, daß sie nicht besorgt sei. Alle möglichen Leute hatten Unfälle und wurden auf der Straße zusammengeschlagen, und Leute von der Polizei zogen Angriffe ganz besonders auf sich, indem sie sich in die Dinge von jenen einmischten, die Gewalt zu ihrem Geschäft machten. Ein Ermordeter konnte in einen Fluß oder in einen Abwasserkanal geworfen oder irgendwo in einem der Elendsviertel versteckt werden, wo man ihn nie finden würde – wer könnte schon eine armselige Leiche von einer anderen unterscheiden?

Sie war schon fast davon überzeugt, daß etwas Schreckliches passiert sei, als sie gegen Mitternacht die Tür hörte. Sie flog den Flur entlang und schlang ihre Arme um ihn. Er war durch und durch naß.

»Wo warst du denn?« fragte sie ihn. »Es ist doch schon mitten in der Nacht! Bist du verletzt? Was ist denn passiert?«

Er hörte die Angst aus ihrer Stimme und schluckte seine instinktive Antwort hinunter. Er legte beide Arme um sie und zog sie dicht an sich heran, ohne sich darum zu kümmern, daß er ihr Kleid mit seinem immer noch tropfenden Mantel durchnäßte.

»Ich habe ein erstklassiges Bordell beobachtet«, antwortete er und lächelte in ihr Haar. »Du würdest dich wundern, wer da alles hineinging.«

Sie drückte ihn von sich weg, hielt ihn aber dabei immer noch bei den Schultern. »Warum mußt du das wissen?« fragte sie. »Hinter was für einem Fall bist du denn jetzt her?«

»Immer noch Godolphin Jones. Können wir in die Küche gehen? Ich bin völlig durchgefroren.«

»Oh!« Sie sah sich selbst an. »Und du bist auch klatschnaß!« Sie drehte sich um und ging voraus in die Küche, wo sie noch ein Stück Kohle in den Ofen legte. Stück für Stück nahm sie ihm seine nassen Kleidungsstücke ab, dann seine Stiefel und seine neuen Socken. Und dann machte sie Tee; der leise siedende Kessel war schon den ganzen Abend über bereitgestanden. Fünfmal hatte sie Wasser nachfüllen müssen, während sie auf seine Rückkehr gewartet hatte.

»Was hat denn Godolphin Jones mit Bordellen zu tun?« fragte sie, als sie sich endlich zu ihm setzte.

»Ich weiß es auch nicht; nur soviel, daß die meisten Frauen, die er fotografiert hat, auch in Bordellen arbeiteten.«

»Glaubst du, daß eine von ihnen ihn ermordet hat?« Ihr Gesicht war voller Zweifel. »Wäre es nicht ziemlich schwierig für eine Frau, einen Mann zu erwürgen? Es sei denn, sie hätte ihm vorher ein Betäubungsmittel gegeben oder ihn bewußtlos geschlagen. Aber warum sollte sie das überhaupt tun? Hat er sie denn nicht bezahlt?«

»Er war ein Erpresser.« Er hatte ihr von Gwendoline und Major Rodney noch nichts gesagt. »Erpresser werden oft ermordet.«

»Das überrascht mich nicht. Könnte es sein, daß eine von ihnen ein Heiratsangebot oder so etwas bekommen hat und deswegen ihre Bilder vernichtet haben wollte?«

Das war ein Motiv, an das er noch nicht gedacht hatte. Prostituierte heirateten nicht selten – auf dem Höhepunkt ihres Schaffens, ehe ihr gutes Aussehen dahin war und sie langsam tiefer und tiefer in immer billigere Bordelle sanken, immer weniger verdienten und krank wurden. Es war eine nicht von der Hand zu weisende Möglichkeit.

»Warum hast du das Bordell beobachtet?« fuhr sie fort. »Was sollte dir das bringen?«

»Zuerst war ich gar nicht sicher, ob es überhaupt ein Bordell war...«

»Aber es war eines?«

»Ja, oder genauer gesagt ein Haus mit Apartments, die für diesen Zweck benutzt werden; viel luxuriöser als ein normales Bordell, weniger öffentlich.«

Sie zog ein Gesicht, sagte aber nichts.

»Ich dachte, ich könnte einen Zuhälter oder Kuppler vorfinden. So jemand könnte ein hervorragendes Motiv dafür gehabt haben, Godolphin Jones loswerden zu wollen. Vielleicht hat ihm Jones seine Frauen abspenstig gemacht, dachte ich, indem er ihnen mehr bezahlt hat.«

Sie schaute ihn sehr geradeheraus an. Die polierten Pfannen glänzten hinter ihm im Regal.

»Ich glaube, dort werden wir den Mörder finden.« Er streckte sich, stand auf und spreizte die von den Stiefeln befreiten Zehen. »Es wird mit Gadstone Park überhaupt nichts zu tun haben. Oder mit den Grabräubern; abgesehen davon, daß der Mörder einen Fall für sich ausgenutzt hat. Komm, gehen wir hinauf und zu Bett! Der morgige Tag wird viel zu früh kommen.

Am Morgen tischte sie mit ernster Miene den Porridge auf und setzte sich dann ihm gegenüber, anstatt ihrer eigenen Arbeit nachzugehen oder sich mit Jemima zu beschäftigen.

»Thomas?«

Er goß Milch über den Porridge und begann zu essen. Es war keine Zeit zu verlieren. Sie waren sowieso schon ein wenig zu spät aufgestanden.

»Was?«

»Du hast doch gesagt, Godolphin Jones sei ein Erpresser gewesen?«

»Ja, das war er.«

»Wen hat er denn erpreßt und weswegen?«

»Die haben ihn nicht ermordet.«

»Wer?«

Der Porridge war noch zu heiß, und er mußte warten. Er fragte sich, ob sie das absichtlich getan hatte.

»Gwendoline Cantlay wegen einer Affäre und Major Rodney, weil er ein Kunde von ihm war. Warum fragst du?«

»Hätte er auch einen Kuppler oder Zuhälter erpressen können? Ich meine, was hatten die zu befürchten?«

»Ich weiß es nicht. Ich könnte mir vorstellen, daß dabei Habgier und professionelle Rivalität wahrscheinlicher sind.« Er probierte den Porridge noch einmal – einen halben Löffel voll.

»Du hast auch gesagt, die Häuser, in denen diese Frauen arbeiten, seien besser als die üblichen Bordelle?«

»Ja, das sind sie. Ziemlich gute Adressen. Worauf willst du hinaus, Charlotte?«

Ihre Augen wurden jetzt ganz groß und klar. »Wem gehören sie, Thomas?«

Der Löffel blieb auf halbem Weg zu seinem Mund stehen.

»Wem gehören sie?« sagte er sehr langsam, starrte sie dabei an und ließ den Gedanken in seinem Kopf sprießen.

»Manchmal besitzen die eigenartigsten Leute so etwas«, fügte sie hinzu. »Ich erinnere mich, daß Papa einmal jemanden kannte, der sein Geld mit einer Liegenschaft machte, die er als Fabrikationsraum für unterbezahlte Arbeit vermietet hatte. Wir haben nie wieder mit ihm verkehrt, nachdem wir das erfahren hatten.«

Pitt goß wieder Milch über den Rest des Porridge und aß ihn mit fünf Löffelbewegungen zu Ende. Er zog seine Stiefel an, die immer noch feucht waren, griff nach seinem Mantel, seinem Hut, seinem Schal und verließ das Haus so eilig wie ein sinkendes Schiff. Charlotte brauchte keine Erklärung. In Gedanken war sie bei ihm, und sie verstand ihn.

Er brauchte drei Stunden, um herauszufinden, wem diese Häuser und noch sechs weitere der gleichen Art gehörten.

Edward St. Jermyn.

Lord St. Jermyn verdiente sein Geld mit der Vermietung von Bordellen und der Provision, die er von jeder Prostituierten kassierte – und Godolphin Jones wußte dies.

War das der Grund, warum St. Jermyn das Bild von ihm gekauft hatte? Und sich dann geweigert hat, wieder zu bezahlen – und immer wieder? Das war gewiß ein Motiv für einen Mord.

Aber konnte er, Pitt, dies beweisen?

Man wußte ja nicht einmal, an welchem Tag der Mord ausgeführt wurde. Zu beweisen, daß St. Jermyn in der Resurrection Row war, hätte nichts zu bedeuten. Jones war erwürgt worden – jeder normal starke Mann und auch viele Frauen konnten das tun. Es gab keine Waffe, der man hätte nachspüren können.

Jones hat sich mit Pornographie und Erpressung beschäftigt; es könnte Dutzende von Leuten mit Motiven geben. St. Jermyn würde das alles auch wissen, und Pitt würde nicht einmal einen Haftbefehl bekommen.

Was er brauchte, war ein starkes Bindeglied; etwas, das die beiden Männer unlösbarer miteinander verband, als es bei Major Rodney oder Gwendoline Cantlay oder den Frauen auf den Bildern der Fall war.

Das größte Haus hatte eine Hausfrau – zweifellos die Madame, die das Geld verwaltete, die Mieten und Provisionen kassierte und sie St. Jermyn oder jemand von ihm Beauftragten übergab.

Pitt schritt auf der Straße frisch drauflos. Er wußte, wohin er ging und was er tun wollte. Er hielt eine Droschke an und stieg hinein. Er gab dem Kutscher die Adresse und schlug die Tür zu.

Dann lehnte er sich in den Sitz zurück und plante seinen Angriff.

Das Haus in der leeren Straße war still. Ein aufkommender Wind blies Schneeregen aus einem grauen Himmel heran. Ein Mädchen kam die Stufen zum Vorhof herunter und verschwand dann wieder. Es hätte ohne weiteres eines der besseren Wohnhäuser, wie sie sich üblicherweise an einem Vormittag darbieten, sein können.

Pitt entließ die Droschke und ging zur Eingangstür. Er hatte keinen Durchsuchungsbefehl, und er glaubte auch nicht, daß er aufgrund seiner Annahme einen bekommen würde. Aber er glaubte mit zunehmender Sicherheit daran, daß St. Jermyn Godolphin Jones ermordet hatte und der Grund dafür Jones' Wissen von seiner Einkommensquelle war. Das war sicherlich ein ausreichendes Motiv, besonders jetzt, da St. Jermyn mit seinem Arbeitshausgesetz eine politische Karriere anstrebte.

Pitt hob seine Hand und klopfte heftig an die Tür. Es gefiel ihm nicht, was er jetzt vorhatte; es war nicht sein übliches Verhalten. Aber anders gab es keinen Beweis, und er konnte St. Jermyn nicht laufen lassen – trotz der Gesetzesvorlage. Obwohl er auch schon daran gedacht hatte, den letzten Beweis, falls er ihn finden sollte, bis zur Verabschiedung des Gesetzes durch das House of Lords für sich zu behalten. Ein Mörder, nicht einmal einer wie St. Jermyn, war all die Kinder in den Arbeitshäusern von London nicht wert.

Die Tür wurde von einem schmucken Mädchen in Schwarz mit weißer Spitzenkappe und ebensolcher Schürze geöffnet.

»Guten Morgen, Sir«, sagte sie völlig gefaßt, und Pitt

durchzuckte der Gedanke, daß hier vielleicht sogar schon mitten am Tag Geschäftsbetrieb herrschte.

»Guten Morgen«, antwortete er mit einem bitteren Lächeln. »Kann ich Ihre Herrin, die Vermieterin dieser Apartments, sprechen?«

»Es sind keine davon zu vermieten, Sir«, sagte sie abwehrend und blieb dabei in der Tür stehen.

»Ja, das kann ich mir denken«, sagte er. »Trotzdem möchte ich sie gerne sprechen, wenn Sie erlauben. Es handelt sich um eine geschäftliche Angelegenheit, die den Besitzer des Hauses betrifft. Ich glaube, Sie sollten mich lieber hineinlassen. So etwas bespricht man nicht auf den Stufen vor dem Eingang.«

Sie war ein erfahrenes Mädchen. Sie wußte, was in dem Haus geschah, und erfaßte die von Pitt angedeuteten Möglichkeiten. Sie trat sofort zur Seite und gab ihm den Weg frei.

»Ja, Sir. Wenn Sie hier entlang kommen wollen; ich werde sehen, ob Mrs. Philip zu Hause ist.«

»Danke.« Pitt folgte ihr in einen bemerkenswert komfortablen, zurückhaltend möblierten Raum, in dem ein kräftiges Feuer auf dem Kaminrost brannte. Er mußte nur ein paar Minuten warten, bis Mrs. Philip erschien. Sie war drall, bei näherem Hinsehen sogar ein wenig fett, aber sie war sehr gut angezogen. Sogar zu dieser frühen Stunde hatte sie Rouge und Mascara aufgetragen wie für einen Ball. Es mußte ihm nicht gesagt werden, daß er eine erfolgreiche Prostituierte vor sich hatte, die schon ein wenig über ihre Blüte hinaus und jetzt von der Arbeiterin in das Management aufgestiegen war. Ihre Kleidung war teuer, ihr Schmuck ein wenig zu glitzernd, aber Pitt nahm trotzdem an, daß er echt war. Sie sah ihn mit harten, schlauen Augen an.

»Ich kenne Sie nicht«, sagte sie und schubste die Tür zu.

»Da haben Sie Glück.« Er stand immer noch mit dem

Rücken zum Feuer. »Ich arbeite nicht oft auf dem Gebiet der Sitte, besonders nicht in dieser Klasse.«

»Ein Polyp!« sagte sie augenblicklich. »Sie können überhaupt nichts beweisen, und Sie wären ein Narr, wenn Sie es versuchten. Die Sorte Gentlemen, die hier verkehrt, wäre Ihnen sicherlich nicht dankbar dafür.«

»Daran zweifle ich nicht«, pflichtete er ihr bei. »Ich habe nicht die Absicht, hier zusperren zu lassen.«

»Ich zahle Ihnen auch nichts.« Sie sah ihn verächtlich an. »Gehen Sie und erzählen Sie es, wem Sie wollen! Sie werden sehen, wohin Sie das bringt!«

»Ich habe auch nicht vor, es irgend jemandem zu sagen.«

»Was wollen Sie dann? Sie wollen doch etwas. Einen kleinen verbilligten Kundendienst?«

»Nein, danke. Eine kleine Information.«

»Wenn Sie glauben, daß ich Ihnen erzähle, wer hierher kommt, dann sind Sie ein größerer Narr, als ich dachte. Erpressung, wie? Ich werde Sie hinauswerfen und so verprügeln lassen, daß nicht einmal Ihre eigene Mutter Sie noch erkennt.«

»Schon möglich. Aber es interessiert mich nicht im geringsten, wer hierher kommt.«

»Also, was wollen Sie dann? Sie sind doch nicht aus reiner Neugierde hierher gekommen!«

»Godolphin Jones!«

»Wer?« Aber die Frage kam mit einer Verzögerung, die nur den Bruchteil einer Sekunde, nur das Zucken eines Augenlids ausmachte.

»Sie haben mich doch gehört – Godolphin Jones. Ich bin sicher, daß Sie sehr kompetent auf dem Gebiet der Prostitution sind und genug Schliche kennen, die meisten von uns zu überlisten, aber wie halten Sie es mit Mord? Wollen Sie mich da auch schlagen? Im Beweisen von Morden liegt meine Stärke.«

Das aufgetragene Rouge hob sich deutlich von ihren

Wangen ab. Ohne dieses Rouge hätte sie immer noch gut ausgesehen.

»Ich weiß überhaupt nichts von einem Mord!«

»Godolphin Jones wußte über dieses Haus und seine Nutzung Bescheid, weil er einige Ihrer Mädchen fotografiert hat.«

»Und wenn es so war?«

»Erpressung, Mrs. Philip.«

»Er hätte mich nicht erpressen können. Wozu denn? Wem hätte er denn etwas sagen sollen? Ihnen? Was können Sie deswegen denn schon tun? Sie werden mich nicht zwingen, hier zu schließen. Dazu kommen zu viele reiche und mächtige Leute hierher, das wissen Sie.«

»Nicht Sie erpressen, Mrs. Philip. Sie sind, was Sie sind, und geben auch nichts anderes vor. Aber wem gehört denn dieses Haus, Mrs. Philip?«

Ihr Gesicht wurde weiß, aber sie sagte nichts.

»Wem bezahlen Sie Miete, Mrs. Philip?« drängte er weiter. »Wieviel nehmen Sie von den Mädchen? Fünfzig Prozent? Mehr? Und wieviel geben Sie ihm am Ende der Woche oder am Letzten des Monats?«

Sie schluckte und starrte ihn an. »Ich weiß nicht. Ich kenne seinen Namen nicht.«

»Lügnerin! Es ist St. Jermyn, und Sie wissen das genau – so gut wie ich. Sie würden an keinen Vermieter zahlen, den Sie nicht kennen, dazu sind Sie viel zu mißtrauisch. Sie haben ein genau detailliertes Abkommen, wenn es auch nicht schriftlich festgehalten ist.«

Sie schluckte wieder. »Und?« fragte sie. »Was ist, wenn es so ist? Was ist dann schon? Sie können gar nichts tun!«

»Erpressung, Mrs. Philip.«

»Sie wollen ihn erpressen? St. Jermyn? Sie sind ein Narr, ein Verrückter!«

»Warum? Weil das für mich tödlich wäre? So wie für Godolphin Jones?«

Ihre Augen wurden riesengroß, und er dachte schon,

sie würde ohnmächtig. Ein komisches trockenes Röcheln war in ihrem Hals, ein Schnappen nach Luft.

»Haben Sie Jones umgebracht, Mrs. Philip? Sie sehen stark genug aus. Er ist erwürgt worden, wissen Sie.« Er schaute auf ihre breiten, muskulösen Schultern und auf ihre fetten Arme.

»Bei der Mutter Gottes – das habe ich nicht!«

»Es würde mich nicht wundern!«

»Ich schwöre es! Ich bin nicht einmal in die Nähe dieses kleinen Schuftes gekommen – nur als ich ihm das Geld gab. Warum sollte ich ihn umbringen? Ich führe ein Haus, das ist mein Geschäft, aber ich schwöre bei Gott, daß ich nie jemanden umgebracht habe.«

»Welches Geld, Mrs. Philip? Geld von St. Jermyn, damit Jones seinen Mund hält?«

Ein listiger Ausdruck erschien einen Moment lang auf ihrem Gesicht und löste sich dann wieder in Unbestimmtheit auf. »Nein, das habe ich nicht gesagt. Soweit ich weiß, war es Geld für eine Menge Bilder, die Jones malen sollte; alle Kinder von St. Jermyn und ihn selbst. Ein halbes Dutzend oder mehr. Jones wollte das Geld im voraus, und hier war die beste Stelle, es in bar zu bekommen. Es waren die Einnahmen von mehreren Wochen. St. Jermyn konnte von seiner Bank nicht so viel auf einmal abheben.«

»Nein«, sagte Pitt übereinstimmend. »Ich wette, das konnte er nicht und hätte es auch nicht gewollt. Aber wir haben es bei Jones nicht gefunden; weder bei ihm selbst noch in seinem Studio in der Resurrection Row oder in seinem Haus, noch ist es auf sein Bankkonto eingezahlt worden.«

»Was heißt das? Hat er es ausgegeben?«

»Das bezweifle ich. Wieviel war es? Es wäre besser für Sie, die Wahrheit zu sagen. Eine Lüge nur, und ich verhafte Sie wegen Beihilfe zum Mord. Sie wissen, was das bedeutet – den Strang!«

»Fünftausend Pfund«, sagte sie sogleich. »Fünftausend, ich schwöre, und das ist bei Gott die Wahrheit.«

»Wann? Genau!«

»Am zwölften Januar, mittags. Er war hier; dann ging er direkt zur Resurrection Row.«

»Und wurde dann von St. Jermyn ermordet, der auch die fünftausend Pfund wieder mitgenommen hat. Ich nehme an, wenn ich mich bei seiner Bank erkundige, was durch Ihre Auskunft jetzt nicht mehr weiter schwierig sein dürfte, dann wird es sich herausstellen, daß die fünftausend Pfund oder ein ähnlicher Betrag wieder eingezahlt wurden, was über den Zweifel eines jeden vernünftigen Menschen hinaus beweisen wird, daß seine Lordschaft Godolphin Jones ermordet hat und warum. Danke, Mrs. Philip. Und wenn Sie nicht mit ihm zusammen an einem Strick baumeln wollen, dann richten Sie sich darauf ein, dieselbe Geschichte vor Gericht unter Eid zu erzählen.«

»Wenn ich es tue, was wird dann mir angelastet?«

»Jedenfalls nicht Mord. Und wenn Sie Glück haben, nicht einmal das Führen eines Bordells. Als Kronzeugin können Sie damit rechnen, daß wir ein Auge zudrücken.«

»Versprechen Sie mir das?«

»Nein, ich verspreche nichts. Das kann ich nicht. Aber ich kann Ihnen eines versprechen – keine Mordanklage. So, wie ich das sehe, gibt es nichts, das beweisen würde, daß Sie je etwas davon wußten. Und ich habe nicht vor, in diese Richtung noch weiter nachzuforschen.«

»Ich habe auch nichts gewußt. Gott ist mein Zeuge.«

»Ich überlasse das Gott, wie Sie vorgeschlagen haben. Guten Tag, Mrs. Philip.« Er ließ sich von dem Mädchen die Tür öffnen und ging hinaus auf die Straße. Der Schneeregen hatte aufgehört, die Sonne schien wässerig aus einem blauweißen Himmel.

Das nächste, was er tat, war, wieder in den Gadstone Park zurückzukehren; nicht zum Haus von St. Jermyn, sondern in das von Vespasia. Er brauchte nur noch ein abschließendes Beweisstück – einen Kontoauszug von St. Jermyns Bank, ob das Geld dort war, oder, falls nicht, einen Durchsuchungsbefehl für sein Haus, obwohl es sehr unwahrscheinlich war, daß er einen so hohen Betrag in bar in einem Haussafe verwahrte. Es war mehr, als die meisten Menschen in einem Jahrzehnt verdienten, mehr, als ein guter Hausangestellter in seinem ganzen Leben.

Wenn vor der Auszahlung auch noch ein Betrag von der Bank abgehoben oder Hauseigentum verkauft worden war, so wäre dies leicht zu überprüfen. Wie Mrs. Philip gesagt hatte, konnte er nicht sofort über soviel Geld verfügen, und sicherlich hätte er nicht um ein Darlehen nachgesucht.

Aber ehe Pitt etwas Endgültiges unternahm, wollte er von Vespasia den genauen Tag erfahren, an dem die Gesetzesvorlage vor das Parlament kam. Wenn es irgendeine Möglichkeit gab, seinen letzten, nicht mehr rückgängig zu machenden Schlag auszusetzen, dann würde er es tun – wenigstens so lange.

Sie empfing ihn ohne ihren üblichen Humor. »Guten Tag, Thomas«, sagte sie mit einem Anflug von Ermüdung. »Ich nehme an, Sie sind dienstlich hier; Sie sind nicht zum Lunch gekommen?«

»Nein, Madam. Bitte entschuldigen Sie die ungewöhnliche Zeit.«

Sie wischte seine Bemerkung mit einer kleinen Handbewegung weg. »Nun, was wollen Sie mich diesmal fragen?«

»Wann kommt der Gesetzentwurf von St. Jermyn vor das Parlament?«

Sie hatte in das Feuer gestarrt und drehte sich nun langsam zu ihm hin; ihre alten Augen waren hell und müde. »Warum wollen Sie das wissen?«

»Ich glaube, Sie kennen die Antwort darauf bereits, Madam«, sagte er leise. »Ich kann ihn damit nicht laufen lassen.«

Sie zuckte die Schultern. »Wahrscheinlich nicht. Aber können Sie es nicht wenigstens bis nach der Lesung der Gesetzesvorlage sein lassen? Morgen abend wird sie durch sein.«

»Um das zu erfahren, bin ich zu Ihnen gekommen.«

»Können Sie?«

»Ja, ich kann es so lange auf sich beruhen lassen.«

»Danke.«

Er unterließ es, ihr zu erklären, daß er es tat, weil er an die Sache glaubte und ihm genausoviel daran lag wie ihr oder Carlisle und wahrscheinlich mehr, als St. Jermyn selbst. Er dachte, sie wüßte es sowieso.

Er blieb nicht lange. Sie würde nichts unternehmen; auch nicht mit St. Jermyn sprechen. Sie würde nur warten.

Er ging zurück auf die Polizeistation und besorgte sich den Durchsuchungsbefehl für das Haus und die Berechtigung zur Überprüfung des Bankkontos. Er richtete es so ein, daß er sie zu spät erhielt, um am selben Tag noch etwas unternehmen zu können. Er war um fünf Uhr zu Hause, saß am Feuer, aß ein Rosinenbrötchen und spielte mit Jemima.

Am Morgen machte er sich spät auf den Weg und ließ es Spätnachmittag werden, bis er seine ihn gänzlich zufriedenstellenden Beweise gesammelt und den Haftbefehl, der für die Festnahme von St. Jermyn ausgestellt worden war, entgegengenommen hatte.

Er nahm nur einen Constable zum House of Lords in Westminster mit und wartete dort in einem Vorraum, bis die Abstimmung vorüber war und ihre Lordschaften sich auf den Nachhauseweg machten.

Zuerst sah er Vespasia. Sie war in Taubengrau und Silber gekleidet und trug ihren Kopf würdevoll wie immer. Aber er sah es ihrer gezwungenen Haltung, ihrem steifen Gang und ihren matten Augen an, daß der Gesetzentwurf durchgefallen war. Er hätte eigentlich mehr Verstand, mehr Kenntnis der Realität als Hoffnung haben müssen – es war noch zu früh und die Zeit noch nicht reif dafür. Die Enttäuschung stieg in ihm auf wie eine Übelkeit, wie ein fühlbarer Schmerz.

Sie würden natürlich weiterkämpfen und nach einiger Zeit, nach fünf Jahren, zehn Jahren würden sie schließlich doch gewinnen. Aber er wollte den Erfolg jetzt – in zehn Jahren war es zu spät, um die Kinder, die jetzt lebten, zu retten.

Hinter Vespasia kam Somerset Carlisle. Als ob ihn Pitts Jammer angezogen hätte, drehte er sich ihm zu, und ihre Blicke trafen sich. Sogar in diesem Moment der Niederlage war noch eine bittere Ironie in ihm, etwas wie ein Lächeln. Wußte er, wie Vespasia, warum Pitt gekommen war?

Er ging durch die Menge auf sie zu und sah nur aus den Augenwinkeln den Constable von der anderen Seite kommen. St. Jermyn war hinter ihnen. Er zeigte keinerlei Schmerz über seine Niederlage. Er hatte einen guten Kampf geführt, und daran würde man sich erinnern. Vielleicht war das alles, was ihm jemals wirklich wichtig gewesen war.

Vespasia sprach zu jemandem und ließ sich dabei den Arm stützen. Sie sah älter aus, als Pitt sie jemals zuvor gesehen hatte. Vielleicht wußte sie, daß sie nicht mehr so lange leben würde, um das Gesetz verabschiedet zu sehen. Zehn Jahre waren für sie eine lange Zeit.

Pitt ging ein wenig zur Seite, um sehen zu können, zu wem sie sprach und wer ihren Arm hielt. Er hoffte, daß es nicht Lady St. Jermyn sei.

Der Abstand zwischen ihnen betrug jetzt nur noch ein paar Yards. Er sah, wie der Constable ebenfalls weiter vorrückte, um eine eventuelle Flucht zu vereiteln.

Er war jetzt fast vor ihnen.

Vespasia drehte sich zur Seite und sah ihn. Neben ihr stand Charlotte.

Pitt blieb stehen. Sie sahen sich gegenseitig an – der Constable und Pitt, und auf der anderen Seite St. Jermyn, Carlisle und die beiden Frauen.

Einen wilden Moment lang fragte sich Pitt, ob Charlotte schon die ganze Zeit gewußt hatte, wer Godolphin Jones ermordet hatte. Er wehrte den Gedanken ab. Sie konnte es gar nicht gewußt haben. Wenn sie es seit kurzem vermutet hatte, dann war ihm das entgangen.

»My Lord«, sagte er mit ruhiger Stimme, und seine Augen begegneten dabei denen von St. Jermyn. Der schaute überrascht, und als er den Ernst in Pitts Gesicht sah, die Gewißheit, das unbarmherzige, unumstößliche Wissen um die Wahrheit, zeigte er nun doch eine Spur von Angst.

Es gab nur eines, das nicht dazu zu passen schien. Wenn er in St. Jermyns Gesicht die Niederlage und gleichzeitig die trotzdem verbliebene Arroganz sah, den Haß und die sogar jetzt vorhandene Verachtung gegenüber ihm, Pitt – als ob es der Zufall gewesen wäre, der ihn geschlagen hatte, einfach nur Pech und nicht das Können von jemand anderem –, dann konnte er keine Spur von bizarrer Fantasie und schwarzem Humor darin entdecken. Und die wären doch nötig gewesen, um Horrie Snipe auf seinen eigenen Grabstein und den alten Augustus in die Gebetsbank seiner Familie zu setzen, Porteous auf die Parkbank zu plazieren und den unglücklichen Albert Wilson auf einer Droschke durch London fahren zu lassen. Er mußte gewußt haben, daß das Grab von Albert Wilson mit Godolphin Jones darin am Ende doch gefunden würde. Er konnte doch nicht hoffen, für immer so davonkommen zu können. Und seine Ambitionen erstreckten sich auf einen langen Zeitraum. Der Gesetzentwurf war nur ein Schritt auf seinem Weg in ein hohes Amt mit allem, was damit zusammenhängt; der Gesetzentwurf als solcher war ihm unwichtig.

Um das mit den Gräbern anzustellen, brauchte es einen Mann voller Leidenschaft, einen Mann, dem dieses Gesetz so wichtig war, daß er all seinen schwarzen Humor einsetzte, um die Festnahme lange genug hinauszuzögern...

Seine Augen wanderten zu Carlisle.

Natürlich.

St. Jermyn hatte Godolphin Jones umgebracht – aber Carlisle hatte davon gewußt oder es befürchtet, war ihm gefolgt und hatte die Leiche gefunden. Er war es, der, nachdem St. Jermyn gegangen war, sie in Albert Wilsons Grab versteckt und die anderen Leichen in Bewegung gesetzt hatte, um Pitts Verwirrung lange genug dauern zu lassen. Das erklärte auch, warum St. Jermyn so verdutzt war, als Jones in Wilsons Grab und nicht in der Resurrection Row gefunden wurde.

Carlisle starrte zu ihm zurück; in seinen Augen lag ein kleines, freudloses Lächeln.

Pitt erwiderte die Andeutung eines Lächelns und richtete seinen Blick dann wieder auf St. Jermyn. Er räusperte sich. Er könnte Carlisles Rolle niemals beweisen, und er wollte es auch nicht.

»Edward St. Jermyn«, sagte er formell, »im Namen der Königin verhafte ich Sie wegen vorsätzlichen Mordes an Godolphin Jones, Kunstmaler in der Resurrection Row.«